KNAUR

DANI ATKINS

WAS DIE STERNE DIR SCHENKEN

Roman

Aus dem Englischen
von Simone Jakob
und Anne-Marie Wachs

KNAUR

Die englische Originalausgabe erschien 2024
unter dem Titel »The Memory of Us« bei Head of Zeus,
part of Bloomsbury Publishing Plc., London

Besuchen Sie uns im Internet:
www.knaur.de

MIX
Papier | Fördert gute Waldnutzung
FSC® C014496

Deutsche Erstausgabe Februar 2024

Ein Imprint der Verlagsgruppe
Droemer Knaur GmbH & Co. KG, München

Redaktion: Gisela Klemt
Covergestaltung: buxdesign, München
Coverabbildung: Motiv von Plainpicture / Ruth Botzenhardt.
Illustrationen im Innenteil von Shutterstock.com:
Lio putra (Frau), Karlygash (Konfetti), surachet khamsuk (Glitter)
Satz: Adobe InDesign im Verlag
Druck und Bindung: GGP Media GmbH, Pößneck
ISBN 978-3-426-53077-1

2 4 5 3

Für Dusty.
Bester Zuhörer.
Bester Freund.
Bester Hund.

Es gibt keine bessere Freundin als eine Schwester.

Christina Rossetti

Prolog

Es hätte jemand anders sein können.

Sie hätten zu einem anderen Zeitpunkt, auf einem anderen Weg oder zu einem anderen Strand fahren können. Es war reiner Zufall, dass sie in ihrem Range Rover mit Allradantrieb an genau dieser Stelle von der schmalen Straße in die Sanddünen abbogen.

Auf das Wagendach war ein robustes orangefarbenes Schlauchboot samt Paddeln geschnallt. Ein Angelkasten und zwei hochmoderne Angelruten lagen auf der Ladefläche. Aber die Männer waren nicht nur Angler. Die Lokalzeitung würde sie später Schutzengel taufen, doch ihr wahrer Beruf war wesentlich prosaischer: Sie waren Ärzte.

Sie hatten ihre schlafenden Ehefrauen in den warmen Betten ihrer Luxus-Ferienunterkünfte zurückgelassen und waren wie aufgeregte, abenteuerlustige Schuljungs aus dem dunklen Haus geschlichen.

Dr. Adam Banner, Facharzt für Notfallmedizin, saß am Steuer. Zufrieden trank er aus einer Thermosflasche heißen Kaffee und fuhr über den unebenen Sand zum Meer.

Sein Beifahrer Phillip Digby, Facharzt für Anästhesie und ehrgeiziger Angler, schlug ihm gerade vor zu wetten, wer an jenem Morgen die meisten Fische fangen würde, als er im Scheinwerferlicht aus dem Augenwinkel etwas sah.

»He, was ist das?«

Adam nahm den Fuß vom Gas und sah seinen ältesten Freund an.

»Was ist *was?*«

Phil schüttelte den Kopf, beugte sich vor und spähte angestrengt über den dunklen Sand Richtung Meer.

»Dahinten links im Watt liegt irgendwas.«

Adam bremste und starrte nun auch in die Dunkelheit.

»Und was genau?«, fragte er. Er schauderte unwillkürlich, als er an die Warnung eines betagten Einheimischen am Vorabend im Pub zurückdachte. Als dieser von ihren Angelplänen erfuhr, sagte er: »Im Watt müsst ihr euch in Acht nehmen.« Dankbar hatte er das Bier entgegengenommen, das Phil ihm brachte. »Hab schon gesehen, wie ein Mann bis zur Hüfte drin versunken ist«, hatte der Mann noch ergänzt.

Phil runzelte die Stirn. »Ich weiß nicht. Sah aus wie ein Stoffbündel oder so.«

»Wahrscheinlich ein kaputtes altes Segel, das von der Flut angespült wurde«, erwiderte Adam. Trotzdem wendete er den Wagen in einem großen Kreis, um nach dem zu suchen, was Phil im Scheinwerferlicht entdeckt haben wollte.

»Da!«, rief Phil triumphierend. Ganz am Rand des Lichtkegels, leicht zu übersehen, flatterte etwas im Wind wie eine Flagge. Aus der Entfernung wirkte es zu fein für dickes Segeltuch und sah eher aus wie eine Abdeckplane.

Wortlos hielt Adam darauf zu und spürte, wie sich die Beschaffenheit des Untergrunds änderte, je mehr sie sich dem mysteriösen Objekt näherten. Der Wagen versank tiefer im Sand, der die Reifen einzusaugen schien, obwohl das Fahrzeug für derart unwegsames Gelände wie geschaffen war.

Schließlich drehten die Räder durch, und mit einem hilflosen Achselzucken brachte Adam den Range Rover zum Stehen, sodass das Objekt, das sie sich näher ansehen wollten, von den Scheinwerfern angestrahlt wurde. Wortlos stiegen die beiden Männer aus dem Wagen und griffen gleichzeitig nach ihren schweren Steppjacken auf dem Rücksitz. Es war fünf Uhr morgens und Ende Januar, und man brauchte keinen Blick aufs Thermometer zu werfen, um zu wissen, dass Minusgrade herrschten.

»Ist wahrscheinlich wirklich nur Treibgut«, bemerkte Phil und zog einen Fuß aus dem zähen Schlick.

»Falls ja, schuldest du mir ein Paar neue Turnschuhe«, sagte Adam und befreite seinen eigenen Fuß mit einem lauten Schmatzen. »Genau genommen …« Er brach ab, als er das Bein sah.

Keiner von beiden konnte sich später daran erinnern, wie sie die letzten zwanzig Meter zurückgelegt hatten, die sie noch von der leblosen Frau trennten. Phil griff nach seinem Handy und fluchte leise, weil er keinen Empfang hatte, während Adam sich neben die Bewusstlose hockte. Sie lag nur mit einem dünnen Baumwollnachthemd bekleidet im Watt, ein Bein den Elementen ausgesetzt, das andere halb im Schlick versunken.

»Scheiße! Kein Empfang!«, rief Phil, steckte das Handy wieder ein und eilte zu Adam, der schon auf der Suche nach einem Puls den langen, schlanken Hals der Frau abtastete.

Routiniert beugte sich Phil über die blauen Lippen der Unbekannten. Kein Atemzug wärmte seine Wange, ihre Brust hob und senkte sich nicht. Er nahm ihre Hand und klopfte auf den Handrücken.

»Hallo? Hallo? Können Sie mich hören?«, rief er, aber die Frau reagierte nicht.

»Für die Reanimation brauchen wir festeren Untergrund«, sagte Adam, dem vor Kälte die Zähne klapperten.

Sie schoben die Hände unter die Achseln der Frau und zerrten sie grob aus dem Schlick, in dem Wissen, dass Rippen wieder heilen würden und ausgerenkte Gelenke wieder eingerenkt werden konnten, wohingegen Sauerstoffmangel im Gehirn unumkehrbare Schäden anrichtete.

»Hier. Versuch's mit meinem«, sagte Adam und warf Phil sein Handy zu, bevor er sich erneut über die Frau beugte. Das hier war sein Job, doch in all den Jahren seit der Ausbildung war dies das erste Mal, dass er jemanden außerhalb einer Krankenstation wieder ins Leben holen musste.

Seine Hände zitterten, als er die Finger verschränkte, sie auf die Brust der Frau legte und mit der Wiederbelebung begann. Ihr Brustkorb hob sich, als er ihr Luft in die Lunge blies, doch als er damit aufhörte, atmete sie nicht von allein weiter. Während er sie abwechselnd beatmete und rhythmisch ihr Herz massierte, um den Blutkreislauf in Gang zu halten, versuchte Phil erneut, einen Krankenwagen zu rufen.

»Ich muss zur Straße zurück«, sagte er. Adam sah von der Patientin auf; sein Gesicht war schweißnass vor Anstrengung. Wie hatte ihm noch vor ein paar Minuten kalt sein können?

Phil hatte sich schon dem Wagen zugewandt, als eine blitzartige Erinnerung ihn innehalten ließ. »Gab's bei dem Pub gestern Abend nicht draußen einen AED-Schrank?«

Der Mond lugte hinter einer Wolke hervor und erhellte Adams hoffnungsvolles Gesicht.

»Ja! Und er ist nur ungefähr zwei Meilen von hier entfernt.«

Phil brauchte eine Viertelstunde, um den Pub zu erreichen, den Notruf zu wählen, sich den Code zu besorgen, mit dem man den Defibrillator aus dem Schrank holen konnte, und zum Strand zurückzufahren. Das Scheinwerferlicht, das Phils Rückkehr verriet, gehörte zu den schönsten Dingen, die Adam je gesehen hatte. Seine Arme brannten wie Feuer, und er keuchte, doch er ließ nicht eine Sekunde in seinen Wiederbelebungsversuchen nach.

Als Phil das Nachthemd der Frau aufriss, um ihre Brust zu entblößen, verzog Adam beim Anblick ihrer an fleckigen Marmor erinnernden Haut das Gesicht. Er setzte die Herzmassage bis zur letzten Sekunde fort und hörte erst auf, als Phil das Kommando »Zurück!« rief.

Wenig später informierte das Gerät sie, dass ein Herzschlag festgestellt werden konnte, und Adam liefen Tränen über die Wangen, doch er schämte sich nicht dafür. Und dann verhieß das Heulen einer Sirene die Ankunft des Krankenwagens.

Kapitel 1

Das Brummen der Triebwerke machte mich schläfrig. Ich hatte gedacht, ich würde kein Auge zubekommen, aber irgendwie hatte ich es gerade geschafft, einzunicken, als ich durch einen gellenden Aufschrei hochschreckte. Es gibt ein paar Dinge, die man einfach nicht erleben will, und dazu gehört ein panischer Schrei auf einem Linienflug, genauso wie ein Telefonanruf, der einen mitten in der Nacht aus dem Schlaf reißt. Beides hatte ich innerhalb der letzten vier Stunden erlebt.

Während ich ungeschickt versuchte, meinen Sitz per Knopfdruck wieder in die aufrechte Position zu bringen, fiel mir auf, dass auch andere Passagiere von dem Schrei geweckt worden waren. An mehreren Plätzen waren die Leselampen eingeschaltet. Es dauerte ziemlich lange, bis ich begriff, dass alle Blicke auf mich gerichtet waren. Als bräuchte es noch weitere Beweise, kam ein Mitglied der Crew entschlossenen Schrittes den Gang entlang auf mich zu. In der 747 war es so dunkel, dass man mein Erröten nicht sehen konnte, doch meine Wangen brannten spürbar.

Die Stewardess flüsterte leise, um die Mitreisenden nicht zu stören, obwohl eine derartige Rücksichtnahme nach meinem Aufschrei wahrscheinlich gar nicht mehr nötig war.

»Ist alles in Ordnung?«, fragte sie freundlich.

Ich nickte und war überrascht von ihrer Fürsorglichkeit. In dieser Situation hätte ich mit Wut oder Verärgerung besser umgehen können. Mitgefühl hingegen drohte mir den Rest zu geben.

»Tut mir leid, ich muss schlecht geträumt haben. Ich wollte niemanden wecken.«

Sie lächelte verständnisvoll. »Kein Problem. Auf einem Flug am frühen Morgen schläft sowieso niemand gut. Sie glauben gar nicht, wie viele Passagiere beim Fliegen Albträume bekommen.«

Ich lächelte matt zurück, denn mein Albtraum war noch nicht vorbei.

»Kann ich Ihnen etwas zu trinken oder zu essen bringen?« Ich lehnte dankend ab, wie schon zwei Stunden vorher kurz nach dem Take-off. Meine innere Uhr ging immer noch nach New Yorker Zeit, und ich war es nicht gewohnt, so früh am Morgen irgendeine Mahlzeit zu verzehren.

»Ich mache mich am besten mal frisch«, sagte ich und stellte mit einem Blick auf die Anzeige erleichtert fest, dass das nächstgelegene WC aktuell nicht besetzt war.

Verlegen murmelte ich den Fluggästen in den umliegenden Reihen, von denen mich viele immer noch neugierig ansahen, eine Entschuldigung zu. Vielleicht warteten sie auf einen weiteren unterhaltsamen Ausbruch meinerseits, der für etwas Ablenkung gesorgt hätte. Doch es würde keinen geben, da war ich mir sicher. Bis der Flieger dort landen würde, wo ich umsteigen musste, würde ich keinen Schlaf mehr finden.

Nachdem ich hinter mir verriegelt hatte, lehnte ich mich mit dem Rücken kraftlos an die Falttür. Die Toilette war so eng wie ein Sarkophag und schon jetzt kein allzu schöner Anblick mehr, obwohl der Flug erst ein paar Stunden dauerte. Ich zog eine Handvoll Papiertücher aus dem Spender und hielt sie unters kalte Wasser, drückte sie dann auf mein erhitztes Gesicht. Niemand sieht bei greller Beleuchtung gut aus, doch die

Neonröhre über dem Spiegel war besonders ungnädig mit meiner blassen Haut. Meine Sommersprossen, die an einem guten Tag wie Goldstaub wirken konnten, erinnerten jetzt an Schlammspritzer. Ein unglücklicher Vergleich.

Sie war voller Schlamm – ihre Füße waren voller Matsch.

Die Worte meiner Mutter hatten sich in meinen Kopf eingebrannt, auch in elftausendfünfhundert Metern Höhe war ihre Stimme noch ganz nah.

Ich starrte mein Spiegelbild an, als hätte ich es noch nie gesehen. Meine Wangen waren rot, und meine Augen sahen riesig aus – nicht süß wie bei Figuren in Disney-Filmen, sondern groß und vor Angst geweitet, wie schon die letzten vier Stunden. Mein kastanienbraunes Haar war stumpf und ohne jedes Volumen und hätte dringend gewaschen werden müssen, was für heute Morgen eigentlich vorgesehen gewesen war. Doch ein verzweifelter Anruf meiner Mutter mitten in der Nacht hatte die Pläne für einen gemütlichen Tag über den Haufen geworfen.

Jeff hatte mein Telefon noch vor mir gehört. Er hob den linken Arm, der quer über seinem und meinem Kissen lag, und rüttelte mich wach.

»Dein Handy klingelt«, nuschelte er mit seinem Brooklyn-Akzent ins Kissen.

Ich runzelte die Stirn und griff danach, schaute erst nach der Uhrzeit und dann auf den Anrufer. Auch wenn ich schon seit vier Jahren in den USA lebte, verrechneten sich manche meiner alten Freunde aus Großbritannien immer noch, was den Zeitunterschied anging. Doch nicht Mum. Sie hatte überall in ihrem Haus Uhren, die nach New Yorker Zeit gingen.

Ich schwang mich aus dem Bett, und da es mich in meiner kalten Wohnung fröstelte, zog ich meine dicke Strickjacke an, während ich in den Mini-Flur hastete und dabei den Anruf annahm.

»Mum?« Ich hatte keinen Schimmer, warum sie mich sprechen wollte, aber meine Stimme zitterte leicht.

Das merkwürdige Geräusch am anderen Ende der Leitung hatte nichts mit schlechtem Handyempfang oder miserabler Tonqualität zu tun. Ich brauchte einige Sekunden, um zu begreifen, denn in den einunddreißig Jahren meines Lebens hatte ich erst ein paarmal erlebt, dass sie weinte.

»Mum, was ist? Was ist passiert?«

Noch mehr Tränen, dann ein verworrener Satz, den man unmöglich verstehen konnte.

Unbewusst war ich zu der uralten Heizung im Flur gelaufen, die auch dann noch die Wärme hielt, wenn die anderen Heizkörper längst abgekühlt waren. Mir war kalt vor Entsetzen, es war fast, als *wüsste* ich es schon.

»Ist was passiert? Bist du krank?«

Meine dreiundsiebzigjährige Mutter hatte eigentlich eine sehr robuste Konstitution, auch wenn sie so schmächtig war wie ein Spatz.

»Nicht ich. Amelia«, schluchzte sie.

Meine Knie wurden weich, und ich ließ mich mit dem Rücken an der Wand langsam neben dem Heizkörper zu Boden sinken.

»Mimi?«, fragte ich. Der kindliche Kosename war aus den Tiefen meiner Erinnerung hochgekommen. So hatte ich sie nicht mehr genannt, seit ich sechs Jahre alt gewesen war und endlich den Namen meiner älteren Schwester richtig aussprechen konnte.

»Sie haben sie ins Krankenhaus gebracht. Von da rufe ich gerade an«, antwortete Mum, und erst jetzt fielen mir die ungewohnten Hintergrundgeräusche auf.

»Ist sie krank? Hatte sie einen Unfall?« Ich feuerte meine schlimmsten Ängste heraus.

»Ja … also, nein, nicht wirklich einen Unfall. Sie … hat sich verirrt. Glauben sie zumindest.«

»Unterwegs im Auto?«, fragte ich in dem Versuch, mir etwas Sinnvolles zusammenzureimen.

»Nein. Bei einem Strandspaziergang. Nachts.«

»Das verstehe ich nicht, Mum! Warum ist sie mitten in der Nacht, im Januar, am Strand spazieren gegangen? Es muss doch eiskalt gewesen sein. Und wie in aller Welt konnte sie sich verirren? Sie kennt die Küste bei ihrem Cottage in- und auswendig!«

»Ich weiß es nicht, Lexi. Nichts an der ganzen Sache ergibt irgendeinen Sinn. Und sie scheint es auch nicht zu begreifen. Sie haben ihr Beruhigungsmittel gegeben, weil sie so durcheinander war.« Von all den entsetzlichen Dingen, die Mum bis jetzt gesagt hatte, war es das, was mir am meisten Angst einjagte. Amelia war die Vernünftige. Der »weise Kopf auf jungen Schultern«, so hatten sie alle genannt, als sie mit nur sechzehn Jahren der Fels in der Brandung wurde, auf den Mum und ich uns stützten, nachdem wir Dad durch ein unerklärliches, tragisches Unglück verloren hatten. Meine Schwester war immer meine erste Anlaufstelle gewesen. Sie hatte mir beigebracht, wie man Tampons benutzt, wie man quadratische Gleichungen löst und mit dem Auto das Drei-Punkt-Wenden hinbekommt, was mein Fahrlehrer zu seiner Verzweiflung nie geschafft hatte. Ich war die Träumerin in der Familie gewesen, die die Nase ständig in Bücher gesteckt hatte. Amelia hingegen hatte quasi als fertige Erwachsene das Licht der Welt erblickt.

Dass meine ältere Schwester mitten im Winter orientierungslos am Strand herumirrte – wo sie sonst jeden Tag spazieren ging –, wollte mir nicht in den Kopf.

»Sie fürchten, dass sie eine starke Unterkühlung hat«, fuhr Mum fort. »Sie war eiskalt, als sie eingeliefert wurde.«

Ich dachte an das letzte Mal, als Amelia mich im Winter in New York besucht und sich jedes Mal wie für eine Polarexpedition ausstaffiert hatte, selbst wenn sie nur einmal um den Block gehen wollte.

»Sie haben sie kurz vor Sonnenaufgang im Watt gefunden«, sagte Mum mit zittriger Stimme. »Da draußen war es minus ein Grad, aber sie hatte bloß ein Nachthemd an und war barfuß.«

»Was zur Hölle …«, brummelte Jeff und blinzelte schläfrig, als ich das Deckenlicht anknipste. »Was ist los?« Er griff nach seinem Handy auf dem Nachttisch. »Meine Güte, Lexi, es ist gerade mal halb drei!«

»Ich muss packen«, sagte ich angespannt und zerrte meinen Koffer vom Kleiderschrank. Er plumpste auf die Matratze und streifte Jeffs Fuß, der allerdings auch auf meiner Betthälfte lag.

»*Was?*«, fragte er. Er war immer noch schlaftrunken, wohingegen ich einen extremen Adrenalinschub hatte.

»Der Anruf … das war meine Mutter«, sagte ich, während ich irgendwelche Kleidungsstücke aus der Kommode zog und planlos in den Koffer warf. »Amelia ist im Krankenhaus. Sie wurde nachts am Strand aufgefunden und hat eine Unterkühlung.«

Jeff fuhr sich mit einer Hand durch das volle, vom Schlafen zerzauste dunkelblonde Haar. »Ach du Scheiße.«

Ich zerrte noch ein paar Pullover aus einer Schublade und warf sie in Richtung Koffer, wo die meisten auch landeten. Jeff griff nach seinen Boxershorts und schwang sich aus meinem Bett.

»Kann ich irgendwie helfen?«, fragte er und nahm wieder sein Telefon zur Hand. »Soll ich nach Flügen suchen?«

Ich bekam ein kurzes dankbares Lächeln hin, dann zog ich mich für meine lange Heimreise an, während er in die Küche ging, um Kaffee zu kochen.

Eine Viertelstunde später stand ich neben einem prall gefüllten Koffer, der wahrscheinlich Übergewicht hatte und außerdem wohl nur die falsche Kleidung enthielt. Aber das war egal. Amelia und ich hatten dieselbe Kleidergröße. Ich konnte mir von ihr borgen, was ich brauchte.

»Pass? Kreditkarten? Handy?«, fragte Jeff mit Blick auf die Tote Bag, die ich über der Schulter trug.

Ich nickte. Während ich durch die Wohnung gehastet war, alles Verderbliche aus dem Kühlschrank entsorgt und einen Zettel für den Hausmeister geschrieben hatte, den ich ihm unter der Tür durchschieben wollte, hatten wir nicht viel gesprochen. Ich hatte keinen Schimmer, wie lange ich wegbleiben würde, und als Jeff mich fragte, was mit meiner Arbeit sei, starrte ich ihn an, als spräche er Chinesisch. An die Arbeit hatte ich gar nicht gedacht. »Ich ruf dort an und erkläre es ihnen, sobald ich gelandet bin«, sagte ich, schnappte mir in letzter Minute mein Laptop und stopfte es in mein Handgepäck.

»Echt beschissenes Timing, mit dem Jobangebot und allem«, sagte er.

Der Blick, den ich ihm zuwarf, sprach wahrscheinlich Bände. Die Familie bedeutete mir alles, aber Jeff hatte das nie wirklich begriffen.

»Das wird schon klargehen«, sagte ich mit einer Zuversicht, mit der ich ziemlich gut auch danebenliegen konnte. Eine berufliche Chance wie die, die mir gerade eröffnet worden war, bekam man nicht so schnell wieder.

Der klapprige Fahrstuhl, der ein diebisches Vergnügen daran hatte, die Bewohner in meinem Haus zu terrorisieren, ruckelte beunruhigend, während er uns nach unten beförderte. Ich hielt den Blick fest auf die Stockwerkanzeige gerichtet. *Mach jetzt bloß nicht wieder schlapp. Nicht heute. Nicht jetzt.*

Mit einem heftigen Ruck erreichte der Aufzug das Foyer.

Mir fiel kaum auf, dass die kalte Nachtluft auf meinen Wangen brannte, während wir die Stufen zur Straße hinunterhasteten. »Wahrscheinlich kriegst du an der Kreuzung am ehesten ein Taxi«, bemerkte Jeff und hob meinen Koffer an, den ich kurz auf dem schneebedeckten Bürgersteig abgestellt hatte.

Ich hielt durch das Schneegestöber nach einem der kanariengelben Taxis Ausschau, die mich so begeistert hatten, als ich frisch nach New York gezogen war – als wäre ich überrascht gewesen, dass es sie nicht nur in Filmen und Fernsehsendungen gab.

»Da ist eins!«, rief ich und rannte los, wofür die glatten Sohlen meiner Stiefel nicht gemacht waren.

»Vorsicht!«

Jeffs Warnruf kam zu spät. Wie eine Cartoonfigur geriet ich sofort ins Schlittern, dann riss es mir auch schon die Beine weg, und ich landete mit solcher Wucht auf dem Hintern, dass mir ein blauer Fleck sicher war. Aber nicht der Schmerz trieb mir die Tränen in die Augen, sondern die unablässige Angst und eine üble Vorahnung, die mir fast die Kehle zuschnürte. Flink kam ich wieder auf die Füße.

»Alles okay?«, fragte Jeff mit erhobener Hand, um eines der vielen Taxis anzuhalten, die, wie er prophezeit hatte, über die Kreuzung rauschten.

Ich sagte dem Fahrer, wo ich hinwollte, und sah zu, wie er mein schweres Gepäck in den Kofferraum wuchtete.

»Soll ich mitkommen?«, fragte Jeff, und ich drehte mich so hastig zu ihm um, dass ich beinahe ein zweites Mal hingesegelt wäre.

Bei seinem großzügigen Angebot kamen mir schon wieder die Tränen, auch wenn ich sie zurückhalten wollte. »Das würdest du tun?« Es entstand eine peinliche Stille, bis ich meinen Fehler erkannte. »Ah, verstehe. Du meinst, zum Flughafen.«

Idiotin, Idiotin, Idiotin, beschimpfte ich mich selbst, weil ich meine Enttäuschung nicht schnell genug überspielt hatte. *Selbstverständlich* bot Jeff mir nicht an, mit mir in den Flieger zu steigen und ein paar Tausend Kilometer über den Atlantik zu jetten. Dafür war unsere Beziehung zu unverbindlich.

»Oder soll ich mir lieber ein Taxi nach Hause nehmen?«, fuhr er verlegen fort.

Der Fahrer, der meinen Koffer inzwischen verstaut hatte, schenkte mir einen mitfühlenden Blick. Selbst für einen Außenstehenden war offensichtlich, dass das mit Jeff und mir keine Sache für immer war. Warum brauchten wir selbst so lange, um das einzusehen?

»Danke. Es wär schön, nicht allein fahren zu müssen.«

»Kein Problem«, sagte Jeff. »Wir können unterwegs die Flüge durchgehen, die ich gefunden habe.«

Ich hörte nicht so gut zu, wie ich es während der vierzigminütigen Fahrt zum Flughafen hätte tun sollen. Ich sagte häufig »Ja« und »Hm«, während Jeff mir die verschiedenen Routen nannte, die er online recherchiert hatte, und ich schaute aus dem Taxifenster, hinter dem New York mehr und mehr unter einer Schneedecke versank. War es an dem Strand, wo man meine Schwester aufgefunden hatte, auch so kalt gewesen? Konnte eine gesunde, fitte Neununddreißigjährige nach einer starken Unterkühlung wieder auf die Beine kommen? Und was hatte sie überhaupt nachts aus dem Haus getrieben?

Diese Fragen, auf die ich keine Antwort hatte, gingen mir immer noch im Kopf herum, als unser Taxi draußen vor dem Abflugterminal hielt. Bevor ich nach meiner Geldbörse greifen konnte, war Jeff bereits dabei, den Fahrer zu bezahlen. Es war eine nette Geste, und ich weigerte mich zu glauben, dass er das aus einem schlechten Gewissen heraus tat.

»Viel Glück«, sagte der Mann, hob meinen Koffer aus dem Wagen und stellte ihn neben mir auf den Gehweg. Ich beschloss, dass er mir das für den Flug wünschte und nicht für meine Beziehung.

Was den Verkehr anging, hatte die Stadt, die nie schläft, ihrem Ruf alle Ehre gemacht, und genauso betriebsam war es auch im Flughafenterminal. Durch Jeffs Recherche wusste ich bereits, dass ich für einen Direktflug fünf Stunden zu früh dran war, aber ich würde bereitwillig alles nehmen, das mich ein paar Minuten schneller nach London brachte.

Jeff war groß und kräftig gebaut, ein College-Footballspieler, der seine sportlichen Fähigkeiten einsetzte, um uns eine Schneise durch die Menge zum Schalter der Fluggesellschaft zu schlagen. Wir schafften es dorthin, ohne mit einem einzigen Rollkoffer oder hochbeladenen Gepäckwagen zusammenzustoßen. Die gute Nachricht war, dass ich keine Schlange vor mir hatte; die schlechte lautete, dass es kaum noch Flüge für mich gab.

»Vielleicht solltest du *wirklich* auf einen Direktflug warten«, schlug Jeff vor. Er hatte die Stirn gerunzelt, nachdem er gehört hatte, welche Zickzackroute die Airline-Mitarbeiterin gerade vorgeschlagen hatte. »Vielleicht bekommst du sogar einen Platz in der Businessklasse, wenn du wartest.«

War das der Augenblick, als mir klar wurde, dass eine gemeinsame Vorliebe für chinesisches Essen, Arthouse-Filme und ziemlich umwerfenden Sex nicht ausreichte, um uns für den Rest unseres Lebens aneinander zu binden? Jeff war ein Einzelkind und seinen Eltern nicht besonders nahe, weder geografisch noch emotional. Ich hingegen lag am anderen Ende des Spektrums. Ich mochte vielleicht Tausende von Kilometern von Amelia und Mum entfernt sein, doch ich hatte mich ihnen noch nie so verbunden gefühlt wie jetzt.

Ich ignorierte die Bemerkung und wandte mich wieder an die Frau hinter der Plexiglasscheibe. »Mir ist wirklich egal, wie ich fliege. Helfen Sie mir bitte einfach nur, so schnell wie möglich nach Hause zu kommen.«

Ich schob ihr meinen Pass und die Kreditkarte zu und zuckte angesichts des gepfefferten Preises für das Last-minute-Ticket mit keiner Wimper.

»Nur der Hinflug?«, fragte die Frau am Schalter, während ihre Finger mit beeindruckender Geschwindigkeit über die Tasten flogen.

»Ja. Ich denke schon«, sagte ich und hörte, wie Jeff die Luft einsog. Doch ich drehte mich nicht zu ihm um. Ich war zu sehr damit beschäftigt, meinen Koffer gegen eine Bordkarte einzutauschen und die Anweisung der Frau zu befolgen, zum Gate zu rennen, als ginge es um mein Leben.

Von diesem Sprint zur Sicherheitskontrolle war ich zu sehr außer Atem, um mehr als nur ein bisschen von dem herauszubringen, was ich Jeff hätte sagen sollen. All das würde warten müssen. Doch vielleicht spürte er es längst, denn der Kuss, den er mir auf die Lippen drückte, hatte etwas Hastiges und Distanziertes.

»Danke, dass du mitgekommen bist«, sagte ich und wandte mich schon zur Automatik-Sperre.

»Gib mir Bescheid, wenn du gelandet bist!«, rief er mir nach, als ich durch das Gate ging.

Es fühlte sich bereits jetzt so an, als würde ein ganzer Kontinent zwischen uns liegen.

Kapitel 2

In London war es kalt, neblig und feucht, und dennoch fühlte ich mich dort sofort auf eine Weise heimisch, wie ich es in New York trotz all seiner Vorzüge und Annehmlichkeiten nie sein würde. Es war eigentlich die Art von Tag, an dem die Airline meinen Koffer verschlampen oder das Flugzeug wegen schlechten Wetters auf irgendeinen Flughafen in den Midlands umgeleitet werden würde. Doch wie durch ein Wunder ging alles glatt. Zum allerersten Mal lag mein Gepäck ganz vorn auf dem Laufband, und selbst die lange Schlange vor der Passkontrolle schrumpfte überraschend schnell.

Die Familie, die am Schalter der Autovermietung vor mir stand, brauchte zugegebenermaßen nervtötend lange, um sich für ein Modell und einen Kindersitz zu entscheiden. Frustriert wippte ich mit dem Fuß, doch ich zügelte meine Ungeduld und nutzte die Zeit, um Mum und Jeff zu schreiben, dass ich sicher gelandet war. Mum antwortete fast sofort, Jeff hingegen meldete sich nicht. Wir hatten heute eigentlich mit Freunden brunchen gehen und uns danach ein Eishockeyspiel im Madison Square Garden anschauen wollen. Jeff war ein Riesenfan der New York Rangers. Und ich? Eher nicht. Es gab natürlich keinen guten Grund, weshalb er absagen sollte, aber unwillkürlich fragte ich mich, wer jetzt neben ihm auf dem Platz saß, der für mich bestimmt gewesen war.

Die unschlüssige Familie vor mir hatte sich endlich entschieden, und ich trat an die Theke. Ich nahm den erstbesten

Wagen, den sie mir anboten, wie sich herausstellte, ein weit größeres und schnelleres Auto als alle, die ich zuvor gefahren hatte. Ich übergab der Avis-Mitarbeiterin meinen britischen Führerschein und war dankbar, dass in dem Formular, das ich ausfüllen musste, keine Fragen standen wie: *Und wie lange ist es her, seit Sie zuletzt gefahren sind?*

Dass ich mich hinter das Steuer eines Wagens gesetzt hatte, lag Jahre zurück, und es wäre mir lieber gewesen, es nicht an einem nassen, nebeligen Abend im Dunkeln tun zu müssen. Aber meine ältere Schwester lag irgendwo in Somerset in kritischem Zustand in einem Krankenhausbett, und wäre es die einzige Möglichkeit gewesen, dorthin zu gelangen, wäre ich jeden einzelnen Kilometer auf allen vieren gekrochen.

Bei der Vorstellung zuckten meine Lippen. Das war genau die Art von Übertreibung, die ich in einem Manuskript streichen würde. Aber dies war keine Geschichte, die ich nach Gutdünken lektorieren konnte. Ich fröstelte und drehte die Heizung bis zum Anschlag auf, doch mir wurde einfach nicht warm.

In den letzten sechsunddreißig Stunden hatte ich weniger als vier geschlafen, und ich wusste, dass es gefährlich war, weiterzufahren, wenn ich so müde war. Auf der Suche nach einem Kaffee, in dem der Löffel stehen blieb, fuhr ich von der Autobahn ab.

Alles in der Raststätte war mir zu viel. Sie war zu hell, zu laut, dort waren zu viele Menschen, die alle keine Ahnung hatten, dass dies der schrecklichste Tag meines Lebens war. Meine Erinnerungen kehrten ständig zu dem Tag zurück, der ebenfalls Anspruch auf diesen Titel erheben konnte. Plötzlich war ich wieder acht Jahre alt, sah, wie das Blut aus dem Gesicht meiner Mutter wich und ihr der Telefonhörer aus der Hand fiel, nachdem sie den Anruf entgegengenommen hatte, der unsere glückliche kleine Familie zerstörte.

In der Raststätte schüttete ich kurz hintereinander zwei Flat Whites in mich hinein, dann stand ich auf und bestellte einen dritten zum Mitnehmen. Ich warf einen letzten Blick auf das Sandwich, das ich gekauft hatte und das nur an einer Ecke leicht angebissen war. Obwohl es Verschwendung war, warf ich es in den nächsten Mülleimer.

Der Nebel war noch dichter geworden, als ich den Parkplatz verließ. Ich beschloss, keine weiteren Pausen mehr einzulegen, bis ich das Krankenhaus erreicht hatte.

Das einzig Gute an den schrecklichen Wetterbedingungen war, dass ich mich voll und ganz auf die Straße konzentrieren musste. Doch sobald ich das Krankenhausgelände erreichte, war es, als würden all die Gefühle, die ich bisher in Schach gehalten hatte, plötzlich über mich hereinbrechen. Jetzt spürte ich, wie die Angst durch meine Adern strömte.

Im mehrstöckigen Parkhaus gab es jetzt, da in Großbritannien bereits die Nacht angebrochen war, Hunderte von freien Plätzen, doch ich schaffte es trotzdem, schlecht einzuparken, und blockierte in der Eile gleich zwei Stellplätze. Ich schrieb Mum schnell »Bin da«, dann eilte ich zum Treppenhaus und folgte den Schildern zum Haupteingang.

Die Eingangshalle sah tagsüber garantiert ganz anders aus, wenn es darin vor Patienten, Besuchern und Krankenhausangestellten wimmelte. Die Geschäfte wären geöffnet und hell erleuchtet statt dunkel, verlassen und mit Metallgittern verschlossen. Und es hätte definitiv jemand am Informationsschalter gesessen, der mir den Weg zu Amelias Station hätte beschreiben können.

Ich bin nicht besonders schreckhaft, aber ich fuhr zusammen, als die Stille von einem lauten »Ping« hinter mir zerrissen wurde. Als die Aufzugtüren sich öffneten, brauchte ich einen Moment, um zu erkennen, dass die kleine, erschöpft wirkende Gestalt im Fahrstuhl meine Mutter war. Bis sie meinen Namen rief.

Ich fiel ihr in die Arme, oder sie mir, das war schwer zu sagen. Sie war immer zarter gewesen als ihre beiden Töchter, dünn und zierlich. Und doch hatten wir uns als Kind an sie geklammert wie an eine Amazone, wenn wir uns das Knie aufgeschlagen oder schlecht geträumt hatten. Ich tat es auch jetzt, atmete den Geruch all dessen ein, von dem ich gar nicht gewusst hatte, dass es mir gefehlt hatte. Ein Hauch ihres Haarsprays stieg mir in die Nase, ihr Parfüm, ihr ganz persönlicher Geruch. Ihre warmen Arme umfingen mich und ließen mich auftauen.

»Wie geht's ihr?«, fragte ich dann rasch.

»Sie haben ihr etwas zum Schlafen gegeben«, erwiderte Mum.

»Aber geht es ihr gut? Ich habe Hypothermie gegoogelt. Das kann wirklich gefährlich werden.«

Etwas am Blick meiner Mutter alarmierte mich, noch ehe sie meine Hand nahm.

»Setzen wir uns doch dort drüben hin, wo es ruhiger ist«, schlug sie vor und deutete auf eine hufeisenförmige Sitzecke im hinteren Teil der Eingangshalle. Ich wunderte mich. Hier war es *überall* ruhig!

»Was ist los, Mum? Was stimmt denn nicht?«

»Gehen wir einfach da rüber, damit wir nicht im Weg sind«, insistierte sie.

Bis auf einen einsamen Raumpfleger, der sich träge auf seinen Rollwagen stützte und auf sein Handy schaute, waren wir allein.

Ich ließ mich schwer auf einen der Plastikstühle fallen. Mum setzte sich auf den Stuhl neben mich und griff erneut nach meiner Hand. Ihre fühlte sich heiß und trocken an, während meine vor lauter Furcht kalt und klamm war.

»Die … die Situation ist ein bisschen ernster, als ich sie dir am Telefon geschildert habe.«

Ich erschrak. Meine Schwester war verloren, verwirrt und unterkühlt in den frühen Morgenstunden am Strand gefunden worden. Wie viel ernster konnte es denn sein?

»Amelia war nicht wach, als sie gefunden wurde. Sie war nicht bei Bewusstsein.«

Ihre Worte trafen mich wie ein Schlag. »Sie war ohnmächtig? Wegen der Kälte?«

Mum seufzte, und die Worte, die sie so lange zurückgehalten hatte, sprudelten schließlich aus ihr heraus.

»Sie hat nicht geatmet, Lexi. Sie wissen nicht, wie lange schon nicht mehr.«

Ich blinzelte wie ein im Scheinwerferlicht erstarrtes Tier und versuchte, mir etwas Originelleres einfallen zu lassen als »O mein Gott«, doch am Ende brachte ich nur das heraus.

»Genau genommen war sie … war sie …« Mum brachte es nicht über sich, den Satz zu beenden. Welche Mutter hätte das schon gekonnt? Ich half ihr auf die Sprünge.

»Tot?«

Mum nickte knapp.

»Wieso wusste ich nichts davon?« Unsere Blicke trafen sich, und ihre hellgrauen Augen sahen in meine, die – wie die von Amelia – himmelblau waren.

»Ich wollte es dir nicht erzählen, bevor du ins Flugzeug steigst. Damit du nicht stundenlang darüber nachgrübelst.«

Ich schüttelte den Kopf, denn so hatte ich meine Frage nicht gemeint. Ich wiederholte sie noch einmal mit mehr Nachdruck.

»Wieso *wusste* ich nichts davon? Ich hätte es spüren müssen … hier.« Ich presste mir die Hand aufs Herz und nahm wahr, wie es unter meinen Fingern besorgniserregend raste.

Meine Mutter senkte den Blick. Darauf hatte sie keine Antwort. Niemand konnte die seltsame Verbindung zwischen Amelia und mir erklären. Wir nahmen sie einfach als gegeben hin.

»Die Männer, die sie gefunden haben, sind Ärzte. Im Grunde ist es ein Wunder«, sagte sie, ihre Stimme war kaum mehr als ein Flüstern. Sie suchte in ihrem Ärmel nach einem Taschentuch. »Sie haben ihr Mund-zu-Mund-Beatmung gegeben und ihr mit einem dieser Geräte einen Elektroschock versetzt. Da hat ihr Herz wieder angefangen zu schlagen.«

Meine Gedanken überschlugen sich, während ich einen Satz zu formulieren versuchte, der nicht das Wort »Hirnschaden« enthielt. Keine Ahnung, ob ich damit Mum oder mich selbst schützen wollte. Ich mochte beruflich Liebesromane lektorieren, aber privat war ich ein Riesenfan von Thrillern. Und deshalb wusste ich, wie lange es ungefähr dauerte, bis irreparable Schäden entstanden, sobald das Herz aufhörte zu schlagen.

»Kann ich sie sehen?«

»Natürlich. Die Pflegekräfte waren so freundlich, mir alle Maßnahmen zu erklären. Aber du musst dich auf einiges gefasst machen, Lexi. Sie ist an Maschinen und Monitore angeschlossen, überall sind Kabel und Schläuche …« Schluchzend brach Mum ab, und ich zog sie an mich. Wortlos wiegte ich sie auf den harten Plastikstühlen, während eine Welle der Furcht über uns hereinbrach.

Schweigend fuhren wir kurz darauf mit dem Aufzug nach oben zur Intensivstation. Unsere Schritte hallten von dem Linoleumboden im Flur wider, und unbewusst senkten wir die Stimmen, als wären wir in einer Kirche.

»Konntest du schon mit ihr reden?«, fragte ich und zögerte, als ich die Doppeltür zur Station erspähte.

»Nein. Man hat mir gesagt, sie sei desorientiert und verstört gewesen, deshalb haben sie ihr Beruhigungsmittel gegeben, bevor ich ankam. Sie war nicht sie selbst. Hat ständig nach jemandem gerufen.«

Mit Tränen in den Augen sah ich Mum an. »Nach mir? Hat sie nach mir gerufen?«

Ich weiß nicht, was herzzerreißender war, die Wahrheit oder die Lüge, die meine Mutter mir stattdessen schnell erzählte. »Ja, so muss es wohl gewesen sein.«

Kapitel 3

Ich öffnete die Tür und schlüpfte auf die Station. Mum hatte mir vorher erklärt, in welchem Bett Amelia lag, und so steuerte ich auf Zehenspitzen geradewegs darauf zu. Meine Mutter, die sich immer an die Regeln hielt, hatte auf das Schild neben der Tür gedeutet, auf dem stand, dass nur ein Besucher pro Patient erlaubt war.

»Ich bin schon seit Stunden bei ihr«, hatte sie gesagt, und mir war, als könnte ich an ihren gebeugten Schultern die Last jeder einzelnen Minute ablesen. »Setz dich ein Weilchen zu ihr. Ich warte hier draußen.«

Amelia war eine von nur vier Patienten auf der Intensivstation. Die Deckenbeleuchtung war ausgeschaltet, aber über jedem Bett leuchtete ein gedämpftes, warmes Nachtlicht. Und neben jedem Bett saß wie ein Wächter eine Pflegekraft. Über die Betreuung konnte man sich also nicht beschweren, doch es war mir unerträglich, dass Amelia sie benötigte.

»Ich bin ihre Schwester«, flüsterte ich. Unter dem Gewirr der vielen Kabel und Schläuche wirkte Amelia verloren und verletzlich. Mum hatte ihr Bestes getan, um mich vorzuwarnen, trotzdem war ich auf dieses Ausmaß an medizinischen Geräten nicht vorbereitet gewesen.

»Wie geht es ihr?«, fragte ich den Pfleger.

»Oh.« Er klang überrascht, als er mein Gesicht im Schein des Nachtlichts sah. Ungläubig schaute er zu seiner Patientin und dann wieder zu mir, als könne er seinen Augen nicht trauen. Die Reaktion war mir so bekannt, dass ich sie kaum noch bemerkte.

Ich griff vorsichtig nach Amelias Hand, darauf bedacht, die Kanüle nicht zu berühren, die in ihrer zarten weißen Haut steckte.

»Gut«, antwortete der Pfleger, der sich inzwischen wieder gefasst hatte.

Mit einem zittrigen Lächeln betrachtete ich meine Schwester, in deren Armen Zugänge steckten und an deren Bett ein Beutel hing, der wahrscheinlich mit einem Katheter verbunden war. Ich bezweifelte, dass »gut« für den Pfleger dasselbe bedeutete wie für mich.

»Mimi«, sagte ich mit brüchiger Stimme. »Ich bin's. Lexi. Ich bin jetzt bei dir.« Ich wünschte, ihre blau geäderten Lider würden sich öffnen, doch sie flatterten bloß, während ich sprach.

»Sie ist momentan stark sediert«, erklärte der Pfleger. »Wir mussten sie ruhigstellen, sie war völlig verstört, als sie eingeliefert wurde.«

Kopfschüttelnd versuchte ich zu begreifen, was er mir erzählte, aber es gelang mir nicht. Amelia war immer die Ruhe selbst. Wenn man das Wort »gelassen« im Lexikon nachschlug, würde man wahrscheinlich daneben ein Foto von meiner Schwester finden.

»Reden Sie wirklich von meiner Schwester?«

Jetzt wirkte er erst recht verwirrt.

Ich streckte die Hand aus und strich behutsam das Haar aus dem Gesicht, das mir jeden Morgen im Spiegel entgegenblickte. »Ich meine, so etwas kenne ich von ihr nicht. Das sieht ihr überhaupt nicht ähnlich.«

Der Pfleger nickte verständnisvoll. »Sie müssen sich vor Augen halten, dass sie ein ziemliches Martyrium hinter sich hat. Ihr Körper braucht Ruhe, um sich zu erholen.«

»Und wie geht es ihr … mental?«, fragte ich und verschränkte meine Finger mit denen von Amelia, wie wir es Tausende Male zuvor getan hatten. Wie fast alles an uns sahen unsere Hände nahezu identisch aus, jedenfalls wenn man von der großen Kanüle in Amelias Handrücken absah.

»Die Ärzte können Ihnen morgen mehr dazu sagen«, antwortete die Pflegekraft diplomatisch.

Ich blieb nur eine halbe Stunde, denn mir war bewusst, dass auf der anderen Seite der Stationstür eine dreiundsiebzigjährige Frau saß, die heute ebenfalls Traumatisches durchlitten hatte. Ich war mir ziemlich sicher, dass es nur einen Weg gab, sie aus dem Krankenhaus zu bekommen – indem ich ihr sagte, ich müsse mich ausruhen.

Es war seltsam, von Mum zu ihrem neuen Haus gelotst zu werden. Als wir unterwegs an der Straße vorbeikamen, wo wir früher gewohnt hatten, verspürte ich eine schmerzhafte Sehnsucht nach meinem Elternhaus. Ich wusste, dass es für Mum allein viel zu groß war, und der Garten war ihr über den Kopf gewachsen, doch plötzlich wäre ich am liebsten in die vertraute Einfahrt eingebogen und die knarzende Treppe zu meinem ehemaligen kleinen Zimmer unter der Dachschräge hochgelaufen.

»Du kannst da drüben parken«, sagte Mum, als wir vor ihrem hübschen kleinen Häuschen hielten. Solche Häuser mit zwei Zimmern wurden unter dem Label »erstes Eigenheim« angeboten, auch wenn es im Fall meiner Mutter wohl eher der letzte Ort sein würde, den sie ihr Zuhause nannte. Bei dem Gedanken kamen mir die Tränen, und ich brauchte länger als nötig, um mein Gepäck aus dem Kofferraum zu hieven, weil ich mir erst sicher sein wollte, dass meine Augen nicht mehr feucht waren.

»Sie wird dort zufrieden sein, sobald sie sich erst einmal richtig eingelebt hat«, hatte Amelia gesagt. Wann hatten wir dieses Gespräch geführt? Vor einem Monat? Oder war es länger her? Hatte ich seit Weihnachten überhaupt mit ihr gesprochen?, durchfuhr es mich. Sie hatte mich beharrlich ermutigt, mich mehr auf mein Leben in New York zu konzentrieren, und gedankenlos, wie ich war, hatte ich unsere wöchentlichen Telefonate schleifen lassen. Wie hatte ich anderen Dingen den Vorrang vor meiner Schwester geben können? Meinem eigenen Fleisch und Blut … und das fast buchstäblich. Der Gedanke wog noch schwerer als der Koffer, den ich gerade mit Mühe über die Schwelle bugsierte. Wieso hatte der in Jeffs Händen so leicht ausgesehen? Ich vertrieb den Gedanken wie eine lästige Fliege. Das letzte Mal, als ich nachgesehen hatte, hatte Jeff immer noch nicht auf meine Nachricht geantwortet. Dass ich ihn nie »meinen Freund« nannte, schien mir plötzlich, aus mehr als fünftausend Kilometern Entfernung, noch deutlich mehr der Wahrheit zu entsprechen.

»Du hast bestimmt Hunger«, sagte Mum und schob mich sanft aus dem schmalen Flur ins Wohnzimmer.

Ich murmelte etwas Unverbindliches, denn Essen war das Letzte, wonach mir war.

»Für eine Tasse Tee würde ich jetzt sterben«, sagte ich, und zu spät wurde mir bewusst, dass mir keine schlechtere Wendung hätte einfallen können. Wir taten beide so, als hätten wir meinen Ausrutscher nicht bemerkt.

»Dann setz dich, mach es dir bequem, und ich gieße dir eine auf.«

»Setz du dich lieber hin, Mum, und *ich* mache Tee«, schlug ich vor, die Hand bereits auf dem Küchentürknauf.

»Du weißt doch gar nicht, wo alles steht«, sagte sie bestimmt und fügte dann mit einer Spur ihres alten Elans hinzu: »Das da ist übrigens die Abstellkammer.«

Ich lächelte und war erleichtert, dass ich das noch nicht verlernt hatte.

»Okay. Aber wirklich nur Tee, Mum. Nichts zu essen.«

Einige Sekunden später hörte ich Wasser in den Wasserkocher laufen und kurz darauf das Klappern von Besteck und Tellern. Wahrscheinlich würde ich also doch etwas essen müssen.

Während ich auf Mums Rückkehr wartete, sah ich mich in ihrem kleinen Wohnzimmer um. Es war merkwürdig, so viele vertraute Dinge in einer neuen Umgebung zu sehen. Als hätte man Teile meiner Vergangenheit in ein anderes Puzzle eingefügt. Sie passten nicht so ganz, doch das bemerkte man nur, wenn man zur Familie gehörte. Bald fand ich mich neben dem Kamin wieder, als hätte er eine magnetische Anziehungskraft. Es war keine aus Backstein gemauerte Kaminecke wie die, die wir früher gehabt hatten, sondern eine hübsch geflieste Öffnung mit einer Gasflamme. Doch nicht der Gaskamin hatte mich angezogen, vielmehr war es die Sammlung gerahmter Familienfotos, die auf dem Sims prangte. Meine Augen brannten, als ich das letzte Foto von uns vieren in die Hand nahm. Es war nur wenige Wochen aufgenommen worden, bevor Dad – ein erfahrener Angler, der schon jahrzehntelang in derselben Bucht gefischt hatte – irgendwie von der Strömung mitgerissen wurde und ertrank. Auf dem Bild strahlte Mum in die Kamera. Sie hatte die Hand um Dads Taille gelegt und sich eng an ihren Mann geschmiegt, dem sie knapp bis an die Schulter reichte. Auf seiner anderen Seite stand Amelia, die schon mit sechzehn einen ganzen Kopf größer als Mum gewesen war. Ich vervollständigte die Reihe, mit dürren Gliedmaßen und Sommersprossen im Gesicht. Breit grinsend und mit einer Zahnlücke dort, wo ein Schneidezahn hätte sein sollen. Zärtlich fuhr ich mit dem Finger über jedes Gesicht. Auf Amelias verharrte ich am längsten, und dann auf dem meines Vaters. »Pass auf sie auf, Dad«, flüsterte ich.

Ich schaffte drei gebutterte Crumpets, die genauso gut schmeckten wie die Pappverpackung, in der sie verkauft wurden. Aber wenigstens schien Mum beruhigt, dass ich nicht vor Hunger umkippen würde.

»Die mochtest du immer am liebsten«, sagte sie und sammelte die schmutzigen Teller ein.

Eigentlich stimmte das gar nicht. Amelia war diejenige gewesen, die sie am liebsten zum Tee gegessen hatte, und es war ungewöhnlich, dass Mum solch ein Irrtum unterlief. Doch nach all dem, was wir heute mitgemacht hatten, war das vielleicht nicht überraschend. Es musste schwer sein, all die Kindheitsgeschichten auseinanderzuhalten, wenn das jüngere Kind genauso aussah wie das ältere, das acht Jahre früher zur Welt gekommen war. Selbst ich hatte manchmal Probleme, gleich zu erkennen, wer von uns beiden wer war, wenn ich mir alte Aufnahmen im Familienalbum ansah.

In meiner Teenagerzeit war es einfacher gewesen. Damals hatte ich eine rebellische Phase gehabt, in der ich mit den unmöglichsten Frisuren herumlief und dazu die Haare in einem Rotton färbte, den die Natur nicht im Repertoire hatte. Ich fuhr mir mit den Fingern durch mein jetzt schulterlanges Haar, das ich schon lange wieder in Naturfarbe trug. Ich konnte mich nicht einmal erinnern, wieso ich mir damals solche Mühe gegeben hatte, alle Grenzen zu überschreiten und mich zum Beispiel auch über sämtliche Regeln für das abendliche Heimkommen hinwegzusetzen. Amelia hatte einmal die Vermutung geäußert, es sei mein Versuch gewesen, eine deutliche Kluft zwischen uns zu schaffen, um meine Individualität zu demonstrieren. Jetzt, im Nachhinein betrachtet und nachdem ich einiges zu dem Thema gelesen hatte, musste ich ihr wohl recht geben. Anscheinend ist das bei Zwillingen ziemlich verbreitet – selbst bei solchen, die so einzigartig sind wie wir.

Letztlich aber war das Bedürfnis, anders auszusehen, anders zu *sein*, nicht annähernd so stark gewesen wie das schwesterliche Band zwischen uns. Ich spürte immer noch diese Verbindung, fast körperlich, wahrscheinlich stärker, als Amelia sie je empfunden hatte. Trotz unserer äußerlichen Ähnlichkeit waren wir von der Persönlichkeit her doch völlig unterschiedlich. Amelia hatte einen Sinn für Zahlen – ja, fast schon eine Gabe. Man konnte sie getrost als eine abgemilderte Version von Rain Man bezeichnen. Für mich hingegen blieb Mathematik ein Rätsel, das zu lösen mich nicht die Bohne interessierte. Ich fragte mich immer, ob Amelia in dem Moment während der In-vitro-Fertilisation, als die Zellen sich in der Petrischale geteilt hatten, aus einem unerfindlichen Grund alle Mathematik-Gene abbekommen und die Sprachgene für mich übrig gelassen hatte.

Es schien nur folgerichtig, dass Amelia Mathematik studierte, einen Abschluss mit Auszeichnung machte und in die Finanzwirtschaft ging. Fast genauso unvermeidlich, wie dass das andere Mädchen, das immer die Nase in ein Buch gesteckt hatte, in der Verlagsbranche landete, mit überraschenden Karrierechancen, von denen es nie zu träumen gewagt hatte.

Der Tee in der Kanne war längst abgekühlt.

»Was ich nicht verstehe«, sagte ich mit Blick auf ein neueres Foto meiner Schwester, als könnte es mir weiterhelfen, »wieso in aller Welt hat sie mitten in der Nacht ihr Cottage verlassen?« Ich gab meinem Job und dem Schlafmangel die Schuld für die dramatischen Erklärungen, die mir einfielen. »Wollte sie vielleicht vor jemandem fliehen? Ist bei ihr im Haus womöglich eingebrochen worden? Oder hat es gebrannt? Hat sie jemanden um Hilfe rufen hören und ist rausgegangen, weil sie nachsehen wollte, was los war?«

Mum liebte mich zu sehr, um meine Ideen als Blödsinn abzutun. »Ich habe mir eher vorgestellt, dass sie den Müll rausgebracht hat, sich dabei versehentlich ausgesperrt hat und Hilfe holen wollte.«

»Hm, ja, stimmt. Das würde wirklich mehr Sinn ergeben«, räumte ich ein.

»Nur leider kann es so nicht gewesen sein«, sagte Mum und seufzte besorgt. »Denn nachdem man ihre Identität festgestellt hat, ist die Polizei zu Amelias Cottage gefahren, um nach dem Rechten zu sehen.«

Ich setzte mich etwas aufrechter hin und befand mich wieder auf dunkelstem Thriller-Terrain. »Was haben sie gefunden?«

»Nichts«, sagte Mum. »Rein gar nichts. Sie haben gesagt, dass alles in Ordnung zu sein schien, lediglich ihre Haustür stand weit offen. Sie hatte sich nicht ausgesperrt, Lexi, sie hätte jederzeit wieder reingehen können.«

Wir schwiegen besorgt, und die Stille wurde nur vom fortwährenden Ticken der Uhr auf dem Kaminsims unterbrochen. Ich war so damit beschäftigt, alle erdenklichen Szenarien im Kopf durchzuspielen, dass mir gar nicht auffiel, dass Mum sich nicht mehr rührte. Erst als ein leises Schnarchen aus ihrer Richtung kam, wurde mir klar, dass sie in ihrem Sessel eingeschlafen war, die Tasse Tee noch in beiden Händen.

Ich stand auf und nahm sie ihr ab. Es war eine alte Lieblingstasse von früher, und ich war überrascht, dass sie die Jahre und einen Umzug überlebt hatte. Die Keramikfarbe war nicht mehr leuchtend rot, und die Worte »I love you, Mum« waren nach Tausenden von Runden in der Spülmaschine schon fast völlig verblichen, doch heute Abend, ausgerechnet, musste sie sie von hinten im Schrank hervorgeholt haben. Ich glaube, ich wusste, wieso.

»Komm, Mum«, sagte ich und weckte sie behutsam. »Ich bring dich ins Bett.«

Sie ging sehr langsam die Treppe hinauf, blieb auf jeder Stufe einen Moment stehen. War das neu?, fragte ich mich. Mein erster Impuls war, Amelia danach zu fragen, und die Vorstellung, dass sie mir weder morgen noch übermorgen, vielleicht sogar nie würde antworten können, war schrecklich.

Als ich mit einem Stapel Bettwäsche, den ich im Flurschrank gefunden hatte, wieder nach unten ging, war mein Herz schwer vor Kummer. Während ich das provisorische Bett auf Mums Sofa machte, dachte ich, wenn Mum sich darum gekümmert hätte, dann hätte es perfekte Krankenhausecken gehabt. Das erinnerte mich erneut an Amelia, die gerade allein und verängstigt in einem Krankenhausbett lag. Natürlich war das eine Projektion von mir. Ich hatte keine Ahnung, ob meine Schwester sich wirklich so fühlte. Wahrscheinlich waren die Medikamente, die sie bekam, stark genug, um einen Kaltblüter auszuknocken, vermutlich fühlte sie daher gar nichts.

Ich hingegen konnte diesen Luxus nicht genießen. Jedes Mal, wenn ich in meinem Behelfsbett die Augen schloss, sah ich den Strand vor mir. Ich wusste, dass man Amelia im Watt gefunden hatte. Die Stelle lag weniger als eine Viertelstunde zu Fuß von ihrem Cottage entfernt. Wie war es möglich, dass sie sich verirrt hatte? Als ich mir einen mondhellen Himmel vorstellte, das brennende Salz und das körnige Gefühl von Sand und Steinen unter meinen bloßen Füßen, war es, als hätte ich mich in ihre Gedanken eingeklinkt. Ich öffnete die Augen. Sah ich wirklich, was Amelia gesehen hatte? Streckte sie über einen gähnenden Abgrund in Zeit und Raum hinweg die Hand nach mir aus, um mir mitzuteilen, wie es gewesen war – oder war das nur das Resultat der überaktiven Vorstellungskraft einer Frau, die zu viele Thriller gelesen hatte?

Für gewöhnlich beunruhigte es die Menschen, wenn wir von unseren geteilten Gefühlen und Empfindungen erzählten.

Deshalb hatten wir über die Jahre gelernt, solche Geschichten am besten für uns zu behalten. Aber es gab keine logische Erklärung dafür, wieso Amelia sich vierundzwanzig Stunden lang seltsam flau im Magen gefühlt hatte, bevor sie von mir erfuhr, dass ich in New York eine Lebensmittelvergiftung gehabt hatte. Oder dass ich mich vor Schmerzen gekrümmt hatte, obwohl sie diejenige mit der Blinddarmentzündung gewesen war.

Aufgewühlt setzte ich mich auf und griff nach meinem Handy, um nach der Uhrzeit zu schauen. Trotz meiner Erschöpfung war meine innere Uhr noch auf New York eingestellt, wo es – ich rechnete kurz nach – erst neun Uhr abends war. Bei der Erkenntnis wurde ich wütend, da Jeff mir nach wie vor nicht zurückgeschrieben hatte.

Amelia würde das nicht überraschen, dachte ich mit einem bitteren Lächeln. Bei ihrem letzten Besuch in New York hatte ich zwischen ihr und Jeff eindeutig eine gewisse Kühle wahrgenommen. Nicht, dass wir je denselben Männergeschmack gehabt hätten. Sosehr wir einander auch ähnelten, schienen wir doch völlig unterschiedliche Männertypen interessant zu finden. Amelia hatte immer seriöse Partner gehabt, Männer mit dezidierten politischen Ansichten. Sie hatte sogar ein halbes Jahr lang einen Parlamentsabgeordneten gedatet, bis ihr klar wurde, dass seine Karriere ihm weit wichtiger war als sie. Sie ging nur dann mit anderen aus, wenn ihr danach war, und schien völlig zufrieden mit einer Reihe nicht dauerhafter Beziehungen zu sein. Kurz nach ihrem letzten Geburtstag hatte sie die Bemerkung gemacht, dass sie zu alt dafür sei, ihr Leben für einen Mann zu ändern. Sie mochte es, wie es war, und genoss die Freiheit, quer über ihr Doppelbett ausgestreckt liegen zu können, die Alleinherrschaft über die Fernbedienung zu haben oder zum Abendbrot kalte Baked Beans aus der Dose zu essen, wenn sie Lust darauf hatte. Das Singleleben passte zu ihr.

Aber das hatte sie nicht daran gehindert, *mein* Liebesleben zu kritisieren. »Du suchst dir immer Männer mit Verfallsdatum aus«, sagte sie so schonungslos, wie es sich nur eine Schwester erlauben kann. »Fast, als würdest du absichtlich die Falschen wählen.«

»Das ist nicht fair«, protestierte ich.

Aber ich war gleich wieder verstummt, denn sie hatte mich traurig angesehen und entgegnet: »Stimmt, das ist es nicht, Lexi.«

Ich erinnere mich gut daran, dass ich durch den Kloß in meinem Hals kaum noch schlucken konnte, als sie meine Hand ergriff und fragte: »Willst du dein Leben nicht mit jemandem gemeinsam verbringen?«

»Ich habe mein ganzes Leben mit dir geteilt«, sagte ich und hatte keine Ahnung, wieso meine Stimme plötzlich zitterte.

»Das ist nicht dasselbe, und das weißt du«, gab sie zurück. »Und außerdem lebe ich auf der anderen Seite des Atlantiks und bin damit wohl kaum eine geeignete Gefährtin für dich.«

»In unserem Fall sind Kilometer nicht von Bedeutung«, hatte ich entgegnet.

Die Erinnerung an diese Unterhaltung war stark, fast überwältigend. Ich suchte mit meinen Gedanken den Weg zu ihr, in der Hoffnung, dass sie sie spüren und hören konnte und sie ihr helfen würden, wieder zu uns zurückzufinden.

Irgendwann übermannte mich doch der Schlaf, und etwa fünf Stunden später wachte ich durch Wasserrauschen von der Dusche auf. Langsam streckte ich meine steifen Glieder, griff dann nach meinem Telefon und wählte die Nummer des Krankenhauses. In der Hoffnung, den neuesten Stand zu erfahren, geduldete ich mich in der Warteschlange. Da hörte ich Mums Schritte auf der Treppe. Sie ging geradewegs in die Küche, und einige Minuten später gesellte ich mich zu ihr. Als sie mich mit dem Smartphone in der Hand sah, flatterten ihre Augenlider nervös.

Ich sagte lächelnd: »Ich habe im Krankenhaus angerufen und mit der Pflegeleitung auf der Station gesprochen.«

Mum drehte das Küchentuch in ihren Händen, als wollte sie es trocken wringen. Ich nahm es ihr ab.

»Sie sind mit Amelias Zustand sehr zufrieden, und ihre Körpertemperatur hat sich normalisiert. Sie hoffen sogar, sie heute Vormittag noch von der Intensivstation fort verlegen zu können, und haben die Beruhigungsmittel schon etwas reduziert.«

Und plötzlich weinten wir beide, so wie immer, wenn wir wichtige Neuigkeiten erhielten – ob gute oder schlechte. Wir umarmten einander und dankten im Stillen den Ärzten, dem Schicksal und vielleicht sogar meinem Vater, dass es Freudentränen waren.

Kapitel 4

Tagsüber wirkte das Krankenhaus komplett anders. Etliche Besucher, die leicht an ihren Mitbringseln zu erkennen waren, fuhren mit dem Aufzug zu den Stationen hinauf. Ich warf Mum im Fahrstuhl einen zerknirschten Blick zu. Wir waren mit leeren Händen gekommen, was Amelia hoffentlich nichts ausmachen würde.

In der achten Etage folgten wir den Hinweisschildern zur Intensivüberwachungspflegestation. Ein langes Wort, das bald zu unserem Alltagswortschatz gehören würde. Hoffentlich musste Amelia nicht allzu lange dortbleiben. Die Beschilderung war verwirrend, und ich wollte gerade eine Krankenschwester nach dem Weg fragen, als ich plötzlich eine vertraute Stimme in einem alles andere als vertrauten Ton hörte. Ich warf Mum einen besorgten Blick zu, und wir gingen unwillkürlich schneller.

»Also, irgendjemand *muss* doch wissen, wo sie sind!«

Die Stimme kam aus einem Raum am Ende des Flurs, war jedoch so laut, dass sie selbst auf diese Entfernung zu hören war. Sie klang schrill, als würde man ein Lied in der falschen Tonart spielen.

»Hat denn schon jemand danach gesucht?«

Meine Schwester hörte sich eindeutig besorgt an, und ich konnte nur davon ausgehen, dass Amelia nach uns fragte.

»Ich weiß es nicht genau. Ich frage noch einmal nach. Bitte, machen Sie sich keine Sorgen, Miss Edwards. Wir finden sie schon.«

Eine junge Krankenschwester mit hochroten Wangen, die sich sichtlich unwohl fühlte, trat rückwärts aus dem Zimmer.

»Bitte, hören Sie auf, mich so zu nennen. Mein Name ist …«

»Amelia!«, rief ich und drängte mich an der betretenen jungen Schwester vorbei.

Sie sah gleichzeitig schrecklich und wundervoll aus. Ihr Gesicht war kreidebleich, bis auf zwei knallrote Flecken auf den Wangen, die vermutlich von dem hitzigen Wortwechsel mit der Schwester herrührten. Sie hatte dunkle Ringe um die Augen, und ihre Lippen waren trocken und gesprungen. Doch ich war so froh, sie zu sehen, dass mir das alles völlig gleichgültig war.

»Lexi?«, sagte sie ungläubig, als wäre ich eine Fata Morgana. »Scheiße, was machst du denn hier?«

Mir fiel darauf zunächst keine Erwiderung ein, so laut läuteten die Alarmglocken in meinem Kopf. Amelia benutzte nie Kraftausdrücke. Sie war eher der Typ, der »Mist« oder »Ach, du liebes bisschen« sagte, womit ich sie immer gnadenlos aufgezogen hatte.

»Ich bin wegen dir hier! Warum wohl sonst?«, erwiderte ich und eilte an ihr Bett. Zwar waren mir die Infusionsschläuche und die Kabel, die an Monitore angeschlossen waren, im Weg, doch das hielt mich nicht davon ab, sie in die Arme zu schließen. Ihr ging es anscheinend ähnlich, denn sie drückte mich fest.

»Es ist so schön, dich wach zu sehen, Schätzchen! Wie geht es dir?«, rief Mum mit brüchiger Stimme. »Wir haben uns solche Sorgen gemacht.«

Ich trat zurück und spürte einen Kloß im Hals, als ich zusah, wie Mum Amelia umarmte und vor Erleichterung zitterte. Danach sank Amelia auf ihr Kissen zurück, als wäre ihre Kraft plötzlich erschöpft. Ihr Blick huschte von mir zu Mum und dann – voller Neugier – zur Tür.

»Seid ihr nur zu zweit?«

Ich folgte ihrem Blick zum leeren Türrahmen.

»Ja. Nur wir.«

Etwas stimmte nicht. Mum, die gerade auf dem Besucherstuhl neben dem Bett Platz nahm, schien nichts zu bemerken, aber ich hatte das Gefühl, als wäre plötzlich jedes einzelne Luftmolekül falsch gepolt. Und Amelias nächste Frage war auch nicht dazu angetan, meine Sorgen zu zerstreuen.

»Was soll ich hier? Niemand will mir sagen, warum ich im Krankenhaus bin.«

»Das weißt du nicht? Kannst du dich denn an gar nichts erinnern?«, fragte ich mit einem unguten Gefühl. Es musste einen Grund geben, warum die Ärzte ihr nicht erzählt hatten, was passiert war.

»Du bist zusammengebrochen«, sagte ich vorsichtig, zog einen Stuhl von der anderen Bettseite zu Mum hinüber und setzte mich.

»Wirklich?« Amelia klang überrascht. »Wann denn? Und wo?«

»Gestern. Zu Hause«, sagte Mum schnell und schüttelte leicht den Kopf, als ich ihr angesichts dieser Schwindelei einen Blick zuwarf.

Amelia verzog das Gesicht, und Tränen traten ihr in die Augen.

»Ich kann mich an gar nichts erinnern! Wieso denn bloß nicht?«

»Das kommt schon wieder«, sagte ich, nahm ihre Hand und drückte sie sanft. Ich hatte keine Ahnung, ob es stimmte, aber sie war aufgebracht, und ich wusste auch ohne Medizinstudium, dass das nicht gut für sie sein konnte.

Amelia schaute auf ihre Hände hinunter, und ein Ausdruck, den ich nicht einordnen konnte, blitzte in ihren Augen auf.

»Aber wo sind meine Ringe? Was haben sie mit meinen Ringen gemacht?«

Ihre Stimme wurde immer lauter. Ich ließ ihre Hand los und öffnete das Nachtschränkchen. Im untersten Fach lag eine durchsichtige Plastiktüte mit Amelias ruiniertem Nachthemd. Ich überlegte, ob ich es herausnehmen sollte, entschied mich jedoch dagegen. Das Kleidungsstück war zerrissen und mit Schlick und Sand beschmutzt, und wenn sie sich wirklich nicht daran erinnern konnte, was sie mitten in der Nacht am Strand gewollt hatte, sollte sie nicht so damit konfrontiert werden.

»Da drin ist nichts«, sagte ich und schlug rasch die Klappe zu, um meine Lüge zu vertuschen. »Sind die Ringe denn wertvoll?«

Ich glaube, mir hatte in meinem Leben noch nie jemand einen derart vernichtenden Blick zugeworfen.

»*Natürlich* sind sie wertvoll.«

»Dann gehe ich nachfragen«, sagte ich und erhob mich. »Vielleicht werden besonders wertvolle Besitztümer im Safe eingeschlossen.«

Ich drückte im Vorbeigehen Mums Schulter und spürte die Anspannung in ihrem zierlichen Körper. Sie lächelte ihre ältere Tochter an, schien jedoch mittlerweile auch gemerkt zu haben, dass hier etwas nicht stimmte.

Auf der Suche nach der jungen Frau, die bei unserer Ankunft geflüchtet war, ging ich zur Schwesternstation. Es schien jetzt wahrscheinlicher, dass Amelia sie gebeten hatte, nach den Ringen zu suchen und nicht etwa nach uns.

Ich fand die junge Frau nicht, aber eine ältere trat aus dem kleinen Büro hinter dem Schalter, die sich als die Stationsschwester herausstellte.

»Sie müssen Miss Edwards' Schwester sein«, sagte sie mit einem freundlichen Lächeln. »Es tut mir sehr leid, dass ich bei

Ihrem Eintreffen nicht hier war, ich wollte Sie noch kurz sprechen, bevor Sie zu ihr gehen.«

Ich spürte einen unangenehmen Stich in der Magengrube. »Geht es um Amelia?« Ich schüttelte innerlich den Kopf über meine überflüssige Frage. Um wen denn sonst?

Die Krankenschwester nickte, und ihr Blick wirkte so besorgt, dass meine Beunruhigung wuchs. »Der behandelnde Arzt hatte gehofft, mit Ihnen reden zu können, aber unglücklicherweise musste er sich um einen Notfall kümmern.«

Ich versuchte, meine Enttäuschung zu verbergen. Es sah so aus, als würden wir noch eine Weile auf erhellende Erklärungen warten müssen. »Uns ist wirklich sehr daran gelegen, zu erfahren, was mit meiner Schwester geschehen ist ... und welche Auswirkungen es hat.«

»Ich bin sicher, er wird all Ihre Fragen beantworten«, sagte die Stationsschwester und nahm eine Akte zur Hand, auf der der Name meiner Schwester stand.

»Sie ist extrem angespannt und aufgebracht.« Ich wusste, ich würde mir dumm vorkommen, wenn ich meine nächste Frage stellte, aber ich hatte es Amelia versprochen. »Sie macht sich Gedanken wegen fehlender Schmuckstücke. Wissen Sie zufällig, ob sie irgendwo für sie aufbewahrt werden?«

Etwas im Blick der älteren Frau verriet mir, dass sie nicht zum ersten Mal von den angeblich verschwundenen Ringen hörte.

»Ihre Schwester trug keinen Schmuck, als sie hierhergebracht wurde. Ich habe mich persönlich auf der anderen Station danach erkundigt.«

Ich öffnete den Mund, um etwas zu erwidern, als ich meine Mutter aus Amelias Zimmer kommen sah. Sie sah sich suchend um.

Ich eilte auf sie zu und rief der Schwester nur noch ein hastiges »Bitte, entschuldigen Sie mich« über die Schulter zu. Es war lange her, dass ich meine Mutter so verstört gesehen hatte. Sie packte meinen Ellbogen und lotste mich zurück ins Krankenzimmer meiner Schwester.

Mit einem gezwungenen Lächeln wandte sie sich ihrer älteren Tochter zu. »Amelia, kannst du Lexi die Ringe beschreiben, so wie du sie mir gerade beschrieben hast?«

Amelia verdrehte die Augen, als hätte sie soeben erkannt, dass sie in eine Familie von Einfaltspinseln hineingeboren wurde.

»Ihr wisst doch, wie sie aussehen. Ihr habt sie unzählige Male gesehen! Ein schlichter Weißgoldring und ein Diamant-Solitär. Wieso könnt ihr euch nicht mehr erinnern, wie meine Eheringe aussehen?«

»Bitte schön«, sagte ich und stellte zwei Becher mit dunkelbrauner Flüssigkeit aus dem Automaten auf den Tisch.

»Ist das Tee oder Kaffee?«, fragte Mum und griff nach einem davon. Ihre Hand zitterte immer noch leicht.

»Womöglich eine Mischung aus beidem«, sagte ich und verzog das Gesicht, als ich an dem anderen nippte. »Aber es ist heiß und süß.« Das ließ sich nicht leugnen. In Mums Becher war genug Zucker, um spontan Karies auszulösen, aber ich war mir ziemlich sicher, dass man jemandem, der einen Schock erlitten hat, ein süßes Getränk geben sollte. Mums Gesicht war aschfahl, und ihre Haut hatte einen bleichen Ton angenommen, was mir ernsthafte Sorgen bereitete. Sie sah fast so krank aus wie Amelia.

Die Krankenhauscafeteria aufzusuchen war eine gute Idee gewesen. Hier war es leerer als im belebten Café im Eingangsbereich. Der Mittagsansturm war längst vorbei, es war ruhig genug, um sich zu unterhalten.

»Ich wusste einfach nicht, was ich sagen sollte«, bemerkte Mum und tupfte sich mit einem feuchten Papiertaschentuch die Augen ab.

»Egal, was wir gesagt hätten, es wäre falsch gewesen«, sagte ich und biss mir auf die Unterlippe, während ich die Szene, die unsere Welt auf den Kopf gestellt hatte, noch einmal Revue passieren ließ.

»Wie, Mimi, deine *Eheringe?*«, fragte ich.

»Die Ringe, die Sam mir vor zwei Jahren geschenkt hat«, sagte Amelia mit einem genervten Seufzen.

»Amelia, Süße. Du bist nicht verheiratet«, sagte ich sanft.

Sie entriss mir ihre Hand, als hätte sie sich verbrannt.

»*Natürlich* bin ich verheiratet! Wie kannst du was anderes behaupten? Du warst doch unsere Brautjungfer, verdammt noch mal. Wie kann man so etwas vergessen?«

»Weil es nie passiert ist«, beharrte ich und sah Mum an, die sich erschrocken an den Hals gegriffen hatte.

Amelia wandte sich Mum zu. »Wieso behauptet Lexi so was? Sag ihr, dass das nicht stimmt, Mum.«

»Ich … ich …« Hilflos suchte Mum nach den richtigen Worten, während sie von einer verzweifelten Tochter zur anderen blickte.

»Weg mit dem Mist«, sagte Amelia, packte die Handvoll Kabel, die sie mit den Monitoren verbanden, und riss die Elektroden ab. »Ich muss hier weg.«

Alles schien gleichzeitig zu passieren. Mehrere Alarmtöne schrillten los, und ich schrie Amelia an, versuchte, sie daran zu hindern, sich die Zugänge aus den Armen zu ziehen.

Ein Paar starke Hände legten sich auf meine Schultern und führten mich vom Bett weg. Ein stämmiger Krankenpfleger redete sanft auf Amelia ein. Sie hörte auf, sich zu wehren, und fing an zu weinen. Der herzzerreißendste Moment war, als sie Mum und mich mit Tränen in den Augen vorwurfsvoll ansah. »Wo ist Sam? Wieso ist er nicht hier?«

Eilige Schritte ertönten im Flur, dann kam die Oberschwester ins Zimmer und sah sich rasch um, um sich einen Überblick über die Situation zu verschaffen.

»Ich glaube, Miss Edwards braucht ein bisschen Zeit, um sich wieder zu beruhigen«, sagte sie.

Amelia schüttelte den Kopf und protestierte kläglich: »Ich bin *Mrs Wilson*. Mein Name ist Amelia Wilson.«

»*Kennt* Amelia überhaupt jemanden namens Sam Wilson?«, fragte ich Mum jetzt.

»Keine Ahnung, Lexi. Den Namen höre ich heute zum ersten Mal.« Mum nahm sich ein neues Taschentuch und schnäuzte sich leise. »Sie ist jedenfalls nicht mit ihm verheiratet, so viel kann ich dir versichern.«

Mein Lachen klang brüchig wie Glas.

»Es ist wahrscheinlich nur eine Nebenwirkung der Medikamente, die sie bekommt«, sagte ich. »Wenn sie sie absetzen, kommt bestimmt wieder alles in Ordnung.«

»Und was, wenn nicht? Was, wenn es mit ihrem Herzstillstand zu tun hat?«

Ich schauderte, und mir wurde klar, dass ich nicht das einzige Familienmitglied war, das sich online über die verheerenden Auswirkungen von Sauerstoffmangel auf das Gehirn informiert hatte.

»Kommt Zeit, kommt Rat«, sagte ich, denn ich wusste, dass es das Einzige war, was Mum jetzt ein Lächeln ins Gesicht zaubern konnte.

»Das war eine der Lieblingsredensarten deines Vaters.«

Ich drückte ihr liebevoll die Hand. »Ich weiß.«

Diesmal fing uns die Oberschwester ab, bevor wir Amelias Zimmer betreten konnten, und führte uns in ihr Büro. Es war, als würde man in der Schule zur Direktorin zitiert.

»Ich will Sie nicht lange aufhalten«, versicherte sie uns, als sie unser Zögern spürte.

Ihr Angebot, uns zu setzen, lehnten wir ab. Sie nickte, dann holte sie tief Luft.

»Amelia ist jetzt etwas gefasster. Wir haben ihr wieder ein leichtes Beruhigungsmittel gegeben.«

»Aber leidet sie immer noch unter … Wahnvorstellungen?« Das Wort gefiel mir nicht, aber mir fiel kein besseres ein.

»*Verwirrung* ist vielleicht ein passenderer Ausdruck.« Unwillkürlich fiel ihr Blick auf ein Familienfoto auf dem mit Papieren übersäten Schreibtisch. In dem Holzrahmen befand sich ein Bild von einem Mann mit zwei kleinen Kindern an einem strahlend sonnigen Tag. »Amelia ist felsenfest davon überzeugt, dass sie verheiratet ist. Sie glaubt ebenso fest daran, wie ich glaube, dass die Menschen auf diesem Foto meine Familie sind.«

Das war unbegreiflich und erschreckend. »Aber Amelia *wollte* nie heiraten! Sie ist sehr auf ihre Unabhängigkeit bedacht. Wieso bildet sie sich ausgerechnet so etwas ein?«

Die Oberschwester sah uns freundlich an. »Ich habe keine Ahnung. Hoffentlich kann Dr. Vaughan Ihnen mehr darüber erzählen. Er wird Sie auch über die klinischen und neurologischen Untersuchungen aufklären, denen sich Ihre Schwester unterziehen sollte.«

Plötzlich sah die Zukunft düster und beängstigend aus, und ich griff unwillkürlich nach der Hand meiner Mutter.

»So schwer es für Sie in dieser Situation sein mag – bis die behandelnden Ärzte Ihnen etwas anderes sagen, ist es wohl das Beste, wenn Sie allem zustimmen, was Amelia für wahr hält.«

»Sie wollen, dass wir so tun, als würden wir jemanden sehen, den es gar nicht gibt?«, fragte Mum ungläubig.

Die Oberschwester schüttelte den Kopf. »Amelia hat keine Halluzinationen. Sie sieht keine unsichtbaren Menschen, sie erinnert sich nur an eine andere Vergangenheit als an die, die tatsächlich stattgefunden hat. Im Augenblick halte ich es für wichtiger, sie nicht noch mehr zu verwirren.«

Amelias Blick huschte zur Tür, als wir sie öffneten. Es war schwer, angesichts ihres enttäuschten Blicks nicht traurig zu sein. Wir waren ihre nächsten Angehörigen, die Menschen, die sie am meisten liebten, aber wir waren nicht diejenigen, die sie zu sehen gehofft hatte. Doch ich würde alles Nötige sagen und tun, um meiner Schwester zu helfen, wieder gesund zu werden. Wenn sie schwarz als »weiß« bezeichnen wollte, würde ich ihr nicht widersprechen.

»Wie geht's dir?«, fragte ich und beugte mich vor, um sie auf die Wange zu küssen. In unserer Anwesenheit war eine Nasensonde zur Beatmung angebracht worden, und ich befreite sanft eine Haarsträhne, die sich darin verfangen hatte.

»Müde«, murmelte sie.

Mum setzte sich wieder auf den Besucherstuhl, während ich auf dem Bettrand Platz nahm und meine Finger mit Amelias verschränkte.

»Gibt's schon was Neues von Sam?«, fragte sie, und ihre Augen – die genauso aussahen wie meine – blickten mich eindringlich an. Es war ein Test. Doch ich war fest entschlossen, ihn zu bestehen.

»Noch nicht. Aber das ändert sich hoffentlich bald.«

Sie nickte, die Stimmung schien sich zu entspannen. Ich würde sie nicht noch einmal im Stich lassen.

»Es liegt bestimmt an der Zeitverschiebung«, sagte sie schläfrig.

»Hm?«

»Er arbeitet doch im Moment in New York, schon vergessen?«

Mum hob ruckartig den Kopf, während ich mir alle Mühe gab, mir nichts anmerken zu lassen.

»New York? Was für ein Zufall.«

Amelia zuckte mit den Schultern, es schien, als wäre ihr gerade erst wieder eingefallen, dass ich ebenfalls in New York arbeitete. Und als würden wir ein gefährliches Spiel spielen, dessen Regeln ich nicht kannte. Das Ganze war ganz schön verkorkst.

»Ich glaube, ihr solltet jetzt nach Hause gehen. Ich bin unglaublich müde und will schlafen«, sagte Amelia und gähnte.

»Eine gute Idee, Liebes«, sagte Mum, erhob sich und gab ihrer älteren Tochter einen Abschiedskuss. »Ruh dich gut aus. Wir kommen morgen wieder.«

»Ich dachte, ich wohne in deinem Cottage, wenn das okay für dich ist«, sagte ich, als ich aufstand. »Mums Sofa ist nicht das bequemste Bett der Welt.«

Amelia nickte, doch ihr fielen schon die Augen zu.

Ich nahm mein Handy aus der Tasche und öffnete die Notiz-App. »Soll ich dir morgen noch was von zu Hause mitbringen?«

»Nachtwäsche, Bürste, Toilettenartikel«, schlug Mum vor.

Rasch erstellte ich eine Liste. »Brauchst du sonst noch was?«, fragte ich Amelia.

Mühsam öffnete sie die Augen. »Mein Medaillon. Das große silberne, das ich von Gran bekommen habe«, sagte sie. »Da ist mein Lieblingsfoto von Sam drin.«

»Wunderbar. Das Medaillon«, sagte ich und hielt den Blick fest auf den Bildschirm gerichtet, als ich das Wort auf die Liste setzte. Zum Glück konnte Amelia die vielen Fragezeichen nicht sehen, die ich dahintersetzte.

Kapitel 5

Amelias Cottage mochte für die einen ein Traumhaus sein, für die anderen war es der schlimmste Albtraum. Wenn man die Abgeschiedenheit liebte, einen das ständige Geschrei der Möwen nicht störte und man mit einer Zufahrtsstraße klarkam, die so schmal war, dass man im Fall eines entgegenkommenden Autos nur rückwärtsfahren konnte, dann war das zweihundert Jahre alte Fischercottage direkt am Strand sicherlich ein Paradies. Für jemanden, der die letzten vier Jahre im Trubel einer Großstadt verbracht hatte, die stolz mit ihrer eigenen Schlaflosigkeit warb, hatte es nicht ganz dieselbe Anziehungskraft.

Als ich Mum nach dem Besuch im Krankenhaus nach Hause fuhr, bestand sie darauf, zwei riesige Tragetaschen mit Lebensmitteln aus ihren Beständen vollzupacken.

»Ich bin mir ziemlich sicher, dass Amelia im Kühlschrank oder in der Tiefkühltruhe genug zu essen haben wird. Und wenn nicht, dann komme ich unterwegs wahrscheinlich an einem Dutzend Supermärkten vorbei«, wandte ich ein.

Mum schnalzte missbilligend mit der Zunge. »Du bist nicht in New York, denk dran. Die Läden hier sind nicht rund um die Uhr geöffnet. Und du kannst dir auch mit Sicherheit um zwei Uhr nachts keine Pizza liefern lassen.«

Ich drückte sie und gab ihr einen zärtlichen Kuss auf die Wange. »Da hat wohl jemand zu viel amerikanische Filme geguckt«, neckte ich sie. »Ich lebe seit vier Jahren dort und hab noch nie mitten in der Nacht Fast Food bestellt.«

Mum blickte auf die prall gefüllten Tragetaschen zu unseren Füßen. »Ich meine es doch nur gut.« Hinter dieser Aussage versteckten sich so viele mütterliche Selbstvorwürfe, dass es mir einen Stich gab. »Das ist doch nicht deine Schuld, Mum. Was auch immer Amelia zugestoßen ist – nichts, was du getan oder gelassen hast, hätte daran etwas ändern können.«

»Aber es *muss* doch einen Grund geben!«

Ich seufzte schwer. »Sicher gibt es den. Und irgendwann werden wir ihn erfahren. Aber zunächst mal sollte uns dieser Dr. Vaughan endlich genauer über Amelias Zustand informieren.«

Eine Dreiviertelstunde später, als ich die Hauptstraße und die dicht bebauten Randbezirke hinter mir gelassen hatte und auf die Küste zufuhr, fühlte ich mich wie eine orientierungslose Touristin. In den letzten Jahren war ich ein paarmal bei meiner Schwester zu Besuch gewesen, daher hätte die Route mir vertraut sein müssen. Doch im Dunkeln – ohne Straßenbeleuchtung oder Orientierungspunkte – sah alles anders aus. Es war fast schon unheimlich. Hatte Amelia es auch so empfunden, als sie sich mitten in der Nacht am Strand hoffnungslos verlief?

Der Gedanke machte mir mehr zu schaffen als das Geruckel auf dem holprigen Feldweg, dem letzten Stück Strecke bis zum Haus meiner Schwester.

Als das Dach des Cottages im Scheinwerferlicht sichtbar wurde, atmete ich erleichtert auf. Ich bremste ab, fuhr im Schritttempo auf den befestigten Parkplatz neben Amelias Wagen und stellte den Motor aus. Obwohl ich dankbar war, mein Ziel erreicht zu haben, stieg ich nicht sofort aus, sondern ließ das Fenster auf der Fahrerseite herunter. Die Stille und die Dunkelheit fühlten sich so fremd an, als wäre ich auf einem anderen Planeten. Es war das genaue Gegenteil von meiner Wohnung in New York. Zum ersten Mal wurde mir bewusst, wie seltsam es war, dass Amelia und ich uns, obwohl wir uns in vielerlei Hinsicht so ähnlich waren, derart gegensätzliche Orte zum Leben ausgesucht hatten. Wie schön und ruhig es in Somerset auch sein mochte, ich hätte es nie gegen das Leben in einer der aufregendsten Großstädte der Welt eintauschen mögen.

Schließlich gewann mein Bedürfnis, mir die Beine zu vertreten, die Oberhand über das merkwürdige Zögern, das Haus meiner Schwester zu betreten. »Mach dich nicht lächerlich«, sagte ich laut und erschrak, weil meine Worte über die Brandung hinweg zu hören waren. Ich wartete kurz, bis sich meine Augen an die Dunkelheit gewöhnt hatten und in der samtschwarzen Finsternis struppige Grasbüschel und Dünen erkennbar wurden, die sich allem Anschein nach bis in die Unendlichkeit erstreckten. Dann wandte ich mich zum Haus und den anderen drei Cottages um, die sich an diesem Stück Küste befanden. Sie standen in einigem Abstand voneinander und erinnerten mich immer an Monopoly-Häuschen, die jemand aufs Geratewohl hier an den Strand gestellt hatte, einen Ort, wo sie gar nicht hingehörten. Drei Cottages lagen völlig im Dunklen da, was kaum überraschte, da es sich bei zweien davon um Ferienhäuser handelte, die in den Sommermonaten von einem endlosen Gästestrom in Beschlag genommen wurden, zu dieser Jahreszeit, außerhalb der Saison, aber leer standen. Das hinterste Cottage in der Reihe gehörte »dem letzten wettergegerbten Seebären an diesem Küstenstrich« – zumindest war das Amelias Beschreibung ihres reizbaren älteren Nachbarn. Sie wusste eigentlich nur wenig über Tom Butler, den inzwischen im Ruhestand befindlichen Fischer, der hier die meiste Zeit seines Lebens verbracht hatte.

Ich zog meinen Koffer zur Haustür und kramte in der Manteltasche nach dem Reserveschlüssel. Mum hatte ihn aus ihrem Bund herausgelöst, und das glänzende Exemplar aus Bronze öffnete geschmeidig die Tür vor mir.

Auf dem Weg hierher hatte ich tatsächlich befürchtet, der Eingang wäre mit gelbem Absperrband blockiert. Als ich dann feststellte, dass dem nicht so war, hatte ich nervös aufgelacht. Wer sah (oder las) hier zu viele Thriller? Mum hatte mir ja bereits erzählt, dass die Polizisten nichts Ungewöhnliches gefunden und daher Amelias Haustür einfach zugezogen hatten, bevor sie wegfuhren. Was bedeutete, dass es gar keinen Grund dafür gab, dass mir nun beim Öffnen der Tür das Herz bis zum Hals schlug.

»Bring du doch bitte die schweren Sachen rein, du hast viel mehr Kraft als ich!«, rief ich zur Sicherheit einem imaginären Begleiter über die Schulter zu. Ich blieb kurz auf der Schwelle stehen, während das Adrenalin durch meine Adern rauschte für den Fall, dass ich fliehen müsste. Doch es war vollkommen still im Haus, und, was noch wichtiger war, es war keine Menschenseele da.

Dennoch ergriff ich vorsichtshalber einen Fleischklopfer aus dem Behälter mit Küchenutensilien und schwang ihn wie eine Keule vor mir her, während ich die altersschwache Treppe nach oben stieg. Jede einzelne Stufe knarzte, und ich setzte die einseitige Unterhaltung mit meinem nicht existenten muskelbepackten Freund im Erdgeschoss fort. Schließlich musste ich mir aber eingestehen, dass die Polizei ihren Job ordentlich gemacht hatte oder jeder Einbrecher in diesem Haus so taub sein musste, dass es ein Leichtes gewesen wäre, mich von hinten an ihn heranzuschleichen.

Die Tür zu Amelias Schlafzimmer stand weit offen, und ich trat an ihr Bett. Es war nicht gemacht, im Kissen war noch die Kuhle von ihrem Kopf zu sehen, die Decke zurückgeworfen, als sei sie in Hast aufgestanden. Ein aktueller Bestseller lag aufgeschlagen und mit dem Umschlag nach oben auf dem Nachttisch – der Titel, den ich ihr vor Weihnachten empfohlen hatte. Ich drehte ihn um und lächelte traurig, als ich sah, dass sie gerade kurz vor der Stelle war, wo es richtig spannend wurde.

Das ganze Zimmer roch nach Amelia, und mich überkam ein unwiderstehlicher Drang, mich auf ihr Bett fallen zu lassen und das Gesicht in den Kissen zu vergraben. *Reiß dich zusammen*, schalt ich mich innerlich. *Sie wird bald wieder hier sein. Sie wird wieder gesund. Sie* muss *wieder gesund werden.*

Auch im Badezimmer fanden sich keine Hinweise darauf, was hier vor zwei Tagen passiert sein mochte. Und auch nicht im Gästezimmer, obwohl das bezogene Bett und der kleine Stapel sauberer Handtücher auf dem Sessel mich stutzen ließen. Es war beinahe, als hätte meine Schwester mich erwartet.

Bevor ich wieder nach unten ging, um den Rest der Sachen aus dem Wagen zu holen, machte ich Amelias Bett. Ich weiß nicht, wieso mir das wichtig erschien, doch ich konnte nicht anders.

Dann rief ich Mum an, um ihr Bescheid zu geben, dass ich gut angekommen war, und dabei bemerkte ich zwei neue Nachrichten von Jeff. Wir hatten früher am Tag kurz miteinander telefoniert, und auch wenn er die richtigen Fragen stellte und genau die richtigen Dinge sagte, fühlte sich irgendetwas an diesem Gespräch seltsam an. Es war besorgniserregend, wie unwichtig das jetzt erschien, wo ein ganzer Ozean zwischen uns lag. Oder vielleicht war zwischen uns immer ein Ozean gewesen, und ich brauchte bloß die räumliche Distanz, um es zu erkennen. Das machte die Trennung allerdings keineswegs leichter. So war es immer.

Ich packte Mums Carepaket aus und stopfte die Lebensmittel in Amelias bereits gut gefüllte Küchenschränke und in den

Kühlschrank. Um auf der untersten Glasablage Platz zu schaffen, schob ich ein paar Dinge beiseite und entdeckte dabei hinter zwei Saftpackungen das Bier. Ich starrte diese Entdeckung so lange an, dass der Kühlschrank mich beharrlich piepend daran erinnerte, die Tür zu schließen. Amelia trank selten, nur ab und zu mal ein Glas Wein. Sie sagte, Alkohol schmecke ihr nicht. Zweifellos war das einer der merkwürdigsten Unterschiede zwischen uns. Bier trank sie aber garantiert nicht. Doch irgendjemand anscheinend schon. Ich zog das Sixpack nach vorn. Zwei Dosen fehlten. Wer hatte die getrunken? Sam etwa?

Bei diesem verrückten Gedanken warf ich die Kühlschranktür zu, als wollte ich ihn darin einsperren. Es *gab* keinen Sam, sagte ich mir aufgebracht. Ja, ich würde bereitwillig das Theater mitmachen, zu dem die Ärzte uns geraten hatten, aber es war nicht mehr als das, eine Scharade. Sam Wilson war ein Phantom-Ehemann, und je schneller wir Amelia ihre fixe Idee austreiben konnten, desto besser.

Nachdem wir einen Großteil des Tages in dem überheizten Krankenhaus verbracht hatten, sehnte ich mich vor dem Zubettgehen nach einer Dusche. Aber eine Viertelstunde später war es mir zu meinem Frust immer noch nicht gelungen, Amelias antiken Boiler zum Leben zu erwecken. Wütend starrte ich das verflixte Ding an, das weder auf eine Flut an Flüchen noch auf zwei kräftige Schläge, die mir weit mehr wehgetan hatten als dem Gerät, reagiert hatte.

Obwohl es nicht meine Art war, traten mir angesichts meines Misserfolgs Tränen in die Augen.

»Du bist einfach übermüdet«, sagte ich. Und als mir klar wurde, dass ich schon wieder mit mir selbst sprach, fügte ich hinzu: »Und ein bisschen durch.«

Ich kramte in meinem Koffer nach dem wärmsten Pyjama und zog ihn hastig an, während draußen der Wind auffrischte. Er wirbelte Sandkörner gegen die Schreiben, sodass es klang, als würde jemand mit den Fingernägeln über das Glas kratzen. Plötzlich schien mir Mums kleine Couch doch gar keine so schlechte Option.

Ich kroch unter die Decke und zog sie mir bis unters Kinn. Schließlich legten sich das Knarzen und Ächzen des Hauses, aber der Wind und das Meer waren lauter denn je. Amelia behauptete immer, das Geräusch der Wellen sei beruhigend und würde sie in den Schlaf wiegen. Doch auf mich hatte es die entgegengesetzte Wirkung – dabei war ich müde genug, dass ich im Stehen hätte schlafen können! Irgendwann gab ich meine Versuche auf und knipste die Nachttischlampe an.

Tagsüber hatte ich mit meiner Chefin in New York telefoniert, und auch wenn sie mir verständnisvoll gestattete, mir etwas Zeit »für mich selbst« zu nehmen – wenn auch aus meinem Urlaubskontingent –, hatte sie mich trotzdem daran erinnert, dass sie, was das Jobangebot betraf, bald eine Entscheidung bräuchten. Ich begriff die Eile. Der Aufstieg zur Programmleitung mit eigenem Imprint war eine unglaubliche Chance, von der die meisten Lektorinnen begeistert wären. Doch diese Lektorinnen standen nicht vor dem Problem, Tausende von Kilometern von geliebten Menschen entfernt Wurzeln schlagen zu müssen. Die letzten vier Jahre in New York waren mir wie ein ausgedehntes berufliches Abenteuer erschienen, doch die Beförderung anzunehmen, würde bedeuten, Amerika auf lange Sicht zu meiner Heimat zu machen, und das war der Grund für mein Zögern.

Meine Abwesenheitsnotiz war zwar aktiviert, aber meine innere Uhr hatte niemand neu gestellt, sie ging immer noch nach amerikanischer Zeit. Deshalb beschloss ich, meine

Schlaflosigkeit zu nutzen und eines der vielen noch nicht begutachteten Manuskripte auf meinem E-Reader zu lesen.

Zwei Stunden später war ich bei der Hälfte des Romans angekommen, hätte jedoch nur mit Mühe den Namen einer der Figuren nennen können. Vielleicht war der Text der nächste große Bestseller oder völliger Mist, ich hatte keine Ahnung. Meine Gedanken schweiften immer wieder ab und kreisten um Amelias unerklärliche Behauptung. Wieso hatte das Unterbewusstsein meiner Schwester einen fiktiven Ehemann erfunden? War dieser Sam womöglich jemand, den sie wirklich kannte? Jemand, von dem sie ihrer Familie nicht hatte erzählen wollen? War es denkbar, dass Amelia eine heimliche Affäre hatte?

Von allen Fragen, die mir im Kopf herumgingen, war diese wirklich die abstruseste. So etwas sah Amelia nicht ähnlich. Wenn man mich gefragt hätte, ob sie jemals mitten in einer kalten Nacht einen Strandspaziergang machen würde, hätte ich das allerdings auch verneint.

Ich schlief mit einem Anflug von Kopfschmerzen ein, die mir auch noch vier Stunden später zusetzten, als einige Möwen beschlossen, mich mit lautstarkem Geschrei zu wecken. Glücklicherweise war der launische Boiler nun doch bereit, Wasser aufzuheizen. Ich leerte ihn mindestens zur Hälfte. Der Duschstrahl war so heiß, dass ich bald darauf wie im Film in einer Dampfwolke aus der Kabine trat und meine Haut einen interessanten Hummerton angenommen hatte.

Weil ich so überhastet für die Reise gepackt hatte, standen viele meiner wichtigsten Toilettenartikel in meinem Bad in New York. Aber als Amelias jüngere Schwester hatte ich mir früher ständig ihre Sachen ausgeliehen, und es war irgendwie tröstlich, das auch jetzt tun zu können. Während meiner Suche in ihrem Bad entdeckte ich auch eine leere Kosmetiktasche, in die ich die nötigsten Dinge für das Krankenhaus packte. Zwischen Suchen und Herumschnüffeln liegt nur ein schmaler Grat, und ich spürte, dass ich ihn überschritt, als ich nach Dingen Ausschau hielt, die Amelia weder im Krankenhaus noch sonst irgendwo brauchen würde. In meinem eigenen Badregal lagen Jeffs Zweitrasierer, sein Rasiergel und sein Deo – obwohl er nicht mal besonders oft bei mir übernachtete. Amelias Schrank hingegen enthielt nichts dergleichen. Ich schloss die Türen des Spiegelschranks und blickte in ein Gesicht voller Schuldgefühle, aber auch Erleichterung. Wenn Sam wirklich existierte, dann bedeutete das, dass ich meine Schwester nicht annähernd so gut kannte, wie ich gedacht hatte.

In der Küche gab es genug zu essen, um eine kleine Armee satt zu bekommen, doch ich machte mir nur eine Scheibe Toast. Ich ging damit – und mit einem Becher starkem Kaffee – zur Haustür. Der Wind war jetzt deutlich abgeflaut, aber es war immer noch kalt genug, dass ich nach der dicken Strickjacke griff, die meine Schwester an einen Haken neben der Tür gehängt hatte.

Am dunkelblau-lilafarbenen Himmel bildeten sich langsam tiefrosa Flecken und arbeiteten sich immer weiter vom Horizont nach oben. Die Farbe des Meeres wechselte von Schwarz zu Violett, als die Morgendämmerung die Nacht vertrieb. Zwar habe ich auf beiden Seiten des Atlantiks Sonnenaufgänge erlebt, doch keiner hatte mir jemals so den Atem genommen wie dieser. Er fühlte sich urtümlich und ursprünglich an und verlieh diesem Strand eine Schönheit und Wildheit, die ich jetzt erstmals erkannte. Es war, als sähe ich das alles mit Amelias Augen und nicht mit meinen eigenen.

Als ich wieder ins Haus trat, war ich eigenartigerweise ruhiger, ganz so, als wäre ich nicht mehr allein. Auch wenn Amelia kilometerweit von mir entfernt im Krankenhausbett lag, fühlte ich mich ihr so innig verbunden wie schon lange nicht mehr. Es war dieses Besondere zwischen Zwillingen, und ich erkannte erst, dass es mir gefehlt hatte, als ich es unerwartet wiederfand.

In unserer Familie waren die Meinungen darüber, ob es wirklich eine unerklärliche Verbindung zwischen Amelia und mir gab, schon immer auseinandergegangen. »Sie sind Schwestern, mehr nicht«, hatte meine Großmutter, ein nüchterner Mensch, geschnaubt. Mit so einem Schnauben beendete sie praktisch jeden Satz.

»Sie sind mehr als nur Schwestern, sie sind Zwillinge«, hatte meine Mutter entschieden eingewandt.

Ich bin mir nicht mehr ganz sicher, aber ich vermute, darauf folgte ein weiteres Schnauben.

»Das ist bloß so ein Wissenschafts-Humbug.«

Bis heute erinnere ich mich daran, wie Mums Augen durch die lange Küche meinen Blick fanden, und an ihr liebevolles Lächeln. Ich war ein Produkt dieses Wissenschafts-»Humbugs«, und Amelia ebenfalls, und man hatte uns beiden schon in jungen Jahren bewusst gemacht, wie besonders wir dadurch waren.

Meine Eltern hatten sich ein Haus voller Kinder gewünscht, besonders Dad, der Einzelkind gewesen war, seine Eltern hatten ihn als Baby adoptiert. Doch Mum hatte Schwierigkeiten gehabt, schwanger zu werden, und Dad – der alles für sie getan hätte – hatte bereitwillig einer künstlichen Befruchtung zugestimmt, ein Eingriff, der damals noch relativ neu war. Es hatte funktioniert. Weil Mum so zierlich war, hatten die Ärzte beschlossen, ihr nur einen der Embryos einzupflanzen und den anderen einzufrieren. Mir war es immer verrückt erschienen, dass irgendein Embryologe entschieden hatte, welches Kind als Erstes dran sein und welches in flüssigem Stickstoff eingefroren und eingelagert werden würde, bis der richtige Zeitpunkt gekommen wäre.

»Du warst wie Dornröschen«, sagte meine Schwester zu mir, als ich alt genug war, um die Frage aufzuwerfen, wieso meine »Zwillingsschwester« eigentlich acht Jahre älter war als ich.

»Dann ist also ein hübscher Prinz vorbeigekommen, um mich aufzuwecken?«, fragte ich.

Amelia hatte verächtlich geschnaubt. »Du brauchtest keinen blöden Prinzen«, sagte sie abfällig.

Was es umso verwirrender machte, dass ihr Unterbewusstsein nun anscheinend einen für sie selbst erschaffen hatte.

Kapitel 6

Nachdenklich betrachtete ich die Tasche auf Amelias Bett. Sollte ich den drei Nachthemden, die ich bereits eingepackt hatte, noch eins hinzufügen? Die Reisetasche platzte bereits aus allen Nähten, weil meine Mutter schon den ganzen Morgen Nachrichten schickte, die mit »*Was mir gerade noch eingefallen ist …*« begannen.

»Toilettenartikel, Unterwäsche, Pantoffeln, Morgenmantel«, murmelte ich vor mich hin, während ich die Punkte auf meiner Handyliste abhakte. Dann suchte ich in Amelias Schlafzimmer nach dem letzten Punkt, nahm das Buch vom Nachttisch und legte es auf die Kleidung. Neben dem Tisch hing ein noch in die Steckdose eingestöpseltes Ladekabel, doch das Handy war unauffindbar. Ich hatte überall danach gesucht und es sogar angerufen, hörte jedoch nur die Ansage: »Dieser Anschluss ist zurzeit nicht erreichbar.«

»Ich hoffe, sie hat es nicht wieder verloren«, sagte Mum, als ich sie anrief, um zu fragen, wo es sonst noch sein könnte. »Sie hat sich vor zwei Wochen sehr aufgeregt, als sie es verlegt hat.«

Aufregung war das Letzte, was Amelia in ihrem Zustand gebrauchen konnte.

»Ich suche noch mal«, versprach ich. Ich stand am Schlafzimmerfenster und beobachtete, wie ein Schwarm Möwen auf dem Strand landete. Plötzlich umklammerte ich mein eigenes Handy fester. »Glaubst du, sie hat ihr Handy womöglich irgendwo im Watt verloren? Vielleicht hatte sie es neulich Nacht dabei?«

Mum seufzte, und ihre Stimme klang besorgniserregend alt. »Ich weiß es nicht, Lexi. Allmählich frage ich mich, ob wir *je* erfahren werden, was in jener Nacht wirklich passiert ist.«

Amelias Handy war nicht der einzige Punkt auf meiner Liste, der mir Kopfzerbrechen bereitete. Obwohl ich es seit Jahren nicht gesehen hatte, wusste ich, dass ich das Medaillon mit den aufwendigen verschnörkelten Verzierungen wiedererkennen würde. Als Zehnjährige hatte ich Amelia von dem Augenblick an darum beneidet, als unsere Großmutter – die, die immer so missbilligend schnaubte – es ihr zu ihrem achtzehnten Geburtstag schenkte. Ich war davon ausgegangen, dass ich es im Schmuckkästchen auf der Frisierkommode finden würde. Aber ein Foto von dem nicht vorhandenen Ehemann würde weit schwieriger aufzutreiben sein.

Verschiedene Gesichter hatten das Innere des Medaillons über die Jahre geziert: unsere Eltern, geliebte Haustiere, selbst der eine oder andere Freund. Aber wen würde ich jetzt darin finden? Überrascht bemerkte ich, dass meine Hand zitterte, als ich das Kästchen öffnete. Ich entdeckte das Medaillon gleich in der obersten Einlage, in einem mit rotem Samt ausgeschlagenen Fach. Das Silber glänzte in einem blassen, winterlichen Sonnenstrahl, als ich das Schmuckstück herausnahm. Es war schwerer, als ich es in Erinnerung hatte, und ich fummelte unbeholfen am Verschluss herum, bis es endlich aufsprang. Mir wurde in dem Moment bewusst, dass ich vor Spannung den Atem angehalten hatte.

In dem Medaillon befand sich kein Foto. Es war vollkommen leer.

Ich weiß nicht, wie lange ich mit dem unwiderlegbaren Beweis dastand, dass ein Sam Wilson nicht existierte. Eigentlich war ich ein entscheidungsfreudiger Mensch, aber ich wusste nicht, was schlimmer war: Amelia das leere Medaillon zu überreichen oder ihr vorzulügen, ich könne es nicht finden.

»Wie, du konntest es nicht finden? Hast du auch wirklich in meinem Schmuckkästchen nachgesehen?«

Unruhig trat ich neben dem Krankenhausbett von einem Bein aufs andere und schob auf dem Nachttisch geschäftig den Wasserkrug beiseite, um Platz für die Besitztümer zu schaffen, die ich mitgebracht hatte.

»Hab ich«, sagte ich, unfähig, ihrem enttäuschten Blick zu begegnen. Das Medaillon war das Erste gewesen, wonach sie mich gefragt hatte. Ich hatte geglaubt, das verschwundene Smartphone würde ihr weit mehr zu schaffen machen – bei mir wäre es so gewesen –, aber sie war ganz auf das Medaillon fixiert.

»Ich will so gern sein Gesicht sehen«, sagte sie und klang derart verzweifelt, dass ihr Schmerz mir die Tränen in die Augen trieb. Sie legte die Hand auf ihre mit Elektroden beklebte Brust. »Ich wollte es hier tragen, damit ich ihn immer bei mir habe.«

»Vielleicht ist es in eine Schublade gefallen. Es tut mir leid, Amelia. Ich hatte keine Zeit mehr, weiterzusuchen, ich wollte nicht zu spät ins Krankenhaus kommen.«

»Ihre Schwester hatte einen etwas anstrengenden Vormittag«, hatte die Oberschwester mich informiert, als ich auf dem Weg zu Amelia war. »Ich will Sie nur vorwarnen, dass sie heute nicht allzu gut drauf ist.« Das war die Untertreibung des Jahrhunderts gewesen. »Sie hat sich bei dem MRT-Scan heute Morgen sehr aufgeregt, sodass er für heute abgebrochen werden musste. Wussten Sie, dass sie unter Klaustrophobie leidet?«

Das war mir neu. Aber plötzlich ergab das seltsame Gefühl, das mich vor ein paar Stunden überkommen hatte, weit mehr Sinn. Ich hatte an meinem Laptop gearbeitet, und es ging mir bestens, doch von einem Moment auf den anderen fing mein Herz unerklärlicherweise an zu rasen, und mir brach kalter Schweiß aus. Ich hatte das Gefühl, als würden die Mauern des Cottage immer näher rücken, und ich hatte die Eingangstür aufgerissen und in tiefen Zügen die salzige Luft eingeatmet. Das Gefühl war ebenso unvermittelt wieder verschwunden, wie es gekommen war. Ich hatte noch nie eine Panikattacke gehabt, aber das hätte eine sein können. Doch meine Erinnerungen daran, wie ich Bauchkrämpfe bekommen hatte, obwohl nicht *ich* diejenige war, die ihre Menstruation hatte, oder dass mein Kiefer geschmerzt hatte, als Amelia mit einem schlimmen Abszess zum Zahnarzt gegangen war, legten eine andere Erklärung nahe.

Der Tag hatte bei Amelia sichtlich Spuren hinterlassen. Sie war furchtbar blass, und obwohl ich mir alle Mühe gab, nicht auf die Monitore, an die sie angeschlossen war, zu starren, bemerkte ich doch, wie unregelmäßig ihr Herz schlug, manchmal viel zu schnell, dann wieder besorgniserregend langsam.

»Sie hat das Medaillon nicht mitgebracht«, erzählte Amelia enttäuscht der Krankenschwester, die ihren Blutdruck kontrollierte.

»Ach, halb so wild. Ich werde Ihren gut aussehenden Ehemann sicher bald kennenlernen«, sagte diese beschwichtigend und warf mir ein freundliches Lächeln zu.

Sie wissen, dass es keinen Ehemann gibt, *oder?*, fragte ich die Krankenschwester stumm mit einem Blick. *Wir halten sie nur bei Laune, bis sie Realität und Fantasie wieder unterscheiden kann.*

Entweder war die Schwester eine oscarreife Schauspielerin, oder man hatte sie noch nicht über Amelias Zustand informiert.

»Tut mir leid, Süße«, entschuldigte ich mich erneut. »Ich suche weiter danach, wenn ich nachher zu Hause bin, versprochen. Ich stelle das ganze Cottage auf den Kopf, bis ich es gefunden habe.«

Meine Schwester schaute mir in die Augen, und in ihrem Blick lag ein Ausdruck, den ich noch nie gesehen hatte. »Das brauchst du nicht. Es ist im Schmuckkästchen, wie ich dir gesagt habe.«

Es war, als würde sie mir den Fehdehandschuh hinwerfen, und ich schluckte nervös, unfähig, ihn aufzuheben.

»Ich habe heute Morgen allen davon erzählt, wie Sam und ich uns kennengelernt haben.«

Das Lächeln der Schwester wirkte natürlich, meins dagegen fühlte sich starr und fremd an.

»Wie nett«, sagte ich und versuchte, nicht zur Tür zu blicken. Mum wollte mit dem Taxi ins Krankenhaus kommen – so dringend hatte ich meine Mutter schon lange nicht mehr herbeigesehnt.

»Ja«, sagte Amelia mit einem halb emotionalen, halb erschöpften Seufzen. »Es war so romantisch, nicht?«

Sie verlagerte im Liegen das Gewicht, als würde sie sich unbehaglich fühlen. Damit war sie nicht allein.

»Wie würdest *du* Sam beschreiben, Lexi?«, fragte sie mich. Es war ein Test. Die Monitore hinter ihr zeigten eine erhöhte Herzfrequenz an.

»Er ist … er ist wie jemand aus einem Liebesroman. Ein echter Held«, sagte ich schließlich nach einigem Nachdenken und zog am Halsausschnitt meines Pullovers. Es war auf einmal unerträglich heiß im Zimmer.

»Tja, ich werde ihn sicher bald sehen«, wiederholte die Krankenschwester.

»Genau genommen können Sie ihn schon *heute* sehen«, verkündete Amelia. Mir wurde flau im Magen. »Gibt es hier im Krankenhaus einen Kiosk, wo man Schreibwaren bekommt?«, fragte sie mich.

Ich nickte verwirrt.

»Könntest du mir einen Block und Stifte besorgen, damit ich ihn zeichnen kann?«

Entgeistert starrte ich sie an. »Du willst ihn zeichnen … Sam?«, fragte ich. Sein Name kam mir nur schwer über die Lippen.

Sie ließ sich auf das Kissen sinken. »Das ist das Nächstbeste, da du mir das Medaillon ja nicht mitgebracht hast.«

Amelia konnte nicht zeichnen. Das war nicht böse gemeint. Es war einfach eine Tatsache. Sie konnte nicht zeichnen, so wie ich nicht singen konnte und keine Excel-Tabellen kapierte. Ich hatte Kunst im Abi gehabt, meine Schwester dagegen hatte sich ganz auf die Naturwissenschaften konzentriert. *Das wird interessant*, dachte ich, als ich im Aufzug in den Eingangsbereich hinunterfuhr.

Es dauerte eine Weile, bis ich das Gewünschte gefunden hatte. Außerdem legte ich noch ein paar *Sudoku*-Zeitschriften, zwei ihrer Lieblingsschokoriegel und eine Packung Paracetamol in meinen Korb. Letzteres war für mich bestimmt.

Es gab in dem Kiosk eine überraschend große Auswahl an Zeichenmaterialien. Ich hatte mich für einen DIN-A3-Zeichenblock und mehrere Bleistifte entschieden. Soweit ich wusste, hatte sich Amelias Zeichenstil seit der Strichmännchenphase nicht mehr entscheidend verändert. Ich zerbrach mir jetzt schon den Kopf darüber, wie ich reagieren sollte, wenn die Zeichnung, die sie anfertigen wollte, mehr nach Galgenmännchen aussah als nach einem Porträt ihres Ehemannes.

Es *gibt* keinen Ehemann, erinnerte mich eine Stimme in meinem Kopf spitz.

Ich begrüßte Mum, als wäre sie gerade von einer langen Arktisexpedition zurückgekehrt.

»Da bist du ja!«, rief ich erleichtert und umarmte sie, hoffend, meine außergewöhnlich feste Umarmung würde Mum verraten, dass es Amelia nicht wie erhofft besser ging.

»Die Krankenschwester hat mir erzählt, du hattest heute Vormittag ein paar Untersuchungen«, sagte ich nach einigem Zögern zu Amelia.

Amelia löste den Blick widerstrebend von der Einkaufstüte in meiner Hand. »Ja. Obwohl ich mir nicht sicher bin, wonach sie genau suchen, weil ich von niemandem eine umfassende Information bekomme.«

»Kannst du dich immer noch nicht an die Nacht erinnern, in der du kollabiert bist?«

Sie schüttelte den Kopf.

»Oder daran, dass du am Strand warst?«, fügte ich vorsichtig hinzu. Der Boden unter meinen Füßen schien gefährlich wie das Watt, wo man sie gefunden hatte.

»Was zum Teufel hatte ich am Strand verloren?«

Das war eine gute Frage, auf die niemand von uns eine Antwort kannte.

»Ich bin sicher, die Ärzte finden es bald heraus.«

Mums Vertrauen in die Halbgötter in Weiß war unerschütterlich, aber ihre beiden Töchter waren da skeptischer. Amelias und mein Blick begegneten sich, und für einen kurzen Moment schien es, als wäre sie wieder ganz die Alte – zu hundert Prozent meine kompetente ältere Schwester mit dem wachen Verstand und dem MENSA-reifen IQ. Sie streckte die Hand aus, und dummerweise glaubte ich, sie wolle meine ergreifen, aber stattdessen deutete sie auf die Tüte. »Hast du mir die Zeichensachen besorgt?« Und an Mum gerichtet, sagte sie: »Ich will Sam zeichnen.«

»Aus dem Gedächtnis?« Die Frage konnte ich mir nicht verkneifen.

Amelia funkelte mich an, als wollte sie erwidern: *Was denn sonst?*

»Tja, offensichtlich, da er ja noch in New York ist. Es gibt keine Neuigkeiten von ihm, oder?«

Ich schüttelte betrübt den Kopf, wenn auch aus anderen Gründen, als sie vermutlich glaubte. Es war, als machten wir einen Schritt vor und zwei zurück.

Sie leerte den Inhalt der Tüte auf dem Bett aus, betrachtete die Auswahl an Bleistiften, die ich ihr besorgt hatte, und machte tatsächlich den Eindruck, als wüsste sie, was sie tat. Ich zog meinen Stuhl näher ans Bett heran, und sie begann, das erste Blatt Papier des Blocks mit langen Strichen zu füllen.

In weniger als zwei Minuten erkannte ich, dass Amelia nicht nur zeichnen konnte … sie war sogar ziemlich gut. Besser als ich, obwohl eine bemerkenswerte Ähnlichkeit zwischen unseren Zeichenstilen bestand.

Vor meinen Augen entstanden ein Horizont, Sanddünen und eine Küste. Sie schaute mehrmals auf, als würde sie etwas visualisieren, was *wir* nicht sehen konnten, bevor sie ihre Aufmerksamkeit wieder dem Block auf ihren Knien zuwandte. Mum erhielt einen konstanten Plauderstrom aufrecht und erzählte von Leuten, die ich nicht kannte, doch ich bezweifelte, dass Amelia es überhaupt mitbekam. Nachdem sie den Strand gezeichnet hatte, konzentrierte sie sich ganz darauf, langsam die Umrisse eines Menschen im Sand zu skizzieren. Die Person hatte sich auf ein Knie niedergelassen. Amelia ließ sich Zeit und zeichnete Hunderte winziger Details, bevor sie sich den Zügen des Mannes widmete. Schweigend sah ich zu, wie das Gesicht des Schwagers entstand, den ich nicht hatte.

Tatsächlich, er *war* gut aussehend. Sein Kinn und seine Gesichtszüge waren markant – wie gemeißelt, würde man es wohl in einem Roman beschreiben. Ich hatte den Begriff noch nie im echten Leben verwendet, aber in diesem Fall passte er perfekt.

Amelia hatte sich vorgebeugt, um alles akribisch und sorgfältig zu Papier zu bringen. Ich sah die winzigen Fältchen in seinen Augenwinkeln, das angedeutete Grübchen im Kinn, das warmherzige Lächeln. Dieses Lächeln spiegelte sich im Gesicht meiner Schwester, und voller Bestürzung sah ich in ihren Augen die Liebe zu dem Mann, den ihr Bleistift erschaffen hatte. Diese Ausgeburt ihres Unterbewusstseins war für sie anscheinend ebenso real wie ihre eigene Familie.

»So hat er an dem Tag ausgesehen, als wir uns kennengelernt haben«, sagte sie und zeichnete dichte dunkle Haare, die in der Brise wehten. Sie hielt den Block auf Armeslänge von sich und drehte ihn zum Licht. »Auf dem Foto im Medaillon sieht er fast genauso aus«, sagte sie und nickte zufrieden beim Anblick ihres Werks. »Das wirst du schon sehen, wenn du es mir morgen mitbringst.«

Ich schluckte nervös, setzte ein, wie ich hoffte, natürliches Lächeln auf und versuchte verzweifelt, das Thema zu wechseln. »Seit wann kannst du so gut zeichnen?«, fragte ich, nahm ihr den Block aus den Händen und betrachtete die fast professionell aussehende Zeichnung. Aus der Nähe betrachtet, ähnelte ihr Stil meinem noch mehr – abgesehen von der Tatsache, dass ich seit Jahren keinen Zeichenblock mehr in der Hand gehabt hatte.

»Ich weiß nicht genau, schon eine ganze Weile, schätze ich«, sagte sie und ließ sich wieder zurücksinken, als hätte die Arbeit an dem Bild sie erschöpft. »Ich wollte es immer mal probieren, also habe ich einen Online-Kurs belegt …«– sie zuckte mit den Schultern –, »und da habe ich entdeckt, dass ich ein verborgenes Talent dafür besitze.«

»Aber das hast du mir gegenüber nie erwähnt.«

Amelias Blick huschte hoffnungsvoll zur Tür, die gerade geöffnet wurde. Doch es war nur eine Krankenschwester, die mit einem Medikamententrolley hereinkam. Tat sie das jedes Mal, wenn jemand in der Tür erschien?, fragte ich mich traurig.

»Ich bin mir sicher, dass ich es dir erzählt habe«, sagte Amelia und streckte die Hand aus, um den Becher entgegenzunehmen, den die Schwester für sie vorbereitet hatte. Er war mit zahlreichen bunten Tabletten gefüllt, die sie alle auf einmal schluckte.

»Nein«, erwiderte ich, »ich könnte mich bestimmt daran erinnern, wenn du es erwähnt hättest.«

»Wirklich? Was macht dich da so sicher? Du hast es doch sogar geschafft, zu vergessen, dass ich einen Ehemann habe.«

Touché.

Sobald die Schwester das Zimmer verlassen hatte, griff Amelia wieder nach dem Zeichenblock. In den nächsten beiden Stunden füllte sie Seite um Seite. Alle zeigten den Mann am Strand. Einige Bilder waren Porträts, so detailliert, dass man die einzelnen Wimpern erkennen konnte. Auf anderen wanderte er über den nassen Strand, die Hände tief in den Taschen seiner Jeans vergraben, in einem dicken Pullover, der ihn vor der Kälte schützte. Der Mann war groß, kräftig gebaut und schien mit jeder Zeichnung, die ich ansah, in meiner Vorstellung mehr Substanz zu bekommen. Die Flut und die langen Schatten am Strand deuteten auf einen frühen Wintermorgen hin.

Merkwürdigerweise war Amelias letzte Zeichnung die überraschendste.

»Wie konnte ich bis jetzt vergessen, Barney hinzuzufügen?«, rief sie aus und zeichnete etwas neben den Mann, den ich mittlerweile wahrscheinlich bei einer Gegenüberstellung erkannt hätte.

»Wer ist Barney?«, fragte ich und versuchte vergeblich, einen genaueren Blick auf den Block zu erhaschen.

Amelia schüttelte verständnislos den Kopf. »Barney ist Sams Hund.« Ich nahm die Ecke des Blocks und drehte ihn zu mir. Barney war ein großer, zottiger Bobtail. Auf dem Bild stand er auf den Hinterbeinen, die riesigen Vorderpfoten auf Sams Brust gestützt.

»Ich … ich hatte ganz vergessen, dass Sam einen Hund hat«, bemerkte Mum in dem verzweifelten Bemühen, nichts Falsches zu sagen.

»Tja, wir konnten ihn nie mit zu dir nehmen. Er fährt nicht gern Auto.«

»Und ist Barney im Moment bei Sam in New York?«, fragte ich vorsichtig.

»Nein. Man kann doch einen Hund nicht mit auf Geschäftsreise nehmen! Er ist … er ist doch … Ist er nicht im Cottage?«, fragte sie verunsichert.

Imaginäre Ehemänner mochten noch angehen, aber bei imaginären Hunden musste ich eine Grenze ziehen.

»Nein, Süße, er ist nicht dort.«

Amelia verzog das Gesicht. »Aber wo ist er dann? Ist er gestorben? Ist Barney tot?«

Ich wusste nicht, was ich antworten sollte, und so zuckte ich nur hilflos mit den Schultern.

»Wieso weiß ich das nicht mehr? Ich müsste mich daran erinnern können! Aber es ist, als wäre mein Gedächtnis voller Löcher, in denen die wichtigen Dinge verschwinden, wenn ich danach greife. Was ist nur los mit mir?«

Sie weinte jetzt, und erst als ich das Salz auf meinen Lippen schmeckte, merkte ich, dass auch mir die Tränen gekommen waren. Ich nahm sie in die Arme und wiegte sie sanft.

»Ich weiß es nicht, Süße, aber wir werden es herausfinden.« Ich griff nach Mums Hand, sodass der Familienkreis komplett war. »Wir werden der Sache auf den Grund gehen, das verspreche ich dir.«

»Ich glaube Ihnen gern, dass er *sehr* beschäftigt ist«, sagte ich zu der Pflegehelferin am Stationsschalter. »Aber meine Mutter und ich müssen dringend mit Dr. Vaughan sprechen. Noch heute. Sofort.«

»So funktioniert das aber nicht …«, begann die junge Frau, doch dann legte ihr jemand nachdrücklich die Hand auf die Schulter, und sie verstummte. Ich hatte versucht, meine Stimme zu dämpfen, aber die Stationsschwester hatte mich anscheinend trotzdem durch die dicke Tür gehört.

»Schauen wir mal, ob er noch im Krankenhaus ist und einen Augenblick Zeit für Sie hat«, sagte sie mit einem freundlichen Lächeln für Mum, die *nicht* laut geworden war, und einem knappen Nicken für mich.

Amelia war sichtlich erschöpft und hatte nicht widersprochen, als ich ihr erklärte, ich würde Mum etwas Süßes, Klebriges bei Costa Coffee in der Eingangshalle besorgen. Ich hatte meine Mutter förmlich aus dem Raum zerren müssen. »Ich will keinen Kuchen, Lexi«, hatte sie gesagt, als wir schließlich im Flur standen.

»Ich doch auch nicht. Aber ich will Antworten. Also schauen wir mal, ob wir welche bekommen.«

Dr. Vaughans Sprechzimmer befand sich zwei Stockwerke unter Amelias Station. Wir klopften.

»Herein«, sagte eine Stimme, die weit jünger klang als erwartet.

Dr. Vaughan hörte sich nicht nur jugendlich an, er sah auch so aus. Ich hatte auf einen alten Hasen gehofft, hätte mir einen Arzt gewünscht, der schon alles gesehen und geheilt hatte. Aber sein Blick, als er uns die Hand gab, verriet, dass die Realität wohl etwas anders aussah.

»Bitte, nehmen Sie Platz.« Er deutete auf zwei Stühle vor dem Schreibtisch und wartete höflich, bis wir uns gesetzt hatten, bevor er sich auf seinem eigenen Stuhl niederließ.

Der Tisch war voller Stapel mit Patientenakten, was mich im Zeitalter des Computers überraschte. Von einem dieser Stapel, der jeden Moment umzukippen drohte, nahm er die oberste. Selbst auf dem Kopf stehend konnte ich den Namen meiner Schwester lesen.

Der Arzt schlug den Ordner auf und blätterte eine Zeit lang darin. Gelegentlich runzelte er die Stirn oder verzog den Mund, als er mit dem Finger über eine Tabelle fuhr. Schließlich lehnte er sich seufzend zurück und verschränkte die Arme vor der Brust. Vermutlich glaubte er, diese Haltung würde ihm Autorität verleihen, aber für mein Empfinden war er dafür mindestens zehn Jahre zu jung.

Irgendwo in seinem Zimmer musste eine Uhr stehen, die nervtötend laut tickte, und hätte der Arzt sein Schweigen nicht selbst gebrochen, hätte ich das übernommen, nur um sie zu übertönen.

»Amelia hatte wirklich großes Glück.« Das war schon mal ein guter Anfang. »Ich würde sogar so weit gehen, zu sagen, dass sie ein außergewöhnlicher Mensch ist.«

Er beugte sich vor, stützte die Ellbogen auf den Schreibtisch und sagte an Mum gewandt: »Sie haben natürlich gehört, in welchem Zustand sich Ihre Tochter befand, als sie am Strand gefunden wurde?«

»Sie war … unterkühlt«, erwiderte Mum zögerlich, als würde sie eine besonders knifflige Frage in einer Quizsendung beantworten.

»In der Tat«, sagte Dr. Vaughan und nickte. »Es ist sehr wichtig zu wissen, dass es in *diesem* Land nur sehr selten Fälle von akzidenteller Hypothermie, also einen unbeabsichtigten Abfall der Körpertemperatur, gibt.«

Ich war bei meinen Online-Recherchen schon auf diesen Begriff gestoßen und hatte ihn leicht albern gefunden – als gäbe es auch Formen von Unterkühlung, die man sich freiwillig zuzieht.

»Noch seltener kommt es hier vor, dass die Körpertemperatur so weit absinkt, dass eine Asystolie durch Unterkühlung die Folge ist.«

»Ein Herzstillstand«, erklärte ich Mum für den Fall, dass sie sich nicht ebenfalls online informiert hatte. Aber sie nahm bereits ein Taschentuch aus ihrer Handtasche, also wusste sie vermutlich Bescheid.

»Genau«, sagte Dr. Vaughan. »Aber *noch* seltener sind die Fälle, in denen ein Patient nicht mehr atmet, jedoch nach einer längeren Zeit erfolgreich wiederbelebt werden kann.«

»So wie bei Amelia«, sagte ich und lächelte Mum beruhigend an.

»Richtig. Ich möchte allerdings nicht den Eindruck vermitteln, dass das Schlimmste schon überstanden ist. Amelias EKG-Werte geben immer noch Anlass zur Besorgnis, und es ist zu früh, um eine zuverlässige Langzeitprognose zu äußern, auch wenn ich weiß, dass Sie es sich wünschen würden. Ich kann Ihnen jedoch versichern, dass wir sie in den kommenden Tagen und Wochen sehr genau überwachen werden.«

»Sind neben dem Herzen vielleicht noch andere Organe in Mitleidenschaft gezogen worden?« Ich zögerte, ehe ich fortfuhr, als könnten meine Worte Wirklichkeit werden, wenn ich sie laut aussprach. »Hat sie womöglich einen Hirnschaden erlitten?«

Er warf einen Blick in Amelias Akte. »Ein CT ihres Kopfes, das bei ihrer Einlieferung gemacht wurde, hat keine Auffälligkeiten ergeben, aber wir führen natürlich noch weitere Untersuchungen durch. Genauer gesagt, wollen wir sie noch etlichen Tests unterziehen, aber wir müssen Rücksicht darauf nehmen, dass Ihre Schwester ein schwer traumatisierendes Erlebnis hinter sich hat. Ihr psychisches Wohlbefinden ist ebenso wichtig wie ihr körperliches. Wie ich hörte, war die heutige MRT-Untersuchung sehr belastend für sie.«

Er schwieg kurz, als fragte er sich, wie offen er sprechen konnte. »Ich will ganz ehrlich sein, Amelia ist der erste Fall dieser Art, der mir persönlich begegnet. Deshalb habe ich mich an die Kollegen eines der wichtigsten Krankenhäuser in Schweden gewandt, die viel mehr Erfahrung mit derartigen Befunden haben.«

Besorgt biss ich mir auf die Lippe. »Und hatten diese schwedischen Ärzte auch … Patienten mit Gedächtnisproblemen?«, fragte ich.

Dr. Vaughan nickte langsam. »Einige schon. Ein Großteil der Patienten geht bemerkenswert unbeschadet aus Vorfällen wie diesen hervor – dabei waren manche bis zu sechs Stunden klinisch tot, was, wie wir glauben, bei Amelia *nicht* der Fall war. Aber ja, um Ihre Frage zu beantworten, wie ich erfahren habe, litten einige Patienten unter leichtem bis schwerem Gedächtnisverlust.«

Ich schüttelte den Kopf. »Es ist aber kein Gedächtnisverlust. Es sind *neue* Erinnerungen. *Falsche* Erinnerungen, an Dinge, die nie passiert sind.«

Er öffnete den Mund, um etwas zu erwidern, aber ich bedeutete ihm, abzuwarten, und griff nach dem Bild, das ich aus Amelias Block getrennt hatte. »Das hier hat meine Schwester vor zwei Stunden gezeichnet. Es ist das Bild eines Mannes, von dem sie steif und fest behauptet, er sei ihr Ehemann. Ich kann Ihnen mit hundertprozentiger Gewissheit versichern, dass er nicht existiert.«

»Glaubst du, er hat recht damit, uns zu raten, wir sollen die Illusion fürs Erste aufrechterhalten?«, fragte mich Mum, als wir durch die Drehtür des Krankenhauses traten. Nach dem überheizten Gebäude raubte mir die eisige Januarluft fast den Atem.

»Ich glaube, er weiß nicht, was er *sonst* sagen soll, Mum«, erwiderte ich traurig. »Zumindest war er ehrlich genug, zuzugeben, dass er einen Fall wie ihren noch nie gesehen hat. Nicht, dass es uns viel hilft. Er wirkt zuversichtlich, dass sie diese Hirngespinste bald überwindet und erkennt, dass viele Dinge keinen Sinn ergeben und nicht stimmen können.« Ich hakte mich bei meiner Mutter unter. »Ihr Handy zu finden und Amelia zu zeigen, dass es darauf *keine* Fotos von ihr und Sam gibt, wäre ein guter Anfang.«

»Aber was machen wir in der Zwischenzeit? Was sollen wir sagen, wenn sie uns fragt, warum Sam sich nicht meldet?«, bemerkte Mum. Inzwischen saßen wir im Auto, und sie kämpfte mit dem Verschluss ihres Sicherheitsgurts. Ich beugte mich zu ihr hinüber und schloss ihn für sie. Dies war der letzte Tag, an dem mir der Leihwagen zur Verfügung stand, am folgenden Tag sollte er abgeholt werden. Von nun an würde ich Amelias Wagen fahren. So war es am praktischsten, und Dr. Vaughan zufolge würde Amelia ihn in absehbarer Zukunft leider ohnehin nicht benutzen können.

Ich wartete, bis sich die Schranke gehoben hatte, und fuhr vom Parkplatz, ehe ich Mum antwortete.

»Wir müssen uns einen plausiblen Grund einfallen lassen, weshalb er sich nicht bei ihr melden kann«, erwiderte ich.

»Vielleicht sollten wir sagen, er wurde gekidnappt und wir müssten noch das Lösegeld auftreiben?«

Meine Lippen zuckten, und das erste echte Lächeln des Tages breitete sich auf meinem Gesicht aus.

»Oooooder«, sagte ich, »wir denken uns etwas aus, was weniger nach einem Netflix-Thriller klingt.«

Mum nahm mir meine Worte nicht übel, ließ sich jedoch nicht ablenken.

»Was denn zum Beispiel? Was schlägst du vor?«

Ich arbeitete in einer Welt der fiktiven Geschichten, und im Laufe der Jahre waren mir schon Tausende verschiedener Plots begegnet. Einer davon würde mich doch sicher der Lösung näherbringen? Doch noch während ich über meine Arbeit nachdachte, fand ich die Antwort im wahren Leben statt in einem Buch.

»Ich hab's! Merle, eine meiner Kolleginnen, ist gerade von einem zehntägigen Schweige-Retreat irgendwo im Staat New York zurückgekommen. Dort gehen die Leute hin, um ihre Batterien wieder aufzuladen, indem sie meditieren und schweigen. Und das Beste ist, dort besteht man darauf, dass man nicht mit der Außenwelt kommuniziert. Kein Handy, keine Technik, nichts.« Ich strahlte Mum an wie eine Zauberkünstlerin, die gerade erfolgreich ein Kaninchen aus dem Hut gezogen hat. Enttäuschenderweise sah sie nicht ganz überzeugt aus.

»Ich weiß nicht, Lexi … Bist du sicher, dass Sam so etwas machen würde?«

»Mum«, sagte ich sanft, »es *gibt* keinen Sam.«

Sie lachte nervös und sah so verlegen aus, dass ich eine Hand vom Lenkrad nahm und ihre leicht drückte.

»Ich weiß, das ist alles ziemlich scheiße. Aber wenigstens hätten wir etwas, womit wir Mimi beruhigen könnten.«

Mum war so in Gedanken versunken, dass sie angesichts meines Kraftausdrucks nicht mal mit der Wimper zuckte.

Kapitel 7

Die Pizza war mir nicht besonders gut bekommen. Ich hätte es besser wissen müssen und in dem Restaurant, wo Mum und ich zum Abendessen eingekehrt waren, keine mit extra Jalapeños bestellen sollen. Zwei Stunden nachdem ich die Nachttischlampe ausgeknipst hatte, warf ich mich immer noch von einer Seite auf die andere und fand in Amelias sonst sehr bequemem Gästebett nicht die richtige Schlafposition. Der Jetlag allein war schon schlimm genug, aber in Verbindung mit Magenproblemen war ans Einschlafen wieder nicht zu denken.

Wehmütig dachte ich an das Fläschchen Pepto Bismol, das ich in New York gelassen hatte, schlug schließlich die Decke beiseite und huschte über die knarrenden Dielen ins Bad. Gestern war mir dort im Schrank ein altes Päckchen Rennies ins Auge gefallen, und ohne einen weiteren Gedanken daran zu verschwenden, dass sie schon seit drei Jahren abgelaufen waren, setzte ich mich auf den Badewannenrand und zerkaute zwei der kreideartigen Tabletten. Im Bad war es so eisig wie in einem Kühlraum, doch trotz der Kälte hatte ich es nicht eilig, wieder ins Bett zu gehen. Nicht, weil ich nicht müde gewesen wäre, sondern weil ich genau wusste, worauf mein Blick als Erstes fallen würde, wenn ich ins Schlafzimmer zurückkehrte.

Jetzt, rückblickend, hätte ich das Medaillon wieder in Amelias Schmuckkästchen legen sollen, wo es hingehörte, anstatt es bei mir im Gästezimmer aufzubewahren. Doch ich hatte zu große Sorge, »versehentlich« zu vergessen, es am nächsten Tag ins Krankenhaus mitzunehmen. *Als ob*, bemerkte eine innere Stimme trocken.

Das Schmuckstück und seine Bedeutung für Amelias psychische Verfassung war für mich zunächst nur eine kleine Sorge gewesen, die dann aber, wie geringfügige Ängste es so an sich haben, während der schlaflosen Stunden mitten in der Nacht exponentiell gewachsen war.

Wen wundert es, dass ich Magenschmerzen habe, dachte ich und gab mir innerlich einen Ruck, bevor ich ins Gästezimmer tappte.

Natürlich ging ich direkt zum Medaillon. Was wäre mir anderes übrig geblieben? Ich hatte so viel darüber nachgedacht, was morgen passieren würde, wenn ich es Amelia brachte, dass es mir fast wie eine Erinnerung vorkam und nicht wie ein Ausblick auf den nächsten Tag.

Ich sah mich in meine Tasche greifen und die Halskette herausnehmen. Ich sah das Silber in der grellen Krankenhausbeleuchtung glänzen, wenn das Medaillon und die Kette in die ausgestreckte Hand meiner Schwester glitten.

Doch was als Nächstes geschehen würde, war unmöglich vorherzusehen. Wenn Amelia das Medaillon öffnete und feststellte, dass es leer war, würde ich dann wirklich lügen und sagen, dass das Foto herausgefallen sein müsse? Oder war dies der Moment, um ihr so behutsam und freundlich wie möglich beizubringen, dass dieses Medaillon nie ein Foto enthalten hatte? Oder sollte ich mich an Option Nummer drei halten? Mich schauderte, und ich fragte mich, ob ich über die nötigen schauspielerischen Fähigkeiten verfügte, um derart glaubhaft vorzutäuschen, ein Foto im leeren Medaillon zu sehen, dass Amelia es *auch* sah. *Des Kaisers neue Kleider* war als Kind eine meiner Lieblingsgeschichten gewesen, doch dieses Märchen selbst zu erleben und so zu tun, als hätte ich etwas vor Augen, von dem ich genau wusste, dass es nicht da war, war verstörend.

Ich erwachte wieder vor Sonnenaufgang, eine neue, unschöne Angewohnheit, die ich nur zu gern wieder ablegen wollte. Leider würde der Boiler – der sich immer noch nicht mit mir angefreundet hatte – noch zwei Stunden benötigen, bis es genug heißes Wasser für meine morgendliche Dusche gab. Zu ruhelos, um wieder ins Bett zu gehen, beschloss ich, dass mir etwas Bewegung guttun würde. Jeff war ein begeisterter Central-Park-Jogger, und manchmal ließ ich mich von ihm breitschlagen, mit ihm frühmorgens eine Runde zu laufen. Das verschaffte mir stets einen besseren, positiveren Start in den Tag, was ich gerade definitiv gebrauchen konnte.

Ich hatte keine Sportsachen eingepackt, aber in Amelias Kleiderschrank fand ich eine Leggings und einen passenden Kapuzenpulli. Während ich mir kaltes Wasser ins Gesicht spritzte, mir die Haare locker zu einem Pferdeschwanz zusammenband und die geliehene Sportkleidung anzog, fühlte ich mich richtig vorbildhaft.

Draußen war es kälter, als ich gedacht hatte. Mein Atem bildete helle Wölkchen. Vor Amelias Haus begann ich halbherzig mit dem Stretching und machte dabei wahrscheinlich vieles falsch, aber Jeff war eben diesmal nicht dabei und konnte mich nicht korrigieren. Ich ging in mich, um zu prüfen, ob ich ihn bei diesem Gedanken vermisste, empfand jedoch nichts dergleichen, worüber ich mir in nächster Zeit wahrscheinlich mal Gedanken machen sollte. Doch jetzt hatte ich nur den Strand im Sinn, die Joggingrunde und die Freude darüber, einen weiteren Sonnenaufgang zu erleben.

Neben dem niedrigen Holztor des Cottages blieb ich einen Moment stehen. Nach rechts ging es ins nächste Dorf, wo mich ein gemütliches Café erwarten würde, mit heißem Kaffee und Backwaren. Linker Hand war nichts bis auf den Strand. Ich ignorierte meinen knurrenden Magen und bog nach links ab.

Wie erwartet, war ich um diese Uhrzeit die Einzige am Strand. Nach etwa zwei Minuten fiel ich in ein langsameres, gemäßigtes Tempo, denn das Laufen auf Sand war deutlich anstrengender als auf gepflasterten Wegen. Außerdem hatte ich immer noch nicht die Hoffnung aufgegeben, Amelias Telefon am Strand zu finden. Rein verstandesmäßig wusste ich, dass die Chance wahrscheinlich geringer war als ein Lottogewinn, trotzdem verspürte ich den Drang, es zumindest zu versuchen. Hätte sie nur *Find My Phone* installiert gehabt, oder wäre das Gerät nicht ausgeschaltet gewesen, hätte für meine Suche vielleicht eine kleine Aussicht auf Erfolg bestanden. Doch wenn man bedachte, dass das Telefon nun schon mehrere Tage am Strand oder im Wasser lag, wäre es geradezu ein Wunder, wenn ich es finden würde.

Doch heute war ein Morgen für Wunder.

Es war vierzig Minuten her, seit ich das Cottage verlassen hatte. Die Sonne hatte mittlerweile den Mond vom Himmel vertrieben. Ich hielt an, um eine Verschnaufpause einzulegen, blickte mich um und staunte, was für eine Strecke ich zurückgelegt hatte. Da bemerkte ich, dass ich nicht mehr allein am Strand war. Direkt am Wasser, wo das Meer sich immer mehr zurückzog, joggte auf dem nassen Sand eine große Gestalt dahin.

Ich konnte nicht viel erkennen, bloß dass sie sich in einem lockeren Rhythmus bewegte. Wahrscheinlich hatte er oder sie keinen roten Kopf und schwitzte auch nicht so wie ich, dachte ich und strich mir eine feuchte Haarsträhne aus dem Gesicht, die sich aus dem Pferdeschwanz gelöst hatte. Ich wandte mich ab und wollte gerade umkehren, als ein Geräusch mich innehalten ließ. Auch die andere Person blieb jetzt stehen und schaute aufs Meer, ganz so, als würde sie auf etwas warten.

Da hörte ich wieder das Geräusch, und diesmal war es leichter zu erkennen. Mit lautem, freudigem Gebell kam ein großer Hund aus der Brandung gelaufen. Fasziniert beobachtete ich, wie das Tier in den auslaufenden Wellen zum Stehen kam und sich schüttelte. Selbst aus der Entfernung war zu erkennen, dass die Tropfen in alle Richtungen stoben. Klar und deutlich trug der Wind das Lachen eines Mannes zu mir.

Das war der Augenblick, in dem ich mich hätte abwenden können, doch in mir regte sich etwas.

Der Mann. Der Strand. Der riesige Hund.

Der Mann hatte jetzt einen Ball in der Hand und warf ihn in hohem Bogen über den nassen Sand, und sein Hund sprang blitzschnell hinterher. Das Fell des Tiers war vom Bad im Meer immer noch nass, doch es war deutlich zu erkennen, um was für eine Rasse es sich handelte. Einen Bobtail.

Der Hund stürmte hinter dem Ball her, der Mann joggte ihm nach, und plötzlich – ohne dass ich mich bewusst dazu entschieden hätte – merkte ich, dass ich den beiden folgte.

»Halt! Warten Sie!«, keuchte ich im Laufen, doch weil ich so untrainiert war, fehlte mir der Atem für eine passende Lautstärke. Und zu meinem Frust trug der Wind meine dünnen Rufe auch noch davon. Der Mann und der Hund rannten weiter, und der Abstand zwischen uns vergrößerte sich stetig.

Jeder Muskel in meinen Beinen schmerzte, und mein Seitenstechen gab mir den Rest, doch ich ließ nicht locker. Ich hatte nun das Wasser erreicht, und während meine Füße durch den Schaum der zurückweichenden Wellen liefen, spritzten Tausende von feinen Wassertröpfchen hoch. Auf dem kompakten nassen Sand fiel das Laufen zwar leichter, aber ich hätte den Mann nie eingeholt, wäre er nicht stehen geblieben, hätte den leuchtend gelben Tennisball aufgehoben und in die Wellen geworfen. Der Hund rannte wieder hinterher, und endlich war ich nahe genug.

»Warten Sie! Bitte, warten Sie doch!«

Der Mann war immer noch etwa fünfzig Meter entfernt. Als er mich hörte, blieb er stehen und drehte sich um. Im selben Moment spürte ich, wie meine Knie nachgaben. Sofort stürzte er auf mich zu.

Die Welt drehte sich wie wild, doch das hatte nichts damit zu tun, dass ich mich bis an meine körperlichen Grenzen verausgabt hatte. Irgendwie schaffte ich es, wieder aufzustehen. Amelias schicke Sportkleidung war nass und voller Sand, aber das war das Letzte, worüber ich mir in dem Augenblick Gedanken machte.

»Hey, alles okay?«, fragte der Mann besorgt.

Sprachlos starrte ich ihn an.

»Sind Sie verletzt?«, wollte er wissen.

Ich schüttelte so heftig den Kopf, dass mir mein Pferdeschwanz erst gegen die eine Wange, dann gegen die andere peitschte.

»Okay«, sagte der Mann etwas unsicher und wich fast unmerklich einen kleinen Schritt zurück. »Haben Sie mich gerade gerufen?«

Ich nickte. Es war unglaublich. Amelia hatte das Gesicht dieses Mannes bis ins kleinste Detail wiedergegeben. Die Skizze, die ich seit gestern Nachmittag Hunderte von Malen angeschaut hatte, war im wahrsten Sinne des Wortes zum Leben erweckt worden und stand leibhaftig vor mir.

»Wollten Sie was Bestimmtes?«, fragte der Mann mit tiefer, angenehmer Stimme, aber jetzt eher verwirrt als besorgt.

Schwer zu sagen, was er von mir erwartete, doch als ich ihm die Hand entgegenstreckte, wirkte er definitiv überrascht.

»Sam«, sagte ich zuversichtlich.

Er wartete sehr lange, bevor er ebenfalls die Hand hob und nach meiner griff.

»Hallo, Sam. Freut mich, Sie kennenzulernen.«

Ich runzelte die Stirn. »Ich heiße nicht Sam, sondern Lexi!«, sagte ich. »Ich bin Amelias Schwester.«

In den Augen des Mannes blitzte etwas auf, aber es war definitiv nicht der Funke des Wiedererkennens, auf den ich gehofft hatte. Wenn ich mich nicht täuschte, wirkte es ziemlich panisch.

»Ich glaube, Sie verwechseln mich mit jemandem.«

Ich schüttelte den Kopf. »Nein. Sie sind es. Sie *müssen* es sein.« Selbst ich merkte, dass ich ganz schön durchgeknallt klang.

Diesmal war ich mir ganz sicher, dass er einen Schritt zurückwich. Der Hund hatte inzwischen den Ball gebracht, und der Mann beugte sich über das Tier, um ihm rasch die Leine anzulegen. Offensichtlich hatte er es eilig, wegzukommen.

»Sie müssen mich doch erkennen! Erkennen Sie denn mein Gesicht nicht wieder?«, fragte ich und nahm an, dass ihn das Gegenlicht vielleicht blendete. Ich trat etwas zur Seite und öffnete meinen Pferdeschwanz, eine Frisur, die meine Schwester nie trug.

»Hier, sehen Sie?«, drängte ich ihn. »Sie wissen doch bestimmt, wem ich ähnlich sehe?«

Er schüttelte den Kopf. »Tut mir leid. Sind Sie berühmt?«

Seine Worte waren wie ein Schlag ins Gesicht. Er hatte keine Ahnung, wer ich war. Was bedeutete, dass er auch Amelia nicht kannte.

»Sie heißen gar nicht Sam, stimmt's?«, fragte ich enttäuscht.

»Nein, ich heiße Nick«, antwortete der Mann, der angeblich mit meiner Schwester verheiratet war.

Der Hund an seiner Seite bellte ungeduldig. Für seinen Geschmack war dieser Strandspaziergang wohl eindeutig mit zu viel Herumstehen verbunden.

»Und er heißt auch nicht Barney, hab ich recht?«

Der Mann wirkte immer noch irritiert. »Es ist eine Sie, und sie heißt Mabel.«

Diesmal trat ich einen Schritt zurück. Es war ein klarer Fall: Dieser Mann kannte Amelia nicht und war ihr auch nie begegnet.

»Ich glaube, meine Schwester könnte Sie und Mabel an diesem Strand gesehen haben. Sie wohnt nicht weit von hier«, versuchte ich zu erklären.

Er zuckte mit den Schultern. »Möglich wäre es, auch wenn ich nicht oft hierherkomme.«

»Wohnen Sie hier in der Nähe?«

Er wirkte zunehmend misstrauisch, und ich konnte es ihm kaum zum Vorwurf machen. »Nicht allzu weit weg«, sagte er schmallippig und wollte offenbar nicht mehr dazu preisgeben.

»Es tut mir wirklich leid, dass ich Sie belästigt habe«, sagte ich mit erhobenen Händen. Ich wusste bereits, dass ich mich an diese Situation in ihrer ganzen Peinlichkeit noch sehr lange erinnern würde.

Nick lächelte höflich, und man merkte, er wartete darauf, dass ich weiterging. Und das hätte ich auch getan, wenn nicht genau in dem Moment Mabel mit ihrem Herrchen die Geduld verloren hätte und an ihm hochgesprungen wäre, wobei sie ihre großen Vorderpfoten auf Nicks Brust stützte.

Mir stockte der Atem. Exakt diese Pose war auf Amelias letzter Zeichnung zu sehen gewesen. Das dunkle Haar des Mannes wehte im Wind, die Sonne war nun direkt hinter ihm und glitzerte auf dem Wasser, genau wie Amelia es eingefangen hatte. Der Anblick glich ihrer Zeichnung so sehr, dass man es für ein Foto davon hätte halten können.

Vor Schreck bekam ich den Mund nicht mehr zu.

»Hören Sie, ich weiß, das klingt verrückt, aber haben Sie es sehr eilig?«

»Wieso?«, fragte er vorsichtig.

»Weil ich wirklich gern ein Foto von Ihnen machen würde«, sagte ich. Ich spürte, wie meine Wangen brannten, und schämte mich, denn es klang wie eine echt schmierige Anmache.

»Sind Sie Fotografin?« Nick fuhr sich mit der Hand durchs Haar. Schon wieder, ein weiteres Bild direkt von Amelias Zeichenblock.

Ich schluckte nervös. »Nein, ich arbeite in der Verlagsbranche. Als Lektorin.«

Nick runzelte noch immer die Stirn bei dem Versuch, ein Rätsel zu lösen, das einfach keinen Sinn ergab.

»Und was machen Sie so?«, fragte ich, um die Unterhaltung wieder auf ein weniger absonderliches Thema zu lenken.

»Ich habe beruflich mit Tieren zu tun«, sagte er ausweichend. Es war für ihn das Stichwort, um auf die Uhr zu sehen. »Und wenn ich jetzt nicht gehe, komme ich wahrscheinlich zu spät zur Arbeit.«

»Bitte«, flehte ich ihn an und merkte selbst, wie verzweifelt ich plötzlich klang. »Bitte gehen Sie nicht. Darf ich schnell ein Foto von Ihnen machen? Wenn ich Ihnen erst noch erkläre, wieso, dann würde das nur verrückt klingen.«

»Aha«, sagte er mit dem Anflug eines Lächelns. »Bis jetzt klang ja alles völlig normal.«

Ich lachte nervös. Er hatte noch nicht Ja gesagt, doch zumindest zeigte er mir nicht den Vogel. »Ich weiß, dass es nicht Ihr Problem ist und Sie nichts mit alldem zu tun haben, aber dieses Foto würde meiner Schwester wirklich sehr, sehr viel bedeuten.« Ich schwieg einen Moment, denn was ich als Nächstes sagte, würde wahrscheinlich wie eine Lüge klingen, auch wenn es der Wahrheit entsprach. »Ihr geht es gerade nicht gut. Sie liegt im Krankenhaus.«

»Das tut mir leid«, sagte er, und es klang aufrichtig, was mir Hoffnung gab. »Und ein Foto … das würde ihr helfen? Würde ihr viel bedeuten?«

»Und wie«, sagte ich nachdrücklich.

Er schaute noch einmal auf die Uhr und zuckte dann mit den Schultern, als wolle er sagen: *Ich kann selbst nicht glauben, dass ich mich gerade zu so etwas breitschlagen lasse*. »Okay, dann aber schnell.«

Wie sich zeigte, war es gut gewesen, dass ich Amelias Zeichnungen so intensiv betrachtet hatte, denn so wusste ich genau, welche Position Nick für das Foto einnehmen musste.

»Könnten Sie bitte in die Hocke gehen, mit einem Knie im Sand?«, bat ich und hantierte hastig an den Filtereinstellungen meiner Handykamera herum.

»So?«, fragte Nick und lachte, als Mabel die Situation nutzte und ihm mit der langen Zunge über die Wange leckte. »Soll Mabel mit aufs Foto?«, wollte er wissen und kraulte der Hündin die Ohren.

»Nein«, sagte ich und überprüfte das Bild ein weiteres Mal auf meinem Display. »Auf dem war Barney nicht drauf.«

Der Mann hatte gerade erst begonnen, mich als jemanden zu betrachten, der halbwegs bei Verstand war, doch diese Bemerkung warf uns ganz klar wieder zurück. Ihm schien nicht nur die Zeit, sondern auch die Geduld auszugehen.

»Wenn Sie bitte noch ein bisschen nach links rücken könnten, sodass die Sonne …«

Er tat wie gebeten, und plötzlich war auf meinem Display genau das Bild zu sehen, das ich brauchte. Der »Money Shot«, wie es eine echte Fotografin wohl genannt hätte.

»Und wenn Sie den Kopf noch etwas dahin drehen und lächeln könnten, als würden Sie jemanden anschauen, der Ihnen *keine* Scheißangst macht?«

Das brachte ihn zum Lachen, und in dem Moment machte ich das Foto.

Ohne mich zu vergewissern, wusste ich, dass es perfekt war.

Ich war immer gut darin gewesen, schwere Entscheidungen zu treffen, doch in letzter Zeit schien ich es nicht mehr draufzuhaben. Schlimm genug, dass ich in Bezug auf das Jobangebot so unentschlossen war, doch mit dem Medaillon hatte ich jetzt ein noch dringlicheres Problem. Und irgendwie kam mir das sogar schwieriger vor als die Frage, ob ich mich beruflich in Richtung London orientieren sollte oder ob es besser war, davon auszugehen, dass sich aus dem Traumjob für sechs Monate in New York etwas Langfristiges ergeben würde. Auch wenn mich mein Instinkt in der Vergangenheit nie im Stich gelassen hatte, spielte die Nadel meines inneren Kompasses in diesem Fall verrückt.

Mindestens drei Mal beschloss ich unter der Dusche, Amelia das Medaillon mit dem Foto des Unbekannten zu geben, nur um es mir gleich darauf anders zu überlegen. Meine Cornflakes wurden pampig, während ich am Küchentisch saß und mich immer wieder umentschied.

Es wäre deutlich einfacher gewesen, wenn ich die Antwort auf eine entscheidende Frage gewusst hätte: Würde es Amelias Zustand verbessern oder verschlimmern? Ich konnte nachvollziehen, wieso man uns gebeten hatte, in Bezug auf ihre imaginierte Welt mitzuspielen, doch das hier war etwas anderes. Das hier leistete ihren Fantasien Vorschub. Es würde helfen, ihren Wahn zu verfestigen.

In schwierigen Situationen war meine erste Reaktion bislang immer gewesen, meine Schwester um Rat zu bitten. Nie hatte ich mich orientierungs- und haltloser gefühlt als jetzt, wo ich begriff, dass ich diesmal wirklich auf mich allein gestellt war.

In einem war ich mir allerdings sicher: Wenn Amelia länger im Krankenhaus bleiben würde, als wir ursprünglich gedacht hatten, dann musste ich Mum besser unterstützen. Ich konnte ihren Sorgen um ihre ältere Tochter kein Ende bereiten, aber ihr etwas von der Last abnehmen. Und wenn Amelia schließlich entlassen wurde, brauchte sie jemanden, der sich um sie kümmerte, bis sie wieder ganz auf die Beine gekommen war. Und ob Mum es nun zugeben würde oder nicht: Allein schaffte sie das nicht. Mein Arbeitgeber erwartete von mir, dass ich in zehn Tagen nach New York zurückkam, doch sosehr ich es auch versuchte, ich konnte es mir nicht vorstellen.

Wozu sich Mum aber freudig bereit erklärt hatte, war, die verlängerten Besuchszeiten im Krankenhaus aufzuteilen.

»Wenn du die erste Schicht übernimmst, dann können wir mittags eine Stunde gleichzeitig da sein, und dann bleibe ich dort, bis sie mich rauswerfen und das Licht ausmachen«, schlug ich vor.

»Klingt vernünftig«, sagte sie und machte meinen Vorrat an überzeugenden Argumenten damit überflüssig.

Ich warf einen Blick auf die Küchenuhr und bückte mich, um mir die Stiefel anzuziehen. Es war eigentlich noch über eine Stunde Zeit, bis ich zum Krankenhaus aufbrechen musste, ich hatte aber bereits meinen warmen Mantel an und einen dicken Schal um den Hals gebunden. Als ich die Haustür öffnete, traf mich der beißende Januarwind wie ein Schlag und versuchte, mir die Klinke aus der Hand zu reißen. Die Sonne war verschwunden, und inzwischen wirkte das Meer eher grau als blau und brandete in wütenden, donnernden Wellen an den Strand. Sandkörner, die der Wind hochgewirbelt hatte, bissen in meine Wangen, und doch blieb ich auf dem Weg zum Wagen noch einmal stehen, um das wilde, auf eigenartige Weise faszinierende Schauspiel zu betrachten. Hinter mir klirrten die Fensterscheiben so heftig im Rahmen, dass ich mich fragte, wie diese Cottages am Strand den Jahren und den Elementen so lange hatten trotzen können.

Nachdem ich in Amelias Wagen gestiegen war, warf ich noch einmal einen Blick in meine Tasche, um mich zu vergewissern, dass ich für mein Vorhaben nichts vergessen hatte. Alles war da, genau wie bei den letzten fünf Malen, die ich nachgesehen hatte. Wenn es noch irgendeinen Beweis brauchte, dass mich mein Plan nervös machte, dann war es meine neu entdeckte Zwangsstörung.

Als ich über den holperigen Weg zur Straße fuhr, fiel mir in einiger Entfernung eine entgegenkommende Gestalt auf. Langsam, aber beharrlich kämpfte sie sich gegen den Wind voran. Vermutlich war es Amelias alter Nachbar, der ehemalige Fischer Tom Butler, der im letzten Cottage in der Reihe wohnte.

Um ihn beim Vorbeifahren nicht durch aufgewirbelten Sand zu verärgern, fuhr ich im Schritttempo. Das hielt ihn jedoch nicht davon ab, den Blick zu heben und grimmig in meine Richtung zu schauen. Ich winkte ihm fröhlich lächelnd zu, was nicht zu dem saftigen Fluch passte, den ich leise vor mich hin murmelte. *Und da heißt es immer, die New Yorker wären schlechte Nachbarn.*

Unterwegs fand ich eine Ortschaft mit einer Drogerie mit einem Foto-Self-Service, und da mir die Zeit davonlief, parkte ich Amelias Wagen auf einem privaten Vorplatz und betete inständig, dass mich bei der Rückkehr keine Radkralle am Auto erwarten würde. Zwanzig Minuten später, als ich während eines plötzlichen Schauers zum Wagen zurückeilte, fiel mir etwas auf der Windschutzscheibe auf. Leise fluchend zog ich das aufgeweichte Stück Papier unter dem Scheibenwischer hervor und sah es mir erst im Wagen richtig an. Zum Glück war es kein Knöllchen, sondern nur ein sehr nasser Flyer für das Unternehmen, auf dessen Grundstück ich widerrechtlich geparkt hatte. Ein wenig subtiler Hinweis, dass ich dort nichts zu suchen hatte.

Die Uhr am Armaturenbrett verriet mir, dass ich mich sputen musste. Ich zog das verkleinerte, frisch ausgedruckte Foto aus dem Umschlag und betrachtete für einen langen Augenblick Nick Wie-auch-immer-er-hieß, den gut aussehenden Fremden vom Strand, der zufällig ein Doppelgänger meines imaginären Schwagers Sam Wilson war.

Mit einer Nagelschere, die ich zu diesem Zweck eingesteckt hatte, schnitt ich hastig das Foto zurecht. *Bist du dir ganz sicher?*, fragte mich mein Gewissen ein letztes Mal. Ich ignorierte es und legte das Bild vorsichtig ins Medaillon ein.

Kapitel 8

Das Herz schlug mir bis zum Hals, als ich aus dem Aufzug trat und auf den Summer drückte, um zu Amelias Station zu gelangen. Mittlerweile kannte ich das Personal, und die Krankenschwester, die mir öffnete, gehörte zu den Netteren.

»Guten Tag«, sagte sie lächelnd.

»Hallo! Wie geht es ihr heute?«, fragte ich, während ich mir gründlich die Hände desinfizierte.

Die Schwester schien ihre Worte mit Bedacht zu wählen. »Es gab heute ein paar schwierige Momente. Ich glaube, sie ist frustriert und hat langsam den Verdacht, dass niemand ihr richtig Glauben schenkt.«

Ich drückte meine Tasche enger an mich. »Ich hoffe, nach meinem Besuch fühlt sie sich, was das angeht, ein bisschen besser.« Die Krankenschwester zog die Augenbrauen hoch, doch ich gab keine weiteren Erklärungen ab. Weder Mum noch den Ärzten hatte ich von meinen Plänen erzählt, ja, nicht einmal Jeff, der kurz angerufen hatte, als ich auf der Fahrt zum Krankenhaus war. Er interessierte sich eher dafür, wann ich zurückkommen wollte, als für Amelias Genesung.

Obwohl Amelia abends Schlafmittel bekam, hatte sie schockierend dunkle Ringe unter den Augen. Die Sorge um ihre Gesundheit verdrängte meine Schuldgefühle. Nichts war mir wichtiger, als zu erreichen, dass es ihr wieder besser ging.

»Hallo, du«, sagte ich, legte die Tasche und meine Jacke auf einem der Besucherstühle ab und ging zum Bett. Als ich sie fest umarmte, spürte ich ihre Knochen stärker als früher.

Und an der Art, wie Mum zur Begrüßung meine Hand drückte, merkte ich, dass ihr Teil der Besuchszeit nicht völlig konfliktfrei verlaufen war. Tja, das würde sich gleich ändern.

Amelias Blick huschte erwartungsvoll zu meiner Handtasche. Es war schwer, die Enttäuschung darüber, dass Mum und ich ihr nicht mehr genügten, zu ignorieren. Von einem Lebenspartner verdrängt zu werden, wäre schon schlimm genug gewesen, aber wenn besagter Partner nicht einmal existierte, tat es noch mehr weh.

»Hast du dort nachgeschaut, wo ich es dir gesagt habe?«, fragte Amelia jetzt, und ihre Stimme zitterte vor Aufregung. »Hast du es gefunden?«

Es gab noch einen letzten Moment, in dem ich mich entscheiden konnte, das Richtige zu tun. Doch ich wusste nicht mehr, was das Richtige war.

»Ja«, sagte ich und entrang mir ein, wie ich hoffte, natürliches Lächeln. »Ich weiß nicht, wie ich es übersehen konnte«, fügte ich hinzu und öffnete meine Tasche.

Ich spürte den fragenden Blick meiner Mutter auf mir, als ich die Samtschatulle herausholte und den Deckel öffnete.

»Lexi?«, sagte Mum so leise, dass nur ich es hören konnte.

Sie sah besorgt zu mir auf. Fast unmerklich schüttelte ich den Kopf und wandte meine Aufmerksamkeit wieder meiner Schwester zu, die das Medaillon so fest in der Hand hielt, als hätte sie Angst, es könne ihr wieder entrissen werden. Ich hatte geglaubt, sie würde es sofort öffnen, aber sie ließ sich Zeit, zögerte die große Enthüllung geradezu theatralisch hinaus.

»Jetzt werdet ihr ja sehen …«, sagte sie schließlich. Ein seltsamer Ausdruck huschte über ihr Gesicht, und einen Augenblick lang verschmolzen Realität und Fantasie. Amelia war felsenfest davon überzeugt, dass das Medaillon ein Foto jenes Mannes enthielt, in den sie sich verliebt hatte, und ich wusste plötzlich nicht mehr genau, ob ich nicht eine ungeheure Dummheit begangen hatte. Doch jetzt war es zu spät, sich darüber den Kopf zu zerbrechen, denn der Deckel des Medaillons öffnete sich mit einem leisen Klicken.

Die Zeit stand zwar nicht buchstäblich still, als meine Schwester auf das Bild schaute ... aber es war, als hätte jemand auf Pause gedrückt. Amelias Gesichtsausdruck verriet keine Regung – dabei konnte niemand ihre Gefühle sonst besser deuten als ich.

Dann breitete sich das strahlendste, herzlichste Lächeln auf ihrem Gesicht aus, das ich je bei ihr gesehen hatte. Es war das Lächeln einer Braut an ihrem Hochzeitstag, das einer jungen Mutter, der zum ersten Mal ihr Neugeborenes in den Arm gelegt wird.

»Das ist er. Das ist Sam«, sagte sie, und ihre Stimme klang belegt vor Liebe für den Fremden auf dem Foto, das ich erst vor einer halben Stunde in das Schmuckstück eingefügt hatte.

Mum öffnete und schloss den Mund wie ein Goldfisch. Sie rang offensichtlich nach Worten. Ihrem Gesicht nach zu urteilen, erkannte auch sie den Mann, den Amelia am Vortag wieder und wieder gezeichnet hatte.

»Später«, flüsterte ich ihr als Antwort auf ihren fragenden Blick zu.

»Und dieser Mann, dieser Wildfremde, hat dir einfach erlaubt, ein Foto von ihm zu machen? Warum denn bloß?«

Von all den Fragen, die meine Mutter mir bis jetzt gestellt hatte, war dies die einzige, über die ich mir zuvor keine Gedanken gemacht hatte.

»Weil ich ihn darum gebeten habe ...«, entgegnete ich lahm. Nun, da ich es laut aussprach, klang es ziemlich merkwürdig. »Vielleicht ist er einfach ein anständiger Mensch, der gern hilflosen Frauen in Not hilft.«

Mum gab ein skeptisches Räuspern von sich, das sie offensichtlich von meiner Großmutter geerbt hatte. »Du bist doch gar nicht der hilflose Typ – und Amelia auch nicht, na ja, zumindest normalerweise nicht«, verbesserte sie sich traurig.

»Ich weiß nicht, warum er es getan hat, Mum«, sagte ich und schaute auf, als ein »Ping« die Ankunft des Aufzugs ankündigte. »Ich bin einfach nur froh, *dass* es so war.«

Amelia hatte das Bild ihres falschen Ehemanns so eingehend betrachtet, dass sie kaum aufschaute, als ich sagte, ich würde Mum zum Taxi hinunterbegleiten.

»Bist du sicher, dass dieser Mann Amelia nicht kennt?«

»So sicher, wie man sein kann«, sagte ich und verzog mich in eine Ecke der Aufzugkabine, weil weitere Leute einstiegen. »Er hat nichts zu unserer Ähnlichkeit gesagt.« Mum nickte bedächtig. »Obwohl ich glaube, dass Amelia ihn wahrscheinlich schon mal am Strand gesehen hat, vielleicht nur flüchtig.«

»Aber wie kann sie sich an einen Wildfremden so detailliert erinnern?«, fragte Mum, den Advocatus Diaboli spielend.

»Ich weiß auch nicht. Weil er verdammt gut aussieht?«, schlug ich vor. »Oder vielleicht hat sein Hund ihre Aufmerksamkeit geweckt.«

»Barney«, sagte Mum.

»Mabel«, verbesserte ich sie.

Wir erreichten die Eingangshalle; durch die gläserne Drehtür sah ich bereits Mums Taxi am Gehsteig warten. »Ich rede mit der Oberschwester, bevor ich nach Hause gehe, und erzähle ihr von dem Medaillon«, sagte ich, küsste Mum auf die Wange und versuchte, ihrem leicht vorwurfsvollen Blick auszuweichen.

Was hatte ich bloß getan?

Auch ohne auf die Monitore zu schauen, wusste ich, dass Amelia deutlich verändert war. Sie sah viel ruhiger und friedlicher aus. Sowohl ihre Herzfrequenz als auch ihr Blutdruck waren gesunken, und wenn das irgendwie mit dem Bild im Medaillon zusammenhing, konnte ich mit meinem Täuschungsmanöver bestens leben.

Amelia trug das Schmuckstück um den Hals, das Foto des Fremden so dicht an ihrem Herzen, wie das Kabelgewirr auf ihrer Brust es zuließ. Hin und wieder griff sie danach und strich darüber, als wollte sie sich vergewissern, dass es noch da war.

»Ich schätze, das muss genügen, bis er aus New York zurück ist.« Sie runzelte die Stirn. »Bist du dir absolut sicher, dass ich keine Details über den Ort des Retreats erwähnt habe, an dem er teilnimmt?«

Ich neige dazu, zu erröten, wenn ich lüge, und ich konnte nur hoffen, dass Amelia zu sehr damit beschäftigt war, »Sams« Foto anzuschmachten, um meine Gesichtsfarbe zu bemerken.

»Nein, du hast nur gesagt, er sei zwei Wochen lang nicht zu erreichen.«

Amelia schüttelte den Kopf. »Ich kann mich gar nicht an das Gespräch erinnern, aber Mum hat vorhin das Gleiche gesagt.« Sie seufzte und drückte einen Kuss auf das Foto. »Ach, ich bin so froh, dass du das Medaillon gefunden hast!«, sagte sie und lehnte sich zurück. »Danke, Lexi. Ich wusste, du würdest mich nicht im Stich lassen.«

»Niemals«, sagte ich. Verlegen stellte ich fest, wie belegt meine Stimme klang.

Sie griff nach meiner Hand, und einen Moment lang schien die Welt wieder in Ordnung zu sein.

Der Wind heulte und pfiff um Amelias Cottage, was mich an die Szene in *Der Zauberer von Oz* erinnerte, kurz bevor der Hurrikan das Haus davonweht. Ich spähte durch das Fenster nach draußen, aber die Dunkelheit und der sintflutartige Regen machten es unmöglich, den Strand zu erkennen.

Also kehrte ich auf das bequeme Sofa zurück, wo ich versuchte, etwas für die Arbeit zu lesen, doch als das Licht zu flackern begann, schaute ich besorgt auf. Das war an diesem Abend schon mehrfach vorgekommen, und immer schien es ein paar Sekunden länger zu dauern.

Ich nahm meinen E-Reader und gab mir Mühe, mich wieder in die Geschichte zu vertiefen, aber es war ein romantischer Thriller, in dem die einfältige Protagonistin sich gerade auf den Dachboden begab, um nach der Ursache eines unerklärlichen Klopfens zu suchen. *Als ob irgendwer mit einem Fünkchen Verstand das machen würde*, dachte ich gerade, als wie aufs Stichwort ein unerklärliches Klopfen durch das Cottage hallte.

Ich sprang auf, sah mich nach dem Fleischklopfer um, meiner bewährten Waffe, bis mir wieder einfiel, dass er sich in der laufenden Spülmaschine befand. In Amelias ordentlicher, aufgeräumter Küche gab es ansonsten nichts, womit ich mich verteidigen konnte, es sei denn, ich hatte vor, den potenziellen Eindringling mit einem der vielen Sofakissen zu ersticken.

Das Klopfen wurde immer dringlicher, und ich kam mir albern vor, als ich erkannte, dass es von der Eingangstür kam. Das einzige ungeklärte Geheimnis hier war, was jemand bei dem Wetter draußen machte. Durch das Milchglasfenster in der Tür sah ich eine Gestalt. Den verschwommenen Umrissen nach zu schließen, war es ein Mann. Nicht besonders groß, wie ich mit einem seltsamen Gefühl der Enttäuschung registrierte.

Ich befand mich in Somerset und nicht in New York, trotzdem überprüfte ich, ob die Sicherheitskette vorgelegt war, bevor ich die Tür einen Spalt öffnete.

Ich erkannte den Besucher sofort. Der Südwester war unverkennbar, denn ich hatte Amelias Nachbarn zuvor darin gesehen.

»Hallo«, sagte ich durch den Spalt. Es widerstrebte mir, die Tür weiter aufzumachen. *Einmal New Yorkerin, immer New Yorkerin …*

»Es ist Dienstag«, fuhr mich der Mann unwirsch an.

Da mir meine Großstadtängste allmählich peinlich waren, entfernte ich die Kette und öffnete die Tür. Der Mann sah aus, als wäre er gerade eine Runde am Meer spazieren gegangen. Die Tropfen rannen ihm schneller als Tränen über die runzeligen Wangen, und mehrere drohten ihm von der Höckernase zu fallen. Zumindest hoffte ich, dass es Regentropfen waren.

»Es ist Dienstag«, wiederholte der Mann barsch.

Ich starrte ihn verwirrt an. Hatte er sich wirklich in diesen Wolkenbruch hinausgewagt, nur um mir zu verkünden, welcher Wochentag es war? Amelia hatte nie erwähnt, dass er senil wurde, aber wie oft hatte sie schon mit ihm zu tun gehabt? Der Mann schien auf eine Antwort zu warten. »Das ist richtig«, stimmte ich freundlich zu.

»Sie haben die Mülltonnen nicht rausgestellt. Das lockt nur wieder die Ratten an«, sagte er in einem Ton, den man nur als Knurren bezeichnen konnte.

»Oh, tut mir leid, ich habe …«

Er unterbrach mich, indem er einen Schritt vortrat, um mich im trüben Licht genauer in Augenschein zu nehmen.

»Sie sind gar nicht sie, oder?« Es klang halb fragend, halb anklagend. Trotzdem war ich beeindruckt. Es gab Mitglieder meiner eigenen Familie, die den Unterschied bei diesen Lichtverhältnissen nicht bemerkt hätten.

»Ihre Stimme ist anders. Und etwas an Ihrem Mund ist falsch.«

Ich wusste nicht genau, ob ich gerade beleidigt worden war, beschloss aber, es zu übergehen. Amelias mürrischer Nachbar mochte ein alter Seebär sein, doch mit seinen Augen war noch alles in Ordnung.

»Mein Name ist Lexi. Ich bin Amelias Schwester. Das ist die Frau, die hier lebt«, fügte ich hinzu, da ich nicht wusste, ob meine Schwester und ihr älterer Nachbar sich einander je richtig vorgestellt hatten.

»Das weiß ich auch«, sagte der alte Mann barsch. »Die Polizisten haben ihren Namen erwähnt, als sie neulich hier rumgeschnüffelt haben.«

Rumschnüffeln war nicht die Bezeichnung, die ich gewählt hätte, aber ich ignorierte es, da mir plötzlich klar wurde, dass dieser mürrische alte Mann einer der wenigen Menschen war, die womöglich Auskunft darüber geben konnten, was Amelia in jener verhängnisvollen Nacht zugestoßen war.

»Darf ich fragen, ob Sie der Polizei etwas zu erzählen hatten?«

»Sind solche Informationen nicht vertraulich?«, fragte er scharfsinnig zurück. Er war offensichtlich auch ein Sessel-Detektiv und würde sich gut mit meiner Mutter verstehen, dachte ich.

»Sagen Sie, möchten Sie einen Moment mit reinkommen? Ich könnte uns einen Tee kochen«, schlug ich vor, bemüht, mir nicht anmerken zu lassen, wie begierig ich auf das kleinste Fitzelchen von Informationen war.

Der Mann schüttelte den Kopf und bespritzte mich dabei versehentlich mit Wasser von seinem Hut. »Hab nichts gesehen. Nichts gehört«, murmelte er. »Das hab ich denen gesagt, und mehr kann ich Ihnen auch nicht sagen.«

Er wandte sich ab, um zu gehen, schien es sich dann jedoch anders zu überlegen. »Wo ist Ihre Schwester denn jetzt?«

»Im Krankenhaus«, sagte ich. »Sie hat Glück, noch am Leben zu sein.«

Die Augen des Mannes mochten früher einmal durchdringend blau gewesen sein, aber die Zeit und das Meer hatten sie wässrig werden lassen. Sein Mund bewegte sich, als wollte er antworten, doch es kam nichts über seine Lippen.

»Stellen Sie einfach die Mülltonnen raus«, sagte er schließlich, drehte sich um und ging. Er war schon am Holztor, als er sich noch einmal umwandte. »Ich hoffe, es geht ihr bald besser«, sagte er, aber ehe ich mich bedanken konnte, schlurfte er zu seinem eigenen Cottage zurück.

»Ich auch«, sagte ich, lehnte mich an die Tür und war überrascht, dass ich lächelte.

Kapitel 9

Dann kommst du nächste Woche also noch nicht zurück?« Es gab einen guten Grund, weshalb ich dieses Telefonat seit einigen Tagen aufgeschoben hatte, und es entwickelte sich leider genauso wie erwartet.

»Ich sehe einfach nicht, wie das gehen soll, Jeff. Noch nicht.«

»Also, eigentlich ist es ganz unkompliziert. Du rufst bei der Fluggesellschaft an, gibst denen deine Kreditkartennummer, und im Gegenzug bekommst du einen Platz im Flieger.«

Jeffs Sarkasmus hinterließ bei mir ein unangenehmes Gefühl, als würde jemand mit den Fingernägeln über eine Schultafel kratzen.

»Es ist ja nicht so, dass ich nicht zurückkommen *will*«, sagte ich und fragte mich gleichzeitig, ob das überhaupt stimmte. »Ich kann bloß im Moment noch nicht hier weg. Mum und Amelia brauchen mich.« *Und ich brauche sie*, gestand ich mir im Stillen ein. Wenn geliebte Menschen ein Unglück trifft, dann ist es nur natürlich, dass man zusammenrückt, dass man sich noch fester an die Familie klammert. Das wusste ich nur zu gut, denn ich hatte es schon einmal erlebt.

»Aber was ist mit deiner Arbeit? Du hast dir für diese Chance doch ein Bein ausgerissen.« Jeff fuhr jetzt die schweren Geschütze auf. Und er hatte recht; ich hatte doppelt so hart arbeiten müssen wie alle anderen im Team, um jeden Aufstieg auf der Karriereleiter zu rechtfertigen.

»Die sind echt toll«, sagte ich, und mein Lächeln wurde ein wenig breiter bei dem Gedanken an das andere Telefonat, vor dem ich mich gefürchtet hatte und das tatsächlich weit besser verlaufen war als dieses gerade. »Monica hat ihr Okay gegeben, dass ich die nächsten Wochen Teilzeit und im Homeoffice arbeiten kann, bis wir wissen, wie es mit Amelia weitergeht, und sie machen mir keinen Druck bei der Entscheidung für die Stelle als Programmleiterin.« *Vorerst zumindest,* fügte ich im Stillen hinzu.

»Ist ja auch sinnvoll«, sagte Jeff in einem Ton, der bei mir den Gedanken aufkommen ließ, dass er nicht wirklich davon überzeugt war. »Wahrscheinlich fehlt es mir einfach, dass du hier in New York bist.«

Ich fragte mich, ob ihm überhaupt bewusst war, dass seine Worte nicht dasselbe bedeuteten wie zu sagen, dass *ich* ihm fehlte. Doch wollte ich das eigentlich von ihm hören, wenn ich es – Hand aufs Herz – nicht auch von mir behaupten konnte?

»Vielleicht sollten wir uns nach deiner Rückkehr zusammensetzen, um alles mal in Ruhe zu besprechen«, sagte Jeff vorsichtig.

Glücklicherweise fing es in dem Moment in der Leitung so laut zu knacken und zu rauschen an, dass mir keine Zeit blieb zu überlegen, ob er eine »Wir sollten Schluss machen«-Unterhaltung oder ein »Lass uns zusammenziehen«-Gespräch im Sinn hatte. Wie schlimm war es, dass ich überhaupt keine Ahnung hatte, was in ihm vorging!

»Geht klar«, sagte ich, es war die Antwortoption für Feiglinge. »Sollten wir machen, wenn ich zurück bin.«

Meine Tage folgten nun einem neuen Rhythmus. Ich hatte mich endlich damit abgefunden, dass die Möwen und nicht meine innere Uhr darüber entschieden, wann ich genug Schlaf bekommen hatte. Also stand ich jeden Morgen mit ihrem Geschrei auf und spritzte mir eiskaltes Wasser ins Gesicht, das mir rosige Wangen bescherte. Noch vor Sonnenaufgang zog ich die geborgte Sportkleidung an und verließ für meine morgendliche Laufrunde das Haus. Jeff hätte diese neue Version von mir wohl kaum wiedererkannt – ich erkannte mich ja selbst kaum wieder. Doch zum ersten Mal in meinem Leben begriff ich, wieso man nach Joggen süchtig werden konnte. Wenn ich am Strand direkt am Wasser entlanglief, kamen mir meine Gedanken irgendwie klarer und geordneter vor. Während ich im unberührten Sand meine Fußabdrücke hinterließ, schien sich das Entscheidungschaos, mit dem ich mitten in der Nacht im Bett rang, zu entwirren.

Bei meinen Joggingrunden begegnete ich keiner Menschenseele, und ich redete mir ein, dass ich auch niemandem begegnen wollte. Und dennoch lief ich aus Gründen, mit denen ich mich nicht näher beschäftigen wollte, jeden Tag am Wasser entlang und nicht ins nächste Dorf. Im Cottage verbrachte ich dann die Vormittage mit dem Bearbeiten meiner beruflichen E-Mails, die sich über Nacht in meinem Posteingang wie die Karnickel vermehrten.

Doch die Nachmittage und Abende waren für Amelia reserviert. Inzwischen hatte ich die kürzeste Strecke zum Krankenhaus herausgefunden und sogar schon einen Lieblingsstellplatz im Parkhaus. Irgendwie hatte der Wachmann an der Rezeption mitbekommen, dass ich in New York lebte, und begrüßte mich jeden Tag wie in *Friends* mit »Na, wie geht's denn so?«, was ich zumindest bis jetzt noch witzig fand.

Hätte ich auch nur den geringsten Zweifel an meinem Entschluss gehabt, meinen Aufenthalt zu verlängern, wäre er in dem Augenblick verflogen, als ich es Mum eröffnete. Ich konnte ihre Erleichterung förmlich sehen – sie richtete sich auf, als hätte man ihr eine schwere Last von den Schultern genommen.

Wäre meine Schwester die Amelia von früher gewesen, dann hätte sie mir wahrscheinlich die Ansage gemacht, meinen Hintern ins Flugzeug zu schwingen, bevor ich mir meine Karriere vermasselte. Hätte gefragt, wieso zur Hölle ich eigentlich rumüberlegte, ob ich die Beförderung annehmen sollte oder nicht. Es war wirklich merkwürdig, dass sie und Jeff sich nicht besser miteinander verstanden, denn sie dachten eindeutig in denselben Bahnen.

Woran ich mich wohl nie gewöhnen würde, war das Gefühl der Unsicherheit, immer wenn ich mich ihrem Krankenzimmer näherte. An Amelias guten Tagen verließ ich die Station mit hoffnungsvollen, federnden Schritten. Aber an schlechten schien mich die Mutlosigkeit den ganzen Weg zurück zum Wagen zu verfolgen.

Als Lektorin war ich immer schon von Worten fasziniert gewesen. Doch jetzt war die Suchhistorie auf meinem Laptop voller Begriffe, von denen ich wünschte, ich müsste mich nie mit ihnen beschäftigen. *Konfabulation* rangierte dabei aktuell auf Platz eins.

»Das klingt nicht mal wie ein richtiges Wort«, hatte sich Mum beschwert, nachdem wir mit einem der vielen Ärzte gesprochen hatten, die sich um Amelia kümmerten. Die junge Medizinerin, deren Haar so blond war, dass es fast weiß wirkte, gehörte zur Station für Psychiatrie und Psychotherapie.

»Sie müssen verstehen«, erklärte sie uns geduldig, »wenn jemand konfabuliert, dann ist das nicht gleichzusetzen mit Lügen. Sie glaubt wirklich alles, was sie Ihnen erzählt. Das heißt, für Amelia ist der Ehemann, von dem sie spricht, sehr real und existiert definitiv in ihrem Kopf.«

»Glauben Sie, dass diese Konfabulation mit Amelias Herzstillstand zusammenhängt?«, fragte Mum.

Innerhalb von nicht einmal zwei Wochen hatte ich gelernt, dass eines auf jeden Arzt und jede Ärztin zutraf, mit denen wir zu tun hatten: Sie mochten es überhaupt nicht, wenn man ihnen Fragen stellte, auf die sie keine Antwort wussten.

»Das lässt sich nicht mit Sicherheit sagen. Für Konfabulation gibt es viele verschiedene Auslöser.« Sie hob ihre schmale Hand und begann, unsere schlimmsten Albträume an den Fingern abzuzählen. »Psychische Störungen, Hirntraumata, und selbst von manchen Formen von Alzheimer weiß man, dass sie die Ursache sein können.«

Wir schwiegen einen Moment und überlegten wohl beide, wer die Vierundsechzigtausend-Dollar-Frage stellen sollte. Schließlich übernahm ich das. »Und ist es heilbar?«

»Wir können damit *umgehen*«, antwortete die Ärztin.

Ich schüttelte unwillig den Kopf. »Wird meine Schwester immer glauben, dass ihr imaginärer Mann wirklich existiert? Und verschlimmere ich das Ganze, indem ich sie dazu ermutige, etwas zu glauben, von dem wir doch wissen, dass es nicht stimmt?«

Die Ärztin lächelte so flüchtig, dass ich es fast nicht mitbekommen hätte. »Das Wichtigste an Ihrem Gedanken ist, dass Sie Ihre Schwester weiterhin *ermutigen* und ihre Behauptungen nicht abtun.« Sie seufzte kaum hörbar. »Manchmal erkennen die Patientinnen und Patienten von selbst, dass die vermeintlichen Fakten, an denen sie sich festhalten, einfach nicht zusammenpassen. Das kann ein richtiger Durchbruch sein.«

»Und andere Male …?«, hakte ich nach, denn auch wenn ich die Antwort schon kannte, ich musste es ausgesprochen hören.

Die Ärztin enttäuschte mich nicht. »Andere Male erkennen sie es nicht.«

Körperlich machte Amelia allmählich sichtbare Fortschritte. Inzwischen war sie an weit weniger Geräte angeschlossen als zuvor. Das bedeutete, dass wir langsame Spaziergänge über den Stationsflur machen konnten und dabei ihren guten alten Freund, den Tropf, neben uns herschoben. Bei diesen Streifzügen klammerte sie sich ängstlich an mich. Ich fragte mich, ob sie sich daran erinnerte, dass ich genau dasselbe getan hatte, als sie mir damals im Freibad das Schwimmen beibrachte. Oder als sie an dem Tag, als man mir endlich die Stützräder vom Fahrrad abmontierte, neben mir hergerannt war.

»Lass nicht los«, beschwor sie mich jetzt mit genau denselben Worten, die ich einmal zu ihr gesagt hatte, und stützte sich mit ihrem gesamten Gewicht auf meinen Arm. Ich gab ihr dieselbe Antwort wie sie damals. »Keine Panik. Ich halte dich. Ich bin bei dir.«

Ich hätte mir sehr gewünscht, ihr emotional beizustehen wäre ebenso leicht gewesen, wie ihr bei diesem Auf und Ab im Krankenhausflur zu helfen. Nachmittags, wenn die Schatten länger wurden, drifteten Amelias Gedanken ins Melancholische ab. In gewisser Weise war es gut, dass Mum nur selten mitbekam, dass Amelia von Resignation überwältigt wurde wie von einer weiteren Krankheit, die sie zunehmend auslaugte.

»Wieso kommt Sam immer noch nicht her?« Diese Frage stellte sie häufig, und ich hatte inzwischen ein ganzes Repertoire an passenden Antworten. An manchen Tagen kam ich damit sogar durch. Aber heute nicht. »Er kann doch nicht immer noch bei diesem blöden Retreat sein?«

»Ich weiß es nicht, Mimi«, sagte ich und gab vor, dass mich die rasch am Fenster vorbeiziehenden Wolken plötzlich brennend interessierten. Es war leichter, zu lügen, wenn ich ihr dabei nicht in die Augen schauen musste. »Eine von meinen

Kolleginnen ist mal für eine Woche zu so einer Veranstaltung gefahren und dann fast einen Monat dort geblieben. Manche Leute brauchen einfach länger als andere, um mental wieder aufzutanken.«

»Hätte er dann nicht dafür gesorgt, dass mich jemand informiert?«

Guter Punkt, hätte ich gern geantwortet, aber das konnte ich natürlich nicht. Meine Erklärungen hatten derart viele Löcher, dass sie praktisch einem Sieb gleichkamen.

»Gibt es, was Sam angeht, etwas, was du mir verheimlichst?«, fragte Amelia plötzlich. *Wie zum Beispiel, dass er nicht real ist, meinst du?*, dachte ich traurig.

»Ist ihm was Schlimmes zugestoßen, von dem ich nichts wissen soll? Hatte er einen Unfall?«

»Nein«, antwortete ich und kreuzte hinter dem Rücken die Finger wegen der Lüge, denn das funktionierte doch sicherlich auch noch, wenn man über dreißig war, oder?

Amelia lehnte sich im Bett zurück und wandte den Blick zum Fenster, wo das Tageslicht bereits zu schwinden begann.

»Hat er mich verlassen, Lexi? Ist es das?«

Ich schluckte. War das einer von den möglichen Durchbruchsmomenten, die die Ärzte erwähnt hatten?

»Denkst *du* denn, dass er dich verlassen hat?«, fragte ich behutsam.

Sie blickte hinaus auf Dächer und Telefonmasten, derart abwesend, als sähe sie etwas anderes. Langsam schüttelte sie den Kopf. »Nein. Und tief in meinem Inneren nehme ich dir auch nicht ab, dass du selbst das glaubst. Nicht nach allem, was ich dir über uns erzählt habe.«

Ich tat mein Bestes, ein möglichst überzeugendes Lächeln aufzusetzen. Die immer wieder aufs Neue erzählten Geschichten von ihrer Romanze mit Sam waren irgendwie Teil meiner täglichen Besuche geworden. Ich war in jedes kleinste Detail ihrer Beziehung eingeweiht. Amelias Erinnerungsvermögen an Dinge, die nie stattgefunden hatten, war wirklich erstaunlich, sie erzählte ihre Liebesgeschichte in solcher Ausführlichkeit, dass ich manchmal sogar rot wurde.

Ich wusste Bescheid über ihr erstes Date, den ersten Kuss, selbst das erste Mal, als sie miteinander geschlafen hatten. Ich war informiert über die Orte, an denen er mit ihr gewesen war – und sogar über die Kleidung, die sie dort getragen hatte. Ich kannte ihre Geschichte so gut, dass ich sie einer Ghostwriterin hätte erzählen können und diese imstande gewesen wäre, ein Buch darüber zu schreiben.

Bei dem Gedanken war es, als klingelte eine Glocke in meinem Kopf, die einfach nicht verstummen wollte.

»Aber ich habe keinen Beweis, dass irgendetwas davon passiert ist«, sagte Amelia traurig und hielt ihr Medaillon fest umfasst. »Er hat Fotos von uns auf seinem Smartphone, und auf meinem sind auch welche … aber du sagst ja, meins wurde immer noch nicht gefunden, und wer weiß, wo das von Sam ist.«

Wäre Sam wirklich ein verreister Ehemann aus Fleisch und Blut gewesen und hätte nicht nur in ihrem Kopf existiert, dann hätte ich gefragt, ob sie für ihr Smartphone ein Back-up in der Cloud hatte, oder wir hätten ihn auf Facebook suchen können. In Wahrheit hätte ich ihr ein Dutzend Wege vorschlagen können, wie wir ihn ausfindig machen konnten, doch die Ärzte hatten uns ausdrücklich davor gewarnt, Amelias Konfabulation auf diesem Wege infrage zu stellen. »Die Zweifel müssen von ihr kommen«, hatten die Mediziner uns eingeschärft.

»Es gibt so viele Dinge, an die ich mich nicht richtig erinnern kann«, sagte sie jetzt voller Resignation. »Riesige Gedächtnislücken, die mir fürchterliche Angst machen. Was, wenn *all* meine Erinnerungen an Sam in diesen Lücken verschwinden? Was, wenn mir das alles genommen wird? Was soll ich dann tun? Wie soll ich dann weitermachen?«

Sie weinte schon beim bloßen Gedanken daran, jemanden zu verlieren, den es nicht einmal gab. Angesichts der Möglichkeit, dieses Hirngespinst namens Sam endlich zu vertreiben, hätte ich in Jubelrufe ausbrechen sollen, aber ich konnte es nicht. Nicht, wenn ich sah, wie es meiner Schwester das Herz zerriss.

»Dazu wird es nicht kommen. Das lassen wir nicht zu«, beruhigte ich sie, schloss sie in die Arme und wiegte sie wie ein trauriges Kind.

Als ich an jenem Abend das Krankenhaus verließ, fragte ich mich, ob die schneidende Nachtluft meinen verrückten Einfall vertreiben würde. Doch während ich im Parkhaus die zahlreichen Stockwerke zu meinem Wagen hochlief, ging er mir immer noch durch den Kopf. Er begleitete mich auf der gesamten Rückfahrt bis zum Cottage und wollte auch dann nicht aus meinen Gedanken verschwinden, als ich versuchte, mich in eine Serie auf DVD zu vertiefen. Nach dreißig Minuten gab ich es auf. Den Plot kannte ich ohnehin, denn die Serie basierte auf einem Buch, das wir vor anderthalb Jahren herausgebracht hatten.

»Dein Nachbar ist der Mörder«, verriet ich der arglosen Heldin, bevor ich den Fernseher abstellte.

Dann nahm ich mein Laptop aus der Hülle, schaltete es an und öffnete ein leeres Word-Dokument. Ich erstellte eine Tabelle mit zwei Spalten. Die erste war mit »Pro« überschrieben, die andere mit »Kontra«. Die nächste Stunde verbrachte ich damit, die Spalten zu füllen. Die Kontra-Spalte enthielt kritische Kommentare wie »Du würdest ihrer Fantasie nur Vorschub leisten« und »Es hindert sie daran, die Wahrheit zu erkennen«. Die andere Spalte war weit netter. Dort fanden sich Sätze wie: »Es würde sie glücklich machen« und »Vielleicht hilft es ihr bei ihrer Genesung«. Man sah auf einen Blick, dass die Pro-Spalte doppelt so lang war wie die andere. Doch was für mich schließlich den Ausschlag gab, war mehr als bloße Mathematik. Es war mein letzter Eintrag auf der Pro-Seite. »Ich muss das tun, weil sie ihn liebt … und ich sie liebe.«

In Bezug auf solch eine bizarre Aktion zu einer Entscheidung gekommen zu sein, war das eine – sie durchzuziehen hingegen etwas völlig anderes. Zunächst musste ich mir überlegen, ob ich jemanden in meinen Plan einweihen wollte. Ich versuchte, mir das Gesicht meiner Mutter vorzustellen, wenn ich es ihr erzählte. *»Ich werde nach dem Mann am Strand suchen, der aussieht wie Amelias Sam, und ihn dazu überreden, für weitere Fotos zu posieren – diesmal welche mit mir darauf.«* Ich schüttelte den Kopf, denn ich wusste bereits, was dabei herauskommen würde. Da war es eindeutig besser, es erst später zu erzählen, wenn – beziehungsweise falls – es mir gelungen war.

Und wenn ich ehrlich mit mir war, war das alles andere als sicher. Ich machte mir nichts vor und gestand mir endlich ein, dass ein Teil von mir auf jedem meiner Joggingläufe am Strand nach dem Fremden Ausschau gehalten hatte. Doch seit jenem Tag war er nicht mehr dort aufgetaucht.

Los, denk nach, trieb ich mein Gehirn an, während ich auf den blinkenden Cursor auf dem Suchfeld starrte. *Was weißt du über ihn? Denk an die Situation zurück. Was hat er von sich erzählt?* Normalerweise mag ich Herausforderungen, aber diese schien mir einfach zu groß. Das Einzige, was ich wusste, war, dass er mit Vornamen Nick hieß, dass er hier in der Nähe wohnte und einen Hund namens Mabel besaß. Diese dürftigen Fakten tippte ich in das Suchfeld ein und erhielt, wenig überraschend, überhaupt nichts. Da war aber noch etwas gewesen. Er hatte an jenem Tag noch etwas anderes erwähnt. Doch sosehr ich mich auch bemühte, es gelang mir nicht, es aus den Tiefen meines Unterbewusstseins zutage zu fördern.

Schlaf eine Nacht über das Problem, hatte Mum mir in solchen Fällen immer geraten, und das tat ich dann auch. Als die Möwen mich am nächsten Morgen mit ihren Schreien weckten, war die Lösung jedoch nicht auf wundersame Weise da. Sie fiel auch nicht vom Himmel, als ich mir die Zähne putzte und einen Becher starken schwarzen Kaffee hinunterkippte, bevor ich mir die Laufschuhe zuband.

Doch dann endlich, als ich am Strand entlangjoggte, durchfuhr es mich wie ein Blitz, genauso, wie ich es erhofft hatte.

»Ich habe beruflich mit Tieren zu tun.« Das waren seine Worte gewesen. Nicht viel, aber immerhin etwas. Eine Information, die ich als Ausgangspunkt nehmen konnte.

Meine Füße flogen nur so über den Sand, während ich zum Cottage zurückspurtete, und meine Armbanduhr maß eine persönliche Bestzeit. Ich hoffte nur, dass ich in den nächsten Stunden genauso erfolgreich sein würde.

Kapitel 10

Die Liste war erstaunlich lang, und mir fielen immer wieder neue Berufe ein, die ich hinzufügen konnte, obwohl meine letzten Ideen zugegebenermaßen etwas weit hergeholt waren. Wie wahrscheinlich war es schon, dass der große dunkelhaarige Mann im Zirkus oder als Delfintrainer arbeitete? Aber die Berufe ganz oben auf der Liste waren definitiv ein guter Anfang für meine Suche.

~ Tierarzt
~ Zoowärter
~ Polizeihundeführer

Ich konnte mir den Mann in jedem dieser Berufe vorstellen, besonders in dem bei der Polizei. Etwas an ihm erinnerte mich an einen Gesetzeshüter.

Ich ignorierte die dringenden E-Mails aus dem Verlag und die besorgniserregende Anzahl von eingereichten Manuskripten, die ich lesen musste, machte mir noch einen starken Kaffee und setzte mich mit meinem Laptop in Amelias Küche.

Ich begann, Webseiten aller Tierarztpraxen in der Umgebung zu durchforsten, und begab mich stets sofort auf die »Unser-Team«-Seiten. Dort fand ich Tierärzte in allen Größen und Altersklassen, aber keinen mit durchdringend blauen Augen und pechschwarzen Haaren.

Als ich die Webseite der letzten Praxis auf meiner Liste mit Namen »The Willows« aufrief, waren meine Erwartungen entsprechend niedrig. Rasch ging ich alle Fotos der Tierärzte durch, aber keins hatte Ähnlichkeit mit dem Mann von Amelias Zeichnungen.

Ich war kurz davor, das Handtuch zu werfen, aber eine unbewusste Eingebung hielt mich davon ab. Stattdessen klickte ich mich noch einmal durch die Bilder und endete dort, wo ich begonnen hatte – bei einem Tierarzt in OP-Kleidung, dessen Haube so tief ins Gesicht gezogen war, dass sie fast bis zur dunklen Fassung seiner Brille reichte. Es war unmöglich, die Haarfarbe zu erkennen, aber etwas an seiner Kieferpartie … Ich vergrößerte das Bild, dann verdeckte ich mit meinem Notizblock die obere Hälfte des Gesichts.

Ich betrachtete den Mund mit dem offenen, freundlichen Lächeln, und obwohl es fast nicht mehr nötig war, griff ich nach meinem Handy und öffnete das Foto, das ich am Strand gemacht hatte. Ich hielt es neben das auf dem Laptopbildschirm.

»Bingo«, sagte ich leise, verblüfft, dass ich ihn tatsächlich gefunden hatte. Eilig klickte ich auf den Lebenslauf neben dem Foto. Ich las ihn mehrmals durch und erfuhr, dass Nicholas Forrester, Bachelor of Veterinary Science und Mitglied des Royal College of Veterinary Surgeons, vor dreizehn Jahren am Royal Veterinary College den Abschluss gemacht hatte. Und ich las, dass er sich auf Kleintierchirurgie spezialisiert hatte – was die OP-Kleidung erklärte – und dass er nicht nur leitender Arzt, sondern auch der Besitzer der Praxis war. Eine beeindruckende Leistung für jemanden, der, wie ich dem Text entnehmen konnte, nur sieben Jahre älter war als ich. Weiterhin stand dort, dass es zu seinen Hobbys zählte, mit seinem Bobtail am Strand spazieren zu gehen (was ich bereits wusste), dass er Gitarre spielte und in seiner Freizeit gern las.

Ich klickte auf die Fotogalerie, weil ich hoffte, weitere Bilder von Nick zu finden, aber es gab hauptsächlich Innenaufnahmen der Praxis – und eine Außenaufnahme des Gebäudes. Ich schob meinen Stuhl so hastig zurück, dass die Stuhlbeine über den alten Natursteinboden schrammten, schnappte mir die Autoschlüssel und rannte zur Tür.

Ich schloss den Wagen auf und hockte mich neben den Fußraum. Der Flyer lag noch genau da, wo ich ihn vor ein paar Tagen hingeworfen hatte. Ich zitterte, als ich danach griff, aber nicht vor Kälte. Keine Ahnung, wie lange ich dort neben dem Auto kauerte und das Stück Papier in meiner Hand anstarrte. Es war schräg. Nein. Es war mehr als schräg, es war völlig verrückt. Ich war dort gewesen, vor der »The-Willows«-Praxis, auf diesem Privatparkplatz, auf dem ich gar nicht hätte stehen dürfen.

Ich hatte vor genau der Tierarztpraxis geparkt, in der Nick Forrester arbeitete.

Geduld war noch nie meine Stärke gewesen, und so war es unglaublich frustrierend für mich, dass ich vierundzwanzig Stunden warten musste, bevor ich »The Willows« erneut besuchen konnte. Aber der Gedanke daran, wie Amelia jedes Mal hoffnungsvoll den Kopf hob, wenn sie hörte, dass jemand ihr Zimmer betrat, überzeugte mich davon, dass mein Plan würde warten müssen. Es durfte nicht sein, dass Amelia auch noch traurig war, weil *ich* nicht auftauchte.

Wenigstens gab mir das Zeit, zu überlegen, wie ich meine ziemlich seltsame Bitte am besten vorbringen sollte. Ich schrieb es mir sogar auf, wild entschlossen, mit jedem Wort so viel Mitgefühl und Empathie in Nick auszulösen, dass er sich einverstanden erklärte, einer Wildfremden zu helfen – die ihn für ihren Mann hielt. Ich übte meine Ansprache im Verlauf des Abends mehrmals laut, so wie sonst vor Buchpräsentationen im Verlag. Als ich an jenem Abend einschlief, gingen mir die Worte immer noch durch den Kopf.

Ich hatte eine schreckliche Nacht hinter mir. Mein Schlaf wurde von so ziemlich jedem Angsttraum gestört, den man haben konnte. Angefangen mit dem, wo man auf einer Bühne steht und seinen Text vergessen hat. Dann war ich in der falschen Richtung auf einer Autobahn unterwegs und fand die Ausfahrt nicht. Danach ließ mein Unterbewusstsein mich im Pyjama bei einem Vorstellungsgespräch auftauchen.

All das war mir am nächsten Morgen beim Blick in den Spiegel deutlich anzusehen. Selbst eine erfrischende Joggingrunde konnte den schlechten Schlaf nicht wettmachen. Ich war länger als sonst am Strand geblieben und hatte wieder einmal nach einem großen Mann mit einem riesigen, zottigen Hund Ausschau gehalten, denn ich hätte ihm meine Bitte lieber auf neutralem Gebiet vorgetragen. Aber der Strand blieb leer.

Ich gab mir Mühe mit dem Styling, fischte sogar den Lockenstab aus dem Koffer und nahm mir die Zeit, mir »natürliche« Beach Waves zu machen. Ich durchsuchte mein Kosmetiktäschchen nach einem dezenten Lidschatten und der Wimperntusche, trug beides sorgsam auf und betrachtete das Ergebnis, bevor ich meinem Spiegelbild anerkennend zulächelte. Noch ein Hauch hellrosa Gloss auf die Lippen, und ich war bereit.

Ich fragte mich nicht, inwiefern es meinem Anliegen dienlich sein sollte, dass ich mir solche Mühe mit meinem Aussehen gab, ich wusste nur, dass es auch nicht schaden konnte. Zum Schluss zog ich eine indigoblaue Jeans und einen flauschigen Pullover an, dessen Rotton mir schmeichelte.

Ich hatte mir zwar die Öffnungszeiten der Tierarztpraxis angeschaut und war darauf vorbereitet, dass es auf dem Parkplatz voller sein würde als neulich, aber es überraschte mich doch etwas, dass ich mehrere Runden drehen musste, bis ich einen Stellplatz fand. Überall um mich herum stiegen Leute aus ihren Wagen, zogen widerstrebende Hunde mit eingezogenen Schwänzen hinter sich her oder trugen Körbe mit fauchenden Katzen. Begab sich wohl *irgendein* Tier freiwillig in diese Praxis?, fragte ich mich, während ich nervös zum Eingang ging.

Die Rezeption war hell und geräumig. Drei Leute standen vor der Theke an, und als ich mich umsah, stellte ich fest, dass fast alle Plätze im Wartebereich besetzt waren. Zu spät ging mir auf, dass es wohl keine gute Idee war, mitten in der Vormittagssprechstunde aufzutauchen.

Ich stellte mich in die Schlange. Vor mir warteten eine Frau, die einen süßen Welpen dabeihatte, eine Teenagerin mit einem Kaninchen und ein Mann mit einem ohrenbetäubend kreischenden Vogel. Schließlich war ich dran.

»Guten Morgen«, sagte die attraktive rothaarige Frau am Empfang forsch. »Wie kann ich Ihnen behilflich sein?«

»Ich möchte gern mit Mr Forrester sprechen, bitte.«

Sie warf einen kurzen Blick auf den Computerbildschirm. »Haben Sie einen Termin?«

»Nein, tut mir leid. Aber ich müsste ihn dringend sprechen, es dauert auch nur ein paar Minuten.« *Sechs*, um genau zu sein; das wusste ich vom Üben meiner Ansprache.

Die Frau schüttelte den Kopf, als würde ich etwas Unmögliches verlangen.

»Ich fürchte, Mr Forrester ist heute Vormittag komplett ausgebucht.«

Ich hatte mir alle möglichen Hindernisse ausgemalt, aber dieses hatte ich nicht vorhergesehen. Wie dumm von mir zu glauben, ich könnte hier reinplatzen und würde einfach durchgewunken. Aber ich wollte nicht so leicht aufgeben.

»Gibt es denn gar keine Möglichkeit, ihn zu sehen? Können Sie mich nicht irgendwie dazwischenschieben? Es macht mir nichts aus zu warten.«

Die Frau schaute vielsagend zu den zahlreichen Menschen mit ihren Haustieren im Wartebereich hinüber. »Wie Sie sehen, haben wir heute alle Hände voll zu tun. Ist es ein Notfall?«

Ich biss mir auf die Lippe. »Auf gewisse Art schon.«

Ich merkte, dass ich sie nervte. Dennoch fragte sie: »Um was für ein Tier handelt es sich denn?« Sie erhob sich von ihrem Stuhl, um in Augenschein zu nehmen, was auch immer neben mir hocken mochte.

»Äh, genau genommen habe ich gar kein Tier. Ich bin aus einem anderen Grund hier.«

»Tja, es tut mir schrecklich leid, *Madam*, aber wie Sie sehen können, sind wir gerade mitten in der Vormittagssprechstunde.« In den Staaten hatte ich es immer gemocht, wenn Leute mich »Ma'am« nannten, aber bei dieser Frau klang es eher abfällig. »Kommen Sie bitte zu einem anderen Zeitpunkt wieder, denn leider können Sie ihn heute nicht sprechen.«

»Wen denn?«, fragte eine Stimme, und wir schraken beide zusammen und drehten uns zu dem Gang hinter der Rezeption um. Nick Forrester lächelte die hübsche junge Praxishelferin an, und der gereizte, leidgeprüfte Blick, mit dem sie mich bedacht hatte, verflog sofort.

Dann sah er zu mir, und kurz schien die Zeit stillzustehen. Erkannte er mich wieder? Ich sah wesentlich präsentabler aus als die Joggerin mit dem roten Gesicht und dem Pferdeschwanz, die ihm am Strand begegnet war.

»Sie!«, rief er überrascht, und ich atmete erleichtert aus.

»Ja, ich bin's«, lautete meine wenig originelle Antwort. Ich spürte den bohrenden Blick der Angestellten wie einen Laserstrahl und war mir ziemlich sicher, dass der halbe Warteraum die kleine Szene beobachtete.

»Ich habe Sie im Internet gefunden«, sagte ich, ohne nachzudenken. Eine Bemerkung, bei der jeder vernünftige Mensch das Weite suchen oder eine einstweilige Verfügung erwirken sollte. »Ich meine, die Praxis. Ich habe Ihren Arbeitsplatz gefunden.« Das machte es kein bisschen besser.

»Wie interessant«, sagte Nick Forrester mit gerunzelter Stirn über der schwarzen Brille, die ihn gleichzeitig vertrauter und fremder wirken ließ. »Wieso genau haben Sie denn nach mir gesucht?«

Ich konnte spüren, wie mir das Blut in die Wangen schoss, bis mein Gesicht ebenso rot geworden war wie mein Pullover.

»Es ist … etwas Persönliches«, sagte ich und ließ den Blick über unser fasziniertes Publikum schweifen. Ich hatte so leise gesprochen wie möglich, aber anscheinend hatte ich trotzdem die Aufmerksamkeit des gesamten Wartebereichs geweckt.

»Ah, verstehe«, sagte Nick, nahm die Brille ab und beugte sich über den Computerbildschirm.

»Sind Mr Barton und Dusty schon hier?«, fragte er.

Selbst mit gerunzelter Stirn sah die Sprechstundenhilfe unverschämt attraktiv aus. »Nein, noch nicht«, antwortete sie widerstrebend.

Nick Forrester richtete sich wieder auf und lächelte mich flüchtig an. »Dann hätte ich zwei Minuten Zeit für Sie.«

Zwei Minuten waren zwar nicht annähernd genug für meine vorbereitete Rede, aber wenigstens warf er mich nicht raus, was ziemlich gut war, wenn man bedachte, dass ich wirken musste wie eine durchgeknallte Stalkerin.

Ich folgte ihm durch den hell erleuchteten Flur, vorbei an mehreren Untersuchungsräumen, bevor wir am Ende des Ganges durch eine Tür in ein Zimmer traten, bei dem es sich um eine Mischung aus Büro und Personalraum zu handeln schien.

Ein verlockender Duft nach frisch gebrühtem Kaffee entströmte einer teuer aussehenden Espressomaschine. Ich hätte dankbar eine Tasse angenommen, wenn er mir eine angeboten hätte, aber das war wohl unwahrscheinlich. Er drehte sich zu mir um und lehnte sich an einen Tisch, der mit Akten, Zeitschriften und allem möglichen Papierkram übersät war, und streckte die langen Beine aus. Auf meinen eigenen Beinen stand ich plötzlich alles andere als sicher, aber er bat mich nicht, mich zu setzen. Mir war unangenehm bewusst, dass der Zwei-Minuten-Countdown bereits lief. Und doch war das Erste, was aus meinem Mund kam, nicht das, was ich mir zurechtgelegt hatte.

»Ihre Brille«, sagte ich und deutete auf das dunkle Gestell, das er jetzt in der Hand hielt. Er sah sie an, als sei er überrascht, sie dort zu finden, bevor er sie wieder aufsetzte.

Und in dem Moment wurde mir klar, warum er damit so vertraut aussah und warum die Vorstellung, dass er vielleicht als Gesetzeshüter arbeitete, mir gar nicht so abwegig vorgekommen war.

»Damit sehen Sie aus wie Superman – oder eher wie Clark Kent, wenn er so tut, als wäre er *nicht* Superman.« Ich verstummte und fragte mich, ob irgendein Mensch seine eigenen Pläne je auf so spektakuläre Art sabotiert hatte, wie ich es gerade mit meinem vorlauten Mundwerk getan hatte.

Aber statt mir höflich die Tür zu weisen, überraschte mich Nick, indem er auflachte. Ein volles, sonores Lachen, das ansteckend war. »Das höre ich nicht zum ersten Mal.«

Meine überwältigende Anspannung schrumpfte auf ein erträgliches Maß.

»Neulich am Strand haben Sie sie nicht getragen«, sagte ich. »Ohne die sehen Sie komplett anders aus.«

Er zuckte mit den Schultern. »Sie stört, wenn man von hohen Gebäuden springt«, sagte er, diesmal mit dem Anflug eines Lächelns, »oder mit seinem Hund joggen geht.«

Sein Humor gefiel mir – und die Tatsache, dass er sich selbst nicht so ernst nahm. Bei Jeff wäre das unmöglich gewesen.

»So faszinierend es wäre, den ganzen Vormittag mit Ihnen über Sehhilfen zu plaudern …«, begann Nick.

Ich riss mich zusammen.

»Ja, natürlich, tut mir leid. Ich weiß, Sie sind sehr beschäftigt.«

Er nickte und schaute verstohlen auf die Uhr.

Ich holte tief Luft, betrübt darüber, dass ich meine sorgfältig einstudierte Rede vergessen musste. Doch als ich den Mund öffnete, unterbrach Nick mich schon mit einer Frage.

»Wie geht es Ihrer Schwester? Haben Sie mit dem Foto erreicht, was Sie sich erhofft hatten?«

Da die Zeit drängte, war es gar nicht so schlecht, dass er, wenn auch unabsichtlich, gleich auf das Thema meines Besuchs zu sprechen kam.

»Es geht ihr schon etwas besser«, sagte ich lächelnd. »Nett, dass Sie sich danach erkundigen – und dass Sie sich überhaupt an unsere Begegnung erinnern.«

»Das war nichts, was man so schnell vergisst«, sagte er, was man auf unterschiedliche Art verstehen konnte. Ich entschied mich für die positive Variante.

»Die Sache ist die, was Sie neulich für meine Schwester getan haben – für ein Foto zu posieren –, tja, ich habe mich gefragt, ob Sie das noch einmal tun würden … Also, nicht nur für ein Bild, eher ein halbes Dutzend oder so.«

Ich weiß wirklich nicht, was ich erwartet hatte. Fragen? Sicherlich. Die Bitte, darüber nachdenken zu können? Möglicherweise. Vielleicht sogar ein entgegenkommendes »Klar, wieso nicht«. Doch es kam anders.

»Auf keinen Fall«, sagte er freundlich.

Seine kategorische Ablehnung brachte mich aus dem Konzept, weil ich gedacht hatte, dass es bis zu diesem Punkt ganz gut gelaufen war.

»Ich … ich könnte Sie bezahlen … Sie wissen schon, für Ihre Zeit«, improvisierte ich, was es natürlich nur noch schlimmer machte.

»Nein danke«, sagte Nick und erhob sich. Er war wirklich unglaublich groß. Wenn ich so dicht vor ihm stand, musste ich den Kopf in den Nacken legen, um ihm in die Augen schauen zu können. »Um ehrlich zu sein, war das neulich schon schräg genug.«

Ich spürte, wie es mir die Kehle zuschnürte, und ich sagte mit brüchiger Stimme: »Meine Schwester hat jemanden *verloren*. Jemanden, der genauso aussieht wie Sie.«

»Sie haben mir neulich schon von ihr erzählt«, erinnerte er mich und ging zur Tür.

»Das Foto, das ich damals gemacht habe … es war wirklich ein Trost für sie.«

»Ein *falscher* Trost«, entgegnete er. »Wie soll sie zwischen Wahn und Wirklichkeit unterscheiden, wenn Sie sie belügen?«

»Hören Sie, ich weiß, es ist eine seltsame Art, ihr zu helfen, aber Sie müssen mir glauben, ich *kenne* sie, besser als irgendjemanden sonst auf dieser Welt. Und ich glaube, es würde ihr wirklich helfen. Sonst würde ich es nicht vorschlagen.«

»Und sind die Ärzte der gleichen Meinung? Sind sie mit Ihrem Vorgehen einverstanden?«

Los, schwindel ihn an, sagte ich mir, aber irgendwie brachte ich die Lüge nicht über die Lippen.

»Nein. Aber das heißt noch lange nicht, dass es nicht das Richtige ist.«

Er hatte die Tür erreicht und hielt sie für mich auf, doch es war, als bestünden meine Füße aus Blei.

»Ich weiß, Sie wollen nur das Beste für Ihre Schwester«, sagte Nick freundlich. »Und das finde ich gut. Aber ich würde Ihnen trotzdem immer empfehlen, dem ärztlichen Rat zu folgen.«

Ich hörte förmlich, wie meine Hoffnungen sich zerschlugen.

»Und selbst wenn ich es nicht für eine schlechte Idee halten würde«, fuhr er fort, »klingt es so, als wäre es sehr zeitintensiv, und wie Sie schon festgestellt haben, bin ich sehr beschäftigt.«

Ich sah mich hilflos im Raum um, wie auf der Suche nach etwas, das mir helfen könnte, seine Meinung zu ändern. Und plötzlich entdeckte ich tatsächlich etwas ganz hinten auf dem Schreibtisch. Es war einer von diesen Doppelfotorahmen, die aussehen wie ein aufgeschlagenes Buch. Auf der einen Seite befand sich ein Foto von Nick Forrester, auf dem er noch jünger war, und neben ihm eine unglaublich hübsche Blondine mit einem kleinen Baby in den Armen. Die andere enthielt ein Foto vermutlich neueren Datums. Wie die meisten Leute, die keine Kinder hatten, war ich schlecht darin, ihr Alter einzuschätzen, aber das Mädchen darauf sah aus wie sieben oder acht. Dass sie Nicks Tochter sein musste, war so offensichtlich, dass ich mir nicht die Mühe machte, ihn zu fragen; sie war ihm wie aus dem Gesicht geschnitten.

Natürlich wollte er nicht für eine Reihe von romantischen Fotos posieren. Er war verheiratet. Hatte eine Familie. Was zum Teufel hatte ich mir dabei gedacht? Ich kam wieder zur Besinnung, und ein Gefühl von Scham überfiel mich.

»Vielen Dank, dass Sie mir Ihre Zeit geschenkt haben. Und dafür, dass Sie mir zugehört haben«, sagte ich leise.

»Sie haben meine Neugier geweckt«, gestand er.

»Bitte vergessen Sie einfach, dass ich hier war. Ich werde Sie nie wieder behelligen«, versprach ich und hielt ihm die Hand hin.

Man musste Nick hoch anrechnen, dass er nicht eine Sekunde zögerte, ehe er sie ergriff. Sein Händedruck war warm und fest, auch wenn er das Ende unseres Gesprächs markierte.

»Sie haben mich nicht behelligt«, versicherte er mir, als er meine Hand losließ. »Und wie gesagt, Dinge wie diese vergisst man nicht so leicht.«

Wir traten in den Flur, und ich eilte ihm voran, wollte nur noch so schnell wie möglich die Praxis verlassen. Kurz bevor wir den Empfangsbereich erreichten, berührte er mich am Ellbogen. »Ich wünsche Ihrer Schwester wirklich eine vollständige und baldige Genesung.«

Plötzlich hatte ich einen dicken Kloß im Hals, der mich daran hinderte, etwas zu erwidern, und als ich ihn schließlich hinunterschluckt hatte, war es schon zu spät.

»Mr Barton«, sagte Nick zu einem Mann in mittleren Jahren, der auf einem der Stühle saß. »Wenn Sie und Dusty mir bitte folgen würden?«

Kapitel 11

Ich hatte es mir mit einer flauschig weichen Decke über den Beinen und einer Schüssel warmem, klebrigem Popcorn auf Amelias bequemem Sofa gemütlich gemacht. Im Fernsehen ruderte Ryan Gosling Rachel McAdams gerade sehr heroisch mitten in einem Wolkenbruch wieder ans Ufer.

Und draußen versuchte das Wetter, es damit aufzunehmen. Der Sturm tobte so heftig, dass ich die Lautstärke hochgedreht hatte, um ihn zu übertönen. Wahrscheinlich wäre es gar nicht nötig gewesen, denn ich hatte *Wie ein einziger Tag* schon so oft gesehen, dass ich praktisch jede Textzeile des Drehbuchs mitsprechen konnte. Doch in die vertraute Geschichte einzutauchen, fühlte sich tröstlich an, wie eine Rückkehr nach Hause. Ich war in meiner Wohlfühlzone angekommen, doch dann riss mich plötzlich etwas aus meiner Versunkenheit.

»Wir sind mit einem kleinen Ruderboot rausgefahren, und da hat es plötzlich angefangen zu schütten. Meine Haare waren klatschnass, und mein blaues Kleid hat mir am Körper geklebt wie eine zweite Haut. Aber das war alles egal, weil ich wusste, dass er mich küssen würde, wenn wir wieder an Land wären. Ich wusste es einfach.«

Das waren nicht etwa die Worte der Protagonistin in dem bekannten Nicholas-Sparks-Film, es war Amelias Beschreibung von ihrem und Sams erstem Kuss.

Auf dem Bildschirm drückte Ryan Gosling seine Filmpartnerin an sich, während ich mit meiner Aufmerksamkeit ganz woanders war. Stammten etwa *alle* von Amelias sogenannten Erinnerungen, die sie so minutiös wiedergegeben hatte, aus irgendwelchen Kino- und Fernsehfilmen? Ich versuchte, mich an einige genau zu erinnern, und glaubte, dass mindestens zwei aus bekannten Filmen stammten. Eine ähnelte einer Szene in einem klassischen Bestsellerroman so sehr, dass es kein Zufall sein konnte. Meine Schwester hatte sich für ihre Liebesgeschichte bis ins kleinste Detail in der Welt der Fiktion bedient, und diese Erkenntnis war so traurig, dass ich mich am liebsten zusammengerollt und geschluchzt hätte.

Und dann geschah es. Ein Blitz erhellte durch die Vorhänge das Zimmer, rasch gefolgt von einem krachenden Donnerschlag, wie ich ihn noch nie erlebt hatte, und im nächsten Moment fiel mit einem Knall der Strom aus. Starr vor Schreck wartete ich darauf, dass das Licht wieder anging, doch die Sekunden verstrichen, und im Cottage blieb es stockdunkel.

Vorsichtig stand ich auf. Ohne wenigstens das schwache Leuchten eines Stand-by-Lämpchens an den Elektrogeräten erschien der Raum ganz anders als sonst, geradezu unheimlich. Ich wollte zum Fenster gehen, verhedderte mich jedoch in der Decke, und während ich mich daraus befreite, fiel die Popcornschüssel zu Boden und zerschellte lautstark auf den alten Holzdielen. Ich hockte mich hin, um im Dunklen tastend die Stücke aufzusammeln, und eigentlich hätte mir klar sein müssen, dass das nicht gut gehen konnte. Drei Scherben hatte ich bereits erwischt, da grub sich die vierte in meinen Daumen. Zwar konnte ich das Blut nicht sehen, aber ich spürte, wie es warm über meine Hand und das Handgelenk rann. Ich stand auf, versuchte, nicht auf die Scherben zu treten, und ging Richtung Küche.

Auch wenn ich nicht annahm, dass ich ernsthaft verletzt war, wollte ich verhindern, dass überall Blut hintropfte. Mein inneres Navi ließ mich allerdings im Stich, denn ich lief gegen den Couchtisch und stieß kurz darauf gegen den Türrahmen. Mit mehr Glück als Verstand schaffte ich es in die Küche und wickelte mir ein Geschirrtuch um die Hand.

Ich hatte keinen Schimmer, wo der Sicherungskasten war, und ehrlich gesagt noch weniger, was ich tun sollte, wenn ich ihn fand. Und was noch wichtiger war: Ich hatte keine Ahnung, wo Amelia eine Taschenlampe oder Kerzen aufbewahrte. Sehnsüchtig dachte ich an mein Handy, das neben dem Bett am Ladekabel hing. Wie ein Untoter in einem dieser Zombiefilme tappte ich mit ausgestreckten Händen gerade langsam Richtung Gästezimmer, als mir der Schreck in die Glieder fuhr. Es hatte an der Haustür geklopft.

»Wer ist da?«, rief ich und bekam Gänsehaut, denn fielen solche Sätze nicht auch bei Séancen? Während ich zur Tür ging, kamen mir sämtliche Gruselfilme in Erinnerung, die ich je gesehen hatte. Ich zuckte zusammen, als es erneut klopfte.

»Wer ist da?«, rief ich noch einmal, doch entweder konnte mich der Besucher in dem tosenden Sturm nicht hören, oder er wollte seine Identität nicht preisgeben. Das Herz hämmerte in meiner Brust, während ich vorsichtig zu einem der kleinen Fenster im Flur trat und durch die regennasse Scheibe lugte. Ein sehr gelegen kommender Blitz erhellte in dem Moment die Finsternis, sodass ich einen Blick auf die gebeugte Gestalt auf der Schwelle erhaschte.

Der Regen ergoss sich wie ein Wasserfall von seinem Südwester und floss in Strömen über seine Öljacke. Ich eilte zurück zur Tür und riss sie auf.

»Das Licht ist aus«, erklärte Amelias griesgrämiger Nachbar, als hätte mir das irgendwie entgehen können.

»Ich weiß«, sagte ich und musste die Stimme heben, um gegen den Sturm anzukommen. »Und ich weiß nicht, wo der Sicherungskasten ist.«

»Der wird Ihnen nichts helfen«, erwiderte er mürrisch. »Es ist nicht nur in diesem Cottage. Der Strom ist überall weg. Das kann Stunden dauern.«

Ich wusste nicht, ob es eine aufmerksame Geste war, durch den strömenden Regen zu mir herüberzutapern, um mir das mitzuteilen, oder ob er einfach nur seine schlechte Laune an jemandem auslassen wollte, doch letzteren Verdacht musste ich revidieren, als der alte Mann sich bückte, um etwas zu seinen Füßen aufzuheben. Das Licht reichte gerade aus, um die Umrisse zu erkennen. Es war eine altmodische Sturmlaterne.

»Ich dachte, die können Sie vielleicht gebrauchen.«

Die Brenner vom Gasherd anzustellen, um für Licht zu sorgen, war naheliegend, doch darauf war ich nicht gekommen, und das zeigte – wenn überhaupt noch Beweise nötig waren –, dass ich bei einem Survival-Test wohl versagen würde. Die Flammen leuchteten kobaltblau in der Dunkelheit, und in dem schwachen Schein sah ich, wie der Gute Samariter an der Sturmlampe herumhantierte, bis der stechende Geruch von Paraffin durch die Küche drang. Ein einziges Streichholz hatte genügt, um den Raum sofort in ein sanftes, warmes Leuchten zu tauchen.

»Das sollte Ihnen über die nächsten Stunden helfen, bis Sie wieder Saft haben«, sagte er und schob die Laterne zu mir herüber. »Aber stecken Sie die alte Hütte nicht in Brand. Diese Cottages sind aus Fachwerk, verstehen Sie?«

Er hatte sich schon zum Gehen gewandt und wollte nach draußen in den Sturm verschwinden.

»Möchten Sie nicht ein bisschen bleiben? Ich kann Ihnen einen Tee machen. Um mich zu bedanken … oder so.«

Sein Gesicht war voller Falten und Schatten, doch selbst im flackernden Lampenlicht war mir, als sähe ich darin Überraschung.

»Ich gehe nicht viel unter Menschen. Die meisten Leute mag ich nicht.«

Ich hoffte, dass die Schatten mein Schmunzeln verbargen. »Na ja, normalerweise lade ich auch nicht mitten in der Nacht einen brummigen Fremden auf eine Tasse Tee ein. Aber bei Ihnen würde ich eine Ausnahme machen.«

Freundschaften können in den unwahrscheinlichsten Situationen entstehen, und oft dann, wenn man es am wenigsten erwartet. Erst jetzt wurde mir klar, dass ich jemanden brauchte, der den leer gewordenen Platz eines Vertrauten einnahm. Ja, ich hatte Mum – und auch Jeff –, wenn ich mit jemandem reden wollte. Und doch hatte ich aus irgendeinem Grund beschlossen, keinen von beiden in meine geheimen Ängste einzuweihen. Dass ich all meine Sorgen wegen Amelia einem missmutigen alten Fischer anvertrauen würde, der von sich behauptete, er könne niemanden wirklich leiden, war so erstaunlich wie bemerkenswert. Und es war auch sehr schön.

»Du hast dich also mit Amelias Nachbarn angefreundet?«, fragte Mum am nächsten Morgen schon zum dritten Mal, als könne sie es partout nicht glauben.

»Er heißt Tom, und ich denke, es war eher so, dass *er* sich mit *mir* angefreundet hat. Ich vermute übrigens, dass er nicht wirklich griesgrämig ist. Vielleicht ist er einfach nur einsam. Und so alt ist er auch wieder nicht – etwa in deinem Alter. Ich hab ihn gefragt.«

»Na ja, die salzige Meeresluft hat ihm ziemlich zugesetzt«, entgegnete Mum. Sie machte sich offensichtlich immer noch Sorgen über mein mangelndes Urteilsvermögen, weil ich mitten in der Nacht einen Fremden ins Haus gelassen hatte. Tatsächlich war ich mir sogar ziemlich sicher, dass der ganze Zweck ihres frühmorgendlichen Besuchs war, sich zu vergewissern, dass mir während des Stromausfalls nichts Schlimmes zugestoßen war. Zugegeben, der unübersehbare Verband an meiner linken Hand trug nicht unbedingt zu ihrer Beruhigung bei.

»Worüber in aller Welt hast du dich denn mit ihm unterhalten?«, wollte Mum wissen und sprühte reichlich Desinfektionsmittel auf die Küchenoberflächen, die ich kurz zuvor bereits abgewischt hatte. Ich war klug genug, es nicht zu erwähnen.

»Über Stürme. Das Leben am Meer …« Nach kurzem Zögern fügte ich hinzu: »Und über Amelia.« Mum stand mit dem Rücken zu mir, sodass ich ihr Gesicht nicht sehen konnte, doch ich nahm die Anspannung in ihren Schultern wahr, als sie das Abtropfbrett ein wenig fester trocken rubbelte.

»Hm.« Auch ohne es zu sehen, wusste ich, dass sie die Lippen zusammengepresst hatte. »Ich bin mir nicht sicher, wie Amelia das finden würde. Sie hat sich immer viel bedeckter gehalten als du. Ich glaube nicht, dass sie begeistert wäre, wenn einer der Nachbarn von ihrer Erkrankung weiß und vielleicht sogar darüber tratscht.«

Ich stand auf und drückte sie an mich. »Ganz ehrlich, Mum, ich glaube nicht, dass es in Toms Leben viele Menschen gibt, mit denen er redet – von Tratschen ganz zu schweigen.«

Mum faltete das Küchentuch so präzise zusammen wie eine Origamikünstlerin. Als sie endlich hochblickte, war ihr Gesichtsausdruck mitleidig. »Ach, das ist ja sehr traurig. Das wusste ich nicht!« Und da war sie: meine Mutter, mit ihrem so gütigen und großzügigen Herzen. Mir fiel kein einziges Weihnachtsessen ein, bei dem nicht mindestens *ein* einsamer oder alleinstehender Nachbar saß, den sie zu uns eingeladen hatte.

Obwohl ich ihr versicherte, eine Scheibe Toast würde mir völlig reichen, bestand Mum darauf, dass sie uns, wo sie schon einmal da war, genauso gut ein »richtiges« Frühstück machen konnte. Sie wuchtete die gigantische Tüte, die sie mitgebracht hatte, auf die Arbeitsfläche und begann, die Einkäufe auszupacken. Für ein einfaches warmes Frühstück hatte Mum viel zu viel angeschleppt, und sie stellte mehr als einmal Dinge in den Kühlschrank und die Vorratsschränke, wenn sie glaubte, ich würde es nicht mitbekommen. Ich biss mir auf die Lippe, um mein Schmunzeln zu verbergen, und dachte, wie gut es war, dass ich bei Amelia wohnte und nicht bei ihr, sonst hätte ich bei meiner Rückkehr nach New York nicht mehr in meine Kleidung gepasst.

Nicht zum ersten Mal ließ mich der Gedanke an die Rückreise schaudern. Was war das eigentlich? Ich *wollte* doch zurück, oder etwa nicht? Weil diese Frage zu schwierig war, um sich ihr schon so früh am Tag zu stellen, verbannte ich sie in einen dunklen Winkel meines Gehirns.

Bald war die Küche von den Geräuschen erfüllt, die mit der Zubereitung eines typisch englischen Frühstücks einhergehen: Der Bacon zischte unterm Grill, in der Bratpfanne brutzelten die Eier. Obwohl ich zuvor protestiert hatte, merkte ich, wie mir das Wasser im Mund zusammenlief, als ich die English Muffins aus dem Toaster fischte. Wir waren gerade dabei, den Tisch zu decken, als ein Schatten in die Küche fiel – jemand ging am Fenster vorbei.

Mum fasste sich in einer theatralischen Geste an den Hals. »Hast du das gesehen? Wer war das?«

Ich war bereits aufgesprungen und lief zur Tür. Doch Tom war überraschend schnell für einen Mann jenseits der fünfundsiebzig. Als ich die Haustür schwungvoll öffnete, hatte er schon die Hälfte des Wegs zu seinem Cottage zurückgelegt.

»Tom. Tom! Warte mal. Warte!«

Er war gewiss nicht schwerhörig, trotzdem dauerte es einen Moment, bis er seine Schritte verlangsamte und sich zu mir umdrehte.

»Guten Morgen!«, rief ich.

»Morgen!«, rief er zurück, machte aber keine Anstalten, näher zu kommen. Er trat von einem Fuß auf den anderen und erweckte den Eindruck, als wäre ihm ausgesprochen unwohl – womöglich hatte er tatsächlich das Cottage ausgespäht, wie meine Mutter fürchtete.

Ich verspürte eine Welle der Zuneigung zu dem alten Mann und den unerklärlichen Impuls, ihn aus seiner Einsamkeit zu holen – ob er es wollte oder nicht. Vielleicht war der Apfel wirklich nicht weit vom Stamm gefallen.

»Du hast doch gerade nach mir geschaut, stimmt's? Ob bei mir nach dem Sturm alles okay ist?«

Tom wirkte beschämt, als hätte ich ihn bei etwas Unredlichem erwischt.

»Eher, ob du das Haus nicht abgefackelt hast«, knurrte er.

»Wollen Sie nicht mit uns frühstücken? Wir haben viel zu viel für zwei Personen gemacht.«

Ich hatte nicht gehört, dass Mum mir gefolgt war, und hätte nicht sagen können, wer von der Einladung überraschter war, Tom oder ich. Tom trat wieder nervös von einem Fuß auf den anderen, und auch wenn es bei seinem rötlichen Teint schwer zu sagen war, schien es mir doch, als würde ihm das Blut wieder in den Kopf steigen.

»Ich will mich nicht aufdrängen.«

»Das tun Sie doch nicht«, antwortete Mum. »Und außerdem ist es das Mindeste, als Dank dafür, dass Sie nach meiner Tochter geschaut haben – nach meinen *beiden* Töchtern, besser gesagt.«

Ich sah sie überrascht an. Ich hatte ihr gegenüber nicht erwähnt, dass man aus dem, was Tom mir erzählt hatte, schließen konnte, dass er das Cottage immer im Auge gehabt hatte, weil dort eine alleinstehende Frau wohnte. Irgendwie wusste Mum es dennoch.

Ich rechnete mit weiterem Gepolter und Protest. Garantiert würde er sich eine Ausrede einfallen lassen, wieso er nicht mit hereinkommen konnte. Doch er nickte, scharrte noch ein wenig mit den Füßen und beschloss dann zum zweiten Mal innerhalb von weniger als zwölf Stunden, eine Einladung von einem Mitglied der Familie Edwards anzunehmen.

Ich bin mir nicht sicher, wann genau es geschah. Aber irgendwann zwischen den Eiern und dem Bacon und dem mehrfachen Nachfüllen seines Bechers mit starkem Tee und drei Stück Zucker bemerkte ich etwas Überraschendes: Ich wurde Zeugin des Beginns einer weiteren neuen Freundschaft. Ein Zyniker hätte vielleicht gefragt, was ein alter Eigenbrötler und Seebär und eine pensionierte Lehrerin wohl gemeinsam haben könnten. Doch bei dem Gespräch über die Gegend, in der beide aufgewachsen waren, über die Veränderungen, die sie seit ihrer Jugend miterlebt hatten, und ihre gemeinsame Liebe ausgerechnet zur Vogelwelt kamen sie sich behutsam näher – und es fiel ihnen offenbar nicht einmal auf, dass ich mich nicht an ihrem Gespräch beteiligte.

»Ihr zwei versteht euch ja bemerkenswert gut«, neckte ich Mum, nachdem Tom gegangen war und wir gemeinsam den Frühstückstisch abräumten.

»So ein Unsinn«, sagte sie in einem Ton, als hätte ich den Verstand verloren. Ich verkniff mir ein Lächeln, denn irgendwann während des Frühstücks war mir der Gedanke gekommen, dass Mum auf ihre Art vielleicht genauso einsam war wie Tom und sich einen Freund in ihrem Alter wünschte. Nur hätte keiner von beiden das je zugegeben.

»Es ist gut, dass jemand da ist, der ein Auge auf Amelia hat, wenn es mir nicht möglich ist und du wieder in den USA bist, das ist alles«, erklärte sie. Da war es wieder, das plötzliche, unangenehme Schaudern, das mich immer überkam, wenn ich an meine Abreise dachte.

Wir ließen die Spülmaschine ihre Arbeit machen und wollten gerade in den Wagen steigen, als Tom plötzlich erneut um die Ecke des Cottages kam. Merkwürdigerweise hatte er den Arm voll mit Narzissen. Mir war zuvor an einem geschützten Fleckchen neben seinem Haus ein kleiner Blütenteppich aufgefallen, der jetzt wahrscheinlich ziemlich gerupft aussah.

»Ich dachte, deine Schwester freut sich vielleicht daran«, sagte er und hielt mir den Strauß hin. »Können ziemlich trostlos sein, diese Krankenhäuser. Die hier machen das Zimmer etwas fröhlicher.«

Und dann, mit so leisen Worten, dass nur der Wind und meine Mutter sie hören konnten, überreichte er ihr einen ebenso dicken Strauß.

Kapitel 12

Die demütigende Begegnung in der Tierarztpraxis war jetzt zehn Tage her. Es hatte lange gedauert, bis ich bei dem Gedanken daran nicht mehr im Erdboden versinken wollte. Trotzdem hatte ich den Verdacht, dass mich die Erinnerung an Nick Forresters höfliche, aber bestimmte Absage – abgespeichert in der Kategorie *»Was zum Teufel hast du dir dabei gedacht?«* – wohl noch eine ganze Weile beschäftigen würde.

Wenn ich morgens joggen ging, nahm ich eine andere Route, damit unsere Wege sich nicht erneut kreuzten, was er vermutlich ebenso vermeiden wollte wie ich. Ich tat also alles, was ich konnte, um ihm aus dem Weg zu gehen, deshalb war das Letzte, was ich erwartete oder mir wünschte, ihm in einem belebten Einkaufszentrum zu begegnen.

Es gab mehrere Städte, die ich mir für meinen samstäglichen Einkaufsbummel hätte aussuchen können. War es nur Pech, dass ich mich für dieselbe entschieden hatte wie er? Oder war es das Schicksal, das uns wieder auf Kollisionskurs brachte? Diesmal hatte ich wenigstens die Chance, eine peinliche Begegnung zu vermeiden. Nick überragte die ihn umgebenden Menschen um Haupteslänge, sodass er leicht auszumachen war, was mir genug Zeit gab, mich aus der Menge zu lösen und zum nächstbesten Geschäftseingang zu eilen.

»Kann ich Ihnen helfen?«, fragte eine hilfsbereite Verkäuferin schon, als ich noch an der Tür stand.

»Ich sehe mich nur um, danke«, sagte ich. Als ich aufschaute, musste ich feststellen, dass das gesamte Schaufenster mit Spiegeln in allen Formen und Größen gefüllt war. Ich war in mindestens zwanzig Versionen für jeden sichtbar, der an dem Möbelgeschäft vorbeikam. Es war mit Abstand das schlechteste Versteck, das man sich vorstellen kann. In den Spiegeln beobachtete ich die vorbeiströmenden Menschen. Vielleicht würde Nick nicht in meine Richtung schauen. Oder er war zu abgelenkt, zu sehr auf sein Handy konzentriert …

»Lexi? Sind Sie das?«

Mein erschrockener Blick wurde aus allen möglichen Winkeln widergespiegelt. Nick bahnte sich einen Weg zu mir, und es war unmöglich, so zu tun, als hätte ich ihn nicht gesehen oder gehört.

Ich setzte ein Lächeln auf, als ich mich zu ihm umdrehte, und sah, dass er nicht allein war. Er hielt die Hand seiner Begleiterin, die mich offen beäugte, fest in seiner.

»Hallo«, sagte ich fröhlich und achtete darauf, auch das kleine Mädchen an seiner Seite in die Begrüßung einzubeziehen.

»Wer bist du?«, fragte die Kleine mit der ungefilterten Neugier, mit der nur sehr junge und sehr alte Menschen durchkommen.

Nick wirkte etwas verlegen angesichts der Direktheit seiner Tochter, aber ich war fest entschlossen, mich davon nicht beirren zu lassen. Ich stellte meine Einkaufstüten ab und hielt dem Mädchen die Hand hin. »Hallo. Ich heiße Lexi. Und du bist …?«

»Holly. Weil ich an Weihnachten geboren wurde«, antwortete sie und nahm meine Hand, als wollten wir zusammen spazieren gehen, statt sie nur zu schütteln. Ich sah, wie Nicks Lippen zuckten.

»Das ist meine Tochter«, erklärte er, und mir fiel gerade noch rechtzeitig ein, dass er vermutlich nicht ahnte, dass ich sie vom Foto auf seinem Schreibtisch wiedererkannt hatte.

»Sehr nett, dich kennenzulernen«, sagte ich, und da sie keine Anstalten machte, mich loszulassen, löste ich meine Finger vorsichtig aus ihren. Ich kam nicht umhin, den Blick über die Menge schweifen zu lassen, um nach der hübschen Blondine Ausschau zu halten, die auf dem anderen Foto zu sehen gewesen war und das Familienporträt vervollständigte. Hatte Nick ihr von mir und meinem verrückten Vorschlag erzählt? War sie über meine Bitte empört gewesen, oder hatten sie zusammen darüber – und damit über mich – gelacht? Der Gedanke versetzte mir einen Stich, und meine Stimme klang etwas schärfer und forscher als zuvor.

»Tja, war schön, Sie wiederzutreffen. Aber ich muss jetzt weiter. Ich … ich treffe mich mit einer Freundin zum Kaffee«, log ich.

»Natürlich«, sagte Nick, trat einen Schritt zurück und zog seine Tochter beiseite, damit ich den hastigen Abgang machen konnte, den ich mir so offensichtlich wünschte. »War nett, Sie wiederzusehen.«

Ich warf einen kurzen Blick zurück, bevor ich im Gewühl verschwand, und bemerkte überrascht, dass er mir hinterherschaute.

Zwei Boutiquen und drei Schuhläden später dachte ich schließlich nicht mehr alle fünf Minuten an Nick und seine Tochter. Ich hatte mir mehr zum Anziehen gekauft, als ich vermutlich brauchen würde, aber ich wusste nicht genau, wie lange ich noch in England bleiben würde, und hatte keine Lust mehr, ständig dieselben Outfits zu tragen. Und früher oder später würde Amelia ja hoffentlich aus dem Krankenhaus entlassen werden und ihre Garderobe wieder in Beschlag nehmen.

Die Stiefel, die ich beim Einkaufsbummel getragen hatte, drückten an den Zehen, und da mich meine erfundene Freundin natürlich versetzen würde, beschloss ich, mir ein frühes Mittagessen zu gönnen. Ich erspähte ein kleines Pizzarestaurant am Ende des Ganges, das wirklich verlockend aussah und in dem es zum Glück noch mehrere freie Tische gab. Ich entschied mich für einen Tisch neben einem plätschernden Brunnen und einer Topfpflanze. Die Decke des Restaurants war himmelblau und mit fluffigen weißen Wolken bemalt, und wenn man die vorbeikommenden Menschen ausblendete, konnte man sich fast einbilden, auf einer italienischen Piazza im Freien zu speisen. Meine *Quattro Formaggi* war köstlich, und ich überlegte gerade, ob ein *gelato* wohl etwas zu viel des Guten wäre, als auf der oberen Etage des Einkaufszentrums ein Aufruhr entstand.

Jemand rief laut etwas. Die Rufe waren wegen der Akustik des Gebäudes so verzerrt, dass ich sie nicht verstehen konnte, aber die Verzweiflung darin war nicht zu überhören. Ich blickte zur Seite, wo Menschen auf einer Rolltreppe in meine Etage herunterfuhren. Jemand eilte von ganz oben an ihnen vorbei, als würden seine Füße die Metallstufen kaum berühren. Die anderen Leute wirkten aufgebracht, aber er hatte sie innerhalb von Sekunden hinter sich gelassen und war offenbar zu angespannt, um es zu bemerken.

Im nächsten Moment war ich auf den Beinen. Der Mann sprang von der Rolltreppe, als er noch nicht ganz angekommen war. Er rannte sofort weiter, sodass er mein Rufen zunächst nicht hörte.

»Nick! Nick! Was ist los? Was ist passiert?«

Abrupt blieb er stehen, und seine Gummisohlen hinterließen buchstäblich Bremsspuren auf dem Vinyl. Er fuhr herum, und in die Panik in seinem Gesicht mischte sich ein Anflug von Erleichterung, mich zu sehen.

Mit seinen langen Beinen überbrückte er die Entfernung zwischen uns innerhalb von Sekunden.

»Haben Sie Holly gesehen?« Er wirkte sonst nicht wie jemand, der leicht in Panik geriet, aber jetzt war es anscheinend so weit.

»Hat sie sich verlaufen?«, fragte ich und sah mich überflüssigerweise um, als hätte er seine Tochter womöglich übersehen, obwohl sie ganz in der Nähe stand.

Sein Gesicht war seltsam aschfahl und gerötet zugleich. »Ich weiß nicht«, sagte er und fuhr sich mit der Hand durch die Haare. »Keine Ahnung, ob sie sich einfach von mir entfernt hat … oder ob jemand sie mitgenommen hat.«

Ich wollte seine letzte Bemerkung schon leichtfertig abtun, aber angesichts der nackten Panik in seinem Blick wagte ich es nicht. War das nicht der Albtraum aller Eltern?

»Wann haben Sie sie denn zuletzt gesehen?«

Nick reagierte fast gereizt auf meine Frage, als würde ich damit Zeit vertun.

Ich legte die Hand auf seinen Unterarm und spürte seine Anspannung.

»Denken Sie nach, Nick«, drängte ich ihn.

»Es war im dritten Stock. Wir waren in einem Zoogeschäft, als ich einen Anruf aus der Praxis bekam – es ging um einen Notfall. Der Handyempfang war schrecklich, also haben wir das Geschäft verlassen, und Holly stand direkt neben mir. Aber der Anruf hat länger gedauert als erwartet, und ich … ich weiß nicht … als ich nach unten schaute, um mich zu vergewissern, dass es ihr gut geht, war sie nicht mehr da.«

Ich schenkte ihm ein, wie ich hoffte, beruhigendes Lächeln, obwohl ein winziger Funke der Furcht in mir aufglomm.

»Okay. Haben Sie schon in dem Zoogeschäft nachgesehen? Ist sie vielleicht wieder hineingegangen?«

»Ja. Nein. Ich weiß nicht …«

Seine Worte ergaben keinen Sinn, und seine Panik hatte etwas Ansteckendes. Er atmete tief durch, aber man merkte ihm an, dass er am liebsten sofort weitergerannt wäre.

»Ja, vielleicht ist sie wieder reingegangen. Aber ich habe nachgefragt, und die Angestellten haben gesagt, sie hätten sie nicht gesehen.«

»Und was ist mit den Toiletten? Haben Sie da schon nachgesehen?«

Nick schlug sich so fest vor die Stirn, dass seine Brille verrutschte. »Das Klo«, sagte er, als wäre ich ein Genie. »Natürlich. Sie ist bestimmt aufs Klo gegangen. Wieso ist mir das nicht eingefallen?«

Weil Sie völlig kopflos hier herumrennen, schien mir keine angemessene Erwiderung zu sein, selbst wenn es stimmte. »Okay. Tja, dann gehe ich am besten zu den Damentoiletten und sehe nach, ob sie da ist.«

»Das würden Sie tun?«, fragte er verzweifelt.

»Natürlich. Kein Problem«, sagte ich, nahm einen Zwanzig-Pfund-Schein aus dem Portemonnaie und legte ihn neben meinen Teller. Es war zu viel, aber ich hatte keine Zeit, auf das Wechselgeld zu warten.

»Könnte sie nicht bei Ihrer Frau sein? Ist sie mit Ihnen hier?«

Zwei Gefühle kämpften in Nicks Miene um Vorherrschaft. Verblüffung und Angst.

»Natalie? Nein. Sie ist mit Freundinnen ausgegangen. Das ist *mein* Wochenende mit Holly.«

Seine Antwort verriet mir eine Menge, aber es war der falsche Zeitpunkt, um darüber nachzugrübeln.

»Denken Sie, wir sollten dem Sicherheitsdienst Bescheid geben? Sie bitten, das Center zu schließen?«, fragte Nick, während wir davoneilten.

»Warten wir ab, bis wir in den Toiletten nachgesehen haben«, sagte ich und suchte schon die Hinweisschilder zur nächstgelegenen.

»Okay. Ich schaue in die Herrentoilette dahinten.«

Ich wirkte vermutlich nicht anders als Nick, als ich von einem WC zum andern rannte und Hollys Namen rief, mich sogar auf Hände und Knie sinken ließ, um unter die Türen zu lugen. Ich erntete ein paar irritierte Blicke, aber als ich erklärte, dass ich nach einem kleinen Mädchen suchte, waren alle sehr mitfühlend.

»Ihre kleine Tochter, hm?«, fragte eine großmütterliche Frau in den dritten Toilettenräumen, die ich durchsuchte.

»Nein. Sie ist die Tochter eines Freundes«, sagte ich und hastete so schnell aus dem Raum, dass ich fast auf den Fliesen ausgerutscht wäre.

Gleich hinter der Tür stieß ich mit Nick zusammen. Hätte er mich nicht an den Schultern festgehalten, wäre ich hingefallen.

»Gibt's was Neues?«, fragte er gehetzt.

Ich schüttelte den Kopf. »Nein. Nichts.«

»Das war's«, sagte er entschieden und warf einen Blick auf die Uhr. »Sie ist schon seit einer halben Stunde verschwunden. Ich melde das jetzt dem Sicherheitsdienst oder der Polizei.«

Sich einzugestehen, dass die Situation nicht mehr nur besorgniserregend, sondern ernst war, schien die beängstigendste Erkenntnis von allen.

»Es gibt noch eine letzte Toilette, wo ich nachsehen kann«, sagte ich, doch Nick schüttelte heftig den Kopf.

»Gehen Sie nachsehen. Aber ich will sie *jetzt* finden, bevor es ein Perverser tut.«

Er ging vom schlimmstmöglichen Szenario aus, und ich konnte es ihm nicht verdenken. Nick rannte zum Informationsschalter im Erdgeschoss, während ich zur letzten Toilette am anderen Ende des Einkaufszentrums lief, so schnell meine Füße mich trugen.

Im Laufen schaute ich nach links und rechts in alle Geschäfte, konnte jedoch kein kleines Mädchen mit langen dunklen Haaren und suchendem Blick erspähen. Ich bahnte mir rasch einen Weg durch eine Gruppe von Kindern, die ein wenig älter waren als Holly und gerade aus einer Waterstones-Buchhandlung kamen. Alle hatten Ausgaben von *Hexerei* in der Hand, einem Buch, von dem man wusste, dass es garantiert zu einem Sunday-Times-Bestseller werden würde, selbst wenn man nicht im Verlagswesen arbeitete. Der Publicity-Hype zeigte sich überall.

Ich rannte weiter. Aber etwas schwirrte mir im Hinterkopf herum wie eine Wespe bei einem Picknick. Ich bekam Seitenstechen, doch das war nicht der Grund, warum ich schließlich stehen blieb. In einiger Entfernung erspähte ich einen Wachmann, der auf eine Nachricht zu reagieren schien, die gerade auf dem Walkie-Talkie durchgegeben worden war. Nick hatte offensichtlich den Sicherheitsdienst alarmiert, aber ich war mir nicht sicher, ob das überhaupt noch nötig war.

Ich schloss die Augen und rief mir das Bild von dem Foto auf Nicks Schreibtisch ins Gedächtnis. Seine Tochter trug darauf ein T-Shirt mit einem vertrauten Raben-Logo. Ein Logo, das ich gerade eben im Schaufenster der Buchhandlung und auf den Büchern der Kinder gesehen hatte. Ich eilte zurück zu dem Laden und blieb kurz stehen, um den Zauberkessel im Schaufenster zu betrachten, aus dem sehr realistisch aussehende Rauchwolken quollen. Daneben befanden sich in der Auslage eine Reihe von Hexenhüten, ein Zauberbuch und ein Hexenbesen. Außerdem lud ein Poster dazu ein, die aufwendige Deko im Inneren des Geschäfts zu begutachten.

Das war genau der Ort, an den ich mich in Hollys Alter begeben hätte, und ich war nicht überrascht, als ich sie in einem künstlichen Wald sitzend vorfand, in dem es Eulen und ein Lagerfeuer für Nachwuchs-Hexen und Zauberer gab.

»Holly«, sagte ich und kniete mich neben sie.

Sie sah von den Seiten einer Ausgabe von *Hexerei* auf, die sie von dem Stapel auf einem Tisch genommen hatte.

»Ach, hallo. Du bist doch die Freundin von Daddy.«

Das stimmte nicht ganz. Aber da es keine Rolle spielte, nickte ich.

»Schätzchen, dein Vater sucht überall nach dir!«

Sie machte große Augen vor Überraschung, die sich gleich darauf in Furcht verwandelte.

»Aber ich habe ihm doch gesagt, dass ich in den Buchladen gehe.«

»Wirklich?«

Sie nickte heftig. »Ich hab's ihm gesagt, aber er musste noch telefonieren, deshalb konnte er nicht mitkommen.«

Ich nickte, wobei mir bewusst war, dass Nick immer noch außer sich vor Angst irgendwo im Einkaufszentrum herumirrte. »Er hat dich bestimmt nicht gehört, Liebes. Er denkt, du hast dich verlaufen.«

Sie machte ein ungläubiges Gesicht. »Warum sollte ich mich verlaufen? Ich bin doch kein Baby mehr. Ich bin schon acht!«

»Ja, dann …«, sagte ich, stand auf und hielt ihr meine Hand hin.

»Ist Daddy jetzt böse auf mich?«, flüsterte Holly besorgt, als sie ihre Hand in meine legte. Ich drückte sie beruhigend.

»Nein. Er wird einfach nur heilfroh sein, dich gefunden zu haben.«

Sie erhob sich auf staksigen Beinen und legte sichtlich widerstrebend das Buch zurück auf den Tisch.

»Nimm es ruhig mit«, sagte ich, zog einen weiteren Zwanzig-Pfund-Schein aus dem Portemonnaie und bezahlte das Buch an der nächsten Kasse, an der wir vorbeikamen. »Und jetzt suchen wir deinen Vater, ja?«

»Ich habe meine Meinung geändert.«

Ich legte den langen Eislöffel weg und leckte mir über die Lippen, um etwaige Schokosaucenreste zu beseitigen, dann sah ich auf. Ein Blick zu Holly sagte mir, dass ihr solche Dinge offensichtlich piepegal waren – sie hatte fast das halbe Eis im Gesicht.

Ich weiß nicht genau, wieso ich mich am Ende auf Nicks Vorschlag, Eis essen zu gehen – »zur Beruhigung«, wie er sagte –, einließ. Ich hatte mehrmals versucht, mich zu verabschieden, doch Holly hielt meine Hand mit einer für einen so kleinen Menschen erstaunlichen Kraft fest. Es lag noch ein Rest Besorgnis in ihrem Blick, dass sie womöglich doch noch Ärger mit ihrem Vater bekommen würde. Vielleicht hatte sie seine etwas raue Art missverstanden, als er auf die Knie fiel und sie in eine nicht enden wollende Umarmung riss.

»Du *musst* mitkommen, Lexi«, hatte Holly mich angefleht. »Bitte.«

Ich schaute ihren Vater an, während ich in Gedanken eine Liste von Ausreden durchging, die alle vergessen waren, als ich bemerkte, wie angespannt er immer noch war. Einen solchen Schreck verdaute man nicht so leicht.

»Tja, das Eis bei dem Italiener vorhin sah gut aus«, gab ich zu. Und so fand ich mich im selben Restaurant wieder, in dem ich schon zu Mittag gegessen hatte, und vertilgte ein Dessert, von dem locker drei Leute satt geworden wären.

Nick hatte nur einen flüchtigen Blick auf die Speisekarte geworfen und einen Kaffee bestellt; etwas, was ich im Nachhinein betrachtet ebenfalls hätte tun sollen. Es gab keine elegante Art, einen solchen Berg Speiseeis in sich hineinzuschaufeln, außerdem konnte ich es unmöglich allein aufessen. Als Nick also verkündete, er habe seine Meinung geändert, suchte ich sofort nach einer Bedienung.

»Wenn Sie nichts dagegen haben, lassen wir uns einfach einen zweiten Löffel bringen.«

Er sah mich verständnislos an.

Ich deutete mit dem Kopf auf meine Schale. »Hier ist noch mehr als genug für zwei drin, wenn Sie doch etwas möchten.«

Seine Augen leuchteten, wenn er lächelte, und jetzt funkelten sie regelrecht. »Ich meinte nicht die Eiscreme«, sagte er mit gesenkter Stimme, was wahrscheinlich unnötig war, weil Holly ganz auf ihr *gelato* konzentriert war.

»Ich werde es tun«, sagte Nick, jetzt im Flüsterton. »Wenn Sie es immer noch wollen, posiere ich für die Fotos.«

»Was? Wieso denn?«

Er bedachte erst Holly, dann mich mit einem bedeutungsvollen Blick und sah mir lange in die Augen. »Weil ich es Ihnen schuldig bin.«

»Nein, sind Sie nicht«, widersprach ich entschieden.

»Doch, natürlich«, sagte Nick, langte mit seiner Hand über den Tisch und legte sie auf meine. Etwas Seltsames passierte mit meinen Stimmbändern, denn als ich antwortete, klang es, als hätte ich Helium eingeatmet.

»Ich habe nur getan, was jeder in der Situation getan hätte«, kiekste ich. »Ich will ganz sicher nicht, dass Sie mir aus falschem Pflichtgefühl helfen. Oder schlimmer noch, weil Sie sich zu schuldig fühlen, um Nein zu sagen.«

»Sie sind eine verdammt schlechte Verhandlerin, kann das sein?«, sagte Nick lächelnd. »Ich habe mich gerade bereit erklärt, genau das zu tun, worum Sie mich gebeten haben, und jetzt versuchen Sie, es mir auszureden.«

Er zog die Hand fort, und danach vermochte ich aus irgendeinem Grund, wieder leichter zu atmen. Ich lehnte mich zurück und kaute auf meiner Unterlippe. »Aber Sie halten es immer noch nicht für eine gute Idee«, sagte ich. Anscheinend konnte ich es nicht lassen, den Advocatus Diaboli zu spielen.

»Spielt keine Rolle. Was zählt, ist, dass *Sie* es für eine gute Idee halten.«

»Aber Sie haben so viel zu tun. Sie müssen sich um die Praxis kümmern, um Holly …« Ich verstummte. *Was zum Teufel machst du da?*, schalt mich eine ungläubige Stimme in meinem Kopf. *Sag einfach Ja und Danke.*

»Wenn Sie es immer noch möchten, bin ich dabei, Lexi. Natürlich nur, wenn Sie mich noch brauchen.«

Ich war mir vage bewusst, dass jemand, der dieses Gespräch zufällig mit anhörte, es vermutlich komplett missverstehen würde.

»Dann ja. Ja, bitte«, sagte ich mit zittriger Stimme. »Ja, ich brauche Sie immer noch.«

Kapitel 13

Die Ärzte hatten uns dazugebeten, was an sich schon besorgniserregend war.

»Meinst du wirklich, sie ist so weit, dass man es ihr sagen kann?«, fragte Mum schon zum ungefähr fünften Mal, seit ich sie abgeholt hatte. Die Fahrt zum Krankenhaus schien noch länger zu dauern als sonst, aber ausnahmsweise störte mich das nicht. Mit diesem Besuch hatte ich es nicht eilig. Genau genommen hatte ich eine Heidenangst davor.

»Ich mache mir einfach nur Sorgen, wie sich das auf ihr Vorhofflimmern auswirken kann«, sagte Mum, worin sich zeigte, dass wir schon wie Ärztinnen tickten. Leider.

»Ich bin mir sicher, sie haben die Implikationen bedacht. Und es ist nicht fair und auch nicht vernünftig, Mimi bis in alle Ewigkeit im Ungewissen zu lassen. Außerdem muss sie vielleicht für immer mit diesem Vorhofflimmern leben.« *Genauso wie mit den ganzen Tabletten*, dachte ich im Stillen. Wie die Ärzte uns mitgeteilt hatten, würde der Medikamentencocktail, den Amelia täglich einnahm, wahrscheinlich auch weiterhin nötig sein, wegen des Traumas, das ihr Herz erlitten hatte. Und die Mediziner hatten beschlossen, dass heute der Tag sein sollte, an dem sie erfuhr, was in der schicksalhaften Nacht im Januar geschehen war.

»Wir schaffen das schon, wir drei gemeinsam«, sagte ich, nahm die Hand vom Lenkrad und legte sie auf Mums. »Wir haben schon viel Schlimmeres durchgestanden.« Mehr brauchte ich nicht zu sagen, und ich musste den Blick auch nicht von der Straße lösen, um zu wissen, dass sie jetzt Tränen in den Augen hatte, genau wie ich. Selbst nach der langen Zeit war Dads Verlust weder für sie noch für mich leichter zu ertragen. Hätten wir vor all den Jahren genau erfahren, was Dad an jenem verhängnisvollen Tag in der Bucht zugestoßen war, wäre es vielleicht einfacher gewesen, nach vorn zu schauen. Vielleicht aber auch nicht. Ich blinzelte die Tränen weg und setzte den Blinker, bevor ich in die Straße einbog, in der das Krankenhaus lag.

Dr. Vaughan und ein Kollege, der erstaunlicherweise noch jünger aussah als er, erwarteten uns vor dem Schwesternzimmer. Ich bekam noch den Schluss ihrer Unterhaltung mit, als man uns per Türsummer auf die Station ließ. Sie schienen über die letzte Folge einer Reality-TV-Show geredet zu haben, die ich nie guckte. Dass sie sich über Banalitäten austauschten, warf mich ziemlich aus der Bahn. Ich wollte, dass diese Ärzte ein lebendiges Klischee darstellten, dass sie ständig im Dienst waren und an nichts anderes dachten als an ihre Patientinnen und Patienten. Dass sie waren wie *Dr. House*. Ich schüttelte selbstkritisch den Kopf, als sie sich auf unsere Schritte hin herumdrehten.

Nachdem wir einander höflich begrüßt hatten, gingen wir zusammen zu Amelias Zimmer.

»Puh, es muss was Ernstes sein«, witzelte Amelia und legte die Zeitschrift beiseite, in der sie gerade geblättert hatte.

Es verging eine Sekunde, in der vermutlich jemand eine lockere Bemerkung hätte machen sollen, aber niemand von uns brachte sie über die Lippen.

»Scheiße. Es ist wirklich was Ernstes.«

Ich hatte mich immer noch nicht daran gewöhnt, dass meine Schwester so häufig fluchte, aber das war nicht der Grund, weshalb ich das Gesicht verzog. Wie in einer einstudierten Choreografie trat ich an Amelias eine Bettseite und Mum an die andere, und wir nahmen jeweils eine ihrer Hände.

»Also, jetzt sag doch mal jemand was«, drängte Amelia mit Blick auf die beiden Männer im weißen Kittel, die sich am Fuß ihres Bettes platziert hatten.

Sie sprachen leise und brachten ihre Botschaft so undramatisch rüber, wie es nur ging. Die Wirkung war trotzdem verheerend. Während sie redeten, sah ich Dr. Vaughan und seinen Begleiter (dessen Namen ich schon wieder vergessen hatte) nicht an, sondern hielt den Blick auf Amelia geheftet, um ihre Reaktion zu beobachten. Ich war bereit, das Ganze sofort zu beenden, sobald ich das Gefühl hätte, es wäre ihr zu viel. Und dieses Gesicht war mir zu vertraut, um diesen Moment nicht zu erkennen, denn es war schließlich auch meines.

Verwirrung war das Erste, was ich darin entdeckte, dicht gefolgt von Erschrecken und Ungläubigkeit, bevor der Schreck wieder die Oberhand gewann.

»Ich war tatsächlich nahezu tot?«

Ich wäre nicht in der Lage gewesen, ihr zu antworten, aber zum Glück hatte sie die Frage an die beiden Mediziner gerichtet und nicht an mich.

»So könnte man es ausdrücken, ja. Ein Laie würde es so formulieren.«

»Ich habe nicht geatmet, und mein Herz hat nicht mehr geschlagen. Also bitte, das klingt aus meiner Sicht schon ziemlich danach, dass ich tot war.« Die alte Amelia hätte nicht so scharf oder angriffslustig reagiert, aber andererseits war die alte Amelia auch nie mit etwas so Schockierendem konfrontiert worden.

Ich spürte, wie sie plötzlich erstarrte und ihre Hand aus meiner lösen wollte, aber ich ließ es nicht zu.

»Du wusstest es, Lexi, und hast es mir nicht gesagt?« Ihre Worte trafen mich schmerzhaft.

Ich nickte langsam.

»Wieso nicht? Du hast behauptet, ich sei bewusstlos gewesen, als man mich gefunden hat.«

»Nun ja, im Grunde ist bewusstlos ja …«, begann der Arzt wieder, aber Amelia brachte ihn mit einem ungeduldigen Zischen zum Schweigen. Irgendwie ging es in diesem Gespräch nun nicht mehr um medizinische Dinge, sondern um die Loyalität in der Familie.

»Sie haben gesagt, es würde dich überfordern«, erwiderte ich kleinlaut.

Sie schüttelte den Kopf, und ihr enttäuschter Blick traf mich mitten ins Herz.

»Die Ärzte hier kennen mich nicht. Aber *du* kennst mich. Du hättest mir alles erzählen sollen.«

Ich hatte es gewusst. Das hier entwickelte sich genauso schlimm wie befürchtet.

»Und weißt du auch, was ich mitten in der Nacht am Strand vor meinem Cottage wollte? Verschweigst du mir das genauso?«, fragte sie jetzt mit vorgerecktem Kinn, doch ihre Unterlippe zitterte. Das Nebeneinander von Trotz und Resignation war herzzerreißend mit anzusehen.

»Man hat dich nicht vor deinem Cottage gefunden, Schatz«, warf Mum sanft ein. »Sondern im Watt.«

Amelia blickte meine Mutter mit großen Augen an. *Auch du, Brutus?*, schienen sie zu sagen.

Als wir hörten, wie die Ärzte auf dem quietschenden Linoleumboden verlegen von einem Fuß auf den anderen traten, schauten wir alle drei hoch.

»Vielleicht wäre es besser, wenn wir diese Diskussion später weiterführen, nachdem Sie Gelegenheit hatten, das alles zu verdauen«, schlug Dr. Vaughan vor. Keine von uns versuchte, die beiden Mediziner vom Gehen abzuhalten, und sie ergriffen förmlich die Flucht.

»Was habe ich denn im Watt gemacht?«, fragte Amelia jetzt etwas ruhiger.

»Das wissen wir nicht«, antwortete ich traurig. »Und ich bin mir auch nicht sicher, ob wir das je erfahren werden.«

»War ich allein?«

»Als man dich gefunden hat, ja«, sagte ich, setzte mich auf die Bettkante und wagte es, wieder nach ihrer Hand zu greifen. Diesmal zog sie sie nicht zurück. »Wieso fragst du? Erinnerst du dich an irgendetwas aus dieser Nacht?«

Sie schüttelte den Kopf und legte die Stirn in Falten. »Ich frage mich, ob Sam dort war. Ob er überraschend aus den USA zurückgekommen ist.«

Mum machte ein undefinierbares Geräusch, aber ich hatte etwas in der Art bereits erwartet.

»Glaubst du, so könnte es gewesen sein?«, fragte Amelia. »Vielleicht haben wir uns gestritten? Vielleicht bin ich ihm hinterhergerannt und habe irgendwie im Dunkeln die Orientierung verloren.«

Sie zeichnete schon wieder ein Bild, das zu ihrer Fantasiewelt passte.

»Vielleicht«, sagte ich vorsichtig. Manchmal war der Grat zwischen Wahn und der Wirklichkeit bei ihr so schmal, dass es am besten war, so wenig wie möglich zu kommentieren.

Mum wurde das alles zu viel, sie stand auf und sagte, sie würde uns im Foyer einen Becher vernünftigen Kaffee holen. Mehr Koffein war zwar mit Sicherheit das Letzte, was wir mit unseren strapazierten Nerven jetzt brauchten, doch ich nickte erschöpft zu ihrem Vorschlag.

Das Schweigen, nachdem sie den Raum verlassen hatte, war beinahe unerträglich.

»Ich war tot, Lexi«, flüsterte Amelia.

»Nur kurz«, sagte ich, wahrscheinlich das Lächerlichste, was mir jemals über die Lippen gekommen war.

»Und weißt du, was das Schlimmste daran ist?«

»Was?«

»Er war nicht da. Aber er hätte da sein sollen.«

»Du meinst Sam?«, fragte ich vorsichtig.

Amelia schüttelte den Kopf und sah mich mit Tränen in den Augen an.

»Nein. Dad. Ich habe immer gedacht, dass er da sein würde, wenn meine Zeit gekommen ist. Dass er auf mich warten würde. Dass ich ihn noch ein letztes Mal lächeln sehen könnte. Aber ich habe ihn nicht gesehen. Und das ist so, als würde ich ihn noch einmal verlieren.«

Kapitel 14

Ich zahle«, sagte ich und reichte meine Kreditkarte über die Theke, ehe Nick es tun konnte.

Einen Moment lang sah er aus, als wollte er protestieren, aber vielleicht bemerkte er die Entschlossenheit in meiner Miene, denn er zuckte gutmütig mit den Schultern. »Danke. Solange Sie mich das Mittagessen übernehmen lassen«, sagte er und steckte seine Karte wieder in seine Geldbörse.

»Klar«, sagte ich unverbindlich. Es bestand kein Grund, darauf hinzuweisen, wie unwahrscheinlich es war, dass wir immer noch in dem Vergnügungspark sein würden, sobald es Zeit für die nächste Mahlzeit war. Ich war fest entschlossen, das hier so schnell und schmerzlos wie möglich hinter mich zu bringen.

Nicks Anruf am Vorabend war jedoch perfektes Timing gewesen. Ich war gerade in einer seltsamen Stimmung aus dem Krankenhaus heimgekommen. Amelias Worte über Dad hatten ein Karussell der Erinnerungen in Gang gesetzt, die ich lange Zeit weggeschoben hatte. Sie schwirrten mir immer noch im Kopf herum, als ich ein Fertigmenü in der Mikrowelle aufwärmte, von dem ich wusste, dass ich es nicht anrühren würde. Und auch als ich mir eine Fernsehshow ansah, die als »zum Schreien komisch« angepriesen wurde, mir jedoch nicht einmal ein müdes Lächeln entlockte, bekam ich sie noch nicht aus dem Kopf. Jedes Mal, wenn ich die Augen schloss, sah ich Dad an jenem letzten Morgen vor mir, wie er neben dem mit Angelzubehör beladenen Wagen stand und mir zuwinkte, während ich auf meinem Bett kniete und durch das Fenster seinen Aufbruch beobachtete. Zu einem Ausflug, von dem er nie zurückkehren würde. Kurz bevor er in den Wagen stieg, hatte er mir mit den Schlüsseln zugewunken, sodass ich lächeln musste. Wieso war ich nicht hinuntergerannt und hatte ihn ein letztes Mal umarmt? Oder geküsst? Mit diesen Fragen im Kopf hatte ich mich danach viele Jahre lang in den Schlaf geweint.

Insgeheim war ich erleichtert gewesen, dass Mum meine Einladung zum Abendessen ausgeschlagen hatte. »Gern ein andermal, Lexi«, hatte sie entschuldigend gesagt. »Im Moment ist mir einfach nur danach, einen Becher Kakao zu trinken und früh ins Bett zu gehen.« Das klang so verlockend, dass ich mich fragte, ob meine Rückkehr ins Vereinigte Königreich mich womöglich übergangslos ins hohe Alter katapultiert hatte. Ein größerer Gegensatz zu dem Leben, das ich in den Staaten führte, war kaum vorstellbar. Vielleicht war ja doch keine so knallharte New Yorkerin aus mir geworden wie gedacht. Ich fühlte mich in dieser Gegend auf eine Art heimisch, die ich sehr lange geleugnet hatte. Aber Somerset war geduldig, wartete in aller Ruhe ab, bis ich mich wieder daran erinnerte, wie sehr ich meine Kindheit hier geliebt hatte. Als ich mir geschworen hatte, nie fortzugehen.

Ich schaltete die Sendung mit den nervigen Lachkonserven auf stumm, lehnte mich auf dem Sofa zurück und schloss die Augen. Vielleicht war ich sogar kurz eingenickt, als das Klingeln meines Handys mich plötzlich hochfahren ließ. Ich griff danach, denn neuerdings lag es immer in Reichweite, und warf einen Blick auf das Display, mit einer Nervosität, die jedem vertraut ist, der Angehörige im Krankenhaus hat.

Aber es waren weder das Krankenhaus noch mein Arbeitgeber in New York, noch Jeff. Ich starrte Nicks Namen noch ein Klingeln lang an, bevor ich das Gespräch annahm.

»Hallo«, sagte ich und hoffte im selben Moment, dass ihm mein überraschter Ton nicht auffiel.

»Hallo. Tut mir leid, mir ist gerade erst aufgefallen, wie spät es ist. Habe ich Sie geweckt?«

»Nein, ich habe noch ferngesehen«, log ich.

»Ich habe gerade ein Fohlen in Steißgeburt auf die Welt gebracht und dabei die Zeit aus den Augen verloren.«

»Tut mir sehr leid. Wer *ist* denn da?«, scherzte ich.

»Ich bin's, N…«, sagte er, bevor er mich kichern hörte. »Hier ist Clark. Clark Kent«, fuhr er todernst fort.

Seine Antwort zauberte mir ein breites Lächeln ins Gesicht, was der Fernsehsendung vorhin nicht annähernd gelungen war. »Ich glaube, der Spruch funktioniert nur bei 007«, sagte ich, überrascht, dass wir so leichtherzig scherzen konnten.

Er lachte, doch ich hörte die Müdigkeit in seiner Stimme. Ich hatte zwar keine Ahnung von Veterinärmedizin oder Fohlengeburten, aber sein Tag war vermutlich ebenso anstrengend gewesen wie meiner, wenn auch auf eine völlig andere Art.

»Ich rufe nur an, um Sie daran zu erinnern, was ich neulich angeboten habe«, sagte Nick, jetzt wieder ernst. »Und um Sie zu informieren, dass ich morgen fast den ganzen Tag Zeit hätte, falls noch Interesse besteht.«

Aus einem mir unbekannten Grund begann mein Herz zu rasen. Ich brauchte seine Hilfe tatsächlich, aber ich hatte nicht erwartet, dass er die Initiative ergreifen und seine Dienste noch einmal freiwillig anbieten würde. *Wahrscheinlich will er es einfach nur hinter sich bringen*, dachte ich. *Die offene Rechnung begleichen und dann die Irre mit den verrückten Plänen so schnell wie möglich vergessen.* Nur … ich hatte nicht das Gefühl, dass es so war.

»Was halten Sie von Vergnügungsparks?«, fragte ich, was ihn vorübergehend sprachlos machte.

»Ist das eine theoretische Frage, oder wollen Sie mich bitten, einen mit Ihnen zu besuchen?«, sagte er dann.

Ich kannte ihn kaum, aber die Tatsache, dass er nicht um den heißen Brei herumredete, gefiel mir. Vielleicht hatte es etwas mit seinem Beruf zu tun ... oder es war einfach seine Art.

»Amelia und Sam hatten im Lassiters ein besonders unvergessliches Date«, erklärte ich. Das Lassiters war ein beliebter, etwa dreißig Meilen entfernter Familienvergnügungspark. Mir war bewusst, wie absurd es klang, über imaginäre Ausflüge mit einer imaginären Person zu reden, als wären sie wirklich passiert, etwas, das Nick sicher nicht unkommentiert lassen würde. Doch er überging es einfach.

»Möchten Sie morgen hinfahren?«, fragte er.

Angesichts seiner Freundlichkeit hatte ich einen Kloß im Hals, und es dauerte ein paar Sekunden, bis ich antworten konnte.

»Wenn Sie nicht anderweitig beschäftigt sind ...«, entgegnete ich.

»Bis zu einer OP gegen Abend habe ich Zeit. Deshalb rufe ich ja an.«

»Dann ja, bitte, sehr gern.«

»Ich kann Sie morgen Vormittag abholen, wenn Sie mir die Adresse geben«, bot er an und wirkte leicht erstaunt, als ich ablehnte.

»Nein, machen Sie sich keine Umstände. Wir treffen uns dort um zehn, wenn das für Sie in Ordnung ist.«

Ich kam zu früh und parkte in der ersten Reihe auf dem größtenteils leeren Parkplatz. Nach mir trudelten ein paar Reisebusse ein, und ich sah zu, wie die Touristen herausströmten und zum Eingang des Vergnügungsparks zottelten.

Ich war als Kind oft im Lassiters gewesen, aber noch nie so früh am Tag – oder im Jahr, wenn wir schon dabei waren. Der

Park erinnerte mich an sengend heiße Sommertage, tropfendes Eis und sonnenverbrannte Nasen. Meine Nase war jetzt sicher auch gerötet, aber das hatte eher mit dem Wind und der Kälte zu tun als mit der Sonne, die an diesem Märzmorgen auffällig abwesend war. Ich zog Amelias Schaffelljacke enger um mich und wünschte mir, sie hätte sich ein Date mit Sam zurechtfantasiert, bei dem sie ihre weniger schmeichelhafte, aber dafür dickere und wärmere Steppjacke trug.

Ich behielt die Parkplatzeinfahrt im Auge und reckte den Hals wie ein Erdmännchen, sobald ein Auto auf den Parkplatz gefahren kam. Keine Ahnung, warum ich mir die Mühe machte, denn ich wusste nicht einmal, was für ein Modell Nick fuhr. Doch sofort als ich den schwarzen Range Rover erspähte, wusste ich intuitiv, dass er ihm gehörte. Die getönten Scheiben verbargen den Blick auf den Fahrer, aber ich marschierte schnurstracks auf den Wagen zu, nachdem er geparkt hatte. *Du guckst gleich ganz schön dumm aus der Wäsche, wenn er es nicht ist,* dachte ich. Doch zum Glück hatte mein Instinkt mich nicht getrogen, denn gleich darauf stieg Nick aus. Mir fielen große Matschspritzer auf dem unteren Teil der Karosserie auf – wahrscheinlich ein Souvenir von der Farm, der er in der Nacht einen Hausbesuch abgestattet hatte.

Er bemerkte meinen Blick und begann sofort, sich zu entschuldigen.

»Tut mir leid, ich hätte heute Morgen zur Waschanlage fahren wollen, aber ich hatte noch etwas anderes zu erledigen.«

Ich biss mir schuldbewusst auf die Lippe, da ich mir denken konnte, was er noch erledigt hatte.

Könnten Sie morgen ein blaues Jeanshemd anziehen – wenn Sie eins haben, hatte ich ihm in einer Textnachricht geschrieben, allerdings so spät, dass er womöglich schon schlief.

Doch seine Antwort kam zwei Minuten später:

Klar, kein Problem.

Den Frisch-aus-der-Packung-Falten seines Hemdes nach zu urteilen, war es ganz neu. Ich lächelte ihn an, denn egal, wie wenig Nick von meinem Vorhaben hielt, es war sehr aufmerksam von ihm, so etwas zu tun.

Er nahm eine dicke Jacke aus dem Wagen. »Für die Fotos ziehe ich sie aus«, versicherte er mir, als er die Ärmel über die muskulösen Arme zog. Es fiel mir schwer, ihn nicht anzustarren, doch mit einiger Mühe wandte ich meine Aufmerksamkeit wieder dem Grund zu, weshalb wir hier waren. Nick war nicht mein Komplize, sondern nur ein sehr netter, anständiger Mann, der eine eingebildete Dankesschuld begleichen wollte.

Nach der kurzen Diskussion darüber, wer die Eintrittskarten bezahlen sollte, traten wir durch ein altmodisches Drehkreuz in den Park. Ich hatte am Eingang einen Lageplan mitgenommen, den ich jetzt entfaltete.

»Am besten gehen wir zuerst zu allen wichtigen Fahrgeschäften, die sie Amelia zufolge besucht haben, bevor der Massenandrang losgeht.«

Nick schaute mit zweifelndem Gesicht zum grauen Himmel auf, an dem sich Wolken türmten. »Irgendwie habe ich den Verdacht, es wird heute keinen Massenandrang geben.«

Ich folgte seinem Blick und spürte einen feinen Sprühregen auf den Wangen. »Wir müssen darauf achten, dass auf den Fotos kein Regen zu sehen ist«, sagte ich stirnrunzelnd. »Als Sam und Amelia hier ihr Date hatten, war es kalt, aber trocken.« Nick schwieg, doch sein Gesichtsausdruck war vielsagend.

»Auch wenn mir *völlig* klar ist, dass dieses Date nie stattgefunden hat«, fügte ich eilig hinzu.

Nick trat einen Schritt näher, nahm mir den Lageplan aus den Händen und studierte ihn sorgfältig wie eine Schatzkarte.

»Wie wär's«, schlug er vor, den Blick noch immer auf die Karte gerichtet, »wenn wir einfach vergessen, dass es nie stattgefunden hat, und uns darauf konzentrieren, die Fotos zu machen, die Sie brauchen?«

Ich wusste nicht genau, wie ich auf diese Freundlichkeit reagieren sollte. War er zu allen Menschen so? Falls ja, musste er einer der nettesten Menschen sein, die ich kannte.

Wieso seine Frau ihn wohl verlassen hat?

Der Gedanke kam wie aus heiterem Himmel, und ich vergaß, was ich als Nächstes hatte sagen wollen. Natürlich hatte ich keine Ahnung, wie seine Ehe geendet oder wer wen verlassen hatte. Und was noch wichtiger war, es ging mich auch nicht das Geringste an.

»Es ist wirklich unglaublich freundlich von Ihnen, mir zu helfen, Nick«, sagte ich dankbar. Doch er winkte kopfschüttelnd ab.

»Wenn ich aufhören soll, mich bei Ihnen dafür zu bedanken, dass Sie meine Tochter gefunden haben – was eine *wirklich* große Sache war –, wie wär's, wenn *Sie* aufhören, mir dafür zu danken, dass ich an meinem freien Tag für ein paar Fotos posiere – was *keine* ist.«

»Einverstanden«, sagte ich und hielt ihm die Hand hin, als wollten wir einen Vertrag per Handschlag besiegeln.

Seine Finger fühlten sich warm und kräftig an. Ich weiß nicht genau, ob es an ihm oder an mir lag, dass der Händedruck etwas länger dauerte, als er sollte. Ich weiß nur, dass meine Hand merkwürdig kalt war, als er sie schließlich losließ. Ich steckte sie tief in die Tasche der Schaffelljacke.

»Gehen wir zum Karussell?«, fragte ich, als ich den Lageplan wieder an mich nahm; es war das nächstgelegene Fahrgeschäft auf meiner To-do-Liste.

Er nickte. »Ist lange her, dass ich in einem Vergnügungspark war«, sagte er und blickte sich interessiert um.

»Waren Sie nie mit Holly hier?«, fragte ich, den Kopf noch voller Erinnerungen an die wunderbaren Familienausflüge, als ich in Hollys Alter gewesen war.

»Schon lange nicht mehr. Es war keine sehr … einvernehmliche Trennung, deshalb hat es eine Weile gedauert, bis wir uns auf eine vernünftige Umgangsregelung einigen konnten.«

Seine Antwort warf viele Fragen auf, die zu stellen ich kein Recht hatte, und so tat ich es auch nicht. Die wichtigste Erkenntnis war, dass er nicht mehr verheiratet war.

»Vielleicht hätten Sie sie heute mitbringen sollen«, bemerkte ich, in der Annahme, eine kleine Anstandsdame würde vielleicht verhindern, dass mir ständig unangemessene Gedanken kamen.

»Ich weiß nicht, ob ihre Schule das als guten Grund fürs Schwänzen akzeptieren würde«, erwiderte er mit einem lässigen Grinsen.

»Natürlich. Wo habe ich nur meinen Kopf! Tja, vielleicht beim nächsten Mal?«, sagte ich, bis mir zu spät einfiel, dass es kein nächstes Mal geben würde. Das hier war schließlich kein richtiges Date. Unser heutiger Ausflug war ebenso »erfunden« wie Amelias und Sams.

Wir hörten das Karussell, noch ehe wir es sahen. Die Musik wurde immer lauter, bis wir um eine Ecke bogen und zu dem Fahrgeschäft kamen, das seltsamerweise viel kleiner war, als ich es in Erinnerung hatte. Die Pferde glichen eher Ponys als den wilden Hengsten in meinem Gedächtnis. Aber ansonsten war noch alles beim Alten: Die Reihen farbiger Glühbirnen rings um den Baldachin strahlten noch ebenso hell, und die bemalten Pferde wirkten noch genauso lebendig wie eh und je. Die Melodie von »The Carousel Waltz«, die aus den Lautsprechern plärrte, versetzte mich noch wirksamer in die Vergangenheit zurück als eine Zeitmaschine.

»Und wie soll's jetzt genau laufen?« Nicks Frage holte mich in die Gegenwart zurück.

»Tja, Sie setzen sich auf eins der Pferde, fahren ungefähr fünf Minuten lang darauf im Kreis und steigen dann wieder ab.«

Seine Lippen zuckten, und ich musste mich bemühen, seinen Mund nicht anzustarren. »Ich weiß, wie man Karussell fährt«, sagte er mit dem schiefen Grinsen, das ich aus Amelias Zeichnungen kannte. Wie war es ihr nur gelungen, jedes Detail seines Gesichts einzufangen, obwohl sie nur einen kurzen Blick aus der Ferne auf ihn erhascht haben konnte?

»Ich meine eher, wie machen wir das Foto von uns auf dem Karussell? Wird es ein Selfie?«

Ich hatte zu diesem Zweck einen ausklappbaren Selfiestick eingepackt, aber dann kam mir eine bessere Idee, und ich schaute mich nach einem geeigneten Helfer um.

»Einen Moment«, sagte ich und ging zu einer Frau hinüber, die ein paar Jahre älter war als ich und auf der anderen Seite des Karussells auf einer Holzbank saß.

»Verzeihen Sie«, sagte ich. »Würde es Ihnen etwas ausmachen, ein Foto von …«– ich zögerte kurz –, »von meinem Freund und mir auf dem Karussell zu machen?« Ich nahm mein Handy aus der Tasche.

Die Frau schaute an mir vorbei, und ich hätte schwören können, Anerkennung in ihrem Blick zu sehen, als sie Nick erspähte. Das passierte ihm bestimmt öfter.

»Sehr gern«, sagte sie und nahm mein Handy entgegen.

Mit einem »Danke« drehte ich mich um und rannte zu Nick zurück.

»Glauben Sie ernsthaft, dass Sie Ihr Handy je wiedersehen?«, zog er mich auf und half mir auf die Karussellplattform.

»Wahrscheinlich nicht«, sagte ich, und plötzlich war mir so leicht ums Herz, dass es mir nichts ausgemacht hätte.

»Ich brauche ein goldenes Pferd mit strahlend weißer Mähne«, sagte ich und schaute mich um.

»Könnte ein Palomino sein«, sagte Nick und führte mich zu einem freien Pferd, das genauso aussah wie das, was Amelia mir beschrieben hatte.

»Darf ich Ihnen beim Besteigen helfen?«, fragte er, und sein Gesicht legte sich in amüsierte Fältchen, als er meine hochgezogenen Augenbrauen sah. Doch genau so eine etwas schlüpfrige Doppeldeutigkeit brauchten wir, um die Stimmung aufzulockern.

»Beeindruckend, dass Sie die Frage stellen können, ohne eine Miene zu verziehen«, sagte ich und stieg auf den Rücken des hölzernen Rosses.

»Ja, nicht?«, sagte Nick, legte seine Jacke auf den Boden und wandte sich dem glänzenden, ebenholzschwarzen Pferd neben mir zu.

»Nein, nein«, sagte ich, als er einen Fuß in den Steigbügel stellte. »Sam und Amelia sind auf demselben Pferd geritten. Er … hat hinter ihr gesessen. Sorry, das hätte ich vorher sagen müssen. Ist … ist das okay?«

Ich errötete, als hätte ich ihm gerade einen unsittlichen Antrag gemacht. Aber er war zu nett, um es sich anmerken zu lassen.

»Kein Problem«, sagte er und schwang sich mit Leichtigkeit hinter mich in den Sattel. »Soll ich die Arme um Sie legen?«, fragte er.

Wie bin ich nur auf den Gedanken gekommen, dass das hier eine gute Idee ist?

»Hm«, erwiderte ich.

Wie Nick hatte auch ich die Jacke ausgezogen. Den smaragdgrünen Kaschmirpullover hatte ich an jenem Morgen in Amelias Schrank gefunden. Ich hatte gelächelt, als ich ihn vom Kleiderbügel nahm und über das *Saks-Fifth-Avenue*-Etikett strich. Alle Konfabulationen Amelias enthielten ein Körnchen Wahrheit, und das teure Weihnachtsgeschenk zu tragen, das ich ihr vor zwei Jahren gekauft hatte, war nur ein weiteres Element, das ihren Worten Glaubwürdigkeit verlieh, obwohl ich wusste, dass nichts davon der Wahrheit entsprach.

Der Pullover war dünn, und durch den weichen Wollstoff spürte ich die Hitze von Nicks Körper, als er die Arme um meine Taille schlang. Die Musik war laut, deshalb konnten wir nicht viel plaudern, was mir hervorragend in den Kram passte, denn als er seinen Körper an meinen presste, stockte mir der Atem.

»Soll ich für die Fotos irgendwas Bestimmtes machen?«, fragte er.

»Versuchen Sie einfach, so auszusehen, als würden Sie sich großartig amüsieren«, sagte ich und umfasste die bunt bemalte Stange fester, weil unser Palomino anfing, sich zu heben und zu senken, während das Karussell sich schneller und schneller drehte.

Er erwiderte etwas, doch der Wind trug seine Worte davon, und ich verbrachte die nächsten Runden damit, darüber nachzugrübeln, ob er »Das ist seicht« oder »Das ist leicht« gesagt hatte. Keine Frage, was mir lieber gewesen wäre.

»Ich hoffe, die sind gut geworden. Ich habe mehrere gemacht, um auf Nummer sicher zu gehen«, sagte die Frau von der Bank, als sie mir das Handy zurückgab.

»Die sind bestimmt toll. Herzlichen Dank noch mal«, sagte ich.

Der Blick der Frau wanderte über meine Schulter, was mich vermuten ließ, dass Nick sich uns näherte. »Sie beide sind wirklich ein attraktives Paar. Sehr fotogen«, sagte sie. »Sah aus, als wären Sie einem Werbespot entsprungen.«

»Danke«, sagte Nick und schenkte ihr ein warmherziges Lächeln. Sie war offenbar hin und weg, und für einen kurzen Augenblick empfand ich ein Gefühl, das verdächtige Ähnlichkeit mit Eifersucht hatte, bis mein gesunder Menschenverstand wieder einsetzte. *Das ist alles nur gespielt, schon vergessen?* Wenn der Plan seine Wirkung entfalten sollte, musste ich mir diese Tatsache ständig vor Augen führen, sonst konnte ich am Ende wie Amelia Fake nicht mehr von der Realität unterscheiden.

»Was für einen Werbespot sie wohl meinte?«, sagte Nick, als wir weitergingen. »Darf ich?«, fragte er und streckte die Hand nach meinem Handy aus. Er drückte auf das Foto-Icon und rief die Bilder von uns auf dem Karussell auf. Dann hielt er mir das Handy hin, doch da sich die Sonne im Display spiegelte, musste ich näher herantreten, um etwas erkennen zu können. Er legte mir die freie Hand locker auf die Schulter und zog mich zu sich. Mich auf die Fotos zu konzentrieren, wurde zur Herausforderung, als mich der warme, holzige Geruch seines Duschgels einhüllte.

Nick, der von meinen unangemessenen Gedanken zum Glück nichts ahnte, scrollte durch die Fotos. Ich erkannte, was die Frau gemeint hatte. Wir sahen *wirklich* gut zusammen aus … oder vielmehr, Sam und Amelia sahen gut zusammen aus.

»Wahrscheinlich Zahnpasta-Reklame«, verkündete er schließlich mit blitzenden Augen, als er mir das Handy zurückgab. Er hatte nicht unrecht. Auf fast jedem lachten oder strahlten wir. Wir sahen aus wie ein Mann und eine Frau, die dabei waren, sich ineinander zu verlieben. Was eine oft aufgestellte Behauptung widerlegte: Manchmal waren Kameras eben *nicht* unbestechlich.

Wir schafften es in Rekordzeit, die Riesenrutsche und das schwingende Piratenschiff von meiner Liste abzuhaken. Obwohl ich bezweifelte, dass das Selfie, das ich in Letzterem von uns aufnahm, es wert war, denn ich war ziemlich grün um die Nase. Ich konnte Nicks helfende Hand beim Aussteigen tatsächlich gut gebrauchen.

Der Boden schien danach immer noch zu schwanken, und ich umklammerte seine Hand so fest, dass meine Nägel sich wohl in sein Fleisch gruben.

»Alles in Ordnung? Sie haben eine ganz komische Gesichtsfarbe«, sagte Nick und beäugte mich besorgt. »Atmen Sie ein paar Mal tief durch«, empfahl er und legte mir den Arm um die Taille, um mich zu stützen, während er mich vom Piratenschiff wegführte.

»Das Ding ist gemeingefährlich. Es sollte verboten werden«, murmelte ich und warf der riesigen Schaukel einen bösen Blick zu.

»Suchen wir doch ein ruhiges Plätzchen, wo wir uns eine Minute hinsetzen können«, schlug Nick vor und lotste mich zu einem der vielen Cafés. Davor standen schmiedeeiserne Tische und Stühle, und wie bei diesem Wetter zu erwarten, waren alle frei. Er zog einen Stuhl unter einem Tisch hervor und half mir, mich niederzulassen, als wäre ich seine betagte, gebrechliche Großmutter.

»Warten Sie hier«, sagte er und blickte zum Caféeingang hinüber. Die Welt drehte sich immer noch, und ich bezweifelte ernsthaft, dass ich überhaupt dazu in der Lage war, mich aus eigener Kraft irgendwohin zu schleppen. Ich nickte. »Dauert nicht lange«, versprach er.

Das unverwechselbare Zischen, mit dem eine Dose geöffnet wurde, verriet mir, dass er zurück war. Ich öffnete vorsichtig die Augen, als Nick eine Dose Gingerale vor mich hinstellte.

»Trinken Sie das langsam. Es hilft besser gegen Übelkeit als irgendetwas mit Koffein drin«, fügte er entschuldigend hinzu, als er bemerkte, wie ich sehnsüchtig den Kaffee ansah, den er für sich mitgebracht hatte.

Es dauerte fast zehn Minuten, bis ich wieder ich selbst war. Nick schien vollauf damit zufrieden, still dazusitzen, doch ich war mir seiner besorgten Blicke bewusst.

»Geht es Ihnen jetzt besser?«, fragte er schließlich, als ich mich wieder fast normal fühlte.

»Ja. Vielen Dank. Tut mir schrecklich leid. Ich hätte einfach ein Foto von uns vor dem Schiff machen sollen, ohne einzusteigen.«

»Wieso haben Sie es nicht getan?«

»Weil Sam Amelia geküsst hat, als das Piratenschiff den höchsten Punkt erreichte«, sagte ich, obwohl ich wusste, dass ich mir dadurch vielleicht seine Missbilligung zuziehen würde.

»Ah!«, sagte Nick. »Aber wir wollten diese Erinnerung nicht für ein Foto nachstellen, weil …?«

Er flirtete nicht mit mir, er zog mich nur auf. Er brachte den Spruch nur, damit ich kontern konnte: »Weil ich mich dann womöglich auf Sie übergeben hätte.«

Nick lachte ein tiefes, schallendes Lachen. Ich war fasziniert davon, wie entspannt er wirkte, obwohl er so viele Blicke auf sich zog.

»Gute Entscheidung«, sagte er schließlich. »Das hätte mir das Küssen vielleicht ein für alle Mal verleidet.«

Ich spürte, dass ich erneut wie ein Chamäleon die Farbe wechselte. Im Laufe einer halben Stunde war ich erst erbsengrün, dann weiß wie eine Wand geworden, nur um jetzt knallrot anzulaufen. Seit meiner Teenagerzeit war ich nicht mehr bei dem Gedanken daran, jemanden zu küssen, errötet.

Von einer Attraktion zur nächsten zu laufen, gab uns Zeit zum Plaudern und Scherzen, sodass wir nicht ständig über die ernsteren Seiten des Lebens reden mussten. Wir unterhielten uns angeregt über Bücher, darüber, wie es mich als Lektorin nach New York verschlagen hatte, was wiederum zu der Frage führte, was ihn dazu bewegt hatte, Tierarzt zu werden.

»Ich glaube, mein Dad hätte mich verstoßen, wenn ich einen anderen Beruf gewählt hätte.« Er lächelte über meinen verblüfften Gesichtsausdruck. »Tiermediziner in der dritten Generation«, erklärte er.

»Ihr Vater muss unglaublich stolz auf Sie sein.«

»Ich glaube schon. Nicht, dass er es je zugeben würde. Sie wissen ja, wie Väter sind.«

Ich hätte die Bemerkung einfach in der Luft hängen lassen können. Es war nicht nötig, etwas darauf zu erwidern, doch zu meiner Überraschung tat ich es trotzdem.

»Nein, leider nicht«, sagte ich traurig. »Meiner ist bei einem Unfall ums Leben gekommen, als ich acht war.«

Ich hatte seit Jahren nicht mehr geweint, wenn ich davon erzählte. Aber Nick sah mich so mitfühlend an, dass mir Tränen in die Augen zu treten drohten.

»Das tut mir wirklich leid, Lexi. Es muss sehr schwer für Sie gewesen sein.«

Ich nickte nur, da ich meiner Stimme noch nicht ganz traute.

»Amelia und ich standen uns trotz des Altersunterschieds immer sehr nah, aber wenn so etwas passiert … Tja, ich habe das alles nur dank ihr überlebt. Sie muss ebenso sehr darunter gelitten haben wie ich, aber sie hat ihren eigenen Schmerz hinuntergeschluckt und sich ganz darauf konzentriert, mir durch meinen zu helfen. War ich verzweifelt, hat sie mich mit einer Umarmung getröstet. Und dann, später, als die Wut über den Verlust von Dad einsetzte, gab sie mir Geschirr, das ich an die Wand werfen konnte. Sie war immer da, wenn ich sie gebraucht habe. Und deshalb … weil sie jetzt orientierungslos und verwirrt ist …« Verdammt, ich war den Tränen doch weit näher, als ich gedacht hatte.

Nick ergriff meine Hand. »Ist schon gut«, sagte er und drückte sanft meine Finger. »Sie brauchen nicht weiterzureden. Aber es ist jetzt leichter zu verstehen, warum Sie das hier machen. Weshalb Sie bereit sind, absolut alles zu tun, um ihr zu helfen.«

Unser Gespräch war weit vom Kurs abgekommen, und es gab nur einen Weg, wieder zu der lockeren Kameradschaft von vorhin zurückzufinden.

»Aber Sie halten mich immer noch für ein kleines bisschen verrückt?«, fragte ich mit einem Lächeln, damit er wusste, dass ich scherzte.

»Oh, absolut«, entgegnete er.

Wir hatten zwei Drittel des Parks erkundet, und die Fotostrecke auf meinem Handy enthielt längst mehr als genug falsche Erinnerungen an Amelias und Sams Date im Lassiters. Es war vermutlich Zeit, Nick den Rest seines freien Tages genießen zu lassen. Doch immer, wenn ich nach den richtigen Worten suchte, um mich von ihm zu verabschieden, fiel mir nichts ein. Ich war ehrlich genug, mir einzugestehen, warum: Ich hatte überraschend viel Spaß und wollte nicht, dass unser gemeinsamer Ausflug endete. Und da war ich vermutlich nicht die Einzige, denn auch Nick schien sich zu amüsieren.

Wir schlenderten in einvernehmlichem Schweigen weiter; das einzige Geräusch war das weit entfernte Donnern eines Fahrgeschäfts auf Schienen, begleitet von schrillem Kreischen.

»Hast du Hunger? Wir könnten noch etwas essen gehen.« Nick war ganz ungezwungen zum Du übergegangen und konsultierte den Lageplan. »In der Nähe des Eingangs ist ein Pizzarestaurant.«

Wir standen an einer Kreuzung neben einem Wegweiser mit zwei Pfeilen: Der eine wies den Weg zum Ausgang, der andere den zu einer Achterbahn.

»Es gibt noch ein letztes Fahrgeschäft, das ich besuchen will, die Kobra. Amelia hat erwähnt, dass sie dort einen Erinnerungsschnappschuss von den beiden gekauft hat.«

Ich hatte Nick schon erklärt, dass es darum ging, möglichst an allen mir bekannten Stellen Fotos zu machen.

»Und was hast du dann mit den Bildern vor?«, hatte er gesagt.

»Ich lasse sie entwickeln und verstaue sie dann erst einmal in einer Erinnerungsschachtel. Eine von Amelias größten Ängsten ist, dass sie sich nicht mehr an Sam erinnert.«

»Ich dachte, du *wolltest*, dass das passiert?«

Er war direkt zum Kern des Dilemmas vorgestoßen, das mich jede Nacht umtrieb. »Ich will, dass sie begreift, dass nichts davon wirklich passiert ist. Dass es nur eine Art Kurzschluss in ihrem Gehirn war. Wenn das geschieht, werde ich nur zu gern alle Fotos vernichten. Aber was ich *nicht* will, ist, mit anzusehen, wie sie darum kämpft, sich an Sams Gesicht zu erinnern, an die Orte, die sie gemeinsam besucht haben, oder daran, wie sehr sie ihn liebt.«

»Und deshalb erschaffen wir eine Fotosammlung von Ereignissen, die nie stattgefunden haben, mit jemandem, den sie, wie du hoffst, irgendwann vergessen wird?«

Ich sah ihn lange an, wie eine Schülerin, die vor dem Lehrer keinen Ton herausbringt.

»Ich hab nie behauptet, dass es ein perfekter Plan ist.«

Da lachte er, und ich konnte nicht anders, als mitzulachen. Erstaunlicherweise hatte er Verständnis. »Du musst deine Schwester sehr lieben.«

»Ja«, sagte ich leise.

Nick sah mich warmherzig an. »Du weckst in mir den Wunsch, ich wäre kein Einzelkind gewesen.«

Es war das Netteste, was seit Langem jemand zu mir gesagt hatte.

Die Kobra war das beliebteste Fahrgeschäft, und wir mussten zum ersten Mal anstehen. Als wir schließlich bald dran waren, nahm Nick die Brille ab, wie es auf den Warnhinweisschildern empfohlen wurde. Sofort mutierte er vor meinen Augen vom sanftmütigen Clark Kent zu Superman. Doch diesmal hielt ich meine Zunge im Zaum und erwähnte es nicht. Stattdessen wandte ich meine Aufmerksamkeit der Achterbahnstrecke zu, die sich in einem erschreckend steilen Winkel himmelwärts erhob.

»Hast du auch keine Höhenangst?«, fragte ich etwas verspätet, obwohl ich mir in der Hinsicht selbst nicht mehr ganz sicher war.

»Wäre schon schwierig, mit einem Satz über ein Gebäude zu springen, wenn ich Höhenangst hätte«, gab Nick zurück.

Als hätte er geahnt, dass mir erneut seine Ähnlichkeit mit dem Marvel-Comichelden aufgefallen war. Ich hoffte, dass er nicht *all* meine Gedanken erraten konnte, sonst steckte ich ernsthaft in Schwierigkeiten.

Wir nahmen den ersten Wagen, weil Amelia und Sam es ebenfalls getan hatten. Ich versuchte, mir zu sagen, dass meine nervöse Anspannung nur der Vorfreude auf die Fahrt geschuldet war und nicht der Tatsache, dass Nicks Körper meinen berührte, als wir uns Schulter an Schulter, Bein an Bein in den engen Wagen quetschten.

»Es wäre gut, wenn wir Händchen halten würden«, sagte ich, während einer der Mitarbeiter die abschließende Sicherheitsprüfung durchführte.

»Wirklich?«, fragte Nick und drehte sich so weit zu mir um, wie der Sicherheitsbügel es erlaubte.

»Fürs Foto. Sam und Amelia haben auch Händchen gehalten«, fügte ich verlegen hinzu.

»Ah. Natürlich.« Nick hielt mir pflichtgemäß die Hand hin, und ich legte meine hinein. Seine Finger fühlten sich warm an, und obwohl ich keine Angst vor der Fahrt hatte, wurde ich sofort ruhiger.

Mit einem lauten Quietschen fuhr unser Wagen los.

»Wie ist es geworden?«, fragte Nick und beäugte über meine Schulter hinweg das Erinnerungsfoto, während wir uns vom Schalter entfernten.

»Es ist perfekt«, sagte ich und betrachtete das mit einem Papp-Passepartout versehene Bild in meiner Hand.

Auch wenn es definitiv nicht sehr schmeichelhaft für mich war. Mein Mund war weit aufgerissen, weil ich schrie, und mein Haar flatterte wild im Wind, genau wie das meiner Schwester. Der Schnappschuss zeigte Nick und mich in klassischer Achterbahnpose mit hochgerissenen Armen, genau wie Amelia es mir beschrieben hatte. Doch es gab einen subtilen Unterschied zwischen diesem Foto und ihrer »Erinnerung«: Auf meinem hielt sich das Paar im ersten Wagen an den Händen, und je länger ich darüber nachdachte, desto sicherer war ich, dass Amelia das in Wahrheit mit keinem Wort erwähnt hatte.

Kapitel 15

Tut mir leid. Dass unser Date so endet, war nicht mein Plan.«

»Schon okay«, sagte ich und strich mir die Haare zurück, die mir der Wind ständig ins Gesicht blies. »Außerdem ist es kein echtes Date, schon vergessen?«

Nick lächelte verschmitzt, und ich hatte dieses Lächeln inzwischen mehr lieb gewonnen, als angemessen war.

»Stimmt. Aber um ehrlich zu sein, hat es deutlich mehr Spaß gemacht als viele der ›echten‹ Dates, die ich in letzter Zeit so hatte.«

Interessant. Diese Information würde ich im Hinterkopf behalten.

»Ich hätte wirklich nicht gedacht, dass die so früh schließen«, sagte Nick und blickte noch einmal zum »Geschlossen«-Schild an der Tür der Pizzeria, als könnte er die Aufschrift auf magische Weise in ein »Geöffnet« verwandeln, wenn er sie nur intensiv genug anstarrte.

Ich zuckte mit den Schultern und hoffte, damit meine Enttäuschung zu überspielen, dass unsere gemeinsame Zeit schneller zu Ende sein würde als erwartet.

»Es ist halb vier«, sagte ich und schmunzelte, weil er sichtlich überrascht zweimal auf die Uhr sah. Das war zumindest ein Beweis dafür, dass uns beiden heute nicht langweilig gewesen war.

»Wir können ja mal schauen, ob es irgendwo in der Nähe was zu essen gibt.«

Ich schüttelte den Kopf. »Ich müsste praktisch direkt wieder los, kaum dass wir da wären, um rechtzeitig im Krankenhaus zu sein. Und musst du nicht noch zur Arbeit?«

Er nickte, und ich bildete mir ein, auch bei ihm eine Spur von Bedauern wahrzunehmen, als wir Richtung Ausgang gingen. Nick brachte mich zu meinem Wagen und wartete dann neben der offenen Fahrertür, bis ich eingestiegen war.

»Und was nun?«, fragte er und sah mich mit seinen faszinierend blauen Augen an.

»Was nun? Na ja, du gehst zur Arbeit, und ich fahre zu meiner Schwester.« Jetzt war auf jeden Fall ein lockerer Ton angesagt, und ich war zufrieden, dass meine Bemerkung genau im richtigen Maße beiläufig geklungen hatte.

Aber trotzdem machte Nick immer noch keine Anstalten zu gehen. »Ich meine, was steht sonst noch auf dem Plan von Sam und Amelia? Wo treffen wir uns das nächste Mal?«

Das war der Augenblick, um ihn von seiner Verpflichtung zu entbinden. Ich hatte seine verloren gegangene Tochter im Einkaufszentrum wiedergefunden, und er hatte seinen freien Tag geopfert, um mir bei etwas zu helfen, das er wahrscheinlich nach wie vor für verrückt hielt. Wie man es auch drehte und wendete, wir waren quitt.

Aber Nick wollte davon nichts wissen. »Wenn wir jetzt schon aufhören, hast du lediglich Belege für ein einziges Date. Brauchst du nicht noch Bilder von ein paar der anderen besonderen Momente?«

»Genau das hatte ich ursprünglich vor. Aber jetzt ist mir klar, dass das zu viel verlangt wäre. Es würde zu viel von deiner Zeit in Anspruch nehmen.«

»Das lass mal meine Sorge sein«, entgegnete er.

Lass ihn gehen, sagte ich mir. *Lass ihn gehen, bevor du noch Gefühle für ihn entwickelst.*

»Was haben die beiden sonst noch zusammen unternommen?«, unterbrach Nick meine gefährlichen Gedankengänge. Einen Augenblick lang dachte ich an einige der sehr persönlichen Einzelheiten, die meine Schwester mir erzählt hatte, nur dass in diesen äußerst intimen Szenen plötzlich nicht Amelia und Sam vorkamen, sondern zwei Menschen, die ihnen bloß ziemlich ähnlich sahen. Ich merkte, wie ich rot wurde.

»Sie haben einen Ausritt bei Sonnenuntergang gemacht«, sagte ich hastig, bevor noch etwas Pikanteres über meine Lippen kommen konnte. »Du kennst nicht zufällig jemanden, der Pferde hat?«

Nick hob eine Augenbraue, und ich verdrehte innerlich die Augen. Was für eine dumme Frage an einen Tierarzt.

»Doch, definitiv«, antwortete er und strahlte. »Kannst du reiten?«

»Definitiv nicht«, antwortete ich und biss mir auf die Unterlippe, um mir das Grinsen zu verkneifen.

»Könnte spannend werden«, sagte er. »Überlass das nur mir, ich werde das arrangieren.«

Ich hatte mehr als genug Zeit, um dem einen Riegel vorzuschieben, um ihm zu sagen, dass ich es mir anders überlegt hätte, doch anscheinend hatte ich meinen gesunden Menschenverstand heute irgendwo im Vergnügungspark verloren.

»Bis bald«, sagte Nick und schloss schwungvoll meine Fahrertür. Merkwürdig, wie wichtig solche gewöhnlichen Worte plötzlich werden konnten.

»Du trägst meinen Pulli.«

Ich fühlte mich direkt in meine frühe Teenagerzeit zurückversetzt, als meine große Schwester mich regelmäßig dabei erwischte, wie ich mich an ihrem Kleiderschrank bedient hatte.

Gleiches Verbrechen, anderer Grund, ging mir beim Blick auf den smaragdgrünen Pullover durch den Kopf, den ich eigentlich hatte wechseln wollen, bevor ich sie auf der Station besuchte. Wie zerstreut war ich bloß, dass ich das völlig verschwitzt hatte?

»Tut mir leid. Ich hatte gerade noch ein wichtiges Zoom-Telefonat mit einem Autor, und all meine schicken Sachen sind in der Wäsche«, log ich.

»Oh, ach so«, sagte sie und klang ein wenig enttäuscht. »Ich dachte, du wärst vielleicht mittags irgendwo essen gewesen.«

Wenigstens konnte ich diesmal bei der Wahrheit bleiben. »Nein, war ich nicht«, erwiderte ich und dachte daran, dass Nick gern mit mir essen gegangen wäre.

»Erde an Lexi«, sagte Amelia und holte mich mit einem Fingerschnippen ins Krankenzimmer zurück. »Wo warst du? Sah aus, als wärst du meilenweit weg.«

»Sorry«, sagte ich. »Ich hab an meine Arbeit gedacht.«

Ich bereute meine Worte sofort, denn das Gesicht, das meinem so ähnelte, verriet Besorgnis.

»Findest du nicht, dass du längst wieder in New York sein solltest?«

»Findest du nicht, dass du langsam mal aufhören solltest, mich das zu fragen?«, gab ich zurück.

»Die werden nicht ewig darauf warten, dass du eine Entscheidung triffst«, sagte Amelia, und ihr Einwand war berechtigt. Aber sie wusste nicht, dass mir das auch schon durch den Kopf gegangen war und ich meinen Frieden damit geschlossen hatte.

»Und was ist mit Jeff?«, blieb sie beharrlich beim Thema. »Er ist bestimmt nicht begeistert, dass du immer noch hier bist, um dich um mich zu kümmern – zumal ich das nicht brauche.«

»Ich dachte, du magst Jeff nicht?«, entgegnete ich, wieder ganz in dem lockeren Ton, der zwischen uns Schwestern so natürlich war wie das Atmen.

»Das hab ich nie behauptet.«

»War auch gar nicht nötig.« Ich grinste sie an, berührte dann meine Stirn und deutete anschließend auf Amelia. »Das ist so eine Zwillingsgeschichte.«

»Nein, eine Frage des guten Männergeschmacks«, gab sie zurück, und da kam plötzlich eine der Pflegerinnen herein, um ihre Routinemessungen zu machen.

Ich brauchte die Untersuchungsergebnisse nicht zu erfragen, ich wusste auch so, dass es Amelia zunehmend besser ging. Womöglich war das Ende des Krankenhausaufenthalts tatsächlich in Sicht.

Vielleicht weil Amelia ihn erwähnt hatte oder weil ich den Großteil des Tages mit einem anderen Mann verbracht hatte, dachte ich auf der Heimfahrt zum Cottage mehr an Jeff als sonst. Die nackte, harte Wahrheit war, dass Jeff und ich fröhlich auf zwei unterschiedlichen Gleisen nebeneinander hergefahren waren, die nun langsam in verschiedene Richtungen liefen. Es war nicht das erste Mal, dass aus einer meiner Beziehungen die Luft raus war. Ich schien, obwohl ich Liebesromane lektorierte, keinen Schimmer zu haben, wie ich mein eigenes Liebesglück finden konnte.

Weniger als eine Dreiviertelstunde, nachdem ich im Cottage angekommen war, sollte ich herausfinden, wie sehr das zutraf.

Trotz der späten Stunde kam die Nachricht von meiner Assistentin Kacey in New York nicht völlig unerwartet – doch schon die erste Zeile weckte auf jeden Fall meine Aufmerksamkeit.

Ich habe lange hin und her überlegt, und ich weiß immer noch nicht, wie ich es dir sagen soll …

Sie haben den Job jemand anderem angeboten, war mein erster Gedanke. *Sie werden meine Autoren einer anderen Lektorin geben. Sie streichen eine Stelle, sie entlassen mich*. Meine persönlichen Worst-Case-Szenarien kamen einfach alle nacheinander hoch, und jedes davon hinterließ bei mir ein mulmiges Gefühl. Ich schrieb zurück:

So kannst du doch keine Nachricht beginnen!

Das Geräusch beim Versenden der Textmitteilung klang im leeren Wohnzimmer außergewöhnlich laut.

Okay. Ich muss dir was sagen. Aber du weißt es nicht von mir!

Ist klar, dachte ich und legte gleichzeitig besorgt die Stirn in Falten.

Okay. Was ist los?

Während sie ihre Antwort schrieb, waren Ewigkeiten lang nur die tanzenden Punkte zu sehen, eine ganz eigene Art von Folter. Ich fragte mich schon, wie aktuell mein Lebenslauf war und wem ich ihn zuerst zuschicken sollte, da erschien endlich ihre Nachricht auf meinem Display.

Ich habe dir doch erzählt, dass ich zur Hochzeit meiner Cousine in die Hamptons fahre?

Verwirrt starrte ich auf mein Smartphone. Was hatte das mit den Umstrukturierungen in unserem Team zu tun? Kaceys Frage war eindeutig rhetorischer Natur gewesen, denn schon im nächsten Moment folgte ihre erste Enthüllung.

Ich hatte Sorge, ich würde da niemanden kennen. Aber ich kannte jemanden …

Kacey hörte zu tippen auf, und ich verspürte einen Anflug von Wut. Das war jetzt nicht der Moment für dramatische Kunstpausen.

Wen?,

tippte ich, und noch bevor ich die Frage nach New York schickte, wusste ich bereits die Antwort.

Jeff,

ließ sie die Bombe platzen. Ich lehnte mich auf meinem Stuhl zurück und hielt das Telefon mit beiden Händen wie eine scharfe Handgranate fest, während ich auf die nächsten Zeilen wartete. Doch stattdessen flogen vier Bilder über den Atlantik und landeten auf meinem Handydisplay. Es dauerte eine Ewigkeit, bis sie bei Amelias langsamem Internet endlich heruntergeladen waren.

Die Frau auf jedem der Fotos war mit Jeff so eng auf Tuchfühlung, als wäre sie mit Alleskleber an ihm befestigt. Ich erkannte sie sofort, sie war eine der Assistentinnen in seiner Firma. Ich wusste kaum mehr von ihr als ihren Namen – aber er hatte Tallulah in seinen Erzählungen öfter erwähnt als seine anderen Kolleginnen und Kollegen. Obwohl ich mich zu erinnern versuchte, was er mir über sie erzählt hatte, fiel mir nur ein, dass ihre Familie ziemlich gut betucht war und dass sie in Harvard studiert hatte. Beides hatte Jeff wahrscheinlich beeindruckt.

Ich sprang auf und hätte beinahe mein Handy fallen lassen, als das Gerät plötzlich zu klingeln begann.

»Verdammt!«, sagte Kacey gehetzt. »Ich muss dir das persönlich sagen, auch wenn ich mich furchtbar dabei fühle, wo deine Schwester so krank ist und alles. Aber wenn ich an deiner Stelle wäre … also, dann würde ich schon wollen, dass jemand mir steckt, wenn mein Freund hinter meinem Rücken was laufen hat.«

Ich scrollte noch einmal durch die Bilder, die sie mir geschickt hatte. Sie zeigten die beiden Arm in Arm auf der Tanzfläche, eng aneinandergeschmiegt, die Köpfe auf Schultern gelegt, wo sie nichts zu suchen hatten. Doch das waren kaum belastbare Beweise. Auch wenn es vielleicht ausreichte, um jemandem, der in einer ernsten Beziehung mit einer der beiden Personen steckte, Sorgen zu bereiten.

Wieso war ich also nicht besorgt? Merkte man an solchen Dingen, wenn eine Beziehung wirklich vorbei war? Wenn man mit ansieht, wie etwas kaputtgeht, und man trotzdem weiteratmet und die Augen trocken bleiben?

Und dennoch war mein Stolz angeknackst … zumindest ein wenig. Und deshalb gab ich Kacey die einzige Antwort, die mir einfiel.

»Lieb von dir, dass du dir Sorgen machst. Aber ich wusste, dass Jeff mit Tallulah zu der Hochzeit geht. Er hat mich vorher gefragt, ob es okay ist.«

Dafür, dass ich grundsätzlich ein ehrlicher Mensch war, fand ich es langsam besorgniserregend, wie viele Lügen mir in letzter Zeit über die Lippen kamen.

»Und ist das okay für dich?«, fragte Kacey. Hörte ich da eine Spur von Enttäuschung in ihrer Stimme? Dieses Gespräch würde jedenfalls kein Futter für Bürotratsch liefern.

»Ja, Kacey. Wirklich. Und, was ist so im Büro los?«

Kacey zu sagen, dass es für mich okay war, war zwar nicht gelogen, aber ich muss zugeben, dass ich trotzdem ein wenig verletzt war. Natürlich gab es die Möglichkeit, dass die Fotos einen falschen Anschein erweckten. Hatte ich nicht schließlich einen ganzen Tag damit verbracht, für die Kamera etwas nachzustellen, was zwischen Nick und mir gar nicht existierte? War das nicht dasselbe?

Das ist etwas ganz anderes, widersprach mir mein Verstand, während ich mich abschminkte und ins Bett kroch. Meine Gedanken rasten zu sehr, als dass ich mich in ein Buch hätte vertiefen können, und so griff ich nach meinem Handy und scrollte durch die Bilder aus dem Lassiters. Ich hatte hehre Motive gehabt, aber wirkten die Fotos von Nick, der die Arme um mich schlang, oder von uns beiden, wie wir uns auf der Achterbahn an den Händen hielten, nicht genauso verfänglich wie die von Jeff und Tallulah bei der Hochzeit? Wenn meine Bilder einen vollkommen unschuldigen Hintergrund hatten – und den hatten sie –, dann war es nur vernünftig, anzunehmen, dass es bei ihren genauso der Fall sein konnte.

In dieser Nacht schlief ich nicht gut und träumte wirres Zeug, und ausnahmsweise war ich froh, als das laute Kreischen der Möwen am Strand mich aus meinem unruhigen Schlaf riss.

Kapitel 16

Bücklinge. Es roch definitiv nach Bücklingen. Ich zog mir die Decke vom Gesicht und schnupperte wie ein Kaninchen. Als mein Wecker mich um sieben aus dem Schlaf riss, hatte es in Strömen geregnet, und ein Blick auf den windgepeitschten Strand hatte genügt, um mich davon zu überzeugen, dass ich lieber ausschlafen sollte, statt an einem Samstagmorgen in einem Wolkenbruch joggen zu gehen.

Ohne den Filter der Daunendecke wurde der Geruch nach geräuchertem Fisch noch stärker. Wie war das möglich? Ich griff nach meinem Morgenmantel und schwang die Beine aus dem Bett. Die alten Eichendielen unter meinen bloßen Füßen fühlten sich kalt an, aber ich suchte nicht lange nach den Socken. Am Treppenabsatz, wo der Fischgeruch noch stärker war, blieb ich stehen. Kam er vom Meer?

»Hallo? Ist da jemand?«, rief ich und stieg die quietschenden Stufen hinunter, ohne eine Antwort zu erwarten. Da tauchte eine Gestalt aus den Schatten auf, und ich fuhr zusammen.

»Himmel, Mum, du hast mich total erschreckt! Ich dachte, du wärst ein Einbrecher.«

Während sich meine Augen an den dunklen Flur gewöhnten, bemerkte ich, dass Mum sich eine altmodische Schürze umgebunden hatte. Sie hatte die Ärmel ihres Paisley-Shirts hochgekrempelt und hielt ein Putztuch in der Hand.

»Was machst du hier?«, fragte ich. In dem Augenblick ertönte der Rauchalarm in der Küche. Sie eilte zu dem zurück, was auch immer da auf dem Bratrost vor sich hin brutzelte.

Während sie sich um den Küchenunfall kümmerte, stellte ich den Alarm aus, dann riss ich die Fenster auf, um den Gestank abziehen zu lassen. Leider war Fischgeruch nicht so leicht loszuwerden.

Ich zog den Morgenmantel enger um mich und sah zu, wie Mum zwei große Heringsfilets auf zwei bereitstehende Teller legte. Ich fragte mich, ob dies der richtige Moment war, um sie höflich daran zu erinnern, dass ich keine Bücklinge mochte, doch da griff sie schon nach einer Rolle Frischhaltefolie, deckte einen Teller damit ab und ging zur Hintertür.

Schlief ich womöglich noch? Die Situation kam mir immer mehr wie ein völlig surrealer Traum vor.

»Wo willst du hin?«

Mum blieb in der offenen Tür stehen, und eine leichte Röte überzog ihre Wangen. »Ich bringe ihn bloß Tom rüber«, erwiderte sie und verschwand, bevor ich ihr weitere Fragen stellen konnte.

In ihrer Abwesenheit machte ich uns beiden Tee, dann, nachdem zehn Minuten vergangen waren und sie immer noch nicht wieder aufgetaucht war, stellte ich ihren Teller in den Ofen. Als ich mein Müsli halb aufgegessen hatte, kam sie mit einem Schwall kalter Märzluft zurück in die Küche.

»Ist das so was wie Essen auf Rädern für ältere Menschen?«, fragte ich und deutete mit dem Kopf in Richtung von Toms Cottage.

Wieder wurde Mum rot, sodass bei mir sämtliche Alarmglocken hätten losschrillen müssen. Zu meiner Verteidigung: Ich bin ein Morgenmuffel.

»Genau genommen tue ich nur einem Freund einen Gefallen«, erwiderte Mum in einem Ton, den ich seit vielen Jahren nicht mehr bei ihr gehört hatte. »Tom hat die Bücklinge als Geschenk vorbeigebracht, und ich habe ihm angeboten, sie zu braten. Und zu deiner Information, er ist nur zwei Jahre älter als ich.«

Diese Antwort beinhaltete so einiges, was ich erst mal verdauen musste, und zum ersten Mal war ich froh, dass man Müsli länger kauen musste als andere Zerealien.

»Also bist du jetzt mit Tom befreundet?«, fragte ich schließlich, bemüht, nicht zu ungläubig zu klingen.

»Vielleicht«, erwiderte Mum rätselhaft. »Aber wäre das wirklich so merkwürdig? Immerhin warst du diejenige, die uns einander vorgestellt hat.« Das klang, als hätte ich sie verkuppelt, und nichts hätte weiter von der Wahrheit entfernt sein können.

»Und es ist sehr beruhigend zu wissen, dass jemand in der Nähe sein und Amelia im Auge behalten wird, wenn du nach New York zurückkehrst«, fuhr sie fort.

Es versetzte mir jetzt jedes Mal einen Stich, wenn ich daran dachte, nach Hause zu fliegen. Ich nahm zunächst an, das unangenehme Gefühl bedeutete, dass ich Heimweh nach Manhattan hatte, aber inzwischen fragte ich mich, ob ich nicht eher Somerset vermisste, noch ehe ich es verlassen hatte.

»Das erklärt immer noch nicht, was du an einem Samstag in aller Herrgottsfrühe hier machst.«

»Na ja, da wir wissen, dass Amelia in ungefähr einer Woche aus dem Krankenhaus entlassen wird, wollte ich schon mal anfangen, das Cottage auf Vordermann zu bringen. Und von Herrgottsfrühe kann keine Rede sein«, fügte sie hinzu und schaute auf die Uhr. »Es ist schon nach elf.«

Das überraschte mich fast ebenso sehr wie die Tatsache, dass Tom und sie plötzlich ganz dicke waren. Ich griff nach meinem Handy, um ebenfalls auf die Uhr zu schauen, wurde jedoch von einer Nachricht abgelenkt. *Ein verpasster Anruf. Nick.*

Wenn ich Amelia im Krankenhaus besuchte, schaltete ich das Handy immer auf stumm, und gestern Abend musste ich vergessen haben, es wieder laut zu stellen. Unser Ausflug in den Vergnügungspark war jetzt drei Tage her. Drei Tage, in denen ich Zeit hatte, Nicks Schweigen als Sinneswandel zu interpretieren. Ich hätte ihn mindestens ein halbes Dutzend Mal fast angerufen, aber bis jetzt hatte mein gesunder Menschenverstand immer eingesetzt, bevor ich seine Nummer wählte. Und dann war mein Telefon ausgerechnet an dem Abend stumm geschaltet, an dem er anrief! War das nur Pech, oder versuchte das Universum, mir etwas mitzuteilen?

Es juckte mich in den Fingern, ihn sofort zurückzurufen, aber Mum war weniger als einen Meter von mir entfernt, das würde also noch warten müssen. Ich hatte ihr immer noch nicht von meinem Plan erzählt und war mir nicht sicher, ob ich ihren enttäuschten Blick ertragen würde, wenn sie davon erfuhr.

Mum widmete sich dem Bückling auf ihrem Teller mit mehr Konzentration, als er verdiente, und ich fragte mich, ob ich irgendwie ihre Gefühle verletzt hatte, als wir über ihre neue Freundschaft sprachen. Denn trotz seiner rauen Schale mochte ich Tom sehr. Vor ein paar Jahren hatten Amelia und ich Mum gefragt, ob sie je daran gedacht habe, noch einmal zu heiraten, um ihr zu verstehen zu geben, dass wir kein Problem damit hätten. Ich erinnere mich noch daran, wie traurig sie klang, als sie erwiderte: »Nicht jeder hat das Glück, im Leben seinem Seelenverwandten zu begegnen. Aber wenn es geschieht, weiß man, dass man eine Hälfte eines Wunders ist. Und Wunder passieren selten häufiger als einmal im Leben.«

»Ich bin froh, dass du dich mit Tom so gut verstehst«, sagte ich jetzt, als sie aufstand, um unser schmutziges Geschirr abzuräumen. »Und Amelia sieht das bestimmt ähnlich – solange du nicht am Ende drei Häuser weiter einziehst.« Ich ging zur

Spüle, um sie zu umarmen, damit sie wusste, dass ich sie nur aufzog. »Im Ernst, Mum, Mimi und ich wollen nur, dass du glücklich bist. Sie wird sich ebenso darüber freuen wie ich, dass du einen neuen Freund gefunden hast.«

»Wo wir schon von neuen Freunden sprechen«, wechselte Mum geschickt das Thema, »heute Morgen habe ich einen von deinen getroffen.«

Sie warf mir ein kariertes Geschirrtuch zu, bevor sie die Hände ins schaumige Wasser steckte, die Aufmerksamkeit scheinbar ganz auf das schmutzige Geschirr gerichtet. Aber damit täuschte sie mich keine Sekunde.

»Welchen Freund denn?«

Sie machte genau das gleiche Gesicht wie damals, als ich eine Blumenvase, ein Erbstück von meiner Großmutter, zerbrochen und die Scherben ganz unten im Mülleimer versteckt hatte. Selbst zwei Jahrzehnte später hatte Mum es immer noch drauf.

»Ich glaube, du kannst dir denken, von wem ich spreche.«

Ich schluckte geräuschvoll.

»Ich muss schon sagen, Amelias Zeichnungen sehen ihm unglaublich ähnlich.«

»Nick? Nick war hier?«

Mum nahm die Hände aus dem Spülwasser und verschränkte die Arme vor der Brust. Selten ein gutes Zeichen.

»Es wäre nett gewesen, wenn *du* mir erklärt hättest, was du vorhast, Lexi, damit ich es nicht von einem Wildfremden erfahren muss – auch wenn er unglaublich charmant ist«, fügte sie hinzu, mit gerade genug Missbilligung in der Stimme, um mir deutlich zu machen, dass ich trotzdem im Unrecht war.

»Er hat dir alles erzählt?«

»Ich habe es mir zusammengereimt. Ich glaube nicht, dass er wusste, dass du mir nichts gesagt hast.«

»Wieso hast du mich nicht geweckt?«

»Wollte ich ja. Aber er hat darauf bestanden, dass ich dich ausschlafen lasse.« Sie sah mich eindringlich an. »Er scheint ein äußerst netter junger Mann zu sein. Mit einem sehr freundlichen Hund.«

Ich hatte geistesabwesend mit dem Geschirrtuch in meinen Händen gespielt.

»Bist du sauer auf mich, Mum? Hältst du den Plan für verrückt?«

Mum nahm mir das malträtierte Geschirrtuch weg und umfasste meine Hände mit ihren nassen, warmen Fingern. »Ja zu Ersterem, nein zu Letzterem.«

Als sie mich ansah, hatte sie ebenso feuchte Augen wie ich. »Du bist eine geborene Problemlöserin, Lexi; wenn du ein Problem siehst, kannst du nicht anders, als es anzugehen. Und du liebst deine Schwester. Es gibt eine starke Verbindung zwischen euch beiden, die dein Dad und ich nie ganz begriffen haben. Sie würde für dich durchs Feuer gehen, und du für sie.«

Plötzlich liefen mir Tränen über die Wangen, doch ich machte mir nicht die Mühe, sie wegzuwischen.

»Wenn du wirklich glaubst, diese alberne Geschichte, die du mit diesem Mann machst, ist das Richtige, um Amelia zu helfen, dann vertraue ich deinem Urteil. Du kennst ihr Herz besser als ich.«

Mum lächelte sanft; ihr Blick war voller Vertrauen und Liebe. »Achte nur darauf, dass du das, was du mit deinem Freund Nick machst, aus den richtigen Gründen tust.«

Mein Freund Nick. Die Worte meiner Mutter hallten in meinem Kopf nach, als ich nach oben ging, um zu duschen. Ich stellte das Wasser so heiß wie möglich – ich hatte endlich herausgefunden, wie der Boiler funktionierte – und blieb unter dem Wasserstrahl stehen, bis meine Haut sich hummerrot färbte.

Nick war ja nicht wirklich mein Freund. Ich wusste kaum etwas über ihn. *Aber ist das bei neuen Freunden nicht immer so?*, überlegte ich. *Du lernst sie kennen. Du spürst, dass es eine wie auch immer geartete Verbindung gibt, und erst dann lernst du sie besser kennen. Stück für Stück. Denn könntest du wirklich nur deshalb mit jemandem befreundet sein, weil er wie jemand anderes aussieht?*

Mum hatte meinem Vorhaben gewissermaßen ihren Segen gegeben.

Und mein Handy lag auf meinem Bett und wartete darauf, dass ich Nick zurückrief. Doch ich zögerte.

Am Ende war es die Tatsache, dass Mum lautstark staubsaugte, die mich dazu brachte, Nicks Nummer zu wählen. Nachdem Amelias Herzmedikament noch einmal gewechselt worden war, waren die Ärzte zuversichtlich, dass sie unter sorgfältiger Beobachtung schon Anfang der nächsten Woche aus dem Krankenhaus entlassen werden konnte. Die Neuigkeit hatte uns offenbar in den Panikmodus versetzt: Bei Mum war der Hausputz die Folge, während ich versuchte, die Schachtel mit den Erinnerungsfotos in wenig mehr als einer Woche zu vervollständigen.

Ich fasste mir also ein Herz und rief ihn an.

»Ah, guten Morgen. Auch schon wach?« Diese Frage hörte ich heute schon zum zweiten Mal, aber von Nick war sie mir unangenehm.

»Ja. Tut mir wirklich leid, dass ich deinen Anruf verpasst und noch geschlafen habe, als du vorbeigekommen bist. Ich wünschte, du hättest meiner Mutter erlaubt, mich zu wecken. Ich habe ein schlechtes Gewissen, dass du ganz umsonst gekommen bist.«

Ich hörte ihm an, dass er lächelte. »Keine Sorge. Mabel hat den extralangen Spaziergang genossen, und es war nett, deine

Mutter kennenzulernen. Obwohl ich das Kennenlernen der Eltern beim Daten normalerweise nicht so früh in Angriff nehme.«

Er zog mich nur auf, das wusste ich, aber es war unmöglich, nicht ebenso scherzhaft darauf einzugehen.

»Es geht nur um *Fake*-Dating, Clark, schon vergessen?«, entgegnete ich.

Sein Lachen war tief und herzlich; unser kleiner Insiderwitz zeigte noch keine Abnutzungserscheinungen.

»Warum ich dich sprechen wollte: Ich habe es geschafft, zwei Pferde für unser nächstes Date aufzutreiben«, sagte er. Ich schluckte so laut, dass es vermutlich auch am anderen Ende der Leitung zu hören war. »Das war doch der Plan, oder nicht?«, fragte er verunsichert. »Du wolltest doch Amelias und Sams Sonnenuntergangsritt nachstellen?«

»Ja. Wollte ich. Will ich. Großartig«, sagte ich, in der Hoffnung, er würde nicht mitbekommen, dass meine Begeisterung ungefähr so echt war wie unsere Beziehung.

»Die Pferde gehören einem befreundeten Farmer. Dein Reittier ist das seiner dreizehnjährigen Tochter und lammfromm.«

»Lammfromm klingt gut.«

»Du kommst bestimmt super klar«, versicherte Nick, der mir meine Nervosität wohl angemerkt hatte. »Ich passe schon auf, dass dir nichts Schlimmes zustößt.«

»Ich werde dich daran erinnern«, sagte ich und griff nach einem Notizblock, um mir die Adresse des Farmers zu notieren.

Wir wollten uns an jenem Abend gegen halb sieben treffen, eine Stunde vor Sonnenuntergang. Ich verbrachte fast die gesamte Fahrt damit, mich zu fragen, wie oft ich in der Stunde vom Pferd fallen würde. Reiten war nicht mein Ding, war es nie gewesen. Amelia war die typische pferdeverrückte Teenagerin gewesen, während ich eher von Büchern und Boygroups besessen war. Am meisten verband mich mit Pferden damals meine Vorliebe für die romantischen Erzählungen von Jilly Cooper.

Nun, da Mum wusste, was ich vorhatte, war es leichter, unsere Besuchszeiten im Krankenhaus zu tauschen. Ich hatte sogar die Hoffnung, dass ich, falls wir unseren Reitausflug früh beendeten und meine Knochen noch heil sein würden, noch Zeit hatte, den Rest des Abends bei Amelia zu verbringen.

Mein Herz schlug schneller, als ich den Wegweiser zu der Farm entdeckte.

Zumindest war ich passend angezogen, trug meine älteste, bequemste Jeans und ein dickes kariertes Flanellhemd, das ich ganz hinten in Amelias Schrank gefunden hatte. Sie hatte zwar nicht ausdrücklich erwähnt, was sie an dem Tag getragen hatte, an dem Sam und sie reiten gegangen waren, aber ich vermutete, jemand, dessen Spotify-Liste fast ausschließlich aus Countrymusik bestand, würde wohl auf den Cowboylook setzen.

Erst als ich auf den Hof fuhr, kamen mir Zweifel an meinem Outfit. Denn es war keine Urlauber-Ranch wie die, von denen meine amerikanischen Freunde immer schwärmten, sondern eine echte Farm. Wahrscheinlich sah ich in dieser Umgebung ziemlich albern aus. Schnell löste ich das Tuch, das ich mir um den Hals gebunden hatte, aber am Hemd und an den Cowboystiefeln ließ sich nichts mehr ändern.

Nick plauderte mit einem Mann, der ein paar Jährchen älter aussah als er. Er stützte sich lässig auf die Motorhaube seines Wagens, einen Fuß auf die Stoßstange gestellt. Mein Herz klopfte erneut schneller, aber das lag wahrscheinlich daran, dass ich gerade zwei ziemlich große Pferde hinter den Männern erspäht hatte. Die Tiere waren beide gesattelt, und so, wie sie mit den Hufen scharrten, warteten sie wohl ungeduldig darauf, dass es losging. Beide Pferde wurden von einem jungen

Mädchen gehalten. Sie beugte sich zu dem etwas kleineren, gefleckten vor und flüsterte ihm etwas ins Ohr. Mir kam der schreckliche Verdacht, dass es eine Entschuldigung war.

Nick richtete sich sofort auf, als ich aus dem Wagen stieg. Kann sein, dass seine Lippen leicht zuckten, während er auf mich zukam. Sein Freund war weniger zurückhaltend.

»Howdy, Ma'am«, sagte er und hob einen imaginären Stetson zur Begrüßung.

Ich lächelte betreten. Das hatte ich mir selbst zuzuschreiben. Ich sah zu Nick auf, wartete auf eine Stichelei, aber er hielt nur ergeben die Hände hoch.

»Ich komme in Frieden«, sagte er.

Ich grinste und wandte mich wieder seinem Freund zu, der mir auf Anhieb sympathisch war.

»Hallo, ich bin Lexi«, sagte ich und hielt ihm die Hand hin. »Vielen Dank, dass wir uns Ihre Pferde ausborgen dürfen.«

»Doug, und sag ruhig Du zu mir«, stellte er sich vor, und seine schwielige Hand umschloss meine. »Und: Das ist das Mindeste, wenn man bedenkt, wie oft ich Nick schon mitten in der Nacht aus dem Bett holen musste.« Er schwieg kurz, was mir Zeit gab, meinen unangemessenen Gedanken an Nick im Bett nachzuhängen, wodurch ich seine nächste Bemerkung halb verpasste.

»… und Nick hat gesagt, dass du das noch nicht oft gemacht hast.«

Vermutlich sprach er vom Reiten und nicht davon, dass ich so tat, als wäre ich meine eigene Schwester.

»Noch nie, um genau zu sein«, sagte ich. Den Anflug von Besorgnis, der über das Gesicht seiner Tochter huschte, bildete ich mir definitiv *nicht* ein.

»Die Jacke solltest du besser anbehalten«, riet mir Nick mit Blick auf die karierte Steppjacke, die ich noch in der Hand hatte. »Es wird kühl, wenn die Sonne untergeht.« Er selbst trug einen dunklen Pullover mit Zopfmuster, der seine ohnehin schon muskulösen Schultern noch breiter wirken ließ. »Und du musst das hier aufsetzen«, sagte er und gab mir einen Reiterhelm. Er bemerkte mein Zögern und verwechselte es wohl mit Eitelkeit.

»Der Helm ist Pflicht, Lexi«, sagte Nick bestimmt. »Ohne Helm steigst du nicht aufs Pferd.«

»Und wo ist deiner?«, fragte ich, da ich nirgends einen zweiten entdeckte.

Nick grinste verschmitzt. »Ich brauch keinen. Ich falle nicht vom Pferd.«

»Du hast doch gesagt, ich würde auch nicht runterfallen«, gab ich zurück, griff nach dem Helm und setzte ihn auf.

»Seid ihr sicher, dass ihr nur so tut, als wärt ihr zusammen?«, fragte Doug, dessen Blick zwischen mir und seinem Kumpel hin und her wanderte. »Ihr kabbelt euch jedenfalls wie ein echtes Paar.«

Ich konnte es Nick kaum übel nehmen, dass er seinem Freund die Wahrheit über unser Vorhaben erzählt hatte, aber er erwischte mich auf dem falschen Fuß. Ein Themenwechsel war dringend geboten, und so wandte ich mich dem jungen Mädchen zu, das geduldig bei den Pferden stand.

»Hallo, ich bin Lexi. Vielen Dank, dass du mir dein Pferd zur Verfügung stellst. Ich werde mich gut um ihn kümmern.«

»Sie«, korrigierte mich das Mädchen mit einem sehr teenagerhaften Augenverdrehen.

Aufs Pferd zu steigen, erwies sich dank des Aufsitzblocks, den man mir netterweise hinstellte, als viel leichter als gedacht. Nick hatte derlei Hilfsmittel natürlich nicht nötig und schwang sich geschmeidig auf den Rücken des Rappen.

»Könntest du mit Lexis Handy ein Foto von uns machen, Pippa?«, fragte Nick das junge Mädchen, als wir bereit zum Aufbruch waren.

Ich nahm das Handy aus der Jacke und reichte es ihr. Sie machte ganz professionell eine Reihe von Schnappschüssen aus verschiedenen Blickwinkeln. Nachdem sie mir das Handy zurückgegeben hatte, ging sie in Richtung des Farmhauses davon, was mich überraschte.

»Ach, ich dachte, du würdest uns begleiten!«, rief ich ihr hinterher und verspürte einen Anflug von Panik. So hoch oben fiel es mir schwer zu entscheiden, ob mir das Reiten mehr Sorgen machte als die Tatsache, dass ich wieder mit Nick allein sein würde.

»Pippa muss noch Hausaufgaben machen«, antwortete Doug für seine Tochter.

»Wir kommen sicher hervorragend allein klar«, sagte Nick zu mir. Wir ritten in langsamem Schritt vom Hof. Schwer zu sagen, ob seine Worte mir ein Gefühl von Sicherheit gaben oder mich noch nervöser machten.

Wir nahmen einen Reiterpfad, der aufs offene Gelände führte, und zum Glück schien der Weg den Pferden vertraut zu sein. Also konzentrierte ich mich darauf, im Sattel zu bleiben.

»Alles okay? Du machst dich echt gut«, bemerkte Nick ein paar Minuten später, als die Farm schon ein gutes Stück hinter uns lag.

»Erzähl das mal meinem Hintern«, erwiderte ich gedankenlos, nur um sofort zu bereuen, seine Aufmerksamkeit auf diesen Teil meines Körpers gelenkt zu haben.

»Könnte sein, dass du morgen etwas Probleme beim Sitzen hast«, sagte er. »Und du kriegst an den Innenseiten der Schenkel garantiert Muskelkater.«

Dass er über die Innenseiten meiner Schenkel nachdachte, wollte ich erst recht nicht.

»Warst du heute schon in der Praxis?«, fragte ich in dem Versuch, ihn in eine höfliche Konversation zu verwickeln.

»Nein. Ich habe dieses Wochenende keinen Dienst. Eigentlich sollte Holly zu mir kommen, aber sie ist heute Abend bei einer Übernachtungsparty mit zehn ihrer Klassenkameradinnen.«

Ich grinste. »Das wird lustig, wenn du sie auch mal alle zu dir einladen musst.«

Ein schwer zu deutender Ausdruck huschte über sein Gesicht. »Ich glaube, das fällt eher ins Ressort ihrer Mutter.«

Ich überlegte, darüber hinwegzugehen, war aber zu neugierig. »Verstehst du dich nicht gut mit deiner Ex? Wenn die Frage nicht zu persönlich ist …«

Wen wollte ich damit hinters Licht führen? Sie war *viel* zu persönlich. Ich bewegte mich weit außerhalb der akzeptierten Höflichkeitsgrenzen, aber zum Glück schien Nick es mir nicht übel zu nehmen.

»Tja, wir verstehen uns definitiv nicht mehr so gut wie früher«, erwiderte er mit einem betrübten Lächeln.

»Immerhin kannst du darüber scherzen.«

»Mittlerweile schon. Aber damals war es nicht so lustig.«

»Was ist passiert?«, fragte ich, erschrocken über meine Neugier. Es war, als hätte ich vergessen, meine Gedanken erst zu filtern, bevor ich sie aussprach. »Du brauchst das nicht zu beantworten«, fügte ich hastig hinzu.

Nick zuckte mit den Schultern, und ich betrachtete sein Gesicht, sah darin alte, schmerzliche Erinnerungen. »Es ist keine besonders originelle Geschichte. Junge trifft Mädchen an der Uni. Sie heiraten zu jung, zu schnell und bekommen zu bald ein Kind. Dann, sechs Jahre später, ruft sie den Namen eines anderen Mannes, in einem Moment, in dem sie hätte wissen sollen, mit wem sie zusammen ist.«

Die Bitterkeit über den Verrat war ihm noch deutlich anzuhören.

»O Gott, Nick. Das tut mir leid. Es muss schrecklich gewesen sein.«

»Umso mehr, weil es der Name meines besten Freundes war«, sagte er und presste die Lippen zusammen.

»Doch wohl nicht Doug?«, fragte ich entsetzt.

Das schien Nick glücklicherweise zu amüsieren.

»Ich bin ein ziemlich ausgeglichener Mensch, aber das ginge dann doch wohl etwas zu weit. Nein, es war ein anderer Freund. Kurze Zeit später ist der Kontakt abgebrochen.«

»Sind sie noch zusammen?« Mein Mundwerk schien heute fest entschlossen, mich auf Teufel komm raus in Verlegenheit zu bringen.

Nick schüttelte den Kopf. »Sie hat mir hinterher erzählt, sie hätte die Affäre nur angefangen, um von mir mehr Aufmerksamkeit zu bekommen.« Er trieb sein Pferd an, sodass ich sein Gesicht nicht mehr sehen konnte, als er fortfuhr: »Ich schätze, es hat funktioniert, wenn auch nicht so, wie sie erwartet hatte.«

Plötzlich wünschte ich mir, ihn besser zu kennen, damit ich nach seinem offenen, ehrlichen Geständnis die richtigen Worte gefunden hätte. Doch so musste ich schweigen. Ich überlegte verzweifelt, womit ich die Stimmung auflockern oder ihn ablenken konnte, und zum Glück verschwand die Sonne gerade langsam hinter dem Horizont und tauchte den Himmel in eine Palette von Malvenfarben und Rottönen.

Nick hob den Blick. »Fototermin?«, sagte er und brachte sein Pferd zum Stehen.

Ich nickte. Er beugte sich vor und zog sanft an Dottys Zügeln, damit sie ebenfalls stehen blieb.

»Sollen wir hier ein Selfie machen?«, schlug er vor und positionierte die Pferde so, dass wir vom Licht der untergehenden Sonne eingerahmt wurden.

»Kannst du noch etwas näher kommen?«, fragte er.

Ich tat es, sodass wir Schulter an Schulter auf dem Display zu sehen waren. Eine erfahrenere Reiterin hätte vielleicht gemerkt, dass ihr rechter Fuß aus dem Steigbügel glitt. Aber ich war zu abgelenkt davon, dass Nick mir den Arm um die Schultern legte und mich näher an sich zog.

Als ich mir die Fotos später ansah, stellten sie den Ablauf der Ereignisse dar. Auf den ersten drei lächelten wir noch glücklich und ahnungslos, doch auf Foto Nummer vier hatte sich unser Gesichtsausdruck komplett verändert. Keiner von uns hatte das Eichhörnchen gesehen, das von einem Baum herunter und direkt auf uns zuflitzte. Dotty dagegen schon. Ich hatte noch nie auf einem scheuenden Pferd gesessen, und falls es einen Trick gibt, um nicht abgeworfen zu werden, kenne ich ihn nicht. Ich war so sehr damit beschäftigt, das perfekte Foto von Amelia und Sam zu machen, dass ich die Zügel nur noch locker in den Händen hielt. Dann passierte das Unvermeidliche. Gerade saß ich noch im Sattel, und im nächsten Moment wurde ich durch die Luft katapultiert, während Dotty mit Hochgeschwindigkeit davongaloppierte. Alles lief wie in Zeitlupe ab, und es schien eine Ewigkeit zu dauern, bis mein Hinterteil schwer und mit einem peinlichen Schmatzen im Matsch landete.

Nick sprang vom Pferd und hockte in null Komma nichts neben mir. »Nicht bewegen«, befahl er und strich auf eine Art über meine Beine, die ich unter anderen Umständen vielleicht genossen hätte. »Tut dir was weh?«, fragte er und sah mir dann ins Gesicht. »Bist du mit dem Kopf aufgeschlagen?«

»Nein, alles okay«, erwiderte ich, während er meine Wirbelsäule abtastete. *Er ist Arzt … oder zumindest so was in der Art*, sagte ich zu mir. *Seine Berührungen sind kein bisschen unangemessen.*

Zum Glück war die Untersuchung bald vorbei, und Nick richtete sich auf. »Die gute Nachricht ist: Anscheinend hast du dir nichts gebrochen oder verstaucht«, verkündete er mit einem zufriedenen Nicken. Alles sehr professionell und geschäftsmäßig, bis er hinzufügte: »Und wie geht's deinem Hintern?«

»Der ist etwas lädiert und steckt momentan in kaltem Matsch«, gab ich zurück.

Falls er angeboten hätte, ihn auch zu untersuchen, wäre bei mir eine Grenze erreicht gewesen, doch er tat es nicht. Stattdessen stand er auf und half mir hoch.

»Denkst du, du kannst laufen?«, fragte er.

»Klar«, sagte ich und ging ein paar Schritte, die Bambi wie einen professionellen Eisläufer wirken ließen.

»Vielleicht stützt du dich besser eine Zeit lang auf mich«, sagte er und bot mir seinen Arm.

Ich nahm dankbar an, und erst jetzt, als ich mich auf der Lichtung umsah, bemerkte ich, dass wir ein Pferd zu wenig hatten.

»Wo ist Dotty?«, rief ich und drehte mich einmal im Kreis, als hätte ich die grau gesprenkelte Stute womöglich nur übersehen.

»Auf halbem Weg nach Hause, würde ich vermuten«, sagte Nick. Er wirkte unbesorgt, aber ich geriet in Panik.

»Und was, wenn nicht? Was, wenn sie weggelaufen ist? O Gott, ich hatte Pippa versprochen, auf sie aufzupassen, und jetzt das! Ich bin eine grottenschlechte Reiterin.« Ich wandte mich Nick zu, der sich alle Mühe gab, nicht zu lachen. »Ich hab dir ja *gesagt*, dass ich runterfallen würde.«

»Hast du«, antwortete er ernst und nahm sein Handy aus der Tasche. Ich sah wie gebannt zu, als er eilig eine Textnachricht verfasste. Die Antwort kam fast sofort.

»Doug hält nach ihr Ausschau. Er sagt, du sollst dir keine Sorgen machen. Dotty kennt den Heimweg.«

Ich ging jetzt wieder normal, obwohl sich mein Hinterteil merkwürdig taub anfühlte.

Nicks Pferd knabberte während des ganzen Dramas genüsslich am Gras. Erst nachdem Nick die Zügel nahm und das Tier zu mir führte, begriff ich, was er vorhatte.

»Vergiss es«, sagte ich kopfschüttelnd, als er die Hände verschränkte, um mir hinaufzuhelfen. »Ich bin für heute fertig mit Reiten.«

»Ich sitze doch direkt hinter dir im Sattel«, sagte Nick. »Du wärst völlig sicher.«

»Hör auf, das ständig zu sagen«, erklärte ich ihm. »Ich glaube dir nicht mehr. Deine Superkräfte sind ungefähr so zuverlässig wie meine Jockey-Talente.«

Kurz herrschte Stille, dann lachten wir plötzlich beide. Lachten, bis uns die Tränen kamen und uns die Rippen wehtaten. Und dann passierte etwas. Ich weiß nicht, wie es begann oder wer zuerst aufhörte zu lachen, doch plötzlich trafen sich unsere Blicke, und wir verstummten. Eine Stille, zerbrechlich wie gesponnenes Glas, entstand, und wir waren wohl beide zu geschockt, um sie zu zerstören.

Wer weiß, wie lange wir dort im Zwielicht gestanden und uns angesehen hätten, wenn Nicks Pferd den Moment nicht mit einem ungeduldigen Wiehern zerstört hätte. Das Gefühl – was auch immer es gewesen war – zerstreute sich im Zwielicht.

»Machen wir uns mal auf den Rückweg«, sagte Nick, und etwas an seiner Stimme verriet mir, dass auch er noch unter dem Bann dessen stand, was wir gerade erlebt hatten.

Kapitel 17

Doug wartete im Hof auf uns. Pippa stand drüben bei den Ställen, Nasenrücken an Nasenrücken mit ihrer geliebten Dotty, die tatsächlich wohlbehalten zur Farm zurückgefunden hatte. Als Nick den Rappen zu Doug führte, wechselten die beiden Männer ein paar Worte. Doug winkte mir vergnügt zu und ging in Richtung der Ställe davon.

Ich winkte zurück und drehte mich zu meinem Wagen um.

»Also, das hat … Spaß gemacht«, sagte ich und guckte betont fröhlich, damit Nick nicht dachte, ich würde ihm die Schuld daran geben, wie unser Fake-Date geendet hatte.

Beim Aufschließen der Fahrertür hielt ich inne, da mein Blick auf die cremefarbenen Polster fiel. Ich sah an mir hinunter zu meinen verdreckten Jeans, die mir wie eine zweite Haut an den Beinen klebten. Selbst der untere Teil meiner Jacke war voller Schlamm.

»Meinst du, Doug hat vielleicht ein altes Handtuch, das ich mir zum Draufsetzen ausborgen kann?«, fragte ich Nick.

»Wahrscheinlich schon«, antwortete er. »Aber ich hab eine bessere Idee. Ich wohne nur zehn Minuten von hier entfernt. Wenn du möchtest, kannst du dich bei mir zu Hause sauber machen, und danach setze ich dich wieder hier bei deinem Wagen ab.«

Obwohl das ein vernünftiger Vorschlag war, zögerte ich. »Aber dann mache ich ja *dein* Auto schmutzig.«

»Lexi, ich bin Tierarzt auf dem Land. Glaub mir, mein Wagen hat schon viel Schlimmeres gesehen als so ein bisschen Matsch.«

Inzwischen war es dunkel geworden, und die Außenbeleuchtung auf dem Hof schaltete sich genau im richtigen Moment ein, sodass Nick sehen konnte, wie ich in meinen feuchten Klamotten zitterte. Der Gedanke, sie loswerden zu können, gab für mich den Ausschlag. Deshalb sagte ich Ja. Es hatte überhaupt nichts damit zu tun, dass ich weiter mit Nick zusammen sein wollte.

»Na gut, solange ich deine Pläne für den Abend nicht durcheinanderbringe, gern, danke für dein Angebot«, sagte ich und ging mit ihm zu seinem Range Rover.

Sein Wagen war wirklich nicht so sauber wie der von Amelia, trotzdem hatte ich ein schlechtes Gewissen, ihn schmutzig zu machen, und so zog ich die Jacke aus und rollte sie auf links zusammen.

Danach bibberte ich gleich noch mehr, denn während der letzten Stunde war es deutlich kälter geworden.

Bevor ich etwas einwenden konnte, reichte Nick mir seinen dicken Strickpullover. »Hier.«

»Ach, nein, das passt schon. Das ist echt nicht …«, begann ich, aber er hatte mir den Pulli bereits in die Hand gedrückt, und er fühlte sich verflixt warm an.

»Lexi, bitte zieh ihn einfach über«, sagte er und fischte die Autoschlüssel aus seiner Jeanstasche. Unter dem Pullover trug Nick ein grau meliertes T-Shirt, das von unzähligen Waschgängen schon hauchdünn war. Es lag eng an, und seine Rücken- und Schultermuskulatur zeichnete sich so deutlich ab, als hätte er nichts an.

Es war mir selbst unangenehm, wie ungeniert ich ihn anstarrte, und der einfachste Weg, dem ein Ende zu setzen, war, mir den dicken Pullover über den Kopf zu ziehen. Die Erleichterung war allerdings nur von kurzer Dauer, denn jetzt, wo ich in dem geborgten Kleidungsstück steckte, war Nicks Geruch plötzlich überall. Es war ungeheuer verlockend, sich vorzustellen, in seinen Armen zu liegen – ein Pfad, den meine Gedanken definitiv nicht hätten einschlagen sollen.

»Ist dir warm genug?«, fragte Nick, während wir den holprigen Weg Richtung Straße entlangfuhren, und drehte die Heizung voll auf, woraufhin sich im Auto langsam der Geruch von warmem, trocknendem Matsch ausbreitete.

»Das ist wie ein vollkommen missglückter Tag im Spa«, bemerkte ich und freute mich, dass er darüber schmunzelte.

»Du bist echt lustig«, sagte er, den Blick weiter auf die Straße gerichtet. »Ist schon lange her, dass mich jemand so zum Lachen gebracht hat.«

Ich beschloss, das als Kompliment zu nehmen.

»Ich trete noch die ganze Woche hier auf«, witzelte ich wie eine Stand-up-Comedienne, doch es erinnerte mich nur daran, dass die Zeit hier in Somerset bei meiner Familie und mit Nick bald vorbei sein würde.

Überraschenderweise dachte er offenbar in den gleichen Bahnen. »Uns bleibt nicht mehr lange, stimmt's?«

So eine große Frage, und es gab nur eine Antwort darauf. Ich flüchtete ins Oberflächliche. »Nein. Nicht viel. Die Ärzte sind zuversichtlich, dass Amelia nächste Woche nach Hause kann.«

Er nickte nachdenklich und schwieg eine Weile, vermutlich, weil er sich auf die gewundene Landstraße konzentrierte. Dann räusperte er sich zwei Mal, bevor er schließlich sagte: »Ich muss ein kleines Geständnis ablegen.«

Ich sah ihn von der Seite her an. »Das klingt ja spannend. Was hast du angestellt? Die gefleckte Stute bestochen, damit sie durchgeht und du mich zu dir locken kannst?« Es hatte ein

Scherz sein sollen, daher war ich völlig verblüfft, als über sein Gesicht plötzlich eine Spur von Schuldbewusstsein huschte.

»Nicht ganz«, antwortete er, bog in eine Einfahrt und hielt vor einem Haus, das einsam in der freien Landschaft stand. Nirgendwo brannte Licht, und Nachbarhäuser waren weit und breit nicht zu sehen.

Ich hatte genug True-Crime-Formate geschaut, um zu wissen, dass ich ab dem Moment hätte nervös werden sollen. Doch *nichts* an diesem Mann machte mir Angst, was an sich wiederum leicht besorgniserregend war.

»Ich hatte irgendwie gehofft, wir würden nach dem Reiten noch etwas unternehmen, und darum habe ich einen Tisch bei einem Italiener in der Stadt reserviert.«

Ich wusste noch nicht, wie ich darauf reagieren sollte, als er mit einem Schulterzucken hinzufügte: »Ich weiß. Ich hätte dich vorher fragen sollen.«

Dir ist klar, dass ich Ja gesagt hätte, oder? Ich musste mir buchstäblich auf die Zunge beißen, damit es mir nicht herausrutschte.

»Und wieso hast du es nicht getan?«

»Ich dachte, vielleicht sagst du Nein.«

Entweder war Nick ziemlich lausig im Interpretieren von Körpersprache, oder ich konnte meine Gefühle weit besser verbergen als gedacht. Wie auch immer, insgeheim war ich froh, dass er keinen Schimmer hatte, wie sehr ich mich zu ihm hingezogen fühlte.

»Also, ich wäre mitgekommen, aber jetzt weiß ich nicht, wie«, sagte ich mit aufrichtigem Bedauern beim Blick auf meine schmutzigen Jeans.

Er nickte und stieg aus dem Wagen. Während ich noch mit der Schließe vom Sicherheitsgurt hantierte, war er schon zur Beifahrerseite herübergelaufen und hatte die Tür geöffnet.

»Ist gar nicht so einfach, dir eine Pizza zu spendieren«, bemerkte er grinsend. »Jedes Mal, wenn ich es versuche, kommt was dazwischen.«

»Wir könnten uns ja welche liefern lassen und gucken, was das Universum sich diesmal einfallen lässt?«, schlug ich vor.

»Wenn du mit im Boot bist, würde ich die Herausforderung annehmen«, sagte er, legte eine Hand tief unten auf meinen Rücken und führte mich zu seiner Haustür.

Nicks Haus war überraschend modern. Das war von außen nicht gleich zu erkennen, denn eigentlich war es eine umgebaute Scheune – wenn auch eine kleine. »Eher ein umgebauter Schuppen«, witzelte er. Der Architekt oder die Architektin hatte großartige Arbeit geleistet. Die alten Eichenbalken und das unverputzte Ziegelmauerwerk sowie die gebleichten Holzdielen waren mit glänzendem Chrom und großen Fensterfronten kombiniert worden, die bei Tageslicht wahrscheinlich einen spektakulären Ausblick auf die weite Landschaft boten. Es war völlig anders als Amelias Fischercottage und meilenweit entfernt von meinem Apartment in New York … doch Nicks Zuhause gefiel mir auf den ersten Blick.

Mein Gastgeber streifte seine Stiefel ab, während ich auf der Fußmatte stehen blieb und Sorge hatte, auf dem makellos sauberen Boden eine Schmutzspur zu hinterlassen. Plötzlich war freudiges Gebell zu hören, und gleich darauf kam die etwa fünfunddreißig Kilo schwere Bobtail-Dame völlig aus dem Häuschen auf uns zugesaust. Zunächst hatte Mabel nur Augen für ihr Herrchen und begrüßte Nick, als hätte sie ihn seit mindestens einem Monat nicht mehr gesehen.

»Wie lange warst du denn weg?«, fragte ich. Die Hündin jaulte vor Freude, als er sie streichelte.

»Nur ein paar Stunden, aber sie hat keine Vorstellung von Zeit«, erklärte Nick, kraulte Mabel zwischen den Ohren und sah ihr tief in die dunkelbraunen Augen. Ich schüttelte den Kopf, denn es war verrückt, auf einen Hund eifersüchtig zu sein. Mabel war großzügig mit ihren Liebesbekundungen und widmete sich anschließend eine Weile lang mir, auch wenn ich vermute, dass sie weit mehr an meiner Jeans und an dem interessiert war, worin auch immer ich nach meinem Sturz gelandet war.

Ich zog meine Stiefel aus, stellte sie neben die von Nick auf die Matte und schob den albernen Gedanken beiseite, wie gut die beiden Paare nebeneinander aussahen.

»Die Dusche ist die Treppe hoch. Frische Handtücher findest du im Schrank im Flur, und wenn du sonst was im Bad brauchst, bedien dich einfach.«

Ich bedankte mich und ging zu der modernen offenen Treppe.

»Ich such was zum Anziehen für dich raus und leg es dir vor die Tür. Aber du wirst darin versinken, fürchte ich.«

»Mir ist alles recht«, versicherte ich ihm.

Ich war die Treppe zur Hälfte hochgegangen, da rief er mir noch hinterher: »Bist du eher der Scharf-und-würzig-Typ oder mehr ein Anchovis-Fan?«

Beim Gedanken an die kleinen salzigen Fischfilets rümpfte ich unwillkürlich die Nase.

»Ein Glück«, sagte Nick, »sonst hätte ich unser Pizzaessen sofort absagen müssen. Dann also die scharfe, würzige Variante.«

Mein Magen knurrte bereits. Inzwischen war ich im Bad angelangt und hatte begonnen, die schmutzige Kleidung auszuziehen. Als ich gerade nackt unter die Dusche treten wollte, hörte ich auf dem Flur Nicks Schritte. Sie hielten vor der geschlossenen Badezimmertür an, und ich erstarrte vor Schreck.

Überflüssigerweise bedeckte ich meine Brüste mit den Armen, als sei er wirklich ein Superheld mit Röntgenblick.

»Alles okay da drinnen? Hast du alles gefunden, was du brauchst?«

Ich errötete. Ihm unbekleidet so nahe zu sein, selbst wenn sich eine mehrere Zentimeter dicke Tür zwischen uns befand, war beunruhigend und erregend zugleich.

»Ja, alles gut«, antwortete ich hastig, während mein Herz wie verrückt hämmerte.

Ich wartete, bis sich die Schritte entfernten, bevor ich in die ebenerdige Kabine trat, aus der bald Dampfwolken aufstiegen.

Wie versprochen fand ich einen kleinen Kleiderstapel vor der Badtür, samt einer Tüte für meine schmutzigen Sachen. Ich entfaltete eine hellgraue Jogginghose und einen passenden Kapuzenpulli. Als ich beides anzog, musste ich schmunzeln, denn ich wusste, dass ich darin garantiert aussah wie ein Zirkusclown.

Bevor ich das Bad verließ, schaute ich noch einmal in den Spiegel. Das Make-up, das ich früher am Tag so sorgfältig aufgetragen hatte, war weggespült, und meine feuchten Haare fielen mir wirr auf die Schultern. Ich nahm nicht an, dass sich Nicks Aufforderung, mich »zu bedienen«, auch auf seinen Kamm bezog.

Er musste gehört haben, wie ich die Treppe herunterging, denn aus der Küche rief er: »Passen die Sachen?«

Ich blieb auf der untersten Stufe stehen, wo er mich noch nicht sehen konnte. »Na ja, du kennst bestimmt die Szene ganz am Ende von diesem Tom-Hanks-Film, *Big* …«, sagte ich und ging um die Ecke in die Küche.

Er stand an die Arbeitsfläche gelehnt da und schmunzelte, noch bevor er mich richtig betrachtet hatte.

»Das waren die kleinsten Kleidungsstücke, die ich finden konnte«, entschuldigte er sich.

»Wirklich, mir ist alles recht«, antwortete ich noch mal und zog die Jogginghose wieder hoch.

Sein Blick fiel auf meine Hüften, was meinen Puls ein wenig beschleunigte. »Glaubst du, die bleibt oben?«

»Wer weiß?«, sagte ich schulterzuckend. »Macht den Abend jedenfalls etwas aufregender, oder?«

Es gefiel mir, dass wir uns so locker und ungezwungen aufziehen konnten. Wir hatten denselben Humor. Wir brachten einander zum Lachen. Mir wurde klar, dass ich das mit Jeff nie erlebt hatte.

»Die Pizza kommt in etwa zehn Minuten«, bemerkte Nick und ging zu einem riesigen Kühlschrank im amerikanischen Stil. »Was willst du trinken? Ich hab Wein, Bier und …«

»Bier, bitte.«

Ich meinte, etwas Anerkennendes in seinem Blick zu sehen. Er öffnete zwei Flaschen und reichte mir eine davon. Dann wollte er Gläser aus einem Schrank holen, doch ich schüttelte den Kopf und hob die Flasche an die Lippen. Ich spürte seinen Blick auf mir, und dass ich mich nicht verschluckte, grenzte an ein Wunder.

Mit exzellentem Timing klingelte es genau in dem Moment an der Tür, sodass ich, während Nick die Lieferung entgegennahm, Gelegenheit hatte, innerlich ein ernstes Wort mit mir zu reden.

Nick kam mit einem flachen Karton von der Größe einer Gehwegplatte in die Küche.

»Wie hungrig bist du denn?«, fragte ich, als er ihn auf die Frühstücksbar legte, ihn öffnete und ein mit Käse überbackenes Festmahl zum Vorschein kam, von dem gut und gern ein halbes Dutzend Leute hätten satt werden können.

»Ausgehungert«, sagte er grinsend.

»Ich auch«, gab ich zu, zog mir einen der glänzenden Chromhocker heran und setzte mich darauf.

Obwohl Nick damit beschäftigt war, die Pizza zu schneiden, fiel ihm auf, dass ich leicht zusammenzuckte, als ich mich auf der harten Sitzfläche niederließ.

»Möchtest du ein Kissen?«

»Nein. Ich hab genug natürliche Polsterung«, sagte ich und wunderte mich, dass unser Gespräch schon wieder auf meinen Hintern gekommen war.

»Gluteus maximus«, sagte Nick und biss in ein Pizzastück.

»War das nicht der Typ in *Gladiator?*«, scherzte ich.

An diesem Abend lachten wir mehr, als ich seit Monaten gelacht hatte.

»Also, was steht noch auf der Liste von Amelias und Sams unglaublichen Dates?«, fragte Nick, als nur noch ein paar Stücke im Karton übrig waren, die er garantiert zum Frühstück vertilgen würde.

»Noch total viel. Mehr, als wir in einer Woche schaffen können.«

Nick lehnte sich auf dem Hocker zurück, schob den Pizzakarton zur Seite und nahm stattdessen Stift und Notizblock zur Hand. »Okay. Was sind dann die Must-dos?«

Meine Gedanken sprangen zurück zu meinen Unterhaltungen mit Amelia. Ich ließ als Erstes die Nacktbade-Eskapaden unter den Tisch fallen, und auch alles andere, was mich zum Erröten gebracht hatte. Am Ende gab es noch drei unter den besonderen, die ich in die Erinnerungsfotoschachtel geben wollte.

»An ihrem Geburtstag hat Sam Amelia überrascht, indem er abends mit einem Kuchen inklusive brennenden Kerzen vor ihrer Tür stand.«

»Gefällt mir, der Kerl«, sagte Nick und schrieb etwas Unleserliches neben einen Spiegelstrich. »Das können wir leicht nachstellen. Was noch?«

»Sie haben während einer Hitzewelle am Strand gepicknickt. Das war das Date, bei dem Sam ihr einen Antrag gemacht hat.« Ich hielt einen Moment inne. »Angeblich.«

Er nickte nachdenklich. »Das Picknick, den Strand und den Antrag kriegen wir locker hin. Aber die Hitzewelle könnte schwierig vorzutäuschen sein, es ist ja erst Anfang März.«

Er schrieb immer noch mit gesenktem Kopf, und so war es einfacher, ihm den letzten Punkt für die Liste zu nennen. »Das Letzte hängt komplett vom Wetter ab.«

Neugierig schaute Nick hoch.

»Es muss regnen – oder eigentlich schütten wie aus Kübeln. Und ich muss ein blaues Kleid tragen und du ein weißes Hemd.« Er neigte den Kopf zur Seite und runzelte die Stirn. »Ich glaube, Amelia hat sich eine berühmte Szene aus einem Film ›geliehen‹, und ihr Unterbewusstsein hat daraus ein Erlebnis von ihr und Sam konstruiert.«

»Welcher Film? Welches Erlebnis?« Die Frage war berechtigt, und zum ersten Mal in Gesellschaft von Nick Forrester wurde ich plötzlich schüchtern. Und mir war warm. Sehr, sehr warm.

»Er heißt *Wie ein einziger Tag* – kennst du wahrscheinlich nicht. Und diese spezielle Szene …«

»Als sie sich im Regen küssen«, fügte Nick mit undurchschaubarer Miene hinzu.

Er begegnete meinem Blick, und sosehr ich auch Sorge hatte, was er in meinen Augen lesen würde, konnte ich doch nicht wegsehen. Nick wandte den Blick als Erster ab.

»Wir sind ja in Großbritannien, also sollte es möglich sein, einen Regentag zu erwischen«, sagte er und schrieb »Regen, blaues Kleid, weißes Hemd« auf den Block. Letzteres war der einzige Stichpunkt, den er unterstrich und neben den er ein großes Fragezeichen kritzelte.

Es war noch nicht spät, als Nick mich wieder zu meinem Wagen brachte, doch ich war so müde, dass ich mit weit geöffneten Fenstern würde heimfahren müssen.

»Holly ist morgen den ganzen Tag über bei mir, und Montag arbeite ich bis spät. Aber Dienstagmittag können wir das Picknick machen, wenn du möchtest«, sagte er, als wir beide neben meinem Auto standen.

»Das wäre super. Ich besorge das Essen und organisiere uns eine Picknickdecke und alles Weitere.« Nervös trat ich von einem Bein aufs andere und fügte hastig hinzu: »Was meinst du, könntest du dich sommerlich anziehen?«

»Da werden wir ganz schön frieren, aber klar, mach ich«, sagte er leichthin.

Im nächsten Moment folgte ich einem inneren Impuls. Vernunft spielte dabei keine Rolle. Ich trat näher an ihn heran, legte die Hände auf seine breiten Schultern und drückte ihm einen flüchtigen Kuss auf die Wange. Es war im Handumdrehen vorbei, doch meine Lippen spürten auch danach noch seine warme Haut und seine leicht kratzigen Bartstoppeln.

Die Fahrertür stand bereits offen, und ich stieg hastig in den Wagen, als fände ich dort meine Rettung.

»Hast du irgendwelche besonderen Wünsche fürs Picknick? Etwas, was du gern essen würdest?«, fragte ich und war mir schrecklich bewusst, dass ich Unsinn redete, um meine Verlegenheit zu überspielen.

Nick war höflich genug, so zu tun, als sei es eine sinnvolle Frage.

»Diese Marshmallow-Kekse mag ich echt gern, die mit Kokosüberzug«, antwortete er. »Davon futtere ich schon mal zwei Packungen hintereinander.«

»Das beweist definitiv deinen Superheldenstatus«, sagte ich schmunzelnd. »Ich besorg dir welche.«

Auf meiner Fahrt über den Feldweg zur Hauptstraße sah ich Nick immer noch im Rückspiegel, wie er mitten auf dem Vorplatz der Farm stand. Er machte keine Anstalten, in seinen Wagen zu steigen, sondern sah mir hinterher, bis von mir vermutlich nur noch die roten Schlussleuchten in der Ferne erkennbar waren.

Kapitel 18

Amelia hielt meine Hand so fest, dass sich ihre Nägel in die weiche Haut meiner Handfläche gruben. Ich schaute zu Mum hinüber, die kerzengerade auf dem anderen Besucherstuhl saß. Sie blickte den Arzt aufmerksam an, aber ich konnte keine sichtbare Reaktion auf seine Worte entdecken, bis ich auf ihren Schoß hinuntersah, wo sie den Riemen ihrer Handtasche so fest verdrehte, dass er es vermutlich nicht unbeschadet überstehen würde.

»Also, verstehe ich das richtig? Sie wollen meinem Herzen einen Elektroschock verpassen?« Amelia klang angesichts des ärztlichen Vorschlags ungläubig und verängstigt zugleich. »Nach allem, was beim letzten Mal passiert ist, als es stehen blieb, wollen Sie es *noch mal* machen?«

Ich hatte gedacht, ich müsste mich bei diesem Treffen für sie einsetzen, für sie sprechen, aber wie sich herausstellte, kam sie bestens allein klar.

»Sie haben einen Herzfehler«, erklärte der Arzt langsam und mit Bedacht.

Egal, wie oft ich diesen Ausdruck schon gehört hatte, mir lief jedes Mal ein Schauer über den Rücken. Ich hatte genug Bücher gelesen und im Internet recherchiert, um zu wissen, dass es keine zwingend tödliche Diagnose war, sondern einfach nur bedeutete, dass das Herz nicht so funktionierte, wie es sollte. Trotzdem.

»Nach allem, was ich gelesen habe«, sagte ich zu Dr. Vaughan, der das Treffen anberaumt hatte, »können Menschen mit behandeltem Vorhofflimmern ein ganz normales Leben führen.«

Wenn ich in den letzten Wochen etwas gelernt hatte, dann dass Ärzte es nicht mochten, wenn wohlmeinende Familienmitglieder, die zu viel Zeit mit Dr. Google verbrachten, ihre Aussagen infrage stellten.

Fairerweise musste man zugeben, dass Dr. Vaughan bemerkenswert geduldig blieb. Nur ein zuckender Muskel im Augenwinkel verriet ihn.

»Das ist richtig, Lexi.« Ich war mir nicht sicher, ob es gut oder schlecht war, dass Amelias gesamtes medizinisches Betreuungsteam uns inzwischen mit dem Vornamen ansprach. »Aber langfristig ist Vorhofflimmern belastend fürs Herz, und wenn es uns gelingt, den gleichmäßigen Herzrhythmus Ihrer Schwester wiederherzustellen, hat sie eine weit bessere Prognose.«

»Es klingt trotzdem sehr gefährlich«, sagte ich.

Ich schaute auf Amelias und meine Hand, deren Finger so ineinander verschränkt waren, dass es unmöglich festzustellen war, welche Finger wem gehörten. Mum hielt jetzt Amelias andere Hand.

»Ich versichere Ihnen, dass die Kardioversion ein absolut gebräuchlicher, sicherer Eingriff ist«, erklärte Amelias Arzt seinem skeptischen Publikum. »Ich vergleiche das mit dem Rat, den man oft bekommt, wenn der Computer nicht richtig funktioniert. Man muss ihn aus- und wieder einschalten, um das Problem zu beheben.«

»Bei allem Respekt, Dr. Vaughan«, sagte ich, »aber es fällt mir schon schwer genug, das zu glauben, wenn ein Computerfachmann das sagt. Und wenn *der* sich irrt, kaufe ich mir einfach einen neuen Computer.« Ich sah meine Schwester an, und die Liebe in ihrem Blick bewegte mich sehr. »Aber eine neue Schwester kann ich mir nicht kaufen.«

»Amelia wird in guten Händen sein. Die Kardioversion findet in einer kontrollierten Umgebung statt, und Ihre Schwester wird eine Reihe von Herzspezialisten um sich haben. Ihr Herz wird nicht stillstehen, es wird nur neu gestartet.«

Es herrschte langes Schweigen, während wir seine Worte auf uns wirken ließen.

»Der Eingriff ist ambulant, das heißt, Sie können nach ein paar Stunden wieder nach Hause«, sagte Dr. Vaughan in sanftem, fast einschmeichelndem Ton. Ich wusste, dass das vergebliche Liebesmüh war, so wie Amelia das Kinn vorreckte.

»Nein danke«, erwiderte sie höflich, als würde sie ein zweites Stück Kuchen ausschlagen.

»Amelia, Süße, vielleicht sollten wir das noch mal in Ruhe besprechen«, sagte ich.

Sie ignorierte mich und wandte sich wieder Dr. Vaughan zu. »Da es immer noch *mein* Herz ist, nehme ich an, dass ich das letzte Wort habe?«

Dr. Vaughan nickte.

»Dann lautet meine Antwort Nein.«

Da es offensichtlich anders lief, als der Arzt geplant hatte, wandte er sich an Mum.

»Wir könnten es möglicherweise noch ein bisschen aufschieben, einen Termin ausmachen, wenn Amelia Zeit hatte, sich wieder zu Hause einzuleben. Aber ich muss betonen, dass es weit besser wäre, es noch als optionalen Eingriff durchzuführen statt später vielleicht als Notfallmaßnahme.«

»Ich sagte Nein.« Etwas Stählernes lag in Amelias Ton, als wäre ein Schwert gezogen worden. »Ich habe mir angehört, was Sie zu sagen haben, und mich dagegen entschieden. Ich werde keiner Maßnahme zustimmen, bis Sam zurückkommt. Da mein Mann ein Mitspracherecht hat, muss er in den Entscheidungsprozess mit einbezogen werden.«

Der Arzt suchte hilflos den Blick unserer Mutter, die wiederum mich ansah.

»Wenn Sam wieder da ist, können wir uns noch mal darüber unterhalten«, sagte Amelia bestimmt. »Wenn er einverstanden ist, dann, und nur dann, gebe ich meine Zustimmung.«

Es war Dienstagmorgen. Der zweite Tag einer Woche, die ich nie vergessen würde. Die kreischenden Seemöwen am Strand störten mich nicht mehr; mein Gehirn hatte gelernt, sie ebenso effektiv auszublenden wie die Sirenen in New York. Ich zog die Schlafzimmervorhänge auf und spähte in die Morgendämmerung, in der Hoffnung, dass der Wetterfrosch sich vielleicht doch geirrt hatte. Ich hatte die Vorhersagen obsessiv auf dem Handy, im Radio und Fernsehen verfolgt, hatte von einer Quelle zur nächsten gewechselt, wenn ich nicht das erwünschte Ergebnis fand. Ich hoffte auf Sonne und betete um Regen. Aber den Meteorologen zufolge stand beides für den Rest der Woche nicht zu erwarten.

Ich schwang die Beine aus dem Bett und ging eilig ins Bad. Nick würde gegen Mittag hier sein, und ich hatte noch nicht für unser Strandpicknick eingekauft. Anstatt in Ruhe zu frühstücken, stand ich an der Küchentheke und knabberte geistesabwesend an einer Scheibe Toast und ging meine Einkaufsliste noch einmal durch. Zwischendurch hörte ich der Wetteransagerin im Fernseher zu, die frech in die Kamera grinste und verkündete, es werde eine Woche, in der man einen dicken Pullover gut gebrauchen, aber zumindest den Regenschirm zu Hause lassen könne.

Meine Einkaufsliste war übertrieben und extravagant, aber ich wollte Nick dafür entschädigen, dass er in Shorts an einem eiskalten Strand herumsitzen musste. Trotzdem war ich mir nicht sicher, ob teure Oliven, handgebackenes Brot und ausgefallene französische Käsesorten eine ausreichende Wiedergutmachung für eine Lungenentzündung waren. Doch wenn es zum Äußersten kam, konnten wir uns wenigstens mit der Picknickdecke wärmen. Bis auf die Tatsache, dass ich noch keine hatte, wie mir siedend heiß einfiel; schnell setzte ich sie ebenfalls auf die Liste.

Im örtlichen Gemischtwarenladen gab es nichts von dem, was ich brauchte, und so musste ich in den Supermarkt in der Nachbarstadt fahren. Ein rascher Blick auf die Küchenuhr bestätigte mir, dass es knapp werden würde, daher beschloss ich spontan, mich nicht mit Make-up aufzuhalten, ja, mir noch nicht einmal die Haare zu kämmen. Was spielte es schon für eine Rolle, wenn ich etwas derangiert aussah? Ich würde ohnehin niemandem begegnen, den ich kannte.

Aber natürlich passierte es doch – sogar noch bevor ich ins Auto stieg. Tom kam langsam den Sandweg vom Strand heraufgeschlendert. Er hatte eine Angel über die Schulter gelegt und einen Haken mit gefangenen Fischen in der Hand.

»Morgen«, sagte er und hob zum Gruß die freie Hand an die Kappe.

»Hallo, Tom«, sagte ich und schloss den Wagen auf. »Du bist ja früh auf den Beinen.«

Tom schnaubte amüsiert. »Das nennst du früh? Für einen Angler ist es praktisch schon Nachmittag. Die Fische schlafen nicht.«

Ich beäugte seinen Fang. »Tja, die da schlafen garantiert nie wieder.«

Es war kein toller Witz, aber Tom lachte so schallend, dass ihm die Tränen kamen. Ich wollte mich gerade von ihm verabschieden, als mir ein Gedanke kam.

»Ich schätze, du als Angler bist gut darin, das Wetter vorherzusagen.« Ich schaute zum Himmel auf. »Was glaubst du, wird es diese Woche noch regnen?«

Die Falten in Toms Gesicht vertieften sich, als er stirnrunzelnd meinem Blick folgte. Mit einem kleinen Ächzen legte er die Angelrute und die Fische beiseite. Ich sah fasziniert zu, erwartete, dass er sich bücken, an den Algen riechen oder eine Handvoll Sand in den Wind streuen würde. Stattdessen griff er in die Hosentasche und nahm ein iPhone heraus – ein neueres Modell als meins. Seine knotigen Finger fanden rasch die Wetter-App.

»Dem Ding hier zufolge nicht«, bemerkte er grinsend.

Jetzt musste ich lachen. Seinem Gesichtsausdruck nach zu urteilen, freute Tom sich diebisch, dass es ihm gelungen war, mich zu veräppeln, und plötzlich war ich froh, dass er für Mum und Amelia da sein würde, wenn ich fort war.

»Und da du mich schon um Perlen der Weisheit bittest«, fuhr Tom fort, »das da solltest du besser nicht tun.«

Er deutete auf die verbrannten Toastkrusten, die ich rasch noch vom Küchentresen gesammelt hatte und vor dem Cottage für die Möwen ausstreuen wollte. »Das ist Touristen-Blödsinn«, sagte er geringschätzig. »So einen Quatsch machen nur Stadtbewohner.«

Ich warf die Krusten mit einem schelmischen Achselzucken in den Müll. »Aber das bin ich doch, Tom, schon vergessen? Eine verrückte New Yorkerin.«

Er sah mich eindringlich an, dann schüttelte er langsam den Kopf.

»Nein, bist du nicht. Du bist ein waschechtes Somerset-Mädchen. Du hattest es nur vorübergehend vergessen.«

Es gab gute Gründe dafür, warum ich sonst lieber abends einkaufen ging, die mir wieder einfielen, als ich den vollen Supermarktparkplatz sah. Es wimmelte nur so vor Kindern, die entweder in den überfüllten Gängen Amok liefen oder im Einkaufswagensitz saßen und brüllten, was das Zeug hielt. Nach einer Weile reimte ich mir zusammen, dass die Schulen wohl wegen einer Personalschulung geschlossen waren.

Ich behielt die Uhr im Auge, begann, meine Liste im Eiltempo abzuarbeiten, und warf Lebensmittel in meinen Einkaufswagen wie eine Gameshow-Kandidatin. Schließlich hatte ich beinahe alles zusammen, inklusive Picknickkorb und Decke. *Fast fertig,* dachte ich, als ich meinen Einkäufen noch zwei Flaschen Prosecco hinzufügte.

Dann bog ich in einen relativ leeren Gang ein, um auf meiner Liste zu überprüfen, ob ich auch nichts vergessen hatte. Als ich schließlich mit einem zufriedenen Lächeln aufsah, stellte ich überrascht fest, dass ich direkt vor den Marshmallow-Keksen stand, die Nick seiner eigenen Aussage nach am liebsten mochte. Ich nahm zwei Packungen aus dem Regal – und fügte zur Sicherheit noch zwei weitere hinzu.

In Gedanken versunken, überlegte ich, was ich sonst noch erledigen musste, sodass ich anfangs nicht reagierte, als jemand meinen Namen rief. Ich erkannte die Stimme nicht sofort.

»Lexi! Lexi!« Ich drehte mich nicht um. Es musste eine andere Lexi gemeint sein, obwohl es zugegebenermaßen kein besonders häufiger Name war. Erst beim vierten Mal Rufen drehte ich mich um.

Einen Augenblick lang schaute ich in das Gesicht einer Frau, die nicht weit von mir entfernt stand, und fragte mich, weshalb sie mir so bekannt vorkam. War sie prominent? Oder vielleicht eine Autorin, die ich mal kennengelernt hatte?

»*Wusste* ich es doch, dass du es bist!«, rief eine kindliche Stimme. Hinter dem Einkaufswagen der blonden Frau mit dem merkwürdig vertrauten Gesicht tauchte eine kleine Gestalt auf, rannte auf mich zu und stieß mit mir zusammen, sodass ich fast das Gleichgewicht verlor. Dann schlang sie zur Begrüßung die Ärmchen um mich.

»Holly«, ermahnte sie die attraktive Blondine. Ich erkannte Nicks Tochter im selben Moment, in dem ich ihre Mutter endlich einordnen konnte. Ich hatte sie zuletzt auf einem Foto neben dem Mann gesehen, mit dem ich heute den Nachmittag verbringen würde. Das erwischte mich auf dem falschen Fuß, und ich fühlte mich sofort schuldig.

»Holly, komm her«, ermahnte Natalie Forrester sie erneut. »Du weißt doch, dass du keine fremden Leute belästigen sollst.«

»Aber ich kenne Lexi! Stimmt's?«, fragte sie und sah mit Nicks Augen zu mir auf.

»Stimmt«, bestätigte ich mit einem Lächeln und zerzauste Holly die dunklen Locken. Dann wandte ich mich an ihre Mutter und wollte mich vorstellen, doch als ich Natalies kühlem Blick begegnete, blieben mir die Worte im Halse stecken. Holly, die die reservierte Haltung ihrer Mutter zu spüren schien, versuchte, die Sache in Ordnung zu bringen, indem sie mich vorstellte.

»Das ist Lexi, Mummy«, sagte sie arglos. »Sie ist Daddys neue beste Freundin.«

Sie meinte es natürlich gut, aber sie hätte kaum eine ungünstigere Beschreibung wählen können.

»Ach, das würde ich nicht sagen«, warf ich hastig ein. »Wir kennen uns eigentlich nicht besonders gut. Fast gar nicht, um genau zu sein.« Verlegen spürte ich, dass ich ebenso knallrot wurde wie oft in Nicks Gesellschaft. Wenn auch aus völlig anderen Gründen.

Natalie Forrester musterte mich von oben bis unten, und ich wusste, dass sie mich mit dem verglich, was sie heute Morgen im Spiegel gesehen hatte. Irgendwie war ich froh, dass mein Haar eine Katastrophe war und mein Gesicht ungeschminkt. So sah sie doch sicher, dass ich für sie mit ihrer

Kein-Härchen-am-falschen-Platz-Föhnfrisur und dem makellosen Make-up keine Konkurrenz war? Vermutlich, denn sie schien sich ein wenig zu entspannen. Doch dann fiel ihr Blick auf meinen Einkaufswagen. Als sie die Lippen zusammenpresste, konnte ich mir denken, warum. Die verdammten Marshmallow-Kekse. Sie erzählten ihre eigene Geschichte.

»Lexi hat mir ein Buch gekauft, als wir Eis essen waren, nachdem sie mich verloren hatten.«

Natalie hob ruckartig den Kopf, und man brauchte kein Genie zu sein, um zu erraten, dass Nick ihr die Details darüber, was genau an jenem Samstagvormittag vorgefallen war, verschwiegen hatte.

»Wie bitte? Sie haben meine Tochter *verloren?*« Natalie ging automatisch davon aus, dass *ich* dafür verantwortlich war, sie *wollte*, dass es meine Schuld war. Mir wurde klar, dass ich keine andere Wahl hatte, als etwas zuzugeben, was ich nicht getan hatte, weil ich Nick nicht ans Messer liefern mochte. Außerdem machte seine Ex schon jetzt den Eindruck, als könnte sie mich nicht leiden.

»Ich habe sie nur kurz aus den Augen verloren und sie danach schnell wiedergefunden.« Wenigstens Letzteres stimmte.

Natalie schüttelte ungläubig den Kopf. »Nick und ich waren uns einig, dass wir Holly unsere … *Bekanntschaften* nicht ohne vorherige Absprache vorstellen. Also verstehen Sie sicher, warum ich alles andere als erfreut darüber bin, dieses Gespräch zu führen.«

Da bist du nicht die Einzige, dachte ich.

»Anscheinend kennen Sie meinen Mann gut, aber er hat Sie mir gegenüber nie erwähnt. Nicht ein einziges Mal.« Eine nette, sehr wirkungsvolle Herabsetzung. Und die Tatsache, dass sie das »Ex« unterschlug und Nick als ihren Mann bezeichnete, war mir ebenfalls nicht entgangen.

»Es gab keinen Grund für ihn, mich zu erwähnen. Wir sind *wirklich* eher Bekannte als Freunde, und wir sind uns an dem Tag im Einkaufszentrum nur zufällig über den Weg gelaufen.«

Schwer zu sagen, ob sie mir glaubte, und ich entschuldigte mich stumm bei Nick für den Fall, dass ich die Situation gerade noch unangenehmer gemacht hatte.

»Lexi Edwards«, sagte ich und hielt ihr über den Einkaufswagen hinweg die Hand hin. Für einen langen Augenblick dachte ich schon, sie würde es ignorieren.

»Natalie Forrester«, erwiderte sie schließlich. Sie betonte ihren Nachnamen, den sie offensichtlich behalten hatte.

»Wohnen Sie hier in der Gegend?«, erkundigte sie sich. Ich spürte, dass sie die Frage nicht nur aus höflicher Neugier stellte.

»Nein. Ich habe zwar Familie hier in der Nähe, aber ich lebe in New York. Und bald fliege ich wieder nach Hause.« *Das* zauberte ihr schließlich doch noch den Anflug eines Lächelns ins Gesicht.

»Tut mir leid«, sagte ich schließlich und schaute betont auf meine Armbanduhr, »aber ich muss jetzt weiter, ich habe noch … einen Termin und ich bin spät dran.« Erneut übermannten mich Schuldgefühle, weil ich fast »ein Date« gesagt hätte.

»War nett, Sie kennenzulernen«, log ich. »Und schön, dich wiederzusehen, Holly«, fügte ich wahrheitsgemäß hinzu.

Natalie neigte leicht den Kopf. »Tut mir leid, wenn ich etwas frostig war«, sagte sie, »aber eine Mutter sollte genau wissen, mit wem ihre Kinder Umgang haben.«

Ich nickte und schenkte ihr ein knappes Lächeln. Ich rannte zwar nicht direkt zur Kasse, ging jedoch so schnell, dass ich etwas atemlos dort ankam.

»Tut mir leid«, sagte Nick zum gefühlt vierten Mal innerhalb von zehn Minuten. »Sie hatte kein Recht, unhöflich zu dir zu sein.« Nun, ich hatte nicht ein Mal erwähnt, dass Natalie unhöflich gewesen war. Aber vielleicht war das ja die Standardeinstellung seiner Ex.

Nick fuhr sich durch die ohnehin schon vom starken Westwind zerzausten Haare. »Ich hätte ihr von Anfang an alles erzählen sollen. Es war nicht fair von ihr, dir die Verantwortung für etwas zu geben, was allein meine Schuld war.«

»Ich hab ein dickes Fell«, sagte ich mit einem gleichgültigen Achselzucken. Und bei den vielen Schichten Kleidung, die ich für unser Strandpicknick trug, war das nicht einmal allzu weit hergeholt. Irgendwo unter meinem Pullover, dem Hoodie und der dicken Fleece-Jogginghose befand sich ein Bikini. Aber jedes Mal, wenn ich daran dachte, mich auszuziehen, schauderte ich, aus Gründen, die absolut nichts mit dem Wetter zu tun hatten.

Ich wurde pflichtgemäß darüber in Kenntnis gesetzt, dass Nick unter seiner warmen Kleidung ebenfalls etwas trug, was eher für eine Hitzewelle als für den beißend kalten Seewind geeignet war, der zurzeit wehte.

»Ich wollte dich nicht in Schwierigkeiten bringen«, sagte ich und beugte mich vor, um noch mehr Schüsseln aus dem Korb zu nehmen.

»Das ist nichts, worüber du dir den Kopf zerbrechen solltest.«

War das eine höfliche Art, zu sagen: *Kümmere dich um deine eigenen Angelegenheiten?*

»Aber ich will das irgendwie wiedergutmachen«, sagte Nick lächelnd und reichte mir eine Schale mit Oliven.

Ich steckte mir eine dickfleischige Kalamata-Olive in den Mund. »Dass du heute hier bist, macht das mehr als wett.« Ich vergrub mich tiefer in den Falten des groben Strickpullovers. »Das mit dem Wetter tut mir echt leid. Was für ein Mist, dass es heute so kalt ist.«

»Ist es kalt?«, fragte Nick mit einem Funkeln in den Augen. »Ist mir gar nicht aufgefallen.«

Kurz durchströmte mich ein Anflug von Wärme, obwohl die Sonne sich noch nicht einmal flüchtig gezeigt hatte. Ich setzte die übergroße Sonnenbrille auf, die ich mitgebracht hatte, und war froh, dass ihre Gläser mein Gesicht halb verdeckten. Ich war immer ein hoffnungsloser Fall gewesen, wenn es darum ging, meine Gefühle zu verbergen. »Du bist wie ein offenes Buch«, sagte Amelia oft. Aber in diesem Moment hätte ich alles dafür gegeben, etwas geheimnisvoller zu wirken.

Unser Mittagessen war genauso köstlich wie erhofft, und mit dem Feuereifer einer Foodstylistin hatte ich es geschafft, das Bild eines malerischen Sommertages nachzustellen. Aber auch der einladende Picknickkorb und die Decke konnten nicht die Tatsache verhehlen, dass es eiskalt war.

»Das ist Wahnsinn«, sagte ich, als ich bemerkte, wie sich Nick verstohlen die Hände rieb, um sie zu wärmen. »Machen wir für heute Schluss und gehen zurück zum Cottage.«

»Nein, wir kriegen das hin«, sagte Nick. Ein Satz, den er öfter sagte, und mir gefiel das Gefühl, das er mir damit vermittelte – als wäre ich in sicheren Händen. Er stellte seinen Teller ab, stand auf und hielt mir die Hände hin.

»Auf die Beine, Lexi Edwards. Runter mit den Klamotten.«

So kalt mir sein mochte, seine Worte schienen eine winzige Flamme in mir zu entzünden.

»Hattest du mit diesem Anmachspruch je Erfolg?«, versuchte ich es mit Humor, weil mir alles andere zu gefährlich erschien.

»Null.«

Ich hätte weiter rumflachsen können, aber mein Gedankengang wurde unterbrochen, als Nick seinen dicken Hoodie und das T-Shirt darunter auszog, sodass er mit nacktem Oberkörper im beißenden Märzwind stand. Ich hatte schon vermutet, dass er muskulös war, weil er so breite Schultern hatte, aber das feine dunkle Haar auf seiner Brust, das pfeilförmig über seinen Bauch verlief und in seiner Jogginghose verschwand, verursachte mir beinahe Schnappatmung.

Er griff nach der Kordel der Hose, und ich konnte den Blick nicht abwenden, als er den Knoten löste und sie herunterzog. Ein Muskel an meinem Hals zuckte so heftig, dass Nick es vermutlich sehen konnte.

»Du machst jetzt aber keinen Rückzieher, oder?«, fragte er, während er seine Sachen beiseiteräumte, und schaute auf. Er trug eine dunkle, gemusterte Boardshorts, die tief auf der Hüfte saß und im Wind an seinen Beinen klebte.

»Nein, natürlich nicht«, sagte ich, plötzlich verlegen, weil er bemerkt haben musste, dass ich ihn anstarrte wie ein Geschenk, das gerade ausgepackt wurde. Eilig zog ich mehrere Schichten meiner Kleidung gleichzeitig aus. Ich schnappte nach Luft, als ich mir das T-Shirt über den Kopf zog, und glaubte zu hören, dass Nick es ebenfalls tat … Oder war es nur der Wind? Unweigerlich spürte ich die Hitze seines Blicks auf meinem Körper, aber dann frischte der Wind sogar noch auf und machte es unmöglich, an etwas anderes zu denken, als sich so schnell wie möglich wieder anzuziehen.

Ich griff nach meinem Mobiltelefon und lief zu einem flachen Felsen, den ich bereits auf seine Eignung geprüft hatte. Nick zog die Picknickdecke gerade, während ich mit den Einstellungen meines Handys kämpfte, um den Zehn-Sekunden-Timer zu starten.

»Bereit?«, rief ich und prüfte, ob das Handy sicher auf dem Felsen stand.

»Komm her, Frau!«, rief er zurück.

Lachend rannte ich zu ihm zurück. Wir hatten nicht besprochen, wie wir posieren wollten. Er streckte die Arme aus, ich ließ mich hineinsinken und umschlang seinen Körper. Er roch so verführerisch, fühlte sich so gut an und war so verdammt sexy, dass ich fast vergaß, mich mit einem Lächeln der Kamera zuzuwenden.

Wir wechselten uns damit ab, zum Handy zu laufen und den nächsten Selbstauslöser einzustellen. Auf meinem Lieblingsschnappschuss fütterten wir uns gegenseitig lachend mit Oliven. Ich war so sehr damit beschäftigt, Amelias Erinnerungen nachzustellen, dass ich nicht darauf vorbereitet war, wie Nicks Fingerspitzen auf meinen Lippen neue Erinnerungen in meinem Kopf schufen.

Das letzte Foto, bevor wir vor Kälte blau anliefen, zeigte das, was dieses Date so unvergesslich für meine Schwester machte. Fast schüchtern holte ich eine kleine Samtschatulle aus der Tasche.

»Glaubst du, du könntest …?«

Mit undurchdringlicher Miene nahm Nick die Schatulle entgegen. »Natürlich.«

Meine Knie zitterten, als ich ein letztes Mal zu meinem Handy eilte. Das Lachen, von dem dieses verrückte Fotoshooting die ganze Zeit begleitet worden war, verstummte plötzlich. Die Sekunden verstrichen. Es dauerte fünf, um zur Decke zurückzurennen, und zwei, um mich vor Nick zu positionieren. Irgendwann in den verbleibenden drei griff er nach meiner linken Hand und hielt sie sanft fest, während er die Schatulle aufklappte und mich ansah. Ich nahm weder den Wind noch irgendetwas anderes wahr als das leise Klopfen meines Herzens. Sekunden wurden zu Stunden, als ich den Mann anschaute, der zu meinen Füßen kniete.

Wenn ich auf diesen Moment zurückblicke, kann ich nicht mehr sagen, ob die Erinnerung mir oder Amelia gehört. Aber ich weiß genau, dies war der Augenblick, in dem ich erkannte, dass ich irgendwo zwischen Fantasie und Wirklichkeit gefangen war … und dass ich mich quasi gerade Hals über Kopf in den Mann meiner Schwester verliebte.

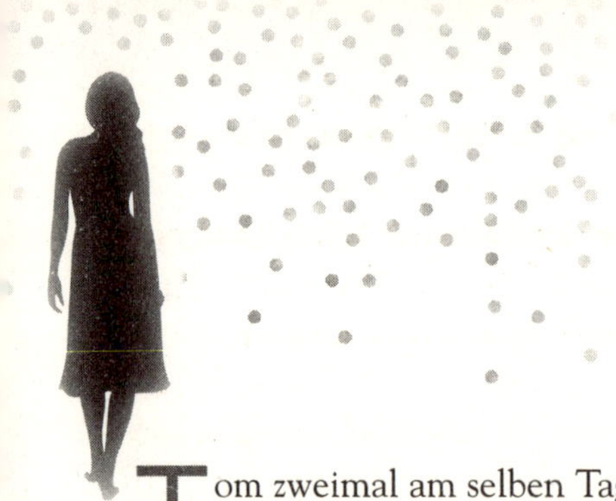

Kapitel 19

Tom zweimal am selben Tag in die Arme zu laufen, war so ungewöhnlich, dass ich mich fragte, ob Mum hinter diesen scheinbar zufälligen Begegnungen steckte. Entweder hatte sie ihren neuen Freund gebeten, ein Auge auf mich zu haben, oder Tom hatte sich ein Sportprogramm auferlegt, bei dem er den lieben langen Tag den Trampelpfad auf und ab laufen musste. Eine der beiden Möglichkeiten hielt ich für deutlich wahrscheinlicher.

Wie es der Zufall wollte – auch wenn es ein unglücklicher war –, liefen wir Tom über den Weg, als wir vom Strand zum Cottage rannten. Der Himmel hatte sich unheilvoll zugezogen, und so waren wir nicht länger am Strand geblieben, sondern hatten eilig unsere Sachen geschnappt, um uns bei mir aufzuwärmen und etwas Warmes zu trinken. Ich hatte einen Haufen Kleidung in den Armen, darunter auch Sachen von Nick, und er trug den Picknickkorb, die Decke und meine Strandtasche.

Man musste wirklich den Hut davor ziehen, dass ein betagter Mann, dem zwei spärlich bekleidete Menschen entgegenstürmten, nicht einmal mit der Wimper zuckte oder erstaunt die Augenbraue hochzog. Ohne jede Spur von Überraschung bemerkte Tom trocken: »Tag. Schönes Wetter heute.«

Ich warf ihm einen vielsagenden Blick zu, den er stoisch ignorierte.

»Wahrscheinlich fragst du dich, was wir hier in diesem Aufzug machen, Tom«, sagte ich und schenkte Nick einen entschuldigenden Blick.

»Ihr wollt euch eine Lungenentzündung holen, das wär meine erste Vermutung«, erwiderte Tom. »Aber davon abgesehen geht es mich einen feuchten Kehricht an, was für Mätzchen ihr am Strand treibt.«

»Cooler Typ«, bemerkte Nick mit einem Grinsen, als ich Amelias Haustür wenige Minuten später hinter uns schloss. Ich hatte die beiden Männer einander kurz vorgestellt und mit Bewunderung registriert, dass Nick nicht im Geringsten verunsichert wirkte, als er bloß mit einer Boardshorts bekleidet dem alten Fischer die Hand schüttelte.

»Da hast du recht«, bestätigte ich, während ich in meinen Pulli schlüpfte. »Wenn er in einem Buch vorkäme, würde ich diese Figur vermutlich abändern, weil er zu klischeehaft wäre.« Ich seufzte erleichtert auf, als ich mir meine Socken anzog. »Aber er ist super. Ich mag ihn sehr gern.«

Nick, der gerade den Reißverschluss seiner Kapuzenjacke schloss, hielt kurz inne. »Ich glaube, das beruht auf Gegenseitigkeit. Ich finde es gut, dass du jemanden in der Nähe hast und hier nicht völlig allein bist, bis Amelia entlassen wird.«

»Hast du vergessen, wo ich wohne? Wir New Yorker sind ziemlich zäh.«

»Das habe ich nicht vergessen«, antwortete er vorsichtig.

Während ich den Tee für uns zubereitete, musste ich über seine Bemerkung schmunzeln und lächelte auch dann noch, als ich die Tassen ins Wohnzimmer trug.

Nick stand am Fenster und schaute nach draußen, wo der Wind das Meer aufpeitschte. Er ließ mit seiner Körpergröße das Zimmer plötzlich viel kleiner wirken. Noch nie hatte ich die Gegenwart eines anderen Menschen mit solcher Intensität wahrgenommen. Sexuelle Anziehung war mir natürlich nichts Unbekanntes, aber das hier war völlig anders. Es war etwas Physiologisches, als würden die Atome, aus denen ich bestand, irgendwie verschoben und neu angeordnet, wenn ich mich in seiner Nähe befand.

Das ließ mich zurückweichen, nachdem ich seinen Becher auf den Couchtisch gestellt hatte. Und nicht nur einen Schritt, sondern gleich mehrere, bis ich mit dem Rücken an die Wand stieß. Mein merkwürdiges Verhalten konnte ihm nicht entgangen sein, doch er war so höflich, es nicht anzusprechen.

Er hielt seinen Becher in beiden Händen, und unbewusst tat ich es ihm gleich. Dann lehnte er sich an die Wand neben dem Fenster, ein genaues Spiegelbild meiner Pose. Eine Expertin für Körpersprache hätte eine ganze Fallstudie über all die Dinge schreiben können, die wir einander in dem Moment mitteilten, ohne dass auch nur ein einziges Wort fiel.

Wir mussten schließlich irgendwelche unverfänglichen Gesprächsthemen gefunden haben, denn ich kann mich nicht an unangenehmes Schweigen erinnern, aber andererseits auch nicht an das, worüber wir sprachen. Es war, als hätte sich zwischen uns plötzlich ein rasch wachsender Abgrund aufgetan.

Als Nick sich bald darauf von der Wand löste und sagte, er müsse vor der Nachmittagsschicht im OP noch heimfahren und duschen, war ich beinahe erleichtert. Ich bot ihm nicht an, doch einfach mein Bad zu benutzen. Ich weiß nicht genau, wem von uns beiden ich bei dem Gedanken, er könne sich wieder entkleiden, weniger über den Weg traute. Aber ich hatte die furchtbare Ahnung, ich könnte diejenige sein, die schwach werden würde.

Wenn man sich zu etwas Wichtigem entschlossen hat, ist es mehr als frustrierend, auf etwas so Triviales zu warten wie darauf, dass die andere Hälfte des Erdballs aufwacht.

Nachdem ich mich die ganze Nacht ruhelos von einer Seite auf die andere geworfen hatte, verspürte ich eine seltsame Entschlossenheit, deren Ausmaß mich erstaunte. Ich musste mit Jeff sprechen. Dieses Gespräch konnte nicht mehr warten, bis ich zurück in New York war.

Nick hatte nicht erkennen lassen, dass er sich ebenso von mir angezogen fühlte wie ich mich von ihm. *Was wahrscheinlich bedeutet, dass dem nicht so ist*, meldete sich eine pessimistische Stimme in meinem Kopf. Aber abgesehen davon, was er für mich empfand, gab es unbesprochene Themen, um die ich mich kümmern musste, bevor ich mir auch nur einen weiteren Schritt nach vorn erlauben konnte.

Ich sah zu, wie die Minuten verstrichen, bis die Uhr eine halbwegs akzeptable Zeit für einen Anruf anzeigte. Ich hatte beschlossen, es per Videotelefonat zu tun, denn es ist nur fair, wenn man jemandem, mit dem man Schluss machen will, dabei in die Augen schaut.

Ich hatte keinen Zweifel daran, dass meine Entscheidung richtig war. Manch einer – zum Beispiel Amelia – hätte wahrscheinlich sogar gesagt, sie sei längst überfällig. Aber das bedeutete nicht, dass ich nicht nervös war, als ich Jeffs Nummer wählte. Er war Langschläfer, daher überraschte es mich nicht, dass er erst nach dem fünften Klingeln abhob.

»Hallo«, sagte er verschlafen und mit belegter Stimme. Ich hätte noch eine Stunde warten sollen, bis er richtig wach war, und ärgerte mich über meine Ungeduld. Jeff klang ebenfalls ein wenig verärgert.

»Hallo, Jeff. Tut mir leid, dass ich so früh anrufe. Hab ich dich geweckt?« Ich hörte das Rascheln eines Lakens und wusste, dass ich ins Schwarze getroffen hatte.

Meine Kamera war schon an, aber Jeff hatte sein Telefon noch nicht auf Video umgestellt.

»Ja, hast du«, sagte er und schob dann weniger gereizt hinterher: »Ist was passiert? Ist mit Amelia alles okay?« Ich machte mir gedanklich eine Notiz, dass er sich zuerst nach ihr erkundigt hatte, was das Nächste deutlich schwerer machte.

»Ja, sie wird Ende der Woche entlassen.«

»Oh.« Das Wort klang so, als wäre es mit Hunderten von Gedanken überfrachtet. »Das heißt, du kommst wieder nach Hause?«

Hatte ich richtig gehört? Lag in seiner Frage eine Spur von Besorgnis? Es war so schwer, bei einem Übersee-Telefonat Nuancen auszumachen!

»Nicht sofort. Wir müssen erst mal sehen, wie sie zurechtkommt.« Ich nestelte am Kragen meines Oberteils, als würde er mir plötzlich die Kehle zuschnüren. »Hey, kannst du vielleicht deine Kamera anschalten?«

»Das wär keine gute Idee. Ich war gestern mit ein paar Leuten einen trinken, und wir sind alle ziemlich hinüber. Glaub mir, kein schöner Anblick. Außerdem ist die Wohnung ein einziges Chaos.«

Er machte es mir unabsichtlich schwer. »Jeff, das ist mir echt egal. Mach bitte einfach die Kamera an.«

Vielleicht nahm er etwas in meiner Stimme wahr, vielleicht waren ihm auch nur die Ausreden ausgegangen. Jedenfalls hörte ich, wie er aufstand und über den Dielenboden in seinem Loft lief. Er verließ das Schlafzimmer und ging in den offenen Wohn-Essbereich, bevor er schließlich die Handykamera freigab.

Ich zögerte einen Moment, als ich den Mann sah, neben dem ich oft genug aufgewacht und eingeschlafen war, um trotz allem traurig zu sein über das, was ich gleich tun würde.

»Was ich sagen wollte …«, begann ich, bevor mir mitten im Satz die Spucke wegblieb, weil sich hinter ihm plötzlich etwas bewegte. Jeff saß an seiner Frühstücksbar, aber im Hintergrund war jemand kurz durchs Bild gehuscht. Ich kannte mich in seiner Wohnung genauso gut aus wie in meiner eigenen. Die Gestalt war schnell vom Bad ins Schlafzimmer gehastet. Aber nicht so schnell, dass ich die gebräunte Haut oder das um ihren Körper geschlungene Handtuch nicht gesehen hätte.

»Wer ist das?«, fragte ich überflüssigerweise, denn ich hatte Tallulah durchaus erkannt – Jeffs Assistentin, die ihn zu der Hochzeit in den Hamptons mitgenommen hatte.

»Was meinst du?«, fragte Jeff, entschied sich also interessanterweise für Gaslighting. »Hier ist niemand außer mir.«

Ich lachte freudlos. Die Sorge, dass dieses Gespräch schwer werden könnte, war unnötig gewesen.

»Jeff, ich sehe ihre feuchten Fußspuren noch auf dem Boden.«

Er schaute sich hastig um, und als er sich wieder der Kamera zuwandte, wechselten in seinem Gesicht die Emotionen, als wisse er nicht recht, für welche er sich entscheiden sollte.

»Es tut mir leid, Lexi. Es ist nur … Du warst so lange weg …«

»Sechs Wochen, Jeff. Bloß *sechs Wochen.*«

»Wir haben nie gesagt, dass das zwischen uns exklusiv ist«, murmelte er betreten.

Auch wenn ich diejenige war, die sich trennen wollte, fühlten sich seine Worte an wie ein Schlag in die Magengrube.

»Stimmt, haben wir nicht. Wahrscheinlich hatten wir das nicht für nötig gehalten«, erwiderte ich mit einem weiteren freudlosen Lachen. »Nur vermutlich aus völlig unterschiedlichen Gründen.«

»Du bist sauer auf mich.« Wenigstens besaß er den Anstand, das nicht als Frage zu formulieren.

»Eigentlich nicht. Wirklich nicht. Wir hatten eine gute Zeit zusammen, und ich will die Erinnerung daran nicht verderben, indem ich jetzt eine Schlammschlacht beginne. Wir sind einfach keine Partner fürs Leben, und ich glaube, tief in uns drin haben wir beide das von Anfang an gewusst. Tallulah passt viel besser zu dir als ich.«

Er zuckte zusammen, offensichtlich überrascht, dass ich den Namen der Frau kannte, mit der er heute Nacht das Bett geteilt hatte.

Er fuhr sich durch das Haar – eine Geste, die ich einmal liebenswert gefunden hatte. Aber heute war er nur ein attraktiver Mann, der schuldbewusst in seine Handykamera blickte.

»Bis demnächst, Jeff«, sagte ich und beendete das Gespräch, bevor er etwas erwidern konnte.

Kapitel 20

Wir waren in den letzten sechs Wochen oft durch diesen Flur gegangen, aber nie so leichten Schrittes wie an jenem Nachmittag. Mum war als Erste im Krankenhaus angekommen, hatte jedoch im Eingangsbereich auf mich gewartet.

Die Pflegekräfte begrüßten uns mit Namen oder winkten, als wir zu Amelias Zimmer gingen, das bald einen anderen Patienten beherbergen würde.

»Du siehst ja toll aus«, stellte meine Schwester fest, als ich meinen Mantel auszog und über die Stuhllehne legte.

Mum, die ihren üblichen Platz links von Amelia eingenommen hatte, schaute mit verwirrtem Blick zu mir herüber. »Du siehst *wirklich* schick aus, Liebes. Ist das ein neues Kleid?«

»Hm«, murmelte ich und beugte mich vor, um Amelia auf die Wange zu küssen. Ich hätte wissen müssen, dass ich noch nicht aus dem Schneider war, da die Nase meiner Schwester zuckte wie die eines Kaninchens.

»Und, was ist der besondere Anlass?«

»Es gibt keinen. Abgesehen davon, deine Entlassung morgen zu feiern.«

Amelia stemmte sich im Bett hoch und schüttelte den Kopf. »Nein, das ist nicht der Grund. Du hast einen Lockenstab benutzt, dein Augen-Make-up ist anders, *und* du trägst dein Lieblingsparfüm.«

Ihr Herz mochte nicht mehr so funktionieren, wie es sollte, aber mit ihrer Beobachtungsgabe war anscheinend noch alles in bester Ordnung.

Sie deutete auf mein weiches Wollkleid mit dem tiefen V-Ausschnitt. »So was ziehst du normalerweise nicht an, wenn du mich besuchen kommst. Sonst bist du immer viel nachlässiger gekleidet.«

Ich nahm wie immer auf der anderen Seite des Bettes Platz und versuchte, ihren prüfenden Blick, der mir langsam unangenehm wurde, mit einem Lachen abzutun. »Wie unhöflich!«

Mum hätte es vermutlich dabei bewenden lassen, doch Amelia nicht. Sie war ebenso schwer von einer Spur abzubringen wie ein kanadischer Mountie.

»Okay, na schön«, sagte ich schließlich, da ich begriff, dass sie keine Ruhe geben würde. »Ich treffe mich nachher mit einem alten Freund auf einen Drink.«

Etwas zu spät wurde Mum klar, wen genau ich meinte, aber nun war Amelias Interesse geweckt. Sie nickte ermutigend. »Mehr, bitte«, sagte sie. »Hier kriege ich sonst nie etwas auch nur annähernd Pikantes zu hören.«

»Da gibt's nicht mehr zu erzählen«, sagte ich bestimmt. »Und pikant ist es auch nicht. Ich hab nur neulich jemanden im Supermarkt getroffen, und wir haben uns verabredet, um mal wieder eine Runde zu quatschen.« Es war eine leicht frisierte Version der Wahrheit, und ich hätte es dabei belassen sollen, aber wenn man eine so miese Lügnerin ist wie ich, ist man immer versucht, die Lüge auszuschmücken. »Dieser Jemand hat morgen Geburtstag, und wir feiern schon mal vor.«

Amelias Miene wurde wehmütig, wie immer, wenn etwas sie an Sam erinnerte. Unsere Blicke begegneten sich, und sie dachte offenbar an den Abend zurück, an dem er angeblich überraschend vor ihrer Tür aufgetaucht war, in der Hand einen Kuchen mit Kerzen. Das war der Grund, warum gerade ein Karton aus der Konditorei, zwei Packungen Kerzen und Streichhölzer auf dem Rücksitz meines Wagens lagen. Der heutige Fototermin würde der letzte für die Erinnerungsschachtel sein. Es wäre nett gewesen, auch noch die Kuss-im-Regen-Szene aus *Wie ein einziger Tag* nachzustellen, aber dazu fehlte einfach der Regen.

»Und hat dieser Mann – denn ich gehe mal davon aus, dass es ein Mann ist – auch einen Namen?«

»Nick«, sagte ich, griff in die mitgebrachte Tüte und holte eine Flasche Sekt heraus. Das hatte ich so schnell eigentlich nicht vorgehabt, aber ich brauchte unbedingt eine Ablenkung. »Glaubst du, wir kriegen Probleme, wenn wir heimlich ein Gläschen hiervon trinken?«, fragte ich und nahm auch noch drei Plastiksektflöten aus der Tasche.

»Dieses Risiko bin ich bereit einzugehen«, verkündete Amelia und hielt mir bereits ihr Glas hin, als ich noch dabei war, die Flasche so leise wie möglich zu entkorken.

Zum Glück waren meine Pläne für den Rest des Abends vergessen, nachdem wir ein paar Mal darauf angestoßen hatten, dass Amelia das Krankenhaus am nächsten Tag verlassen und ein Leben ohne Bettpfannen und Toilettenstühle führen würde.

Es war acht Uhr. Nick hatte mir versichert, dass die OP im »The Willows« schon beendet sein würde, wenn ich dort ankam. Doch als ich auf den Praxisparkplatz einbog, stellte sich heraus, dass er noch bei der Arbeit war. Durch das Fenster sah ich ihn am Empfang mit einem älteren Mann sprechen.

Ich legte die Hand auf den Türgriff, öffnete die Tür jedoch nicht. Etwas an der Art, wie Nick auf den älteren Mann einredete, hielt mich davon ab. Obwohl ich ihn noch nicht lange kannte, war seine Körpersprache für mich so leicht zu lesen wie eines meiner Lieblingsbücher. Was auch immer er mit dem anderen Mann besprach, schien ernst zu sein und sollte nicht von einer Außenstehenden gestört werden – schon gar nicht von einer mit einem riesigen Geburtstagskuchen.

Ich beobachtete, wie Nick dem alten Mann kurz die Hand auf die Schulter legte. Der ließ den Kopf hängen. Ohne zu wissen, warum, schauderte ich. Die beiden gingen langsam zur Glastür. Nick hielt sie auf, und der Mann schlurfte aus der Praxis, wobei er sich schwer auf einen Gehstock stützte. Mit der anderen Hand hielt er einen Hund an der Leine, der ebenso gebrechlich und betagt aussah wie er selbst.

Wie gebannt blieb ich im dunklen Wagen sitzen und sah zu, wie die beiden Männer und der Hund sich zum einzigen anderen Fahrzeug auf dem Parkplatz begaben. Ich war froh, dass ich unter den herabhängenden Zweigen eines Baumes im Schatten stand, denn die Szene, die sich vor meinen Augen abspielte, sah intim und zutiefst schmerzlich aus. Noch bevor die drei den Parkplatz halb überquert hatten, bückte sich Nick und nahm das Tier vorsichtig auf den Arm. Der Hund hob den Kopf, und Nicks Lippen bewegten sich, vermutlich, weil er beruhigend auf das Tier einredete.

Der Besitzer schloss den Wagen auf, und Nick legte den Vierbeiner auf den Rücksitz. Als er sich wieder aufrichtete, hatte der alte Mann seine Geldbörse gezückt. Doch Nick schüttelte entschieden den Kopf und legte dem Mann erneut die Hand auf die Schulter. Jetzt waren sie nah genug, dass ich mitbekam, dass der Hundebesitzer weinte … und ich hätte glatt mitweinen können. Diese Geschichte konnte nur *ein* Ende haben.

Nachdem der alte Mann davongefahren war, blieb ich noch eine Weile im Wagen sitzen. Und ich war nicht die Einzige, die sich nicht rührte. Nick verharrte mehrere Minuten auf dem Parkplatz und blickte in die Dunkelheit. Erst als er hörte, wie ich die Autotür öffnete, drehte er sich zu mir um. Er stand im Lichtkegel einer Laterne, und ich zögerte kurz beim Näherkommen, weil ich bemerkte, dass seine Augen glänzten. Der Drang, zu ihm zu eilen und ihn zu umarmen, war so stark, dass ich mich bremsen musste.

»Na, du?«, begrüßte ich ihn zögerlich.

»Na«, erwiderte er mit einem Lächeln, das seine Augen nicht erreichte. Er warf einen Blick in die Richtung, in die der andere Mann davongefahren war.

Ich nickte langsam, um ihm zu verstehen zu geben, dass ich die Szene beobachtet hatte und begriff. Diesmal war sein Lächeln nicht mehr ganz so traurig. Es tat mir im Herzen weh, nicht nur für den alten Mann und sein geliebtes Haustier, sondern auch für Nick. Den Mann, der aussah wie ein unbezwingbarer Superheld, der jedoch zu tiefen Gefühlen fähig war und auch keine Angst hatte, sie zu zeigen.

»Es wird nie einfacher. Nach all den Jahren sollte man doch meinen, dass man sich an so was gewöhnt hat.«

»Vielleicht wäre das gar nicht gut«, sagte ich und hakte mich bei ihm unter.

Schweigend gingen wir in die Praxis.

»Selbst wenn man weiß, dass es das Richtige ist, ist es trotzdem unglaublich schwer. Charlie heute Abend zu sagen, dass Digger am Ende seines Weges angekommen ist …«

Nicks Stimme klang rau, und da ich nicht die richtigen Worte fand, griff ich nach seiner Hand. Es war das erste Mal, dass wir nicht nur für ein Foto Händchen hielten, und es fühlte sich unglaublich richtig an, als hätte ich unter allen Händen im Universum endlich die gefunden, die ich bis in alle Ewigkeit festhalten wollte.

»Charlies Frau ist letztes Jahr gestorben, und ich behandle Digger seit Monaten, aber nun ist es an der Zeit, den alten Jungen gehen zu lassen. Es ist immer herzzerreißend, aber diesmal noch mehr, weil der Hund die einzige Familie ist, die Charlie noch geblieben ist.«

Nick mochte die Tränen zurückhalten, doch ich ließ meinen freien Lauf, dabei kannte ich den alten Mann und seinen Hund nicht einmal.

»Wird er damit klarkommen? Charlie, meine ich?«

Nick nickte langsam. »Die Zeit wird die Wunden heilen. Aber ich werde ihn im Auge behalten.«

»Am liebsten würde ich ihm sofort einen Welpen kaufen«, gestand ich mit einem unfeinen Schniefen.

Nick lächelte traurig und schüttelte den Kopf. »Das ist nicht immer die Lösung. Manche Leute brauchen Zeit, um loszulassen und sich auf ihre Art zu verabschieden.«

Vermutlich war das der Grund, weshalb er Charlie ermutigt hatte, seinen tierischen Gefährten mit nach Hause zu nehmen, sodass sie noch eine Nacht zusammen hatten. Nicks Mitgefühl beeindruckte mich. Jedes Mal, wenn ich mit ihm zusammen war, fühlte ich mich stärker zu ihm hingezogen. Wie gut, dass ich bald abreisen würde, auch wenn ich wusste, dass unser Abschied bei mir eine Wunde hinterlassen würde.

»Jemanden zu verlieren, den man liebt, ist immer schmerzlich, aber die schönen Erinnerungen, die einem bleiben, sind der Beweis, dass es das wert war.«

Seine Worte brachten eine Saite in mir zum Klingen, denn war es nicht genau das, was ich die ganze Zeit mit Nick machte? Ich hatte mir gesagt, die »Erinnerungen«, die wir miteinander schufen, seien alle für Amelia bestimmt, aber jetzt grübelte ich darüber nach, ob es inzwischen nicht auch meine eigenen waren.

»Hast du was dagegen, wenn wir noch kurz warten, bevor wir die Geburtstagsszene nachstellen?«, fragte Nick, als ich ihm durch den Flur in den Personalraum folgte. »Ich brauche noch einen Moment, um das zu verarbeiten.«

Ich zögerte keine Sekunde, verschwendete keinen Gedanken an die sündhaft teure Torte, die ich an jenem Tag in einer exklusiven Konditorei in der Stadt gekauft hatte. »Tut mir leid, Nick. Ich hätte dir Bescheid geben sollen. Ich konnte keine geeignete Torte auftreiben, also fällt unsere Foto-Session heute aus.«

Für eine schlechte Lügnerin klang ich ziemlich überzeugend. Nick schien meine Worte nicht anzuzweifeln. Ich sah Erleichterung in seinen Augen aufflackern und wusste, dass ich das Richtige getan hatte. Er war nicht in Stimmung für solch eine Oberflächlichkeit, und ich, um ehrlich zu sein, auch nicht.

Nick ging zur Kaffeemaschine und hielt fragend eine Tasse hoch. Ich nickte. Als er den Kaffee zubereitete, schien er in Gedanken noch bei Charlie zu sein.

Der Tag hatte Spuren bei ihm hinterlassen. Man merkte es an den beiden Falten, die sich zwischen seinen Brauen gebildet hatten, und daran, wie schwer er sich, nachdem der Kaffee fertig war, auf die einzige Couch im Raum sinken ließ. Er lehnte sich zurück und streckte die langen Beine aus. Ich schaute mich nach einer anderen Sitzgelegenheit um, damit ich nicht neben ihm Platz nehmen musste.

Etwas fühlte sich heute anders an. Eine Tür hatte sich geöffnet, und ich wusste nicht, ob wir sie wieder schließen konnten und ob ich das überhaupt wollte. Ich spürte etwas Neues, etwas Explosives zwischen uns. Es machte mir ein bisschen Angst.

Ich nahm auf einem ausgeblichenen alten Sessel Platz, der mit kurzen, drahtigen Haaren übersät war – wahrscheinlich der Lieblingsplatz der Hunde. Nick hatte die Augen geschlossen und rieb sich geistesabwesend die Nackenmuskeln.

Als er sich schließlich aufrichtete und die Augen öffnete, wirkte er etwas gefasster. »Hast du denn alle Fotos, die du haben wolltest, abgesehen von dem mit der Torte?«, fragte er.

Bei seinen Worten krampfte sich mein Magen zusammen, denn mir wurde bewusst, dass wir unser letztes Foto bereits gemacht hatten und meine Mission erfüllt war. Panik überkam mich, denn dies war vermutlich unser letzter gemeinsamer Abend. Nick hatte seinen Teil der Abmachung mehr als erfüllt.

Er blickte mich neugierig an, wartete auf meine Antwort. »Ja. Ich habe alle Fotos ausgedruckt und in einer Schachtel unter dem Bett verstaut … für den Fall, dass Amelia sie braucht.«

Nick sah mich mit undurchdringlicher Miene an.

»Ich bin dir unendlich dankbar, dass du das alles mitgemacht hast. Dass du bereit warst, so etwas für jemanden zu tun, den du nicht einmal kennst.«

»Ich kenne *dich*«, sagte er ruhig.

Unsere gemeinsame Zeit mochte sich dem Ende zuneigen, aber für ein letztes Erröten war es anscheinend nie zu spät. In meiner Nervosität schenkte ich dem leeren Kaffeebecher, den ich beiseitestellte, weit mehr Aufmerksamkeit als nötig. Das war der zweite Abschied innerhalb kurzer Zeit, den ich hinter mich bringen musste, und eigentlich hätte dieser weit leichter zu bewältigen sein sollen als der von Jeff. Doch so war es nicht.

»Ich weiß, du hattest von Anfang an Zweifel an meinem Plan, und es hat mir wirklich viel bedeutet, dass du trotzdem mitgemacht hast.« Es war schwer, sich von seinem ernsten Blick zu lösen.

»Ich wollte dir helfen.«

»Das hast du getan.«

Es gefiel mir nicht, dass alles, was wir sagten, in der Vergangenheitsform formuliert war. Diese Geschichte würde bald zu Ende sein, aber ich war nicht bereit dafür. Nicht mal ansatzweise.

»Schätze, du wirst in den nächsten Wochen komplett damit beschäftigt sein, dich um Amelia zu kümmern?« Nick schaute auf seinen Kaffee hinunter, was es unmöglich machte, seinen Blick zu deuten. Aber so, wie er den Becher in den Händen drehte, sah es fast aus, als wäre er ebenfalls nervös.

»Ziemlich beschäftigt, vermute ich.« Fragte er mich indirekt, ob ich trotzdem Zeit hatte, mich mit ihm zu treffen? Aber wenn er das wissen wollte, warum rückte er dann nicht einfach damit heraus?

»Und dann gehst du zurück in die Staaten.«

Das war definitiv keine Frage. Es war, als würde ein dicker schwarzer Schlussstrich unter unsere Geschichte gezogen.

»So lautet der Plan.« Es waren nur vier Worte, doch als ich sie aussprach, hörte ich, wie tausend Türen zugeschlagen wurden.

Und es war mein Stichwort zum Aufbruch, deshalb sprang ich auf, als hätte jemand einen Startschuss abgegeben. »Tja, es wird langsam spät, und ich muss morgen früh ins Krankenhaus.« Die Worte sprudelten mir nur so über die Lippen. »Ich sollte jetzt gehen.«

Halt mich auf. Sag, du willst nicht, dass ich gehe.

Meine Telepathie funktionierte offenbar nicht, er schien keins meiner stummen Signale zu empfangen.

»Ich bringe dich zum Wagen«, sagte Nick nur und stand ebenfalls auf.

»Nein, schon gut. Ich finde allein hinaus.« Ich hoffte auf einen schnellen Abgang, bevor ich noch etwas Peinliches sagen konnte, doch er ließ es nicht zu.

»Ich begleite dich nach draußen«, sagte er in einem Ton, der keinen Widerspruch duldete.

Im Empfangsbereich war es dunkel. Im Schein zweier flackernder Computerbildschirme begaben wir uns zur Tür. Eine knisternde Spannung lag in der Luft. Spürte Nick sie ebenfalls? Vielleicht, denn bevor er die Tür aufschloss, sah er sich mit fragender Miene um, als würde er eine Veränderung wahrnehmen.

Da ich keine Jacke trug, spürte ich sofort, dass die Temperatur in der letzten halben Stunde deutlich gefallen war. Ein starker Wind war aufgekommen. Die Wetterbedingungen waren wie eine Vorausschau darauf, was eigentlich gar nicht hätte passieren sollen. Vielleicht in mehr als einer Hinsicht.

Ich spürte den ersten Regentropfen auf meinem Gesicht wie eine Träne. Dann folgte noch einer. Und noch einer. Am Wagen angekommen, drehte Nick sich zu mir um. Der Regen fiel immer dichter. Sein dunkles Haar glänzte feucht. Einzelne Tropfen, glitzernd wie Diamantsplitter, sammelten sich auf seinen Wimpern.

»Es regnet«, bemerkte ich unnötigerweise.

Nick sah hoch, als bräuchte er dafür noch eine Bestätigung, und weitere Regentropfen landeten auf seinem Gesicht. Der Drang, sie wegzuwischen, wurde unwiderstehlich.

»Tatsächlich«, erwiderte er ernst.

Sag es!, schrie eine Stimme in meinem Kopf. *Sag es jetzt, oder du wirst für immer bereuen, dass du den Moment hast verstreichen lassen.*

Ich wühlte auf der Suche nach meinem Handy in der Tasche und nahm es heraus. »Vielleicht könnten wir ein letztes Foto machen? Das mit der Szene aus *Wie ein einziger Tag*«, schlug ich mit unsicherer Stimme vor, die gar nicht wie meine klang.

Ich zählte meine Herzschläge, während ich auf seine Antwort wartete. Der Regen wurde immer stärker, und ich sah vermutlich schon aus wie eine ertrunkene Ratte, was Durchschnittssterblichen nicht so gut steht wie Hollywoodschauspielerinnen. Doch Nick schwieg. Ich wäre vor Scham am liebsten im Boden versunken, doch da streckte er die Hand nach meinem Handy aus. Er hielt es in klassischer Selfie-Position hoch und wartete darauf, dass ich neben ihn trat.

Ich weiß nicht mehr genau, wie viele Männer ich vor ihm geküsst habe, aber ich war noch nie so nervös gewesen, hatte mich noch nie so danach verzehrt, die Lippen eines anderen Menschen auf meinen zu spüren. Es mochte nur für die Kamera gestellt sein, aber das war mir egal. Alles, was ich wusste, war, wie sehr ich mich danach sehnte.

Nick war mir so nah, dass ich trotz des Regens die Hitze seines Körpers spürte. Ich war froh, dass ich die Lider noch nicht geschlossen hatte, denn dann hätte ich den Ausdruck in seinem Gesicht, in seinen Augen verpasst, während er das Handy vorsichtig auf dem Dach meines Wagens ablegte.

Mein Blick huschte zu dem Handy und wieder zurück zu ihm.

»Das ist nicht *Amelias* erster Kuss«, sagte er mit rauer Stimme. »Es ist unserer. Deiner und meiner. Und wir brauchen kein Foto, damit wir uns an diesen Moment erinnern, denn ich glaube nicht, dass wir ihn je vergessen werden.«

Und dann legte er die Hände auf meine Schultern, zog mich an sich und verharrte für einen Moment, als wollte er mir die Chance geben, es mir anders zu überlegen. Er bekam seine Antwort, indem ich die Arme um ihn schlang.

Nick umfasste mein Gesicht mit beiden Händen, während sein Mund sich meinem näherte. Sein Kuss hatte nichts Zaghaftes, Zögerliches. Er war so, wie er sein sollte … und noch viel besser. Seine Lippen bewegten sich mit genau der richtigen Mischung aus Selbstvertrauen und Geschick, kitzelten eine Reaktion aus mir heraus. Als seine Zunge meinen Mund erforschte, kam ich ihm begierig entgegen.

Ich spürte den Regen nicht mehr. Ganz gleich, wie heftig er fiel, er vermochte das Feuer zwischen uns nicht zu löschen. Nick hatte jetzt eine Hand auf meinen Rücken gelegt. Die andere glitt zur Rundung meines Pos hinunter. Er zog mich eng an sich, und es gab keinen Zweifel daran, dass er von unserem Kuss ebenso angetörnt war wie ich.

Ich hatte nicht einmal gemerkt, dass er uns herumgedreht hatte, bis ich die kalte, nasse Oberfläche meines Wagens hinter mir spürte. Unsere Küsse wurden immer leidenschaftlicher, und wenn es Sicherheitskameras auf dem Parkplatz gab, würde Nick die Bänder löschen müssen, bevor seine Kollegen sie zu sehen bekamen.

Jetzt lagen seine beiden Hände auf meinem Hintern, und ich keuchte leise, als er mich mit Leichtigkeit hochhob. Ich schlang die Beine um ihn, presste mich an jene Stelle seines Körpers, wo es uns am meisten Lust verschaffte. Der Regen prasselte unablässig auf meine nackten Schenkel, und ich schauderte, als seine Hände über meine feuchte Haut glitten.

Ich habe keine Erinnerung daran, wie wir über den Parkplatz zur Praxis gingen und die Tür aufstießen. Das Erste, was mir bewusst wurde, waren die weichen Kissen auf dem Sofa im Personalraum, auf die Nick mich sanft legte.

Ich erinnere mich, etwas in der Art gemurmelt zu haben, wir würden alles nass machen, bevor wir eine einfache Lösung für das Problem fanden. Ich fummelte an den Knöpfen seines Hemdes herum, riss es praktisch auf. Dann zog ich es aus seiner Hose. Meine Lider waren schwer vor Verlangen, als ich zu ihm aufsah. Nick keuchte heftig, sichtlich bemüht, sich zu zügeln.

Er stemmte sich hoch, als würde er im Fitnessstudio eine Plank-Übung durchführen.

»So sollte es nicht sein, Lexi. Du hast etwas Besseres verdient.«

Ich schüttelte den Kopf, entsetzt, dass alles plötzlich vorbei sein sollte. »Aber es ist perfekt so«, hauchte ich an seinen Mund.

»Du verdienst ein Bett«, sagte er mit rauer Stimme und fand schließlich den Schieber meines Reißverschlusses. »Seidene Laken«, murmelte er an meinem Hals, als er sanft das Kleid von meinen Schultern zog. »Und Champagner.« Er knabberte spielerisch an der empfindlichen Haut.

»Ich brauch das alles nicht«, sagte ich und stöhnte, da sein Mund wieder von meinem Besitz ergreifen wollte. »Ich brauche nur dich.«

Die Schnalle seines Gürtels bohrte sich unangenehm in meinen Bauch, was sich leicht beheben ließ, indem ich sie öffnete.

Jetzt war es an ihm, nach Luft zu schnappen.

»Wir können immer noch aufhören. Wenn du es willst«, keuchte Nick.

»Nein, können wir nicht. *Ich* kann es nicht«, entgegnete ich mit nie gekanntem Verlangen.

Aufzuhören war keine Option. Bis es plötzlich doch eine war.

Ich hörte das Telefon nicht klingeln, obwohl es direkt neben uns auf dem Schreibtisch stand. Ich hatte mich so in der Glut des Begehrens verloren, dass ich nichts anderes mehr wahrnahm als mein eigenes leises Stöhnen, während Nick leicht über den Spitzenstoff meines BHs strich.

Seine Finger hinterließen eine brennende Spur, doch dann waren sie plötzlich ebenso verschwunden wie das Gewicht seines Körpers.

Ich glaube, ich habe noch nie so viel gequältes Bedauern in einem Gesicht gesehen wie in seinem, als er traurig den Kopf schüttelte. »Es tut mir schrecklich leid, aber ich muss rangehen.«

Ich sah mich um, noch zu sehr im Moment versunken, um zu begreifen, dass das Telefon klingelte.

»Ich habe Bereitschaft. Ich *muss* rangehen«, wiederholte er, beugte sich vor und drückte mir einen kurzen, festen Kuss auf die Lippen, bevor er nach dem Telefon griff.

Er wandte den Blick von mir ab, während er sprach, als würde er seiner eigenen Entschlossenheit nicht ganz trauen.

Ich hörte, wie er mehrmals »Hm« und »Verstehe« sagte, während ich meine Unterwäsche richtete und mein Kleid anzog. Als er schließlich sagte: »Ist schon okay. Keine Sorge. Bringen Sie sie in die Praxis. Wir treffen uns dort in zehn Minuten«, war ich wieder vollkommen präsentabel, mal abgesehen von der verräterischen Röte auf meinen Wangen.

Kapitel 21

Wenn man jemanden schon sein ganzes Leben lang liebt, dann bemerkt man Dinge, die dem Rest der Welt entgehen. Und wenn die Verbindung zu diesem Menschen noch tiefer geht, so wie die von mir und Amelia, dann werden der Schmerz und die Enttäuschung des anderen auch zum eigenen Schmerz, zur eigenen Enttäuschung. Was bedeutete, dass es mir am nächsten Vormittag, als sie aus dem Krankenhaus entlassen wurde, so vorkam, als würde mir jedes Mal ein Schlag versetzt, wenn die Hoffnungen meiner Schwester aufs Neue enttäuscht wurden.

Sie versteckte es gut. Wäre Mum dabei gewesen, hätte wahrscheinlich nicht einmal *sie* mitbekommen, wie ihre ältere Tochter die Armlehnen des Rollstuhls fest umklammerte, als der Krankenpfleger sie aus dem Lift in die Eingangshalle schob. Hätte sonst jemand bemerkt, wie Amelia den Blick über den Empfangsbereich schweifen ließ? Hätte jemand anderes gesehen, dass sie sich ein wenig aufrichtete, als sie am Automaten ganz hinten in der Ecke einen Mann erspähte? Man sah sein Gesicht nicht, doch er war in etwa genauso groß, wenn auch nicht so breitschultrig, und seine Haare hatten beinahe den richtigen Farbton. Die Ähnlichkeit genügte jedenfalls. Amelia reckte den Hals, und ich glaube, sie war kurz davor, seinen Namen zu rufen, als der Mann einen Getränkebecher aus dem Spender nahm und sich umwandte. Es war nicht Sam, natürlich nicht. Und auch nicht Nick. Als Amelia und ich zum

Parkhaus gingen, war mir, als läge ein Stein auf meinem Herzen … und nicht nur wegen meiner Schwester.

An einer Bushaltestelle glaubte sie, ihn im Gedränge erneut erkannt zu haben. Als wir vorüberfuhren, sah ich aus dem Augenwinkel, wie sie die Hand ans Beifahrerfenster legte und sie langsam an der Scheibe heruntergleiten ließ, sobald ihr klar wurde, dass es nicht der Mann war, nach dem sie Ausschau hielt. Ihr enttäuschtes Seufzen verbreitete im Wagen eine Melancholie, die selbst das Radio nicht vertreiben konnte.

Weil Amelia Sam während der letzten Wochen deutlich seltener erwähnt hatte und auch nicht mehr danach gefragt hatte, wann er denn von seinem Retreat zurückkäme, hatten wir gehofft, dass die Ausgeburt ihrer Fantasie allmählich verblasste. Doch nun fragte ich mich, ob sie einfach geduldig gewesen war in der Überzeugung, er werde sie bei ihrer Entlassung abholen.

»Hast du deinen Rückflug schon gebucht?«, fragte sie jetzt und blickte endlich nicht mehr aus dem Seitenfenster.

»Willst du mich schon rauswerfen?«

Selbst ihr Lächeln wirkte müde. »Du hast doch dein eigenes Leben, Lexi. Und du hast es lange genug auf Eis gelegt.«

»Ich freue mich darauf, dass wir zusammenwohnen, aber du kannst es wohl gar nicht abwarten, mich loszuwerden«, neckte ich sie. »Und das, noch *bevor* du Leidtragende meiner haarsträubenden Kochkünste geworden bist oder rausgefunden hast, dass ich mir seit Wochen die Hälfte deiner Klamotten ausborge.« Zu spät fiel mir der Grund dafür ein, wie auch der Mann, an den zu denken ich nach Kräften vermeiden wollte. Wobei ich zugeben musste, dass mich seit dem Aufwachen heute früh fast alles an Nick denken ließ.

Seit gestern Abend, als ich von seiner Praxis nach Hause gefahren war, spukte er mir im Kopf herum. Ich hatte morgens nach meinem Smartphone gegriffen, um auf die Uhr zu schauen, und war zusammengezuckt, als ich seinen Namen auf dem Bildschirm sah. Er hatte mir um zwei Uhr nachts eine Nachricht geschrieben. Das musste nur Minuten gewesen sein, nachdem ich das Warten schließlich aufgegeben hatte und in einen unruhigen Schlaf gefallen war. Mit zitternden Fingern tippte ich auf die Inbox, und erst als ich beim Lesen seiner aus drei Wörtern bestehenden Nachricht erleichtert die Luft ausstieß, merkte ich, dass ich zuvor den Atem angehalten hatte.

Tut mir leid.

Was tat ihm leid? Dass er mich geküsst hatte? Dass wir fast miteinander geschlafen hätten, wären wir nicht gestört worden? Oder tat es ihm leid, dass er den Anruf entgegengenommen hatte?

Ein merkwürdiger Gedanke, dass Amelia und mich auf unserer Fahrt zum Cottage zwei Männer mit ein und demselben Aussehen beschäftigten.

Als sie auf dem Parkplatz bei ihrem Haus nur Mums Wagen entdeckte, huschte erneut ein Schatten der Enttäuschung über ihr Gesicht.

Es war ein seltsamer Tag. Wir waren wie drei Schauspielerinnen in einem Theaterstück, die das Richtige sagten und taten, aber irgendwie nicht authentisch klangen.

Nach einem kurzen Disput, wer die kleine Reisetasche mit Amelias Siebensachen und die gar nicht kleine Tüte mit ihren Medikamenten ins Haus bringen sollte, nahm ich entschlossen ihr Gepäck, und wir gingen hinein.

Mum spielte ihre Rolle der dankbaren Mutter hervorragend. Als sie uns im Flur hörte, kam sie mit einem Kuchen aus der Küche, den sie zur Feier von Amelias Entlassung gebacken hatte. Er erinnerte mich an den anderen, den ich am Vortag in der Patisserie gekauft und heute früh im Krankenhaus der Stationsschwester für das Pflegepersonal übergeben hatte.

»Schön, wieder daheim zu sein«, bemerkte Amelia und fuhr mit den Fingern über die Wände, die Türrahmen und sogar das hölzerne Treppengeländer im Flur. Doch sie wirkte ängstlich, ihr Blick huschte unruhig hin und her, als stimme etwas nicht.

Amelias Erschöpfung war offensichtlich. Man hatte uns vorgewarnt, dass es Zeit brauchen würde, bis sie wieder bei Kräften war. Doch erst jetzt, wo wir sie außerhalb des Krankenhauses erlebten, wurde mir klar, wie weit dieser Weg noch sein würde. Schon nach den wenigen Metern von der Haustür ins Wohnzimmer war sie außer Atem, und das Blut war ihr aus den Wangen gewichen.

Sie schaffte nur ein paar Schlucke von dem Tee, den Mum unbedingt hatte kochen wollen, bevor sie sich auf dem Sofa zurücklehnte und sagte, sie müsse »mal für einen Moment die Augen schließen«. Ich warf Mum einen Blick zu, weil Amelias Brust sich in einem Tempo hob und senkte, das für mein Empfinden etwas zu schnell war. Meine Mutter hatte versucht, ihre Besorgnis zu überspielen, aber sie war mir nicht entgangen.

Im Flüsterton, der nicht notwendig war, denn Amelia schnarchte bereits leise, sagte Mum, sie würde kurz zu Tom rübergehen und ihm Bescheid geben, dass Amelia hier sei. Ich verkniff mir ein Schmunzeln und die Bemerkung, dass er das wahrscheinlich schon mitbekommen habe, denn er hatte vorhin sehr beflissen sein unkrautfreies Beet gejätet, als ich mit dem Wagen vorfuhr. Ich konnte nicht ganz nachvollziehen, wieso sich Mum für ihre Freundschaft mit ihm so genierte, da es mir wirklich nichts ausmachte. Dad hätte nicht gewollt, dass sie allein blieb.

Nachdem Mum gegangen war, beobachtete ich meine schlafende Schwester lange. Hatte sie schon immer so flach geatmet? Nie hätte ich gedacht, dass mir das vertraute Piepsen der Monitore fehlen würde, weil es mir Sicherheit gegeben hätte, doch genau so war es. Ich verbrachte sogar zehn Minuten mit der Recherche zum Preis für Defibrillatoren und überlegte, was Amelia von so einem Gerät als vorgezogenes Geburtstagsgeschenk halten würde, bevor ich wieder zur Vernunft kam. Eines Tages würden wir über meine übertriebene Besorgtheit lachen, sagte ich mir und schlich auf Zehenspitzen aus dem Zimmer, damit meine Schwester in Ruhe schlafen konnte.

Wie viel Schaden ihr Herz genommen hatte, war allerdings schwer zu verdrängen, als ich die Unmengen an Tabletten auspackte, die sie jetzt täglich würde einnehmen müssen. Mir missfiel der Anblick der auf der Küchenarbeitsplatte aufgereihten Medikamente, und so räumte ich sie in einen der Küchenschränke.

Es war ein Vogel-Strauß-Verhalten – aus den Augen, aus dem Sinn. Genau so eine Sache, über die Amelia sich lustig gemacht hätte. Früher. Und sie hätte sich auch über meine Unentschlossenheit bezüglich der Frage, wie ich auf Nicks Nachricht antworten sollte, amüsiert. Ich hatte den lieben langen Tag mit Wörtern zu tun, man hätte also annehmen dürfen, dass ich ein halbes Dutzend davon in der richtigen Reihenfolge anordnen konnte. Doch ich hatte keinen Schimmer, was ich schreiben sollte. Denn ich wollte nicht, dass Nick sich für etwas entschuldigte, was ich so gern noch einmal erlebt hätte. Aber ich wollte auch nichts versenden, was extrem peinlich wäre, falls er nicht genauso empfand.

Schließlich schickte ich ihm ein witziges Schulterzucken-GIF. Ich wartete, es kam jedoch keine Antwort. *Wahrscheinlich hat er in der Praxis viel um die Ohren*, sagte ich mir. Und trotzdem behielt ich, wie schon in der Zeit, als Amelia noch im Krankenhaus war, mein Telefon immer griffbereit. Ich überprüfte gerade, ob ich noch Empfang hatte, als Amelia in die Küche kam und ich so erschrak, dass mir das Handy beinahe auf die Steinfliesen gefallen wäre.

Ich war froh, dass sie nach ihrem Nickerchen wieder etwas Farbe bekommen hatte.

»Ich glaube, ich werde vor dem Mittagessen mal duschen. Ich hab noch den Krankenhausgeruch an mir«, sagte sie.

»Gute Idee«, bestärkte ich sie. »Soll ich dir dabei helfen?«

Sie schenkte mir einen vernichtenden Blick, der dermaßen an die alte Amelia erinnerte, dass ich grinsen musste.

»Selbst auf der Station haben sie mich das allein machen lassen«, sagte sie kopfschüttelnd. »Wann fliegst du noch mal zurück nach New York?«

Ich lachte, folgte ihr aber wie ein ängstlicher Border Collie, während sie langsam die Treppe hinaufging.

»Der Trick funktioniert nicht«, bemerkte sie auf halber Treppe, sobald sie mitbekommen hatte, dass ich ihr wie ein Bodyguard im Abstand von zwei Stufen folgte. Ihre spitze Bemerkung hätte mehr Gewicht gehabt, wenn sie dabei nicht nach Luft gejapst hätte.

»Hey, meine Liebe, ich versuch bloß, in den ersten Stock zu gehen, aber eine lahme Ente vor mir hält mich auf.«

Es tat gut, sie lachen zu hören.

Amelia verschwand in ihrem Zimmer, und ich zog mich in den Raum zurück, den ich inzwischen lange genug bewohnte, um mich hier wie zu Hause zu fühlen. Eine Weile war es still, und ich spekulierte, ob Amelia gerade Flashbacks hatte und sich an jenen Tag zurückversetzt fühlte, an dem sie zuletzt in ihrem Schlafzimmer gewesen war. Vielleicht wäre sie sogar in der Lage, die Frage zu beantworten, warum sie mitten in der Nacht den Strand entlanggelaufen war.

Ich räumte etwas Wäsche weg, schaute noch ein paarmal auf mein Smartphone und ging dann wieder in den Flur, wo Amelia gerade mit gerunzelter Stirn in den Trockenschrank schaute, in dem sich der Boiler befand.

»Es gibt kein warmes Wasser«, sagte sie und sah mich fragend an. Erst mit Verzögerung merkte ich, dass sie offenbar eher verwirrt als verärgert war.

»Stimmt, jetzt noch nicht. Du musst die Einstellungen ändern«, sagte ich und ging zur Treppe.

»Ach ja, richtig«, bemerkte sie und blickte immer noch mich an und nicht den Boiler. Irgendetwas an ihrer Antwort war merkwürdig, aber ich konnte nicht genau sagen, was.

»Du glaubst gar nicht, wie lange ich gebraucht hab, um mich mit diesem Mistding anzufreunden«, schimpfte ich.

Amelia lächelte schwach und sah wieder zu dem Gerät. Sie hob die rechte Hand, berührte das Steuerelement jedoch nicht, ihre Finger verharrten knapp davor.

Mir lief es mit einem Mal kalt den Rücken hinunter.

Es war kein großes Ding. Wahrscheinlich hatte sie schon seit Ewigkeiten nichts an den Einstellungen ändern müssen; kein Wunder, dass sie nicht mehr aus dem Stand wusste, wie es ging.

»Warte, lass mich mal«, sagte ich, schob ihre Finger sanft beiseite und drückte die richtige Tastenfolge.

Nicht die Tatsache, dass ich meiner Schwester hatte zeigen müssen, wie sie den Boiler in ihrem eigenen Haus zu bedienen hatte, machte mir Sorgen, sondern ihre sichtliche Erleichterung, als sie Richtung Badezimmer verschwand.

Es war neun Uhr, wirklich noch nicht spät, aber im Cottage war es ruhig, und es brannte nur gedämpftes Licht. Drei Stunden war es her, seit wir gegessen hatten, vor zwei Stunden war Mum nach Hause gefahren und Amelia ins Bett gegangen. So blieb mir mehr Zeit, als mir recht war, um mir alle möglichen Gründe zu überlegen, wieso ich den ganzen Tag über nichts von Nick gehört hatte. Ich hatte mir alle denkbaren Szenarien vorgestellt – und auch ein paar ziemlich skurrile –, doch meine

Gedanken kehrten immer wieder zu der einen, mehr als offensichtlichen Erklärung zurück: Was am Vorabend passiert war, musste Nick derart unangenehm sein, dass er sich wahrscheinlich nie wieder melden würde.

Ich schaltete den Fernseher aus, sodass es im Wohnzimmer noch schummriger wurde.

Das ist doch lächerlich, dachte ich. Wieso starrte ich auf mein Telefon wie ein Teenager mit Liebeskummer? Ich war eine emanzipierte Frau im einundzwanzigsten Jahrhundert, und wenn ich mit diesem Mann so dringend sprechen wollte, dann konnte ich mir einen Ruck geben und ihn selbst anrufen.

Genau in dem Moment, als ich mich dazu entschlossen hatte, vibrierte das Smartphone, und Nicks Name erschien auf dem Display.

»Hallo, Lexi? Störe ich? Du isst doch nicht gerade zu Abend oder so?«

Ich lachte. »Amelias innere Uhr tickt leider noch nach dem Krankenhausrhythmus. Wir haben vor drei Stunden gegessen, weil sie darauf bestanden hat. Und eigentlich wollte ich gerade dich anrufen.«

»Wirklich?«, fragte er, und an seiner Stimme hörte ich, dass er sich freute. »Es tut mir leid, ich hätte mich früher melden sollen, aber heute war in der Praxis die Hölle los.«

»Schon okay. Ich hatte auch ziemlich viel mit Amelia zu tun und hätte sowieso erst jetzt telefonieren können«, sagte ich und verdrehte die Augen angesichts meiner Lüge.

»Wie geht's ihr denn?«

»Gut, glaube ich, oder zumindest hoffe ich, dass es ihr bald wieder gut geht. Sie ist viel schwächer, als ich dachte, und sie scheint nicht ganz … sie selbst zu sein.« Ich konnte es nicht besser erklären.

»Das überrascht mich nicht. Sie hat eine Menge durchgemacht, und es ist klar, dass es ihr schwerfällt, sich nach so langer Zeit wieder zu Hause einzugewöhnen.«

Seine Worte gaben mir Sicherheit, ich klammerte mich daran wie an ein Rettungsboot. Er war schließlich Arzt, auch wenn er eher mit Tierkrankheiten zu tun hatte als mit Herzproblemen beim Menschen.

»Ist sie gerade da? Ich meine, im selben Zimmer?«

Ich runzelte die Stirn. »Nein. Sie hat sich schlafen gelegt. Sie war fix und fertig. Wieso fragst du?«

»Weil ich dich wirklich gern sehen würde.«

Was sollte ich antworten? Wir hatten erst eine oder zwei Minuten telefoniert und beide noch nicht den großen grauen Elefanten erwähnt, der mit in der Leitung war.

»Mum ist wieder nach Hause gefahren. Und ich kann Amelia nicht an ihrem ersten Abend daheim allein lassen«, sagte ich schließlich.

»Natürlich nicht«, sagte Nick erschrocken. »Das würde ich nie von dir verlangen. Ich hab gehofft, dass es ein paar Meter von eurer Haustür entfernt vielleicht okay wäre.«

Ich begriff sofort, sprang auf und ging ans Fenster.

Dort zog ich die Vorhänge auf und wartete, dass sich meine Augen an die Dunkelheit gewöhnten. Zuerst sah ich gar nichts, doch dann nahm ich in der Finsternis Konturen wahr. Die Dünen wurden sichtbar, und neben einer, nicht weitab vom Weg, sah ich das Leuchten eines Handydisplays.

»Kannst du rauskommen?«, fragte Nick. Ihn selbst sah ich immer noch nicht, doch die Wolken, die sich vor den Mond geschoben hatten, zogen weiter, und allmählich war schemenhaft eine Gestalt zu erkennen.

Ich blickte unwillkürlich nach oben, wo meine Schwester in ihrem Zimmer schlief. »Ich kann dich auf keinen Fall reinlassen«, sagte ich und geriet schon bei dem bloßen Gedanken in Panik. Wie würde Amelia wohl reagieren, wenn sie die Treppe herunterkäme und ihren verschwundenen »Ehemann« im Wohnzimmer in den Armen ihrer Schwester vorfände?

»Das verstehe ich. Darum habe ich nicht an die Tür geklopft.«

Uns trennten dicke Wände und etwa zehn Meter Dünen. Doch in Gedanken lief ich bereits barfuß über den Sand direkt in seine Arme. Er zog mich geradezu magnetisch an.

Aber Amelia auch.

»Okay«, sagte ich unnötigerweise im Flüsterton. »Bleib, wo du bist, ich komm gleich raus.«

Wie ein Einbrecher schlich ich die Treppe hinauf, achtete automatisch darauf, die dritte und siebente Stufe auszulassen, die immer knarzten. Als ich Amelias Tür öffnete, klopfte mein Herz so laut, dass ich befürchtete, meine Schwester könnte davon wach werden. Sie lag auf der Seite, ihr Kopf Richtung Fenster. Von dort blickte man direkt aufs Meer, und sie hatte die Vorhänge nicht zugezogen. Besorgt biss ich mir auf die Unterlippe. Ich würde sie jetzt nicht schließen können, ohne Amelia zu wecken. Somit konnte ich nur inständig hoffen, dass sie nicht aufwachte, und, falls doch, nicht auf die Idee kommen würde, aus dem Fenster zu sehen. Ich zog ihre Zimmertür vorsichtig hinter mir zu.

Einen Moment lang blieb ich unten neben der Treppe vor dem Spiegel stehen. Zum Kämmen war keine Zeit, sodass ich mir nur mit den Fingern durchs Haar fuhr, bis es nicht mehr ganz so wirr aussah. Der Glanz in meinen Augen und die Röte auf den Wangen waren unmöglich zu verbergen, und ich glaube, ich wollte es auch gar nicht.

Ich schlüpfte in das erstbeste Paar Schuhe und schlich hinaus in die Nacht. Ohne das Licht von Nicks Telefon war es schwer, ihn in der Finsternis auszumachen. Ich wollte nicht riskieren, nach ihm zu rufen, daher verließ ich blindlings den Pfad und vertraute darauf, dass ich in die richtige Richtung lief. Eine Erinnerung, die nicht einmal meine eigene war, schoss mir durch den Kopf. War so etwas auch Amelia passiert, an dem Abend, als sie im Watt zusammengebrochen war? Hatte sie geglaubt, sie würde zu Sam gehen, und sich irgendwie im Dunkeln verirrt?

Ich schaute zum Cottage zurück und wünschte plötzlich, ich hätte in weiser Voraussicht zu meiner Orientierung Licht angelassen … nur für den Fall. Doch alle Befürchtungen, ich könnte mich verirren, waren wie weggeblasen, als eine Handytaschenlampe kurz aufleuchtete und gleich darauf wieder erlosch. Ich beschleunigte meine Schritte und ging in die Richtung, aus der das Licht gekommen war.

Nick hatte sich ein wenig weiter vom Cottage entfernt, denn er hatte begriffen, dass ich fürchtete, Amelia könnte uns entdecken.

»Hallo«, flüsterte ich, was albern war, da unsere Stimmen garantiert von der Brandung übertönt wurden.

»Hallo«, antwortete er genauso leise wie ich. Dann streckte er die Arme aus und zog mich eng an sich. Es war so dunkel, dass ich ihn auch jetzt nicht richtig sehen konnte, und ich merkte erst, dass er sich zu mir heruntergebeugt hatte, als ich seinen warmen Atem auf meinem Gesicht spürte. Doch ich erkannte ihn wieder, an seiner Haut, seinem Geruch und seinem Geschmack, als seine Lippen meine berührten. Der Kuss dauerte so lange, dass ich außer Atem war, als wir uns schließlich voneinander lösten.

»Danach habe ich mich den ganzen Tag gesehnt«, gestand er und wirkte beinahe beschämt.

Ich lächelte ihn an und hoffte, das Mondlicht würde ausreichen, damit er sah, wie glücklich mich seine Worte machten.

»Das waren die längsten vierundzwanzig Stunden meines Lebens«, fuhr er fort. »Weiß der Himmel, was ich heute bei der Arbeit verzapft habe, meine Gedanken waren ständig bei dir.«

Er gab mir vollen Einblick in seine Gefühle, machte sich mir gegenüber verletzlich, ohne sich sicher sein zu können, dass ich das Gleiche empfand. Daher verdiente er meine Aufrichtigkeit.

»Mir ging's genauso«, gestand ich ihm also.

Unsere Münder fanden sich wieder und wieder, und unsere Lippen und Zungen sprachen eine Sprache, die keiner Übersetzung bedurfte.

»Das ist wahnsinnig«, sagte ich, als ich endlich genug Selbstbeherrschung wiedererlangte, um ihn sanft von mir wegschieben zu können.

»Wahnsinnig gut oder wahnsinnig schlecht?«

Ich legte meine Stirn auf seine Brust, sodass ich seinen schnellen Herzschlag spürte. »Beides«, antwortete ich leise. Er hatte gewiss das Bedauern in meiner Stimme bemerkt. Es war eine Vorbereitung auf das, was ich nicht aussprechen wollte, aber doch musste.

»Nick, wir können das nicht tun.«

»Wir können es nicht *nicht* tun«, entgegnete er.

Ich lächelte traurig, denn so einfach war es nicht; es ging nicht darum, was er und ich wollten. Wir waren nicht die Hauptfiguren in dieser Geschichte, und irgendwie hatte ich das erst heute Abend richtig begriffen.

»Ich fliege in etwa einem Monat nach New York zurück«, sagte ich. Das war nicht der eigentliche Grund, weshalb ich die Handbremse zog, noch bevor wir überhaupt zu fahren begonnen hatten, und ich glaube, das verstand er auch.

»Das ist kein Problem, das man nicht lösen könnte, Lexi, und das weißt du.«

»Stimmt. Vielleicht kann man es lösen. Aber es ist nicht ideal. Dein Leben findet im Augenblick hier statt und meines über fünftausend Kilometer entfernt.«

»Es gibt viele Menschen, die eine Fernbeziehung hinkriegen. Sie sorgen einfach dafür, dass es funktioniert.«

Traurig schüttelte ich den Kopf. »Du hast hier Verpflichtungen, von denen ich nie verlangen oder erwarten würde, dass du sie aufgibst.« Wir wussten beide, dass ich nicht von seinem Beruf oder der Praxis sprach.

Nick klang plötzlich deutlich bedrückter. »Du hast recht, ich könnte leicht woanders leben und arbeiten, aber Holly könnte ich nie verlassen.«

»Und ich würde es nie von dir verlangen«, sagte ich entschieden, nahm seine Hände und hielt sie fest. »Ich weiß, wie es ist, ohne Vater aufzuwachsen, und ich wünsche es niemandem.« Bei dem Gedanken an Holly wurde mir warm ums Herz. »Ich habe nicht viel Erfahrung mit Kindern, aber deine Tochter finde ich wirklich hinreißend.«

»Das beruht auf Gegenseitigkeit. Sie redet oft von dir. Wenn sie jemanden mag, dann hält sie sich nicht zurück.« Nick verstummte kurz und fügte dann hinzu: »Und ich auch nicht«, was meinen Puls in die Höhe trieb.

Als er mich ansah und ich an seinen Augen erkannte, was er als Nächstes sagen wollte, schüttelte ich entschieden den Kopf. *Sprich es nicht aus, sonst werde ich es nie vergessen können*, bat ich ihn stumm. Nick vermochte meine Reaktion zu deuten, denn nach einem langen Augenblick nickte er kaum merklich.

»Aber das ist nicht der wahre Grund, weshalb du gar nicht erst rausfinden willst, wohin das mit uns führen könnte, oder?«

Ich nickte betrübt.

»Es ist wegen Amelia«, sagte er.

Ich schluckte meine Enttäuschung hinunter, aber es blieb ein bitterer Nachgeschmack. »Ich weiß nicht, wie ich mit dir zusammen sein könnte. Jetzt und überhaupt je. Wir können keine Beziehung miteinander haben und es vor meiner Familie verheimlichen.«

»Weil ich aussehe wie jemand, den es nicht gibt.« Nick mochte sich alle Mühe geben, seinen Frust zu verbergen, aber es gelang ihm nicht.

»Für Amelia existiert er. Du bist der Mann, von dem sie glaubt, sie wäre mit ihm verheiratet.« Ich berührte sanft seine Wange. »Das ist das Gesicht, das sie liebt.«

»Und was ist mit dir?«, fragte er. Die Antwort fiel mir noch um ein Vielfaches schwerer, als er den Kopf drehte und zärtlich meine Handfläche küsste.

»Ich liebe meine Schwester. Ich würde niemals etwas tun, was sie verletzt.«

»Natürlich nicht. Aber was ist mit *dir?*«, wiederholte er. »Würde Amelia wirklich wollen, dass du etwas sehr Reales für etwas opferst, das es nicht gibt? Sie würde doch sicherlich wollen, dass auch du glücklich bist?«

»Bestimmt. Doch nicht, wenn ich das Glück in den Armen des Mannes finde, den sie liebt.«

»Der ein Phantom ist«, sagte Nick traurig. »Dann bleibt uns wohl nichts anderes übrig, als aus den nächsten Wochen, die uns noch bleiben, das Beste zu machen«, sagte er schließlich. »Wir können uns sehen, wann immer du Zeit hast – selbst wenn es nur kurz für einen Kaffee ist oder so.«

»Ich weiß nicht, ob das klug ist«, entgegnete ich finster. »Es würde den Abschied garantiert nur schwerer machen.«

Er umarmte mich wieder und erstickte meinen Protest mit einem weiteren Kuss. »Lass es uns zumindest versuchen«, bat er. Es fiel mir sehr schwer, Nein zu sagen oder auch nur klar zu denken, wo sich sein Körper doch an genau den richtigen Stellen an mich schmiegte.

Ängstlich schaute ich zum Cottage. »Wir müssten uns heimlich treffen. Amelia darf es nie, unter keinen Umständen, erfahren. Sie würde es nicht verkraften.«

»Das verstehe ich.«

Er griff meine Hand und hob sie an seine Lippen, während er mir fest in die Augen sah. »Ich bin noch nicht bereit, dich aufzugeben«, sagte er.

»Wir werden einander das Herz brechen«, prophezeite ich leise.

»Nein, sicher nicht«, sagte Nick mit einer Gewissheit, die völlig unangebracht war. »Wir packen das.«

Kapitel 22

Letzte Nacht hab ich was Verrücktes geträumt.«

Ich verquirlte gerade Eier in einer Glasschüssel und hielt inne, um Amelia meine volle Aufmerksamkeit zu schenken. »Wenn es ein erotischer Traum war, will ich ihn nicht hören.«

Sie prustete kurz, dann wurde sie wieder ernst. »Dazu hätte es kommen können, obwohl ich eher Voyeurin war als Teilnehmerin.«

»Ach«, sagte ich und wandte mich wieder den Eiern zu.

»Willst du denn gar nicht wissen, worum es ging?«, fragte Amelia und strich sich die vom Schlaf zerzausten Haare aus dem Gesicht.

»Na, dann leg mal los«, sagte ich, schaltete die Herdplatte ein und gab einen Stich Butter in die Pfanne. Gleichzeitig fragte ich mich, wieso alle glaubten, willkürliche, vom schlafenden Gehirn heraufbeschworene Bilder seien für andere Menschen ebenso interessant wie für die Träumenden.

»Ich habe geträumt, ich hätte dich mitten in der Nacht einen Strandspaziergang machen sehen.«

Ich schluckte geräuschvoll, doch glücklicherweise zischte die Butter laut genug, um es zu übertönen.

»Ich war doch wohl nicht Nacktbaden?«, fragte ich in dem Versuch, die unangenehme Unterhaltung durch Humor zu entschärfen.

»Nein. Aber es sah aus, als hätte es am Ende leicht dazu kommen können.«

Meine Gedanken überschlugen sich, und ich versuchte, mir vorzustellen, wie eine unschuldige Lexi auf diese Worte reagiert hätte. Sie wäre wohl fasziniert gewesen.

Ich gab die Eier in die Pfanne und sah dann zu meiner Schwester, die mich von ihrem Platz am Küchentisch aus beobachtete.

»Komm schon. Raus damit. Was hab ich in deinem Traum gemacht?«

»Du hast Sam geküsst.«

Die Gabel rutschte mir aus der Hand und fiel laut klappernd auf den Steinboden. Ich war froh, dass ich mich bücken musste, um sie aufzuheben und die Eierflecken, die sie hinterlassen hatte, wegzuwischen. Denn als ich mich schließlich wieder aufrichtete, war mir die Panik nicht mehr anzusehen. Nur meine Hände zitterten noch leicht, während ich mich wieder der Pfanne widmete.

»Ja«, fuhr Amelia mit gerunzelter Stirn fort, als könne sie die Szene immer noch vor ihrem inneren Auge sehen. »Ihr zwei habt wild rumgeknutscht da am Strand, und ich hab ans Fenster geklopft und versucht, mich bemerkbar zu machen, aber ihr habt es nicht mitbekommen.«

Mir wurde schlecht. Hatte Amelia uns tatsächlich beobachtet? War sie aufgewacht und verwirrt und desorientiert von den ganzen Medikamenten zum Fenster gegangen? Oder war all das nur ein schrecklicher – wenn auch verblüffend präziser – Zufall? Ich hatte nach ihr geschaut, als ich wieder im Haus war. Amelia hatte in genau derselben Haltung dagelegen wie zuvor, mit dem Kopf zum Fenster. Was bedeutete, dass ich ihr Gesicht nicht gesehen hatte. Ich konnte also nicht beschwören, dass sie geschlafen hatte. Was, wenn sie dort gelegen hatte, die Wangen noch tränenfeucht, nachdem sie Zeugin des ultimativen Verrats geworden war, begangen von zwei Menschen, die sie liebte?

»Träume sind Schäume«, sagte ich entschieden, während ich das Rührei auf zwei Scheiben Toast gab. »Und angesichts der ganzen Medikamente, die du intus hast, ist ein Traum, in dem ich rumknutsche, noch das Harmloseste.«

Amelia nahm einen Teller entgegen und zuckte leicht mit den Schultern. »Kann sein. Aber er kam mir so unglaublich echt vor.«

Ich hatte vorgehabt, Nick eine Nachricht zu schicken, sobald Amelia nach oben ging, um zu duschen und sich anzuziehen, aber dann legte ich das Handy weg und räumte stattdessen die Küche auf. Mein von Schuldgefühlen befeuerter Putzwahn erstreckte sich auch auf den Flur, bis er jäh unterbrochen wurde. Die Schuhe, die ich in der Nacht zuvor am Strand getragen hatte, standen noch auf der Matte. Sie gehörten Amelia, und unter den Sohlen hatten sich feuchte Sandklumpen festgesetzt. Hatte sie sie auf dem Weg in die Küche gesehen? Mit einem verstohlenen Blick zur Treppe öffnete ich leise die Haustür und klopfte die Schuhe hektisch ab. *Ich bin nicht für ein Leben voller Tricks und Täuschungen gemacht,* gestand ich mir ein, als ich mir mit viel zu heißem Wasser in der Spüle die Hände wusch. Und doch, wenn ich die Beziehung mit Nick ernsthaft weiterführen wollte, musste ich in Zukunft wesentlich vorsichtiger sein.

In den folgenden Tagen herrschte eine merkwürdige Stimmung – wie zwischen Weihnachten und Neujahr, wenn man vergisst, welcher Wochentag es ist. Ich hatte eine Abwesenheitsnotiz für meinen E-Mail-Account eingerichtet und mir ein paar Tage Urlaub genommen. Aber das schien mir eine falsche Bezeichnung zu sein. Im Urlaub schaltet man ab und entspannt. Nur konnte ich das aus verschiedenen Gründen nicht. Mit jedem verstreichenden Tag wurde mir klarer, dass die Geschichte über Sam und sein Schweige-Retreat, die wir uns aus den Fingern gesogen hatten, bald auffliegen würde.

In der Anfangszeit wurde im Cottage sehr viel geschaut. Amelia schaute sofort aus dem Fenster, wenn auch nur ein Schatten daran vorbeihuschte. Sie beobachtete, wie die Post auf die Matte fiel, suchte nach einem Umschlag mit der vertrauten Handschrift. Und sie behielt den Strand und die Brandung im Auge wie die Frau eines Seefahrers, die fürchtete, vom Meer zur Witwe gemacht zu werden.

Ich dagegen schaute nach Amelia, beobachtete sie mit einer Besessenheit, die schon fast krankhaft war. Ich zählte ihre Atemzüge, wenn sie es nicht mitbekam, und starrte wie gebannt auf die Werte des Blutdruckmessgeräts, das ich ihr geschenkt hatte.

»Das mieseste Präsent aller Zeiten«, hatte sie spitz bemerkt, als sie sich die Manschette um den schlanken Oberarm legte. »Ich kann mich nicht erinnern, dass die Ärzte gesagt haben, ich müsse das jeden Tag tun.«

Da hatte sie recht; das hatten sie nicht empfohlen, aber es beruhigte mich, zu sehen, dass ihre Messwerte im Normalbereich lagen.

Mum schaute ebenfalls nach Amelia, aber auch nach mir. »Und du willst wirklich nicht, dass ich ein paar Tage hier übernachte?«, fragte sie nicht zum ersten Mal, als ich sie eines Nachmittags zur Tür begleitete. »Es ist doch ganz schön anstrengend für dich, allein auf Amelia aufzupassen.«

»Ich bin übrigens hier gleich um die Ecke«, meldete sich Amelia aus dem Wohnzimmer.

»Wenn es eine Platzfrage ist, könnte ich auch bei Tom wohnen«, fuhr Mum fort.

»Ah … *jetzt* kommt's raus!«, rief Amelia.

Ich lächelte und umarmte Mum zur Beruhigung. »Ehrlich, Mum, alles gut. Du hast noch genug zu übernehmen, wenn ich wieder nach Hause fliege.«

»Ich kann euch hören, ist euch das klar? Und zum hundertsten Mal, ich brauche niemanden, der sich um mich kümmert.«

Mum und ich wechselten einen vielsagenden Blick. Was auch immer sie glauben mochte, Amelia brauchte nach wie vor unsere Hilfe – auch wenn sie es nie zugegeben hätte.

Die Ärzte hatten »moderate körperliche Betätigung« empfohlen, und so begaben wir uns zweimal am Tag auf kurze Spaziergänge. Aber es machte mir Sorge, wie schnell und oft Amelia eine Pause einlegen musste. Und so gern ich mit ihr Arm in Arm dahinschlenderte, es wäre mir wesentlich lieber gewesen, sie nicht stützen zu müssen.

Und schließlich gab es noch eine andere Art von Schauen, die weniger besorgniserregend war: Wir guckten viele Stunden lang aufs Sofa gekuschelt einen Film nach dem anderen. Schnell hatten wir uns durch die guten hindurchgearbeitet und waren jetzt bei denen angelangt, die man als B-Movies bezeichnen konnte.

Es war später Nachmittag, und wir hatten bereits die Hälfte einer romantischen Komödie angesehen, die vor Kitsch nur so troff. Die Dialoge waren mies, der Plot unglaubwürdig, trotzdem schauten Amelia und ich sie weiter.

»Weißt du, was dieser Film bräuchte?«, fragte Amelia.

»Ein anständiges Drehbuch?«, riet ich.

Sie kicherte. »Nein. Eiscreme.«

»Ich glaube, im Gefrierfach ist noch Magnum«, sagte ich und schob die Fleecedecke, unter der ich es mir gemütlich gemacht hatte, von meinen Beinen.

»Nein. Ich meine das richtig gute Zeug, das man aus dem Becher löffelt.«

»So was haben wir nicht da«, sagte ich bedauernd.

»Doch«, widersprach sie und tastete nach der Fernbedienung, um den Film anzuhalten. »Im unteren Fach steht noch ein Becher, hinter einem großen Beutel mit Eiswürfeln.« Sie richtete das Gerät auf den Bildschirm. »Da musste ich es verstecken, damit Sam es nicht findet. Er hätte sonst alles weggegessen.«

Mein Lächeln gefror. »Ah, okay. Mal gucken, ob ich es finde.«

Sie stöhnte genervt auf, als sie wiederholt auf den Knopf drückte und der Film trotzdem weiterlief. »Was ist nur mit diesem blöden Ding los?« Amelia regte sich neuerdings schnell auf, was mich immer noch überraschte. Aber diesmal lachte ich nur.

»Es könnte helfen, wenn du das richtige Teil benutzt«, sagte ich.

Sie sah auf ihre Hand hinunter, und ich hörte den Sekundenzeiger der Uhr an der Wand ticken, während ich darauf wartete, dass sie lachte. Aber sie starrte weiter das Gerät in ihrer Hand an, als hätte es sie persönlich beleidigt.

»Das ist ein Taschenrechner, nicht die Fernbedienung«, sagte ich lachend, obwohl ich allmählich das Gefühl bekam, dass die Situation gar nicht witzig war.

Amelia fasste sich schnell wieder, obwohl ihr Lachen klang, als hätte sie es von jemand anderem geborgt. *»Natürlich«*, sagte sie und warf den Taschenrechner ungeduldig auf die Couchkissen.

Wir sahen uns lange an. War das noch eine Sache, die ich unter den Teppich kehren sollte? Denn allmählich wurde es unter dem Ding ganz schön eng.

»Eiscreme«, sagte ich entschieden und ging in die Küche.

Seitdem ich eingezogen war, hatte ich nur die oberen Fächer von Amelias Gefrierschrank genutzt; ich hatte mir nicht die Mühe gemacht, auch die unteren zu inspizieren. Jetzt hockte ich mich davor und wurde von der Wolke eisiger Luft eingehüllt, die dem offenen Gefrierschrank entströmte.

»Versteckt hinter Eiswürfeln, damit Sam sie nicht findet«, murmelte ich leise, schob den Beutel beiseite und entdeckte den Becher mit der teuren Eiscreme. Ich griff danach, doch als ich ihn herausnahm, rutschte etwas Flaches, Schwarzes in die entstandene Lücke.

Mir wurde kalt. Eiskalt. Und das hatte absolut nichts damit zu tun, dass ich vor dem offenen Gefrierschrank hockte. Ich nahm den dunklen Gegenstand heraus.

Seine Oberfläche war mit winzigen Eiskristallen übersät, die aussahen wie Schneeflocken. Ich wischte sie fort. Das Glas unter meinen Fingern ähnelte einer Windschutzscheibe nach einem schlimmen Unfall.

Der Film und die Eiscreme waren vergessen, als ich mit dem Ding in der Hand ins Wohnzimmer zurückging. Ich legte es vorsichtig auf den Couchtisch. Es war immer noch teilweise mit Eis überzogen, das jedoch rasch dahinschmolz.

»Was ist das?«, fragte Amelia.

»Wenn ich mich nicht sehr täusche«, sagte ich, »ist das dein vermisstes iPhone.«

Das weckte ihre Aufmerksamkeit. Sie sprang auf und schnappte sich das Teil, ohne auf das Wasser zu achten, das davon heruntertropfte.

»Wo hast du es gefunden?«

»Im Gefrierfach hinter dem Eis.«

»Warum lag es denn *dort?*«

»Das wäre *meine* nächste Frage gewesen«, sagte ich.

Sie sah ehrlich verwirrt aus, und ich empfand ein diffuses Gefühl von Bedrohung, das ich weder definieren noch verstehen konnte.

»Ich schätze, ich war darauf fixiert, die Eiscreme zu verstecken, dass ich es gar nicht bemerkt habe.« Sie lachte und sah fröhlich zu mir auf, als erwartete sie, dass ich einfiel. »Das ist das Beste, was mir passieren konnte.«

»Wirklich? Wieso?«

»Weil du jetzt alle Fotos von Sam sehen kannst, die darauf sind«, sagte sie.

Mein Lächeln fühlte sich bemüht an, als ich ihr das ruinierte Mobiltelefon aus der Hand nahm. »Ich weiß nicht, Liebes. Vielleicht ist es zu stark beschädigt«, sagte ich und hoffte inständig, dass es stimmte.

»Dann senden wir es irgendwo ein. Wir müssen es wenigstens versuchen«, flehte Amelia.

»Natürlich«, sagte ich mit angestrengter Stimme. »Weißt du, einer der Jungs, mit denen ich in der Uni war, hat eine Handyreparaturwerkstatt eröffnet. Soll ich es ihm schicken? Wenn jemand die Fotos wiederherstellen kann, dann er.«

»Könnte es an ihren Medikamenten liegen? Ist das womöglich der Grund, warum Amelia so … *schusselig* ist?« Es war ein altmodisches Wort, aber für die merkwürdigen Vorfälle mit Amelia fiel mir kein besseres ein.

»Ich bin natürlich kein Experte«, antwortete Nick. »Aber es ist auf jeden Fall möglich. Du solltest es ihren Ärzten erzählen.«

»Mache ich«, sagte ich mit gesenkter Stimme, so wie wir jeden Abend telefonierten. »Am meisten macht mir das Gefühl der Hilflosigkeit zu schaffen. Ich weiß, es ist schrecklich, das zu sagen, aber alles war viel einfacher, als Amelia noch im Krankenhaus war.«

Nick war wesentlich freundlicher zu mir als ich selbst. »Mach dir deshalb keine Vorwürfe«, sagte er. »Du leistest eine großartige Arbeit, und statistisch gesehen ist gut dokumentiert, dass Patienten in ihrer gewohnten Umgebung schneller wieder gesund werden.«

»Du sprichst wieder von Hunden und Katzen, oder?«

»Vielleicht«, sagte er und lachte auf.

Ich konnte mir nicht vorstellen, es je leid zu sein, ihn zum Lachen zu bringen. Unsere nächtlichen Telefonate waren rasch zum Highlight meines Tages geworden. Manchmal rief er an, manchmal ich. Wir sprachen über alles und nichts. Wir konnten uns mehr als eine Stunde unterhalten, ohne dass ich mich anschließend zu erinnern vermochte, worüber genau. Es war nicht dasselbe, wie ihn persönlich zu treffen; eigentümlicherweise war es sogar noch besser. Es war einfacher, sich richtig zu unterhalten, wenn die knisternde körperliche Anziehung nicht im Weg war. Und je besser ich ihn kennenlernte, desto mehr verliebte ich mich in ihn.

Kapitel 23

Am nächsten Morgen wachte ich früher auf als sonst. Mich trieb eine innere Unruhe aus den Federn, für die es nur ein Gegenmittel gab: Bewegung. Es war ein gutes Gefühl, wieder nach den Laufsachen zu greifen, nachdem ich sie fast eine Woche lang links liegen gelassen hatte.

Ich warf einen kurzen Blick in Amelias Schlafzimmer und war überrascht, dass sie ebenfalls schon wach war und sich im Bett sitzend mit dem neuen Handy beschäftigte, das ich ihr vor einigen Wochen gekauft hatte.

»Ich geh vor dem Frühstück eine Runde joggen, wenn das okay für dich ist.«

Amelia legte ihr Telefon zur Seite und schaute mich an, als käme ich von einem anderen Stern.

»Wer bist du, und was hast du mit meiner Schwester gemacht?«

Ich lachte. In Momenten wie diesem erschien es mir, als seien alle meine Sorgen unbegründet. »Du würdest staunen, ich bin jetzt voll auf dem Lauftrip.«

»Ich sehe, dass du die Lippen bewegst, aber ich habe keine Ahnung, was du mir zu sagen versuchst«, bemerkte sie trocken.

»Sicher, dass es okay ist, wenn ich losziehe?«, fragte ich.

Amelia hob den Blick vom Handybildschirm, der ihre Aufmerksamkeit schon wieder in Anspruch genommen hatte.

»Ich hätte bloß dann ein Problem, wenn du von mir erwarten würdest, dass ich mitmache. Also ab mit dir«, scheuchte sie mich fort.

Es war frisch, und die Sonne stand noch niedrig am Himmel. Ich wandte mich vom Tor aus nach links in Richtung des Watts, und meine Füße fanden zur Musik aus meinen Ohrhörern rasch ihren Rhythmus. Es war meine übliche Strecke, doch als ich den Punkt erreichte, an dem ich normalerweise umkehrte, beschloss ich weiterzulaufen.

Ich joggte der aufgehenden Sonne entgegen, die nun hoch genug am Himmel stand, um mich zu blenden, da ich keine Sonnenbrille trug. Mit Brille wäre mir die Gestalt direkt am Wasser weit früher aufgefallen.

Ich verlangsamte meine Schritte und stützte mich auf den Oberschenkeln ab, während ich mit zusammengekniffenen Augen ins Licht blinzelte und darauf wartete, dass ich mehr erkennen würde. Im Sand, dort, wo die Wellen ausliefen, saß jemand und blickte aufs Meer hinaus. Gleich darauf erfüllte fröhliches Gebell die Morgenluft, woraufhin die Möwen höher stiegen. Mabel stürzte sich ins Wasser, um den Ball zu apportieren.

Die Erinnerung an unsere erste Begegnung am Strand war mir noch lebhaft in Erinnerung, und ich steuerte auf Nick zu. *Ein unglaublicher Zufall*, dachte ich, während ich mich ihm näherte, da er sich – soweit ich es abschätzen konnte – an genau der Stelle befand, an der wir uns damals zum ersten Mal begegnet waren.

Nick warf noch mehrfach den Tennisball, bevor er bemerkte, dass jemand kam. Er wandte sich zur Seite um, und sein nachdenklicher Gesichtsausdruck wich einem breiten Grinsen. Ich wusste bereits, dass ich meine Gedanken den ganzen Tag über zu diesem Moment zurückspulen würde.

»Da bist du ja«, sagte Nick und lächelte mich an, als hätte er auf mich gewartet und als wäre unser Zusammentreffen nicht bloß ein glücklicher Zufall.

Er klopfte neben sich auf den Sand, und ich setzte mich zu ihm.

»Guten Morgen«, sagte er und drückte mir einen kurzen, aber festen Kuss auf die Lippen. Das war neu, und schon jetzt wusste ich, dass ich das Zusammensein mit ihm nie leid werden würde – ganz gleich, wie viel Zeit uns noch blieb. Und ich sah ihn zum ersten Mal unrasiert. Die dunklen Stoppeln auf seinen Wangen machten ihn noch anziehender – etwas, das ich zuvor für unmöglich gehalten hatte.

Mabel vergnügte sich in den Wellen, und ich schmunzelte über die Begeisterung, mit der sie den Ball immer wieder fallen ließ, um dann erneut nach ihm zu schnappen. Ich zog die Beine an, legte mein Kinn auf die Knie und betrachtete Nick von der Seite.

Mir war bewusst, dass ich der Grinsekatze Konkurrenz machte, und mein Lächeln wurde noch breiter, als Nick in eine Papiertüte griff und einen Becher Kaffee to go herausholte. Einen Moment lang dachte ich, es wäre seiner, doch dann fiel mir auf, dass Nick zu seinen Füßen bereits einen Becher in den Sand gestellt hatte.

»Flat White mit zweimal Zucker«, sagte er und reichte mir das Getränk.

Ich nahm es entgegen und sah ihn verunsichert an.

»So magst du ihn doch am liebsten, oder?«, fragte er.

Ich nickte und legte die Hände um den Pappbecher, der noch warm war. »Ich versteh nur nicht: Wie konntest du ahnen, dass ich herkomme? Ich wusste ja selbst nicht mal, dass ich heute wieder joggen gehen würde.«

Normalerweise habe ich keine so lange Leitung, doch man muss mir zugutehalten, dass es wirklich noch ziemlich früh am Morgen war. »Hast du … Bist du … Bist du etwa jeden Tag hierhergekommen?«

Sein Erröten war durch die Bartstoppeln nicht leicht erkennbar, außer man sah sehr genau hin. Und ich sah *sehr* genau hin.

Nick zuckte verlegen mit den Schultern. »Wir hatten doch abgemacht, dass wir uns, wann immer möglich, zum Kaffee treffen würden … das hier schien mir ein guter Anfang.«

»Aber wir haben seit dem Abend am Strand jeden Tag telefoniert! Wieso hast du nicht gesagt, dass du jeden Morgen hier wartest? Mit Kaffee.« Begeistert nahm ich einen großen Schluck.

Nick ergriff meine freie Hand und verschränkte seine Finger mit meinen. »Weil du gerade eine Menge um die Ohren hast, und ich wollte es nicht noch komplizierter für dich machen.«

Wollte er mich veräppeln? Wir hatten die letzten Wochen damit verbracht, so zu tun, als wäre ich meine Schwester und er ihr Ehemann, den es nicht gab. Ging es denn überhaupt noch komplizierter?

Vielleicht hatte er selbst gemerkt, wie schwach sein Argument war, denn er schüttelte den Kopf. »Nein. Es steckt noch mehr dahinter. So gern ich dich auch wiedersehen will, ich möchte dich nicht unter Druck setzen, oder riskieren, dass du dich irgendwie verpflichtet fühlst. Du konzentrierst dich auf Amelia, und das ist auch richtig so. Daher habe ich einfach beschlossen, hierherzukommen, wo wir uns kennengelernt haben, und abzuwarten, ob das Schicksal eingreift. Und heute ist genau das passiert.«

Ich schwieg lange. Nicht, weil ich nicht wusste, was ich hätte erwidern sollen, sondern weil ich befürchtete, dass meine Stimme zitterte. »Das ist wahrscheinlich das Romantischste, was je ein Mensch für mich getan hat«, sagte ich dann leise.

Er zog die dunklen Augenbrauen ein wenig zusammen. »Du lieber Himmel. Dann bist du wahrscheinlich mit den völlig falschen Männern ausgegangen.«

»Das glaube ich langsam auch, und Amelia würde dir sicher zustimmen«, erwiderte ich.

So verlockend es auch war, weiter am Strand zu sitzen, wussten wir doch beide, dass wir nicht länger bleiben konnten. Nick musste zu Hause duschen und dann zur Arbeit aufbrechen, und ich musste zurück zu Amelia. Doch diese kurze Kaffeepause am Meer hatte zwischen uns erneut etwas verändert. Und als ich Nick den Kopf auf die Schulter legte und er den Arm um meine Taille schlang, kam es mir vor wie das Natürlichste auf der Welt. Nick küsste mich nicht – anders, als ich es mir gewünscht hätte, aber irgendwie fühlte sich auch das richtig an. Was auch immer es war, es war größer als Begehren, hatte ein stärkeres Fundament.

Widerwillig erhob ich mich schließlich. »Du weißt gar nicht, wie gut mir das getan hat«, sagte ich und nahm den leeren Becher an mich. Aber ich meinte nicht den Kaffee oder das Stück Apfelplunder, das er ebenfalls für mich hervorgezaubert hatte. »Mir ist langsam alles über den Kopf gewachsen, aber das hier war wie eine Frischzellenkur.« Ich lachte wehmütig. »Es gibt einen guten Grund, wieso ich in der Verlagsbranche arbeite und nicht in der Pflege. Wie meine derzeitige Patientin schon festgestellt hat, mache ich viel zu viel Aufhebens um sie und gerate zu schnell in Panik. Wahrscheinlich gebe ich eines Tages eine schreckliche Mutter ab.«

»Das glaube ich keine Sekunde lang«, sagte Nick sofort.

Ich nahm an, dass er bloß höflich war, aber mein unbesonnenes Herz wollte etwas anderes glauben. Es jagte Träumen nach, die sich nicht erfüllen durften.

»Morgen um dieselbe Zeit?«, fragte Nick und umarmte mich ein letztes Mal.

»Ja«, antwortete ich glücklich.

Auch eine Woche später gingen wir wieder im Morgengrauen am menschenleeren Strand am Wasser entlang. Es war kalt, doch Nick hielt mich so fest an sich gedrückt, dass ich seine Körperwärme spürte. Noch lange nach meiner Rückkehr nach New York würden Somerset und dieser Strand immer mit der Erinnerung an uns verbunden sein, das wusste ich mit absoluter Gewissheit.

Ab und zu blieben wir stehen, um bizarr geformte Treibholzstücke oder Muscheln zu bewundern, oder wenn wir das Gefühl hatten, dass unser letzter Kuss zu lange her war. Ich hatte bislang keine Beziehung gehabt, in der ich gemeinsames Schweigen genauso sehr genossen hatte wie das Gespräch. Ich hatte immer gedacht, ich würde niemals eine Verbindung zu einem Menschen haben, die der zu Amelia zumindest ähnlich war. Dass ich ihr nun nicht davon erzählen konnte, ohne ihr damit das Herz zu brechen, machte mir schwer zu schaffen.

Nick hielt ein helles Stück Treibholz in der Hand, das ich zuvor bestaunt hatte, und wirbelte es zwischen den Fingern herum wie einen Taktstock, während wir weitergingen. Hätte ich es nicht besser gewusst, hätte ich darauf getippt, dass er nervös war. Doch das sah Nick nicht ähnlich, zumindest hatte ich ihn bis jetzt nie so erlebt. Plötzlich blieb er stehen und wandte sich zu mir. Die Sonne stand noch niedrig und spiegelte sich in seiner Brille, sodass ich seinen Blick nicht deuten konnte.

»Ich möchte dich etwas fragen.«

»Hört sich ja ziemlich ernst und bedeutungsschwer an.«

»Es ist halb-ernst«, erklärte Nick. Ausnahmsweise klang er nicht amüsiert. »Aber es ist irgendwie wichtig … mir jedenfalls.«

Jetzt war ich nervös. »Okay.«

»Lexi Edwards, möchtest du mit mir ausgehen? Auf ein Date. Unser *erstes* Date.«

Ich weiß nicht, was ich erwartet hatte, aber das ganz sicher nicht. »Wir hatten doch schon unzählige Dates«, erwiderte ich.

Er nahm meine Hand. »Das waren die Treffen von Amelia und Sam, oder verstohlene Begegnungen an einem windigen Strand. Diesmal will ich ein richtiges.« Das Stück Treibholz fiel ihm aus den Fingern.

»Hättest du Samstag Zeit und würdest mit mir zu einer Hochzeit fahren?«, fragte er und ging gleichzeitig in die Knie, um das Holz wieder aufzuheben.

»Es ist doch wohl nicht meine, oder?«

Ich weiß nicht, wieso ich dachte, dass ein Scherz jetzt angebracht sei. Ich glaube, dass er in dem Moment, als er über die Hochzeit sprach, kniete, hatte mich etwas aus der Bahn geworfen. »Das war natürlich ein Witz«, sagte ich und sah ihn betreten an. »Und nicht mal ein besonders guter«, ergänzte ich und schaute beschämt auf meine Füße, weil das weniger unangenehm war, als ihm in die Augen zu blicken.

»Nicht dein bester«, pflichtete Nick mir bei. »Aber interessant, was dir so durch den Kopf geht.«

Er hatte mich schon lange nicht mehr zum Erröten gebracht, doch jetzt war es ihm wieder gelungen. Lachend spielte er erneut mit dem Treibholz, aber an seiner Kehle zuckte ein Muskel, der gerade eben noch nicht gezuckt hatte.

»Ein guter Freund aus Unizeiten heiratet nächsten Samstag, und ich fände es wirklich schön, wenn du mitkommst.« Als hätte ich noch mehr Erklärungen gebraucht, fügte Nick bedeutungsvoll hinzu: »Als *meine Begleitung*. Ich möchte, dass du meine Freunde kennenlernst, die Leute, mit denen ich studiert habe. Glaubst du, deine Mutter könnte an dem Tag bei Amelia bleiben?«

»Bestimmt«, antwortete ich und dachte bereits an die Logistik hinter allem. Aber sollte es uns nicht vergönnt sein, wie ganz normale Leute einen Tag miteinander zu verbringen?

»Wir kriegen das schon irgendwie hin. Ich komme gern mit. Das Date steht«, fuhr ich mit einem freudigen Lächeln fort.

»Unser erstes«, sagte Nick, beugte sich zu mir herab und küsste mich sanft auf die Nasenspitze.

»Wenn du das sagst«, entgegnete ich und war froh, dass wir wieder bei unserem scherzhaften Geplänkel angelangt waren.

Wir waren inzwischen umgekehrt und gingen in unseren eigenen Fußspuren im Sand zurück, als Nick noch etwas sagte.

»Das wäre ein ziemlich lausiger Antrag gewesen, was? Einfach so beim Spazierengehen, ohne Blumen oder Champagner und so.«

»Das wäre doch alles nur Beiwerk, darauf kann ich gut verzichten. Ich finde einen Antrag am Strand ziemlich romantisch.«

Nick lachte leise. »Na, dann behalte ich das im Hinterkopf. Nur für den Fall.«

Als ich mich bei ihm einhakte, fragte ich mich, wie oft mir diese Unterhaltung in den nächsten Tagen noch durch den Kopf gehen würde.

Wie sich zeigen sollte, öfter, als ich dachte.

Kapitel 24

Ich las die E-Mail zum vierten Mal, und auch diesmal verharrte mein Finger über dem »Antworten«-Button. Dann ließ ich die Hand sinken. Die Nachricht kam nicht überraschend, genau genommen erwartete ich sie schon seit Wochen. Bei meinem Verlag in New York war man bisher unglaublich verständnisvoll gewesen, aber natürlich war mir klar, dass man mich schließlich zu einer Entscheidung drängen würde.

Die Uhr für meine Rückkehr tickte, seit man dort wusste, dass Amelia aus dem Krankenhaus entlassen worden war und gute Fortschritte machte. Es war Zeit, nach Hause zu fliegen. Dabei war ich mir nicht mehr so sicher, wo mein Zuhause eigentlich war. Mein Kopf sagte, in New York, in dem Leben, das ich mir aufgebaut hatte, in dem Job, für den ich mir ein Bein ausgerissen hatte. Aber mein Herz … mein Herz strebte in eine ganz andere Richtung.

»Bist du angezogen?«, rief Amelia vom Flur aus und stürmte dann trotzdem ins Zimmer, bevor ich antworten konnte. Hastig klappte ich das Laptop zu und schob es zurück in die Hülle.

»Wie sehe ich aus?«, fragte ich und stand auf. Nicht, weil ich ein Kompliment hören wollte, sondern um sie abzulenken. Trotzdem freute ich mich, als sie anerkennend pfiff.

»Du weißt aber, dass man die Braut nicht in den Schatten stellen darf, oder?«, fragte Amelia und trat einen Schritt zurück, um das Kleid besser in Augenschein nehmen zu können. Ich hatte es eigentlich umtauschen wollen, weil es zu sehr nach rotem Teppich aussah. Doch als ich mich jetzt in dem mannshohen Schlafzimmerspiegel begutachtete, war ich froh, es behalten zu haben. Der tintenblaue Tüllstoff des schimmernden, bodenlangen One-Shoulder-Kleids war mit feinen Silberfäden bestickt.

»Also schätze ich, es ist keine standesamtliche Trauung mit anschließender Feier im Pub, oder?«

»Ich hoffe nicht, sonst schau ich dumm aus der Wäsche.«

Amelia musterte mich – von den zu einem lockeren Knoten hochgesteckten Haaren, die den Hals und die Schultern frei ließen, bis hin zu den glitzernden dunkelblauen Schuhen, die ich mir von ihr geborgt hatte, diesmal mit ihrem Segen.

»Du siehst hinreißend aus«, sagte sie, trat auf mich zu und umarmte mich. »Meine wunderschöne, außergewöhnliche Schwester«, flüsterte sie und drückte mich fest, als wollte sie sich diesen Moment genau einprägen. Ich umarmte sie ebenso fest zurück. Mein sorgfältig aufgetragenes Make-up war plötzlich in Gefahr, als mir angesichts ihrer Worte Tränen in die Augen stiegen. Sie klangen fast wie ein Abschied.

»Selber«, sagte ich und hinterließ einen schwachen rosa Lippenstiftabdruck auf ihrer Wange, als ich sie küsste.

Sie machte einen Schritt zurück und warf mir einen letzten prüfenden Blick zu, wobei sie sich verstohlen über die Augen wischte.

»Du brauchst noch eine silberne Handtasche«, verkündete sie, als sie die schwarze Clutch sah, die ich aufs Bett gelegt hatte. »Ich habe noch irgendwo eine wunderschöne mit Perlen, die ich noch nie benutzt habe.« Nachdenklich kniff sie die Augen zusammen. »Gott, wo habe ich die nur gelassen? Ich hab sie seit einer Ewigkeit nicht gesehen.«

»In deinem Schrank ist sie nicht«, sagte ich und merkte zu spät, was meine Worte implizierten. Aber Amelia war daran gewöhnt, dass ihre kleine Schwester ihre Garderobe plünderte, und zum Glück schien es ihr nichts auszumachen, wie vertraut ich mit dem Inhalt ihres Kleiderschranks war.

»Sie ist in einem dunkelgrauen Karton ... glaube ich«, sagte Amelia kopfschüttelnd. »Mist, es ist so ätzend, dass ich mich an einiges nicht mehr so gut erinnern kann wie früher!«

Ich drückte leicht ihre Schulter. »Keine Sorge. Mein Taxi kommt sowieso in einer Minute, also hätte ich eh keine Zeit mehr für einen Handtaschentausch.«

Wieder runzelte sie die Stirn.

»Ich verstehe immer noch nicht, wieso dein Freund Nick dich nicht abholt, sondern erwartet, dass du allein dorthin fährst.« Diese Ansicht äußerte sie nicht zum ersten Mal.

»Es geht eben nicht«, sagte ich.

»Aber wieso? Schämst du dich für uns, ist es das? Oder will er deine Familie nicht kennenlernen?«

Ich überlegte noch, welcher dieser Alternativen ich zuerst widersprechen sollte, als ich sah, wie sich ein Ausdruck des Entsetzens auf ihrem Gesicht ausbreitete.

»O mein Gott. Ich weiß, warum du nicht willst, dass er zu uns kommt.«

Ihre Worte schnürten mir die Kehle zu, sodass ich kaum Luft bekam.

»Wirklich?«, krächzte ich nervös.

»Na, und ob«, erwiderte sie in kühlem Ton. »Er ist verheiratet, stimmt's?«

»Ich ... Ich ... Nein. Nein, ist er nicht«, stammelte ich, aber mein Zögern verriet, wie nahe sie einer Version der Wahrheit gekommen war.

»Verdammt, Lexi. Bist du wirklich so dumm, es mit dem Mann einer anderen zu treiben?«

Wären ihre Worte nicht so schrecklich niederschmetternd gewesen, hätte es auf eine kranke Art fast lustig sein können.

»Das würde ich *nie* tun«, sagte ich und versuchte, die Stimme in meinem Kopf zu ignorieren, die höhnte: *Wirklich? Das würdest du nie tun, Lexi? Ist das nicht genau das, was du gerade machst?*

Amelia sah mich mit einem so missbilligenden Blick an, dass ich ihr am liebsten die Wahrheit über Sam und Nick und sogar die blöde Schachtel mit den Fotos erzählt hätte, von denen ich jetzt wünschte, ich hätte sie nie gemacht. Aber hätte ich es nicht getan, hätte ich Nick nie kennengelernt, was ebenfalls undenkbar war.

Ich atmete tief durch und griff nach Amelias Hand. »Mimi, mein Freund ist nicht verheiratet, ganz ehrlich. Er war es, aber jetzt ist er geschieden.«

»Das behauptet *er*«, entgegnete sie sarkastisch.

»Das *ist* er.«

Es war das erste Mal seit Langem, dass wir einem Streit so nahe kamen, und mir gefiel die Vorstellung nicht, sie so aufgebracht zurückzulassen.

»Wenn du es sagst«, entgegnete Amelia, was bekanntlich eine Umschreibung für *Ich glaube dir zwar nicht, habe aber keine Lust, weiter darüber zu diskutieren* ist.

Zum Glück ertönte in dem Moment eine Hupe, und wir drehten uns beide zum Fenster um.

»Das Taxi ist da«, sagte ich zutiefst erleichtert.

Amelia nickte, und vielleicht wollte auch sie die bösen Worte vergessen. Sie warf mir einen letzten prüfenden Blick zu. »Du siehst wirklich wunderschön aus, Lexi.« Sie schüttelte den Kopf. »Ich wünschte nur, ich hätte die silberne Handtasche gefunden.«

Bevor ich die Treppe hinunter und zum Taxi eilte, ließ ich den Blick ein letztes Mal durch das Zimmer schweifen, um mich zu vergewissern, dass ich alles ordentlich hinterließ, denn meine Mutter würde heute Nacht hier schlafen, während ich möglicherweise … woanders sein würde. Ich schauderte, wie jedes Mal, wenn ich an Nicks Bemerkung über unser Übernachtungsarrangement dachte.

»Ein paar Gäste schlafen im Hotel«, hatte er gesagt.

»Du auch?«, fragte ich.

Sein Blick suchte meinen, bevor er antwortete: »Eigentlich schon, aber ich habe die Buchung storniert, als du eingewilligt hast, mit mir hinzugehen.«

Ich zog fragend die Augenbrauen hoch. Anscheinend lief unter dem scheinbar harmlosen Gespräch über Hotelzimmer noch eine ganze andere Unterhaltung ab.

»Das Hotel war schon ausgebucht, und ich hätte kein Einzelzimmer mehr für dich bekommen.«

Wie kommst du darauf, dass ich ein Einzelzimmer gewollt hätte?, fragte ich ihn mit Blicken, da ich die Worte nicht über die Lippen bekam.

Er trat näher an mich heran und zog mich an sich.

»Ich hatte keine Hintergedanken, als ich dich gebeten habe, mich zur Hochzeit zu begleiten, Lexi. Ich wollte nicht, dass du glaubst, ich hätte irgendwelche Erwartungen. Das Hotelzimmer zu behalten, wäre mir unangenehm gewesen … also habe ich es storniert.«

Ich schlang die Arme um seinen Nacken. »Das war entweder sehr respektvoll von dir, oder eine raffinierte Art, mir zu verstehen zu geben, dass du nicht auf mich stehst.« Ich zog ihn nur auf, aber hinter dem Scherz verbarg sich eine echte Frage.

»Ich glaube, du kennst die Antwort darauf«, sagte er und zog mich an sich, was die Frage eindeutig klärte. »*Wenn* etwas zwischen uns passiert, dann weil wir beide es in dem Moment wollen, weil wir beschlossen haben, dass es der richtige Zeitpunkt ist, und nicht, weil ein Hotelzimmer auf uns wartet.«

Ich küsste ihn innig. Dann fragte ich: »Denkst du nicht, dass du diese Entscheidung vielleicht eines Tages bereust?«

Er gab ein befriedigendes Stöhnen von sich, als er mich widerstrebend losließ. »Das tu ich schon jetzt.«

Nick erwartete mich am Friedhofstor der reizenden Landkirche, in der sein Freund heiratete. Das Taxi hielt auf dem angrenzenden bekiesten Vorhof, doch Nick sah es nicht kommen, denn gerade hatte ein anderer Gast im Smoking ihn erspäht. Durch das Wagenfenster beobachtete ich, wie die beiden Männer sich die Hand schüttelten, während ich den Fahrer bezahlte und ausstieg.

Ich sagte kein Wort, rief weder seinen Namen, noch hob ich den Arm, aber irgendwie spürte Nick meine Anwesenheit. Er stutzte merklich, verabschiedete sich von dem Mann, mit dem er geredet hatte, und drehte sich langsam zu mir um. Er wandte den Blick nicht von meinem Gesicht ab, während ich mich ihm mit weichen Knien näherte.

Als wir voreinander standen, murmelte er: »Du siehst …« Er schüttelte den Kopf, als wollte er eine Benommenheit abschütteln. »Mir fehlen die Worte, um dir zu sagen, wie wunderschön du bist«, fuhr er schließlich überwältigt fort.

»Also, ich denke, du hast genau die richtigen gefunden«, erwiderte ich und lächelte so strahlend, dass es fast wehtat.

Es war eine dieser sehr britischen Hochzeiten, bei der man erwartet, dass jeden Moment Hugh Grant aufkreuzt. Altmodisch und reizend, aber auch überaus emotional. Nick hatte mir erzählt, dass sein Freund Will die Braut unter höchst ungewöhnlichen Umständen kennengelernt hatte; beide waren in einen Unfall verwickelt gewesen, nach dem sie an den Rollstuhl gefesselt war. Als Bella nun vorsichtig aufstand und langsam durch den Gang auf ihn zuschritt, hielten alle in der Kirche den Atem an, und kein Auge blieb trocken. Aber was mir vielleicht noch besser gefiel, war die Tatsache, dass Nick nach meiner Hand griff und sie festhielt, als das Paar sich das Jawort gab.

Das Schlosshotel, in dem die Hochzeitsfeier stattfand, war imposant, ohne steif zu wirken. Wir wurden in einen großen Saal mit raumhohen Fenstern geführt. Durch eins davon beobachtete ich, wie Will Bella aus dem Rollstuhl hob, während der Fotograf ein Bild machte, das garantiert in einem Rahmen landen würde.

»Bitte sehr«, sagte Nick und reichte mir von einem Tablett ein Glas Sekt. Er folgte meinem Blick und lächelte.

»Ich kenne die beiden nicht mal«, sagte ich und beobachtete, wie das Brautpaar sich zärtlich küsste, »aber ich freue mich so für sie, dass das alles ein glückliches Ende genommen hat.«

»Es ist kein glückliches Ende«, korrigierte mich Nick, »es ist ein glücklicher Anfang. Und das beweist nur: Egal was für Hindernisse einem das Leben in den Weg legt, die Liebe findet immer ihr Ziel.« Er grinste. »War das zu kitschig?«

»Ein bisschen«, gab ich zu, »aber mir gefällt's.«

Ich hätte das Gespräch gern weitergeführt, wir wurden jedoch von einem von Nicks Freunden unterbrochen, den er seit Jahren nicht gesehen hatte, dann von noch einem und noch einem. Ein paar Leute verbargen ihre Neugier geschickter als andere, wenn Nick mich schlicht als »Lexi« vorstellte. Ich nippte nachdenklich an meinem Sekt und fragte mich, ob es überhaupt eine Bezeichnung für unsere Beziehung gab. Ich war nicht seine Freundin, er war nicht mein Partner. Wir waren keine Liebenden, aber so viel mehr als Freunde. Wir bewohnten ein seltsames Niemandsland. Kein Wunder, dass dafür kein Wort existierte.

Es gab erstaunte Blicke einiger ehemaliger Kommilitonen von Nick, die deutlich machten, dass sie erwartet hatten, Natalie an seiner Seite zu sehen. Nicht überraschend, denn sie hatte ja ebenfalls zu diesem Freundeskreis gehört.

In den nächsten paar Stunden lachte ich, bis mir die Tränen kamen, während ich zuhörte, wie Nicks Freunde unseren Tisch mit Geschichten aus ihrer gemeinsamen Vergangenheit unterhielten, die meine eigenen Uni-Abenteuer ziemlich zahm wirken ließen. Ihre Erinnerungen enthüllten eine andere Seite von Nick: eine spielerische, leichtherzige. Ich mochte den Jungen, der er gewesen war, fast genauso gern wie den Mann, der er heute war.

Es überraschte mich nicht, dass mir auch Nicks Freunde sympathisch waren. Unter anderen Umständen hätten sie auch *meine* Freunde sein können. Das weckte Wehmut in mir, weil ich sie nie näher kennenlernen würde.

Der Vater der Braut hielt eine Rede, die mich ebenfalls zu Tränen rührte. Ich dachte, ich hätte meine Gefühle geschickt verborgen, aber Nick bekam es trotzdem mit.

»Alles in Ordnung?«, flüsterte er mir ins Ohr.

»Ja, alles bestens«, sagte ich und durchwühlte auf der Suche nach einem Taschentuch meine kleine Handtasche. Nick nahm das gefaltete Stofftaschentuch aus seiner Brusttasche und drückte es mir in die Hand. »Das gehört sich so bei Hochzeiten«, erklärte ich, nahm das Seidentüchlein und tupfte mir damit die Augenwinkel. »Es verstößt gegen die Etikette, wenn man nicht mindestens einmal weint.«

»Du brauchst dich nicht zu rechtfertigen«, sagte er. Und als ich den Blick hob, sah ich, dass es wirklich nicht nötig war.

Denn er verstand mich auf eine Art wie niemand zuvor – außer Amelia vielleicht. Konnte ich ein so starkes Band wirklich durchtrennen? Beging ich womöglich den größten, dümmsten Fehler meines Lebens?

»Okay, es gibt etwas, was ich dir wirklich schon früher hätte erzählen sollen.« Nicks ernster Ton riss mich aus meinen Gedanken. »Ich kann nicht tanzen. Kein Rhythmusgefühl, kein Koordinationsvermögen, kein Stil und keinerlei Anmut.«

»Ist das deine Art, mir zu sagen, dass du mich heute nicht auf die Tanzfläche führen wirst?«

Er überraschte mich, indem er bei den ersten Klängen der Band sofort aufsprang, mir die Hände hinhielt und mich auf die Beine zog.

»Quatsch. Ich liebe Tanzen. Ich bin einfach nur grottenschlecht.«

Ich würde gern behaupten können, dass das übertrieben war, aber ich hatte später zwei lädierte große Zehen, die das Gegenteil bewiesen. Doch man musste jemanden, der sich mit so viel Begeisterung in etwas stürzte, in dem er so verdammt schlecht war, einfach lieben. Ich strauchelte, als er mich herumwirbelte, und wäre fast auf dem Hintern gelandet.

Man musste jemanden einfach lieben …

Man musste jemanden einfach lieben …

Die Worte schienen im Rhythmus der Musik widerzuhallen, an dem Nick so beharrlich vorbeitanzte. Doch es war ihm egal. Er lächelte mich an, und ich wusste, dass ich den Moment immer in Erinnerung behalten würde, weil es der war, in dem ich erkannte, dass ich ihn liebte.

Als die Musik schließlich langsamer wurde und der Sänger der Band mit rauer Stimme »Me and Mrs Jones« schmachtete, schmiegte ich mich in Nicks Arme. Ich spürte die Wärme seines Atems an meinem Hals, spürte, wie seine Lippen die Haut streiften, unter der mein Puls hämmerte wie verrückt.

Zwei, drei Songs später musste ich mich daran erinnern, dass wir uns an einem öffentlichen Ort befanden und dass meine Gedanken nichts in einem Raum voller Fremder verloren hatten. Als ich den Kopf hob, sah ich eine kobaltblaue Flamme in seinen Augen lodern, die mir fast den Verstand raubte.

»Können wir von hier verschwinden?«, hauchte ich.

Nick schien Probleme zu haben, eine Antwort zu formulieren, was ich als sehr ermutigendes Zeichen wertete. Er nickte nur, konnte den Blick nicht von meinen Lippen abwenden.

»Gehen wir«, sagte er schließlich, seine Stimme eine Mischung aus Samt und Reibeisen.

Wir bahnten uns einen Weg zwischen den Paaren hindurch, die jetzt zu einem Hit die Hüften schwangen, der garantiert alle auf die Tanzfläche zog.

»Sollten wir uns nicht von deinen Freunden verabschieden?«, fragte ich. Nick hatte meine Handtasche vom Tisch genommen, und wir durchquerten bereits das Hotelfoyer.

»Schön, dass du glaubst, ich hätte mich genug unter Kontrolle, um nicht nur die zwanzigminütige Fahrt zu mir nach Hause zu überstehen, sondern auch noch eine Reihe von Verabschiedungen.«

Er sah mich an, und mein ohnehin schon beschleunigter Puls fing an zu rasen.

»Zwanzig Minuten?«, hauchte ich.

»Achtzehn, wenn wir an den Ampeln Glück haben.«

»Glaubst du, du hast heute Glück?«, fragte ich und biss mir auf die Unterlippe. Ich war normalerweise nicht so provokativ, aber Nick brachte ganz neue Seiten von mir zum Vorschein.

Er zog mich an sich, küsste mich und gab mir einen Vorgeschmack auf die Leidenschaft, die wir, wie ich wusste, in ungefähr zwanzig Minuten teilen würden. Oder, wenn alles gut lief, in achtzehn.

Ich erinnere mich kaum an die Fahrt. Ich weiß, dass das Radio lief, aber ich könnte mich nicht festlegen, ob die Musik leise, sexy, jazzig oder »Baby Shark« in Dauerschleife war. Doch ich erinnere mich sehr gut, dass ich noch die Geistesgegenwart hatte, hastig eine Textnachricht an Mum und Amelia zu verfassen, in der ich sie informierte, dass ich an diesem Abend nicht nach Hause kommen würde.

Nick fuhr schnell, vielleicht sogar etwas schneller als erlaubt, war jedoch nicht leichtsinnig. Er hielt den Blick die ganze Zeit auf die Straße gerichtet – später gestand er mir, wenn er mich angesehen hätte, wären wir wahrscheinlich gegen einen Baum gefahren oder im Graben gelandet.

Auch wenn er gefasst schien, gab es verräterische Hinweise. Er parkte in einem merkwürdig schrägen Winkel in seiner Einfahrt und ließ den Schlüssel im Zündschloss stecken. Während ich noch am Sicherheitsgurt herumfummelte, war er schon ausgestiegen und zur Beifahrerseite gelaufen. Er öffnete die Tür, beugte sich über mich, löste die Schnalle, und ich hörte, wie ihm der Atem stockte, als er mich aus dem Wagen und in seine Arme zog. Dann berührten seine Lippen meine, ein Kuss, der in der Einfahrt unter dem Sternenzelt begann und weiterging, als wir durch die Eingangstür in den Flur stolperten. Ich war mir vage bewusst, dass Mabel schläfrig von ihrem Hundebett aufsah und dann geflissentlich den Blick abwandte.

Nicks Anzugjacke fiel schon im Flur auf den Boden, gefolgt von seiner Krawatte und meinen glitzernden Stilettos. Im Schlafzimmer angekommen, waren alle Knöpfe an Nicks

Hemd geöffnet, und ich hatte es ihm schon aus der Hose gezogen.

Er nahm mein Gesicht in beide Hände und küsste mich leidenschaftlich. Unsere Zungen erforschten, erkundeten einander, wir vertieften den Kuss, bis ich leise stöhnte. Nick vergrub die Hände in meinen Haaren, während meine über die Konturen seiner Brust strichen … und tiefer glitten. Jetzt stöhnte auch er und ließ die Hand über meinen Körper wandern, bis er den Reißverschluss fand. Ich hielt den Atem an. Er verharrte eine Weile, bis das Pulsieren zwischen meinen Beinen fast unerträglich wurde.

Ich schlang die Arme um seine Hüfte und zog ihn so fest an mich, dass keine Fragen offenblieben.

Endlich öffnete er den Reißverschluss und ließ die Hand unter mein Kleid gleiten. Ich stöhnte und presste mich an ihn; er fühlte sich hart an wie Granit. Er legte seine Hände auf meine Hüften und hob mich so blitzschnell hoch, dass ich nach Luft schnappte. Ich schlang die Beine um ihn. Wir stolperten erneut, schafften es aber irgendwie ins Bett.

Seine übrigen Kleider waren im nächsten Moment verschwunden, so ungeduldig und gierig war ich. Doch Nick ließ sich Zeit, zog eine feurige Spur von Küssen über meinen Hals und meine nackten Schultern bis hinunter zur Rundung meiner Brust. Den trägerlosen BH, den anzuziehen eine Ewigkeit gedauert hatte, hatte Nick mir im Nullkommanichts ausgezogen. Dann betrachtete er mich eine lange Zeit, bevor er fast ehrfürchtig meine nackte Haut streichelte. Das quälende Warten auf seine Liebkosung war rasch vergessen, als er meine Brüste umfasste, den Kopf senkte und die Nippel sanft mit Mund und Zunge liebkoste.

Was folgte, war ein Kaleidoskop von Gefühlen, die so weit von allem entfernt waren, was ich zuvor erlebt hatte, dass ich mich fragte, ob ich mein ganzes Erwachsenenleben lang etwas falsch gemacht hatte. Wir erkundeten einander langsam, Zentimeter für Zentimeter, wie auf einer Reise, die wir schon immer hatten unternehmen wollen, für die wir jedoch nie den richtigen Reisepartner gefunden hatten. Bis jetzt.

Als Nick sich schließlich auf die Arme aufstützte und auf mich heruntersah, wandte keiner von uns den Blick ab. Und als er in mich eindrang, spürte ich, wie sein Körper unter meinen Händen erzitterte.

»Gott, Lexi, das wünsche ich mir schon so lange …«

Er passte seine Geschwindigkeit meiner an, schien jede meiner Bewegungen und Geräusche zu verstehen, als hätten wir das schon tausend Mal gemacht. Er wusste genau, wann ich so weit war, und ich sah, wie das Verlangen in seinem Gesicht bis dahin immer intensiver wurde. Ich kam mit einem Schrei, der sich nicht unterdrücken ließ, und Sekunden später erschauerte er und rief meinen Namen, während er in mir kam.

Es war anders als alles, was ich bisher erlebt hatte, und als er mich in die Arme nahm und zärtlich auf die Stirn küsste, wusste ich, dass es für ihn ebenso überwältigend gewesen war wie für mich.

Kapitel 25

So hatte ich mir unseren ersten gemeinsamen Morgen wirklich nicht vorgestellt.«

Nick entschuldigte sich schon, seit uns sein Telefon bei Morgengrauen geweckt und er sich im Halbdunkel angezogen hatte. Und er entschuldigte sich auch jetzt noch, als er neben seinem Bett stand und zu mir herabsah. Mir war durchaus bewusst, dass die Laken mich nur bis zu den Hüften bedeckten.

»Wie soll ich bei diesem Anblick nur das Haus verlassen?«, stöhnte er.

Ich legte die Hände auf meine Brüste. »Besser so?«

Er schüttelte den Kopf, ergriff meine Handgelenke und drückte sie neben meinem Kopf aufs Kissen, als sei ich seine Gefangene. Zugegebenermaßen eine sehr willige Gefangene. Er kniete sich erst aufs Bett und legte sich dann auf mich. Als ich durch das Laken spürte, wie er hart wurde, überlief es mich heiß und kalt.

Es war gut, dass Nick irgendwie seine Beherrschung wiedererlangte, denn ich konnte langsam nicht mehr.

»Es geht nicht. Ich muss zur Farm«, sagte er und ließ mich frei.

Ich nickte, gab ihm schnell einen stürmischen Kuss und zog das Laken hoch, um ihn nicht weiter abzulenken.

»Versuch, noch etwas zu schlafen«, bat er und schlüpfte in eine dicke Kapuzenjacke. »Jedem anderen als Doug hätte ich gesagt, er soll in der Praxis anrufen. Ich habe dieses Wochenende nicht mal Dienst.«

»Wirklich, Nick, es ist okay. Alles im grünen Bereich«, versicherte ich ihm.

Ich hatte gleich gewusst, dass es etwas Ernstes sein musste, nachdem sein verärgertes Stirnrunzeln einem sorgenvollen Blick gewichen war. Nick hatte sich kurz mit Doug unterhalten und ihm eine Reihe von Fragen gestellt, von denen ich nicht eine verstand. Das Einzige, was ich mitbekam, war, dass es dabei um Pferde ging. Und die Antworten, die Nick erhielt, schienen ihm nicht zu gefallen.

»Ich bin in einer Viertelstunde bei dir«, sagte er ins Telefon, schwang sich aus dem Bett und berichtete mir, dass Dotty, die Stute, auf der ich geritten war, an schweren Koliken litt.

»Du kannst bestimmt noch etwas Schlaf gebrauchen«, sagte Nick von der Türschwelle aus erneut. Er war zwar mindestens fünf Meter weit von mir entfernt, doch ich schwöre, dass ich das Feuer in seinen Augen körperlich spürte, als er hinterherschob: »Wir haben diese Nacht schließlich nicht viel geschlafen.«

»Ich weiß«, sagte ich, und wir wechselten einen Blick, den alle frisch Verliebten überall auf der Welt verstehen.

»Ich hatte für heute früh so große Pläne«, gab Nick zu. »Und für keinen davon hätte einer von uns sich anziehen müssen.«

Ich lachte vergnügt und fragte mich, wann ich zuletzt so gelöst gewesen war. Aber gleich darauf überkamen mich Schuldgefühle bei dem Gedanken an das schwer kranke Pferd.

»Fühl dich wie zu Hause. Ich bin so schnell wie möglich wieder da.«

»Ich lauf nicht weg«, versprach ich ihm. Und weil ich nicht widerstehen konnte, schob ich noch einmal das Laken beiseite und gab ihm einen letzten kurzen Einblick.

Nick lachte noch, als er beschwingt die Treppe hinunterlief und das Haus verließ.

Überraschenderweise schaffte ich es, noch einmal einzuschlafen. Nick musste schon mehrere Stunden weg gewesen sein, denn als ich aufwachte, schien das Sonnenlicht ins Zimmer.

Müde räkelte ich mich in seinem Bett und hing nicht jugendfreien Erinnerungen an die letzte Nacht nach. Dann schaute ich mich lächelnd im Zimmer um, wo unsere Kleidung überall auf dem Boden verstreut war. Neben der Tür lag Nicks Hemd, das ich mit einem gekonnten Wurf quer durchs Zimmer befördert hatte. Da ich einen Kaffee brauchte, stand ich auf und zog es mir über. Nick hatte mir zwar gesagt, ich solle mich wie zu Hause fühlen, aber wahrscheinlich hatte er damit nicht gemeint, dass ich hier splitterfasernackt herumspazieren sollte.

Auf dem Weg in die Küche sammelte ich die glitzernden Stilettos und meine schwarze Clutch auf. Die Schuhe stellte ich beiseite, aber die schmale Abendtasche behielt ich aus irgendeinem Grund in der Hand.

Nur wenige Augenblicke zuvor hatte ich einzig und allein an die Espressomaschine in Nicks Küche gedacht. Aber jetzt, im Licht der Morgensonne, das durchs Fenster hereinfiel, fröstelte ich plötzlich. Irgendetwas stimmte nicht … und es hatte mit meiner Handtasche zu tun. Ich öffnete den Verschluss und sah hinein. Es fehlte nichts. Aber ich wurde das ungute Gefühl nicht los.

Es war immer noch da, als ich die Clutch auf der blitzblanken Arbeitsfläche ablegte. Amelia hatte recht gehabt; eine silberne Tasche hätte besser zu meinem Outfit gepasst. Und da war es schon wieder, das Gefühl, dass etwas nicht in Ordnung war.

Ich wollte mir gerade eine Tasse aus dem Schrank nehmen, als ich plötzlich, wie vom Blitz getroffen, innehielt. Die Erinnerung, die ich zu greifen versucht hatte, war auf einen Schlag wieder da.

Ich habe noch irgendwo eine wunderschöne mit Perlen.

Ich hörte Amelia so klar und deutlich, als stünde sie direkt neben mir.

Sie ist in einem dunkelgrauen Karton … glaube ich.

Jetzt fiel bei mir der Groschen, denn ich wusste nur zu genau, wo sich dieser graue Karton befand. Unter dem Bett im Gästezimmer. Ich hatte ihn jedes Mal gesehen, wenn ich mich dort hinkniete, um weitere Fotos in die Erinnerungsschachtel zu legen.

Das Herz klopfte mir bis zum Hals, und ich konnte keinen klaren Gedanken fassen. Es gab nicht den geringsten Grund zu der Annahme, Amelia könne über Nacht eingefallen sein, wo der graue Karton war. Oder dass sie überhaupt noch danach gesucht hatte. Aber was, wenn doch?

Konnte ich es riskieren, dass sie dabei die Erinnerungsschachtel fand? Während ich die Treppe zu Nicks Schlafzimmer wieder hinaufrannte und mich schneller anzog, als er mich gestern entkleidet hatte, beantwortete ich mir diese Frage selbst. Diese Bilder hätten nie gemacht werden dürfen und konnten nur Unheil anrichten.

Der Uber-Fahrer wollte sich unterhalten, aber mein einziger Wunsch war, dass er schneller fuhr. Bei jeder roten Ampel und viel befahrenen Kreuzung hatte ich das Gefühl, man wollte uns absichtlich aufhalten.

»Könnten Sie vielleicht einen kleinen Zahn zulegen?«, drängte ich den Mann.

»Sie haben es wohl eilig, wie?« Das war schon die zweite unnötige Frage, die er mir stellte, nach »Steht was Schönes an heute?«, als ich um zehn Uhr morgens in meinem schicken Kleid in sein Fahrzeug gestiegen war.

Ich hatte Schuldgefühle, weil ich mein Versprechen gegenüber Nick, auf seine Rückkehr zu warten, brach, und verdrängte die Vorstellung, wie er die Treppe hinaufeilen und nur den hastig geschriebenen Zettel auf dem Bett vorfinden würde.

Nick, es tut mir wirklich leid, aber es ist was dazwischengekommen, und ich muss los. Ich rufe dich später an. Ich hoffe, Dotty geht es gut. L x

Noch bevor das Taxi auf dem Sandweg richtig gehalten hatte, sprang ich aus dem Wagen und rief dem Fahrer hastig über die Schulter ein »Danke« zu. Ich stürmte ins Haus und schaute im Flur nach links und rechts in der Hoffnung, meine Schwester im Erdgeschoss vorzufinden. Doch beide Zimmer waren leer.

Also rannte ich in meinen Stilettos die Treppe hinauf und sah die Tür zum Gästezimmer offen stehen. Plötzlich war mir übel.

»Amelia?«, rief ich und lauschte angestrengt auf Wasserrauschen von der Dusche, doch wie ich es schon geahnt hatte, kam ihre Antwort aus meinem Zimmer.

Mit bleiernen Füßen ging ich hinein. Amelia kniete tatsächlich neben meinem Bett auf dem Boden, inmitten von einem Meer glänzender Fotos aus der Erinnerungsschachtel.

Sehr, sehr langsam drehte sie den Kopf zu mir. »Was ist das, verdammt noch mal?«

»Ich kann dir alles erklären«, sagte ich hastig, was eine faustdicke Lüge war, denn ich hatte keine Ahnung, wie.

Und sie wollte von mir auch gar keine Erklärungen, sondern war völlig außer sich vor Zorn, der wahrscheinlich schon seit mehreren Stunden in ihr brodelte.

»Du hast mich angelogen«, sagte sie mit einer Stimme, die nicht mehr nach meiner Schwester klang. »Du hast mich belogen. Ich habe dich gefragt, ob dein Freund die Fotos von meinem Handy retten konnte, und du hast mir in die Augen geschaut und gelogen und gesagt, es hätte nicht geklappt.«

»Ich … Ich …« Ich wusste nichts zu entgegnen. Auf diese Auseinandersetzung war ich nicht vorbereitet. Amelia hingegen schon.

»Alle meine Erinnerungen an Sam waren auf diesem Handy gespeichert! Du wusstest, wie wichtig mir diese Fotos sind, und du hast gelogen, verdammt noch mal, du hast behauptet, du hättest sie nicht! Und dann hast du sie ausgedruckt und vor mir versteckt. Was zum Teufel soll das?«

Meine Wangen brannten vor Scham. Dieses Donnerwetter hatte ich verdient.

»Und schlimmer noch«, fuhr Amelia fort und erhob sich. »Du hast sie nicht nur vor mir versteckt, du hast auch noch dafür gesorgt, dass ich alle meine Gewissheiten infrage gestellt habe. Hast mich dazu gebracht, zu glauben, ich würde langsam verrückt! Ich habe überall im Haus nach Spuren von Sam gesucht, aber nichts gefunden. Und jetzt weiß ich auch, wieso.«

Weil er nicht existiert, hätte ich am liebsten gesagt, aber sie ließ mich nicht zu Wort kommen.

»Aber was ich ums Verrecken nicht begreife, ist, warum du das getan hast. Warum, Lexi?« Sie zitterte vor Erregung. »Warum hast du das deiner Schwester angetan? Deinem eigenen Fleisch und Blut. Deiner Zwillingsschwester!«

»Bitte, Mimi, beruhige dich doch erst mal, und dann reden wir vernünftig über alles.« Verzweifelt sah ich mich um. »Wo ist Mum? Sie kann es dir erklären.«

»Drüben bei Tom«, sagte Amelia barsch. »Und lass gefälligst Mum aus dem Spiel. Das hier geht nur dich und mich was an.«

»Okay«, sagte ich und hob abwehrend die Hände. »Aber bitte glaub nicht, dass ich dich in irgendeiner Weise verletzen wollte.« Meine Stimme bebte, und mir kamen die Tränen. »Ich wollte bloß, dass du wieder gesund wirst.«

Amelias Augen funkelten vor Wut. »Du wolltest die Einzige sein, die das schaffen kann«, sagte sie und klang wie eine Fremde.

Ich schüttelte den Kopf. »Was? Nein. Was meinst du?«

Sie blickte auf die Fotos, die auf dem Boden verstreut lagen. »Du siehst ja, was Sam und ich füreinander empfinden. Das sieht man auf jedem von diesen verdammten Fotos von meinem Handy. Und das konntest du anscheinend nicht ertragen.«

»Wie bitte?« Das war so weit hergeholt, dass ich nicht wusste, wie ich das Gespräch wieder auf den Boden der Tatsachen zurückholen konnte. »Ich bin nicht eifersüchtig auf Sam oder neidisch auf eure Beziehung«, widersprach ich und ignorierte dabei die Stimme in meinem Kopf, die mich beharrlich daran erinnerte, dass Sam nicht existierte.

»Also, ich denke, du bist sehr wohl eifersüchtig. Weil es jemanden gibt, der mir so nahesteht wie du, oder sogar noch näher. Und du bist eifersüchtig, weil ich einen Mann habe, der mir solche Blicke schenkt wie auf den Fotos.«

Ich konnte nicht anders – mein Blick wanderte zu Boden und fiel auf einen Schnappschuss von mir und Nick, wie wir einander am Strand anlächelten. Ich weinte jetzt richtig.

»Wahrscheinlich warst du eifersüchtig, seit ich ihn kennengelernt habe. Er entspricht ja eher deinem Typ als meinem.« Da hatte sie recht. Nick fiel genau in mein Beuteschema.

»Vielleicht hast du nicht ertragen, dass ich in einer glücklichen Beziehung lebe, wovon du nur träumen kannst.«

Ihr plötzlicher Richtungswechsel verwirrte mich.

»Was soll das heißen?«

»Jede deiner Beziehungen hatte doch den Selbstzerstörungsknopf schon eingebaut. Du hattest nicht einfach Pech in der Liebe, wie du dir gern einredest.«

Ich schüttelte den Kopf über den blinden Hass, der mir entgegenschlug.

»Du hast absichtlich dafür gesorgt, dass du kein Liebesglück findest, indem du dir wieder und wieder die falschen Männer ausgesucht hast. Seit Dad gestorben ist, hast du dein Leben regelrecht sabotiert.«

Hätte sie mir einen Dolch ins Herz gestoßen, hätte es mich nicht stärker schmerzen können. Sie war die Einzige, die wusste, welche Schuldgefühle ich immer noch mit mir herumtrug wegen der Sache an jenem Tag, als unser Vater starb. Dass sie das jetzt gegen mich verwendete, war unerträglich.

»Und jetzt willst du, dass niemand mich liebt und ich niemandem wichtig bin außer dir. Seit du hier bist, hast du nichts anderes getan, als mich von Sam abzuschirmen.«

Ich schüttelte erneut den Kopf, hatte jedoch keine Ahnung, wie ich ihr klarmachen sollte, dass das nicht weiter von der Wahrheit hätte entfernt sein können.

Plötzlich ließ sie sich mit ihrem ganzen Gewicht aufs Bett sinken, als hätte die Erkenntnis ihr den Boden unter den Füßen weggerissen.

»Mein Gott. *Da* warst du also, wenn du gesagt hast, du würdest deinen ›Freund‹ Nick treffen.« Sie deutete mit den Fingern Gänsefüßchen an, als sie den Namen des Mannes aussprach, den ich liebte. »Ich glaube, es gibt gar keinen Nick. Du hast ihn dir nur ausgedacht, hab ich recht?«

Die Anschuldigung, nicht sie, sondern ich wäre in einen imaginären Mann verliebt, war derart abstrus, dass ich laut loslachte. Was, wie mir zu spät bewusst wurde, das Allerschlimmste war, was ich hatte tun können.

Amelia reimte sich die Dinge auf ihre eigene Art zusammen und kam zu einem völlig falschen Schluss. »Immer, wenn du dich angeblich mit diesem Nick getroffen hast, warst du mit

Sam zusammen, hab ich recht? Und hast ihm gesagt, er könne mich nicht besuchen. Dass es nicht gut für meine Genesung wäre, wenn er käme.« Triumphierend schlug sie mit der Faust auf die Matratze. »Ich hab immer gewusst, dass dieses alberne Märchen von einem Schweige-Retreat totaler Bullshit war. Sam würde so was nie machen.«

Ich hätte ihr wirklich gern gesagt, dass unsere Mutter diesen Gedanken auch gehabt hatte, aber das ging natürlich nicht. »Wenn du so bist, kann ich nicht mit dir reden.«

»Was meinst du? Dass ich zum ersten Mal seit Monaten klarsehe, oder was?«

»Dass du alles falsch siehst. Dass du *mich* falsch siehst. Ich hab dich lieb, Amelia, von ganzem Herzen und mit jeder Faser meines Körpers liebe ich dich und würde nie, niemals etwas tun, was dich verletzt.«

Erstaunlicherweise gelang es mir, sie trotz ihrer Wut mit meiner Aufrichtigkeit zu erreichen.

»Ja, du liebst mich. Das weiß ich. Aber Sam liebt mich auch, und du hast verhindert, dass er zu mir zurückkommt. Und das kann ich nicht länger zulassen.«

Kalte Furcht packte mich.

»Was soll das heißen?«

Sie zögerte. Daran klammerte ich mich noch lange danach. Wenigstens zögerte sie, bevor sie die Worte aussprach, die das Band zwischen uns wie ein Schlag mit einer Machete trennten.

»Ich will, dass du abreist. Es wird Zeit, dass du dein eigenes Leben in New York weiterführst und mich meins leben lässt. Wenn du weg bist, wird Sam zu mir zurückkommen. Das weiß ich.«

Kapitel 26

Noch in meinem Hochzeits-Outfit stand ich lange allein im Gästezimmer und versuchte zu begreifen, was gerade passiert war. Nie zuvor waren Amelia und ich so aneinandergeraten, und nie zuvor war ich das Ziel einer derart grenzenlosen Wut gewesen. Ich sah keine Möglichkeit, wie wir unsere in die Brüche gegangene Beziehung je wieder kitten konnten, und der Gedanke, sie könnte irreparabel zerrüttet sein, brachte mich noch heftiger zum Weinen.

Amelia wollte mich hier nicht mehr haben, nicht in ihren vier Wänden und auch nicht in diesem Land. Und obwohl ich natürlich gewusst hatte, dass ich bald nach New York zurückmusste, war ich doch davon ausgegangen, ich würde meine Zelte hier erst abbrechen, wenn ihre Verwirrung sich zerstreut und das Hirngespinst von einem Mann, den es nicht gab, sich endlich in Luft aufgelöst hatte.

Doch Sam spukte nach wie vor in ihrem Kopf herum, und irgendwie war Amelia zu der Überzeugung gelangt, ich würde ihn von ihr fernhalten. Der einzige Weg, um zu beweisen, dass es ihn nicht gab, war abzureisen und abzuwarten, bis sie endlich begriff, dass er nie zu ihr zurückkehren würde – weil er nicht existierte.

Doch das Schlimmste von allem war, dass Sam als Phantompartner meiner Schwester weiterlebte, während ein realer Nick und ich keine gemeinsame Zukunft hatten. All die Hoffnungen, die seit gestern Nacht entstanden waren, musste ich jetzt begraben. Ich konnte und würde mein eigenes Glück nicht auf dem gebrochenen Herzen meiner Schwester aufbauen. Das würden wir beide nicht verkraften.

Ich riss mir das Kleid vom Leib, ließ den zarten Tüll achtlos auf dem Boden liegen und griff nach meinem Laptop. In Gedanken hatte ich die E-Mail schon seit Wochen vorformuliert, und zwar in zwei verschiedenen Versionen. Erst als ich die Fassung, in der ich das Jobangebot annahm, in den Rechner tippte, wurde mir klar, dass ich eigentlich von Anfang an eher vorgehabt hatte, die Beförderung abzulehnen. Stattdessen schloss ich die Mail an meine Chefin nun mit der Versicherung, dass ich Ende der Woche wieder an meinem Schreibtisch in Manhattan sitzen würde.

Offensichtlich war ich nicht bei klarem Verstand, sonst hätte ich vorher nachgesehen, ob so kurzfristig überhaupt noch Flüge zu bekommen waren. Doch das Glück war mir zumindest in diesem Fall gewogen. In zwei Tagen gab es noch einen freien Platz auf einem Direktflug zum JFK. Die Technik machte es einem sehr leicht, Brücken abzubrechen, bevor man es sich anders überlegen konnte. Man gab einfach seine Kreditkarteninformationen ein, und schon hatte man mit einem Klick dem Lauf des eigenen Lebens eine andere Richtung gegeben.

Die Ironie des Schicksals, dass ich fast genauso überstürzt den Transatlantikflug nach Hause buchte wie vor mehreren Monaten den Hinflug, entging mir nicht. Und doch hatte sich in dieser kurzen Zeit alles verändert.

»Ich habe für übermorgen einen Flug bekommen.«

»Das wird das Beste sein«, erwiderte Amelia kurz angebunden.

Seit unserer Auseinandersetzung am Vormittag hatten wir kaum ein Wort gewechselt, und wenn doch, unterhielten wir uns steif und förmlich wie Wildfremde. Zwischen uns hatte sich ein eisiger Abgrund aufgetan, und ich hatte keine Idee, wie wir ihn überwinden konnten.

Der einzige Hoffnungsschimmer war Amelias Reaktion, als ich vorschlug, mich für die nächsten zwei Tage wieder bei Mum einzuquartieren.

»Das ist nicht nötig«, erwiderte sie knapp. »Du kannst bis zu deiner Abreise hierbleiben.«

Es war zwar kein Friedensangebot, nicht einmal annähernd, aber ich nahm es dennoch als ermutigendes Zeichen.

Erst nachmittags sprach ich endlich mit Nick. Im Laufe des Tages hatte er mir mehrere Nachrichten geschickt, doch ich hatte auf keine geantwortet. Ich wollte ihn nicht von der Arbeit abhalten, aber wenn ich ehrlich war, hatte ich diese Stunden auch gebraucht, um meine Entschlossenheit zu stählen, denn ich wusste, dass sie auf die Probe gestellt werden würde.

Amelia tat, als würde sie eine Zeitschrift lesen, aber die Geschwindigkeit, mit der sie die Seiten umblätterte, verriet sie. Auch wenn wir im selben Zimmer saßen, trennten uns Welten. Ich war zum Fenster gegangen und schaute den an den Strand brandenden Wellen zu, und dabei wurde mir bewusst, wie sehr ich diesen Ort vermissen würde.

Als mein Handy klingelte, war mir bereits klar, dass Nicks Name auf dem Display stehen würde. Mir wurde flau im Magen, und mit schwerem Herzen dachte ich: Das war's dann wohl.

Amelia blickte von ihrem Magazin hoch und sah mir misstrauisch hinterher, als ich durch den Flur ging und das Haus verließ. Der Wind schlug mir auf dem kurzen Weg zum Strand wie eine Ohrfeige entgegen. *Ich sollte noch einmal umkehren und mir eine Jacke holen*, dachte ich fröstelnd, denn ich trug nur einen dünnen Pulli. Aber vielleicht waren es gar nicht die Temperaturen, die mich zum Zittern brachten. Ich brauchte zwei Anläufe, bevor ich meine nervösen Finger so weit im Griff hatte, dass ich zurückrufen konnte.

»Hallo«, sagte Nick, und obwohl ich meine Gefühle in Beton eingemauert hatte, wäre ich schon bei diesem einen Wort von ihm fast eingeknickt. Er klang so glücklich, und ich würde das alles gleich kaputt machen.

»Hallo«, entgegnete ich angespannt und drückte mir das Smartphone fest ans Ohr.

»Alles in Ordnung? Gerade bin ich heimgekommen und hab deinen Zettel gefunden.«

»Ja, alles bestens«, sagte ich. Das war die erste Lüge und würde heute wohl kaum die letzte sein.

»Ach, gut. Ich hatte mir schon Sorgen gemacht. Ich dachte, vielleicht ist Amelia was passiert.« Seine Erleichterung war nicht zu überhören, und ich kam mir vor wie ein Ungeheuer, weil ich einen so fürsorglichen Mann verletzen würde.

»Geht es Dotty wieder gut?«, fragte ich.

Er seufzte. »Sie wird wieder gesund, aber eine Weile stand es ziemlich auf der Kippe. Tut mir leid, dass ich deshalb wegmusste, aber wenigstens ist alles gut gegangen.«

Für das Pferd vielleicht, aber leider nicht für uns.

»Da bin ich echt froh«, sagte ich, wobei meine Stimme unerwartet brach.

»Lexi, was ist los? Mit dir stimmt doch was nicht. Das merke ich doch!«

»Nick, wir müssen miteinander reden.«

Ich hörte, wie er schluckte, als hätte er einen ebenso dicken Kloß im Hals wie ich.

»Du machst mir Angst, Lexi. Ist es was Schlimmes?«

»Ich … Ich möchte das wirklich nicht am Telefon besprechen.«

Sein scharfes Einatmen verriet mir, dass er bereits ahnte, was ich ihm sagen musste.

»Wo bist du? Bei Amelia?«

»Ja.«

»Ich fahr sofort los.«

Ich ging wieder ins Haus, nahm eine Steppjacke von der Flurgarderobe und ergriff nach kurzer Überlegung noch eine Handvoll Taschentücher, die ich in die Jackentasche stopfte.

Nick musste sämtliche Verkehrsregeln ignoriert haben, um so schnell zu mir zu gelangen. Das weckte Erinnerungen an unsere waghalsige Autofahrt am Vorabend, auch wenn die Situationen kaum unterschiedlicher hätten sein können.

Schon zwanzig Minuten nachdem wir unser Gespräch beendet hatten, parkte Nick in einiger Entfernung von den Cottages und stieg aus. Aus irgendeinem Grund wusste er genau, wo er mich finden würde. Ich vergrub die Hände tief in den Jackentaschen und wartete. Als er nahe genug war, um meinen Gesichtsausdruck deuten zu können, verlangsamte er seine Schritte und blieb zögernd stehen.

Ungläubig schüttelte er den Kopf.

»Es tut mir so leid«, sagte ich und wäre am liebsten in seine Arme gestürzt, um alles zurückzunehmen, um all die furchtbaren Worte, die ich noch sagen musste, ungesagt zu lassen.

»Warum?«

Auf diese traurige Frage wusste ich keine richtige Antwort.

Es folgte ein langes Schweigen.

»Ich liebe dich, Lexi.« Das war der Satz, den ich mehr als alles auf der Welt hören wollte, und zugleich auch der, vor dem ich mich am meisten fürchtete. »Das sollst du wissen, bevor du weiterredest.«

Vor mir standen zwei Nicks, dann vier und dann ein ganzes Heer, so verschwommen war mein Blick durch die Tränen. Mir lag ein »Ich liebe dich auch« auf der Zunge, aber das zu sagen, hätte eine unfassbar schmerzvolle Situation nur noch schwerer erträglich gemacht.

»Ich habe meinen Heimflug gebucht. Übermorgen fliege ich zurück.«

Er zuckte bei meinen Worten zusammen, als seien es Messerstiche.

»Komm, wir gehen ein Stück«, sagte er mit heiserer Stimme. Er bot mir seinen Arm, und ich zögerte kurz, aber Nicks Anziehungskraft war einfach zu stark. Ich hakte mich bei ihm ein, und wir gingen den Strand entlang.

»Wieso schon übermorgen? Habe ich was falsch gemacht?«

Ich durfte nicht zulassen, dass er so etwas dachte, selbst wenn es mir den Schlussstrich erleichtert hätte.

»Die letzte Nacht war wunderbar, in jeder Hinsicht …«

»So wunderbar, dass du Hals über Kopf auf die andere Seite des Erdballs flüchten willst?«

»Ich lebe dort«, sagte ich knapp. »Es stand immer fest, dass ich zurückfliegen würde. Das war uns beiden klar.«

»Hat irgendjemand was zu dir gesagt?«, fragte er.

»Nein«, log ich reflexhaft.

»Du bist aufgewacht und hattest einen plötzlichen Sinneswandel?«

»An meinen Gefühlen hat sich nichts geändert«, sagte ich ernst. Das war das Aufrichtigste, was mir bis jetzt über die Lippen gekommen war.

»Ich dachte, wir hätten noch ein paar Wochen Zeit bis zu deiner Abreise. Seit heute früh, als ich aus dem Haus gegangen bin, habe ich überlegt, wie wir dafür sorgen können, dass eine Beziehung zwischen uns trotz der Entfernung funktioniert.«

Während ich den Tag mit dem Versuch zugebracht hatte, Nick aus meinem Leben zu verbannen, hatte er versucht, mir einen Platz in seinem zu verschaffen. Über diesen Widerspruch würde ich gewiss noch sehr lange Tränen vergießen.

»Fernbeziehungen funktionieren nun mal nicht auf Dauer«, sagte ich und blieb abrupt stehen.

Nick sah mich an. »Woher willst du das wissen? Hattest du je eine?«

Ich hätte gern gelogen, aber etwas in seinem Blick hielt mich davon ab. »Nein. Aber ich weiß, dass es für mich nicht funktionieren würde.«

Er nahm meine Hände. »Das kannst du nicht sicher wissen. Haben wir nicht wenigstens einen Versuch verdient?«

Ich schaute auf den Sand zu unseren Füßen, denn Nick in die Augen zu sehen, war genauso schwer, wie ich erwartet hatte. *Natürlich will ich es versuchen!*, schrie ich innerlich.

»Ich könnte alle zwei Wochen übers Wochenende rüberfliegen«, schlug Nick vor. »Und wenn Holly mit ihrer Mutter verreist ist, kann ich sogar länger bleiben.«

»Du würdest ewige Zeit im Flugzeug verbringen, und es würde ein Vermögen kosten.«

»Denkst du, das macht mir etwas aus? Du bist es wert. *Wir* sind es wert«, entgegnete er und zog mich an sich. Ich wollte Widerstand leisten, doch mein Körper gehorchte mir nicht mehr. Und so legte ich den Kopf an seine Brust und vergrub dort mein Gesicht, damit er nicht sehen konnte, wie kurz ich davorstand, nachzugeben.

»Ich habe die Beförderung angenommen«, sagte ich in seinen Kapuzenpulli hinein. »Das ist für mich ein großer Schritt. Mit viel mehr Verantwortung.« Nach einer Pause fügte ich hinzu: »Ich werde rund um die Uhr arbeiten, auch am Wochenende. Wir würden die Erinnerung an unsere Zeit hier nur verderben. Können wir es nicht dabei belassen und es als einen wunderschönen Abschnitt in unser beider Leben betrachten? Ich weiß, was sonst passiert. Du wirst frustriert sein, weil ich zu beschäftigt bin, um viel Zeit mit dir zu verbringen, oder ich werde sauer, weil du ständig wieder zum Flughafen musst. Unsere Terminpläne werden nie zusammenpassen, und in der Zeit, wo wir uns nicht sehen, müssen wir auf scharfen Telefonsex zurückgreifen.«

Zum ersten Mal spielte ein Lächeln um seine Lippen. »Na siehst du, endlich hast du den Vorteil bei dem Ganzen erkannt.«

Ich löste mich traurig aus seiner Umarmung. »Bitte lass mir diese wundervolle Erinnerung an die Zeit mit einem Mann, den ich unter den unglaublichsten Umständen kennengelernt habe. Wenn wir versuchen, diese Beziehung auf Teufel komm raus weiterzuführen, wird das alles Schöne zwischen uns kaputt machen.«

Ich merkte, wie ihn meine Worte trafen, und hob den Blick. Seine Augen waren feucht, und so gern ich geglaubt hätte, dass es wegen des Windes war, hatte ich die Befürchtung, selbst der Grund dafür zu sein. In der Hölle gibt es einen gesonderten Ort für diejenigen, die liebe Menschen verletzen, und ich war auf dem besten Weg dorthin.

»Es steckt garantiert noch irgendwas anderes dahinter. Etwas, was du mir nicht erzählst. All das ist doch kein guter Grund dafür, dass du plötzlich beschließt, uns aufzugeben. Was ist passiert, nachdem ich heute früh losgefahren bin?«

Ich wollte es ihm nicht erzählen, aber wie hätte ich es dabei belassen können, wenn er doch glaubte, er wäre mir nicht wichtig genug, um nach einer Lösung für uns beide zu suchen?

Und so erzählte ich es ihm. Erzählte ihm alles. Er unterbrach mich nicht, sagte kein einziges Wort, sondern stand nur neben mir und blickte hinaus aufs Meer. Als ich endlich fertig war, wandte er sich langsam wieder zu mir und sah mich an.

»Hättest du einen anderen Mann mir vorgezogen, dann hätte ich um dich gekämpft.«

Mein Herz schmolz angesichts der Entschiedenheit, mit der er das sagte.

»Wenn du mich wegen Amelia verlassen willst, wegen ihres Lebensglücks, dann werde ich irgendwie damit zurechtkommen, denn ich weiß, wie sehr du sie liebst.«

Ich hatte schon wieder mit den Tränen zu kämpfen.

»Aber womit ich nicht klarkomme und was mir nicht in den Kopf will, ist, dass du Amelias Glück über dein eigenes stellst. Du unterstützt ihre Fantastereien und zerstörst damit dein eigenes, echtes Leben. Und ich kann nichts dagegen tun. Ich kann nichts dazu sagen, denn die Einzige, die deine Denkweise ändern kann … bist du. Du stehst für mich an erster Stelle. Für immer und ewig. Du und Holly, ihr beide seid für mich die wichtigsten Menschen auf der Welt und werdet es immer bleiben. Aber du musst dich auch an die erste Stelle setzen. Du musst Lexi und Nick wichtiger nehmen als Amelia und Sam.«

»Ich kann nicht, Nick. Ich kann ihr das nicht antun.«

Er schwieg sehr lange. Es war schwer zu sagen, ob er wütend war, frustriert oder ein gebrochenes Herz hatte. Wahrscheinlich alles zusammen.

»Darf ich dich zum Flughafen begleiten?«

Ich griff nach seiner Hand und versuchte, mir einzuprägen, wie es sich anfühlte, als seine Finger meine umschlossen, denn ich wusste, es war das letzte Mal.

»Nein, Nick. Das würde es noch schwerer machen. Bitte lass es uns jetzt beenden, hier am Strand, wo es begonnen hat.«

Er zog mich wieder in seine Arme, und einen Augenblick lang dachte ich, er würde mich küssen, was mein Verderben gewesen wäre. Doch für solch eine Taktik war Nick zu anständig. Er hielt mich lange fest, und das drückte alles aus, was wir empfanden.

Die Zeit schien sich endlos auszudehnen, während die Welt um uns herum still wurde. Die Möwen hörten auf zu schreien, der Wind hörte auf zu heulen, und das Rauschen der Wellen war nur noch gedämpft zu hören.

»Ich werde die Hoffnung nicht aufgeben, dass du einen Weg zu mir zurück findest«, flüsterte Nick in mein Haar.

»Übermorgen reise ich ab. Dabei bleibt es.«

»Ich weiß.«

Ich hatte alles getan, was möglich war, um einer gemeinsamen Zukunft die Tür vor der Nase zuzuschlagen. Doch auf der anderen Seite war immer noch Nick, der darauf hoffte, es könne einen Weg geben, sie wieder zu öffnen.

Kapitel 27

Lexi, das ist doch albern. Du *musst* mich mit ihr reden lassen.«

Ich schüttelte den Kopf und griff über den Küchentisch hinweg nach Mums Hand. »Nein, das haben wir doch mehr als einmal durchgekaut. Da nützt alles nichts.«

Ich hatte leise gesprochen, damit Amelia, die sich wieder einmal in ihrem Schlafzimmer hingelegt hatte, es nicht hörte. Während der letzten zwei Tage hatte sie ziemlich oft ein Nickerchen gehalten. Offensichtlich ging sie mir aus dem Weg.

»Im Moment denkt Amelia, die Schuld läge allein bei mir.«

»Ich weiß«, sagte Mum traurig, »und darum will ich ihr den Kopf zurechtrücken. Es ist so ungerecht!«

»Es wäre noch ungerechter, wenn sie nach meiner Abreise überhaupt keine Vertrauensperson mehr hätte. Aktuell bin nur ich die Böse in der ganzen Geschichte. Ich bin diejenige, die Sam von ihr fernhält und die ihr einreden will, dass es ihn gar nicht gibt. Wenn sie jetzt denken würde, dass auch du ihn von ihr abschirmst, wäre sie völlig am Ende.«

Mum stiegen die Tränen in die Augen, was mir zeigte, dass sie begriff.

»Die einzige Lösung ist, dass ich nach New York zurückfliege und damit Sam den Weg frei mache, sodass er wieder zu ihr zurückkehren kann. Und da das nicht passiert, wenn Amelia also endlich erkennt, dass es ihn nie gegeben hat, wird es vielleicht besser. Und das ist die ganze Zeit mein einziger Wunsch gewesen.«

»Wirklich, Lexi? Und was ist mit Nick und dir?«

Würde es immer so wehtun, sobald ich an ihn dachte?

»Es gibt kein ›Nick und ich‹. Das kann es nicht geben, solange Amelia glaubt, dass Sam existiert.«

»Das ist alles so ein heilloser Kuddelmuddel«, sagte Mum mit einem Kopfschütteln. »Du gibst zu viel für sie auf. Ich bin nicht so alt, geschweige denn so blind, dass ich Liebe nicht erkenne, wenn ich sie genau vor meiner Nase sehe.«

Ich schaute ihr in die Augen, lächelte vielsagend und ließ den Blick durchs Fenster zu Toms Cottage wandern. »Ich auch nicht.«

Mum errötete wie eine Teenagerin, und das war der einzige Lichtblick an einem düsteren Tag.

»Wir reden hier nicht von mir. Ich möchte nicht, dass du einen Mann aufgibst, dem du wichtig bist und der sein Leben mit dir teilen will.«

»Es ist schwer, mit jemandem ein gemeinsames Leben zu führen, wenn man mehrere Tausend Meilen voneinander entfernt lebt«, versuchte ich mich herauszureden.

»Hat Nick gesagt, dass das für ihn ein Problem ist?«

»Nein. Er wollte, dass wir es versuchen.«

»Und wieso tut ihr es dann nicht?«

»Wie soll ich das denn machen, Mum?«, rief ich. »Für Amelia sind Sam und Nick ein und derselbe. Solange sie nicht erkennt, dass sie nie in ihn verliebt war, darf ich Nick nicht lieben. Wenn sie wieder bei klarem Verstand ist, könnten Nick und ich es vielleicht noch einmal versuchen.«

Wenn ich ihm nicht derart das Herz gebrochen habe, dass er es mir nie verzeiht, fügte ich im Stillen hinzu.

Mein letzter Morgen im Fischercottage begann genauso wie mein erster, mit dem Kreischen der Möwen. Ihr Geschrei und das Rauschen der Wellen würde ich beim Aufwachen vermissen. Wie so viele andere Dinge.

Ich stand auf und warf einen Blick in den Spiegel des Schminktischs. Das war nicht das Gesicht einer Frau, die sich auf ihre Reise freute. Und ebenso wenig das Gesicht von jemandem, der in den letzten Tagen genug geschlafen hatte.

Ich sah auf die Uhr, und mein Blick wanderte reflexartig zum Fenster und den Pfad entlang, der zur Straße führte. Ich hatte Nick gegenüber sehr deutlich gemacht, dass wir uns vor meinem Abflug nicht noch einmal sehen konnten, hatte vorgeschoben, ich wolle die Zeit mit meiner Familie verbringen. Verschwiegen hatte ich ihm dabei, dass ein Familienmitglied nicht mit mir reden konnte, ohne in Tränen auszubrechen, wohingegen das andere kaum das Wort an mich richtete.

Amelia saß bereits in der Küche, mit einem Becher Kaffee in den Händen. Auch sie hatte dunkle Augenringe, die es auf jeden Fall mit meinen aufnehmen konnten.

»Guten Morgen.«

Sie blickte von ihrem Becher hoch, erwiderte jedoch nichts, sondern nickte bloß. Wenn Mum nicht bei uns war, zeigte sie sehr deutlich, dass sie mir praktisch nichts zu sagen hatte. Ich goss mir aus der Kanne auf dem Küchentresen einen Kaffee ein und setzte mich auf den Stuhl, der die letzten drei Monate lang meiner gewesen war.

Nach einem Abschiedsabendessen, das nur auf Mums Wunsch stattgefunden hatte, hatten meine Mutter und ich uns an der Tür unter Tränen und mit dem Versprechen verabschiedet, dass ich sie anrufen würde, sobald ich am Flughafen war. Nach all der Zeit, die ich schon in den USA lebte, hätte man meinen sollen, der Abschied von meiner Familie würde mir inzwischen leichter fallen. Doch diesmal schien alles sogar noch viel schwieriger. Amelias Krankheit und unsere Entfremdung hielten mir auf grausame Weise vor Augen, dass man nie wusste, ob ein »Auf Wiedersehen« womöglich das letzte war.

»Mein Taxi kommt gleich«, bemerkte ich leise.

Für einen kurzen Moment war mir, als sähe ich in Amelias Augen Panik aufblitzen, aber sie hatte sich gleich wieder im Griff und nickte noch einmal.

Mein Koffer und mein Handgepäck standen neben der Haustür bereit, und doch ging ich beinahe widerwillig nach draußen, als bald darauf das Taxi vorfuhr. Während der Fahrer das Gepäck einlud, hielt ich inne, um zum letzten Mal die Ruhe dieses Ortes in mich aufzunehmen. Es war schwer zu glauben, dass ich mich in weniger als vierundzwanzig Stunden mitten im hektischen Treiben von New York wiederfinden würde.

Amelia überraschte mich, indem sie mir aus dem Haus folgte. Vielleicht wollte sie sichergehen, dass ich auch wirklich abreiste, auch wenn es nicht diesen Eindruck machte. Vielmehr beobachtete sie mich aufmerksam, während mein Blick erneut zu dem menschenleeren Pfad wanderte.

Du hast ihm gesagt, er soll nicht kommen. Du hast sehr deutlich gemacht, dass er dich nicht zum Flughafen bringen soll, rief ich mir in Erinnerung. Außerdem hatte er jetzt gerade seine Vormittagsschicht im OP. Ich fragte mich, wie lange es wohl dauern würde, bis ich Nicks Terminplan vergaß und aufhörte, mir zu allen möglichen Tageszeiten vorzustellen, wo er war und was er gerade machte.

Amelia schien den Pfad ebenfalls hoffnungsvoll im Blick zu haben und auf die Ankunft eines völlig anderen Mannes zu warten. Mir wurde bewusst, dass es uns wohl beiden vorherbestimmt war, enttäuscht zu werden, und das machte mein Herz noch schwerer.

»Gut, das war's dann also«, sagte ich, als der Fahrer demonstrativ auf die Uhr blickte. Ich breitete die Arme aus und fürchtete einige Sekunden lang, sie würde sich von mir abwenden. Doch stattdessen kam sie einen halben Schritt näher. Das genügte mir. Ich überbrückte den verbleibenden Abstand mit zwei schnellen Schritten und drückte meine Schwester fester und länger, als es ihr vermutlich lieb war.

»Wir kriegen das wieder hin, Mimi, da bin ich mir sicher«, flüsterte ich in ihr Haar.

Sie löste sich aus meiner Umarmung, als hätte sie ihre Pflicht getan. »Vielleicht. Aber vielleicht auch nicht«, sagte sie leise.

Das machte mir nicht gerade Hoffnung, und ich spürte, wie mir die Tränen kamen.

»Du musst jetzt los.« Sie klang etwas atemlos, fast so, als würde sie versuchen, nicht zu weinen.

»Bitte pass auf dich auf, du bist meine Lieblingsschwester«, sagte ich ernst. »Also mach keine Dummheiten. Keine Strandspaziergänge um Mitternacht. Denk dran, deine Medikamente pünktlich zu nehmen, und tu, was die Ärzte dir sagen.«

»Keine Sorge. Sam wird sich um mich kümmern.«

Ich lächelte resigniert und stieg ins Taxi. Als wir losfuhren, drehte ich mich noch einmal um und beobachtete durch die Heckscheibe, wie meine Schwester immer kleiner wurde. *Wie lange würde sie wohl dort stehen bleiben?*, fragte ich mich – nicht, um mir nachzuwinken, sondern weil sie darauf wartete, dass ihr verschwundener Ehemann auftauchte?

Ihre Hoffnung schien genauso ungebrochen wie meine, denn ich hielt immerzu Ausschau, ob Nick nicht doch noch in letzter Minute kommen würde, bis das Taxi die Autobahnzufahrt erreicht hatte und die lange Fahrt zum Flughafen begann. Da musste ich mir schließlich eingestehen, dass er genau das getan hatte, worum ich ihn gebeten hatte. Er hatte sich ferngehalten.

Kapitel 28

Im Terminal war alles zu viel für mich: zu hell, zu laut und zu voll. Drei Monate lang am Meer zu leben, hatte mich sensibel gemacht. Wenn das so blieb, würde ich in Manhattan unter die Räder kommen. Ich wich einem Reisenden mit einem hochbeladenen Kofferkuli aus, nur um fast mit einem Geschäftsmann im Anzug zusammenzustoßen, der missbilligend mit der Zunge schnalzte.

Es war ein Fehler gewesen, mir nicht auch einen Gepäckwagen zu nehmen, und ich weiß nicht, wie oft ich »Verzeihung« und »Entschuldigung« murmelte, während ich meinen Koffer im Slalom durch die Menge zog, bis ich vor der Abflugtafel stehen blieb. Sie sprang mehrmals um, bevor mein Flug angezeigt wurde. Das Gate war noch nicht aufgeführt, aber immerhin konnte ich schon einchecken.

Ich bahnte mir einen Weg durch die Menge und erreichte eine Reihe von Schaltern, nur um zu entdecken, dass schon viele Menschen vor mir auf dieselbe Idee gekommen waren. Warum zum Teufel hatte ich nicht gestern Abend schon eingecheckt?

Ich drehte mich wieder um, und zehn Minuten später saß ich mit einem Caffè Latte und einem Stück Baguette an einem Café-Tisch und sah zu, wie die Schlange ohne mich vorwärtsschlurfte. An den benachbarten Tischen kamen und gingen die Leute, doch ich rührte mich nicht vom Fleck.

Vor einem Flug bis zum letzten Moment zu warten, ist ein merkwürdiges, gefährliches Spiel, und man hätte meinen können, dass ich absichtlich versuchte, den Flug zu verpassen. *Schluss jetzt mit dem Blödsinn*, befahl ich mir streng und erhob mich, als mein Smartphone plötzlich summte: Ich hatte eine Nachricht bekommen. Schuldgefühle und Enttäuschung durchfluteten mich, als ich Mums Namen auf dem Display entdeckte statt Nicks. Ich hätte sie längst anrufen sollen, aber auch das hatte ich vor mir hergeschoben. *Ich schicke ihr eine Nachricht, sobald ich im Flieger sitze*, nahm ich mir vor und zwang meine widerstrebenden Füße, zu der Schlange zurückzugehen.

Ich stand hinter einem jungen Paar, das offensichtlich frisch vom Standesamt kam. Im Haar der Frau hing noch Konfetti, und beide betrachteten ständig ihre neuen, glänzenden Eheringe und lächelten. *Das hättest du auch haben können.* Ausnahmsweise klang die Stimme in meinem Kopf nicht wie Amelias, sondern wie meine eigene. Ich wandte den Blick von den beiden ab.

Hinter mir befand sich jetzt eine Familie mit einem Berg Gepäck und drei kleinen Kindern, die gerade die Freuden des Schlangestehens kennenlernten.

»Möchten Sie gern vorgehen?«, bot ich ihnen an. Die gehetzt wirkende Mutter schob ihren Gepäcktrolley dankbar vor mich.

Zwei Minuten später machte ich einem älteren Paar das gleiche Angebot, dann einer Gruppe von jungen Frauen, die offensichtlich auf einem Junggesellinnenabschied waren.

Zwanzig Minuten, nachdem ich mich angestellt hatte, war ich sogar noch weiter vom Schalter entfernt als zuvor.

»Sind Sie ganz sicher?«, fragte eine Frau in mittlerem Alter, die anscheinend nicht glauben konnte, dass mein Angebot keinen Haken hatte.

»Ja, ich … äh … warte noch auf jemanden, der sich verspätet«, sagte ich und schmückte die Unwahrheit aus, indem ich mich im Terminal umsah, als würde ich nach meinem imaginären Reisegefährten Ausschau halten. Es war eine merkwürdige Lüge, die sich seltsam wahr anfühlte. Erwartete ich wirklich, dass Nick im letzten Moment durch die Halle gerannt kam, um mich aufzuhalten, so wie Menschen es in Filmen und in den Büchern taten, die ich lektorierte? Falls ja, war ich noch verblendeter als meine Schwester.

Schließlich gab es niemanden mehr, den ich vorlassen konnte. Als nur noch eine Handvoll Leute in der Schlange standen, winkte ein Check-in-Mitarbeiter mich an seinen Schalter.

»Ihnen bleibt nicht mehr viel Zeit«, teilte er mir mit und streckte die Hand nach meinem Ausweis aus. »Der Check-in endet in Kürze.«

Ich starrte seine Hand mehrere Sekunden lang an, als wollte ich ihm die Zukunft vorhersagen.

Er seufzte. Vermutlich hatte er schon eine längere Schicht hinter sich. »Ich muss Ihren Reisepass kontrollieren, Ma'am.«

Das weinrote Dokument lag in meiner Hand, doch ich schob es nicht durch die Öffnung. Stattdessen schlossen sich meine Finger fester darum.

»Nein, müssen Sie nicht«, widersprach ich. Mir war bewusst, dass irgendwo zu meiner Linken eine Sicherheitsbeamtin näher an den Schalter herantrat.

»Ma'am, wenn Sie mir den Reisepass nicht aushändigen, kann ich Sie nicht einchecken.« Er sprach besonders deutlich, so als wäre ich begriffsstutzig oder seiner Sprache nicht mächtig. »Und wie ich Ihnen bereits erklärt habe, bleibt Ihnen nicht mehr viel Zeit.«

»Ja. Das habe ich verstanden. Aber ich brauche noch ein paar Minuten«, erwiderte ich und trat mit meinem Koffer beiseite. »Ich muss noch mal kurz telefonieren.«

»Ma'am, Sie riskieren, Ihren Flug nach New York zu verpassen.«

Ich nickte. »Ich weiß. Tut mir leid, aber ich habe das deutliche Gefühl, dass ich noch nicht in dieses Flugzeug steigen sollte.«

Die Sicherheitsbeamtin machte einen Schritt auf mich zu.

Ich hob beschwichtigend die Hand. »Ich glaube, dass mein Freund noch kommt, um sich von mir zu verabschieden.«

»Tja, wenn Sie nicht in den nächsten fünf Minuten einchecken, können Sie *beide* dem Flugzeug hinterherwinken«, bemerkte der Check-in-Mitarbeiter mürrisch.

Ich zerrte meinen Koffer beiseite. Wenn ich in der Tierarztpraxis anrief, um mich zu erkundigen, ob Nick dort war, würde es vielleicht das nagende Gefühl vertreiben, dass es ein schrecklicher Fehler wäre, in den Flieger zu steigen. Ich brauchte ja nicht mit ihm zu reden, aber wenigstens wüsste ich dann Bescheid. So oder so.

Ich wählte die Nummer der Praxis, doch noch während das Freizeichen ertönte, hörte ich etwas, was mich dazu brachte, aufzulegen. Schwer zu sagen, ob ich mich vertan hatte oder nicht. Im Terminal war viel los, und der Lautsprecher knisterte. Aber ich glaubte, mitbekommen zu haben, wie mein Name durchgesagt wurde.

Mein erster Gedanke galt Nick. War er doch noch gekommen?

Ich blickte mich im Getümmel um und hielt nach einem großen, dunkelhaarigen Mann Ausschau, dessen Brille ihm Ähnlichkeit mit einem Comichelden verlieh. Aber er war nirgends zu sehen. Nervös trat ich von einem Fuß auf den anderen und spitzte die Ohren für den Fall, dass die Durchsage wiederholt wurde.

Aus dem Augenwinkel nahm ich wahr, dass der Check-in-Mitarbeiter zu mir herübersah und betont auf seine Uhr deutete. Weniger als dreißig Sekunden später erwachte der Lautsprecher über mir erneut knisternd zum Leben.

»Die Passagierin Lexi Edwards, gebucht nach New York, möchte sich bitte sofort zum nächsten Informationsschalter begeben.«

Ich hob ruckartig den Kopf. In einer Welt voller ansonsten unverständlicher Flughafen-Durchsagen war diese klar und deutlich zu verstehen gewesen.

Ich erinnere mich nicht mehr daran, wie ich das Terminal durchquerte. Fünfzehn Meter, bevor ich den Informationsschalter erreichte, fing ich an zu rennen.

»Mein Name ist Lexi Edwards. Sie haben mich gerade ausgerufen«, platzte ich keuchend heraus, ehe mir bewusst war, dass die Frau hinter dem Schalter kein Wort verstanden hatte.

»Lexi Edwards«, wiederholte ich und zwang mich, verständlicher sprechen. »Ich wurde ausgerufen.«

Ein Teil von mir war überzeugt gewesen, dass Nick mich am Informationsschalter erwartete, aber er war offensichtlich nicht da, und im Geiste ging ich schon sämtliche Worst-Case-Szenarien durch, während die Frau meinen Namen in den Computer eingab. Nach einer gefühlten Ewigkeit sah sie vom Bildschirm auf.

»Die Nachricht lautet, Sie möchten bitte Ihre Mutter anrufen.«

Mum? Mum versuchte, mich zu erreichen? Ich bemühte mich, meinen rasenden Herzschlag zu beruhigen, indem ich mir sagte, dass sie wahrscheinlich nur besorgt war, weil ich vergessen hatte, mich bei ihr zu melden. Aber war das wirklich ein vernünftiger Grund dafür, jemanden ausrufen zu lassen, der eigentlich schon im Flugzeug sitzen sollte? Während ich mir ein halbwegs ruhiges Plätzchen suchte, um Mum anzurufen, wusste ich bereits, dass es ernst sein musste. Mit zitternden Fingern nahm ich das Smartphone aus der Tasche.

Ich wischte das anklagende »Drei verpasste Anrufe« auf meinem Display beiseite. Ich hätte sie zurückrufen sollen. Mein Herz hämmerte, während ich dem Freizeichen lauschte.

»Lexi«, sagte Mum, und ich hörte an ihrer Stimme, dass sie weinte.

Meine Knie wurden sofort weich. Der geschäftige Flughafen trat in den Hintergrund, und ich fühlte mich wieder in mein New Yorker Apartment zurückversetzt, als ich jenen nächtlichen Anruf bekommen hatte. Es war wie die schlimmste Art von Déjà-vu, denn Mum bestätigte meine Befürchtungen.

»Amelia liegt wieder im Krankenhaus. Sie glauben, sie hatte einen Herzinfarkt.«

Auf der dreistündigen Fahrt im Mietwagen vom Flughafen zum Krankenhaus war ich die meiste Zeit tief in Gedanken versunken. Die Frage, über die ich nachgrübelte, lautete: *Ist es meine Schuld? Hat unser Streit den Rückfall meiner Schwester bewirkt?*

Ich war zu aufgewühlt gewesen, um Mum eine auch nur annähernd vernünftige Frage zu stellen, deshalb wusste ich nicht genau, was passiert war, nachdem ich Amelia vor dem Cottage stehend zurückgelassen hatte. Ich war so sehr in mein persönliches Drama verstrickt gewesen, dass ich die ersten Anzeichen dafür, dass es ihr nicht gut ging, womöglich übersehen hatte. Sie war leicht kurzatmig gewesen, wie mir jetzt einfiel, aber ich hatte es darauf geschoben, dass sie immer noch sauer auf mich war. Und all die Nickerchen, von denen ich glaubte, dass sie mir damit aus dem Weg gehen wollte – waren sie ein Symptom von Erschöpfung gewesen, weil ihr Herz kurz davorstand, erneut zu versagen?

Amelia war in dasselbe Krankenhaus eingeliefert worden wie zuvor, jedoch diesmal auf eine andere Station. Ich suchte nach Schildern, die mir den Weg zur kardiologischen Intensivstation wiesen. Schon allein der Name machte mir Angst.

Es war nicht kalt im Krankenhaus, und trotzdem zitterte ich, als ich in den Aufzug trat. Es war, als hätte sich jeder Tropfen Blut in meinen Adern in flüssige Furcht verwandelt. Ich starrte die Zahlen auf der Anzeige an, während der Fahrstuhl mich in den siebten Stock trug. Fünf ... Sechs ... Mir stockte der Atem. Ich hatte solche Angst.

Der Erste, den ich sah, war Tom. Er stand gebeugt vor einem Automaten, der sein Geld verschluckt zu haben schien, und murmelte etwas, das verdächtig nach einer Drohung klang. Dann gab er dem Gerät einen Schlag, der ihm selbst sicher mehr wehgetan hatte als dem Automaten. So oder so, es funktionierte, und etwas fiel ins Fach. Doch Tom nahm es nicht an sich, denn er hatte mich kommen hören. Er warf einen Blick in einen Flur, den ich noch nicht einsehen konnte.

»Esme, sie ist da. Lexi ist da.«

Wie aufs Stichwort trat meine Mutter in den Hauptgang. Sie suchte sofort meinen Blick, und wir umarmten uns. Ich dachte, ich würde ihr Trost spenden, aber nur Sekunden später merkte ich, dass es wohl eher andersherum war.

»Wie geht's ihr?«, flüsterte ich.

»Sie schläft jetzt. Sie haben sie wieder an alle möglichen Monitore und Geräte angeschlossen.«

Ich umarmte Mum fester. »Sie hat sich schon einmal davon erholt. Sie schafft es auch ein zweites Mal«, sagte ich mit einer Überzeugung, von der ich wünschte, sie wäre echt. »Ich bin so froh, dass du diesmal nicht allein hier warten musstest«, fuhr ich fort und warf Tom einen dankbaren Blick zu.

»Tom war noch vor mir hier«, sagte Mum und wandte sich mit einem Blick zu ihm um, der mir mehr über ihre Beziehung verriet, als sie mir bisher erzählt hatte. »Er ist mit Amelia im Krankenwagen hergefahren. Hat sich geweigert, ihr von der Seite zu weichen.«

Ich ging zu ihm hinüber und drückte ihm einen Kuss auf die wettergegerbte Wange. »Vielen Dank.«

Er schüttelte den Kopf und wirkte verlegen darüber, so im Mittelpunkt zu stehen.

»Weißt du denn, was passiert ist?«, fragte ich.

Tom ließ sich steif auf einen der Plastikstühle sinken, die den Flur säumten.

»Sie sagte, sie hätte sich schon den ganzen Vormittag nicht wohlgefühlt«, erzählte er. »Deshalb ist sie ein bisschen frische Luft schnappen gegangen, in der Hoffnung, das würde helfen.« Er blickte auf seine knotigen Finger hinunter und wirkte überrascht, als er feststellte, dass sie zitterten. »Es hat wohl nicht geholfen«, fuhr er schroff fort. »Ich hab sie auf dem Weg gefunden, sie hat nach Luft geschnappt, als wär sie gerannt oder so. Sie hatte das Handy in der Hand, hatte den Krankenwagen schon gerufen.«

Ich war mir nicht sicher, was schlimmer war – dass Amelia selbst den Notruf hatte wählen müssen oder dass sie die ganze Sache durchstehen musste, ohne jemanden aus der Familie an ihrer Seite zu haben. Doch als ich aufschaute und sah, dass Tom eine Träne über die Wange rann, wurde mir klar, dass das nicht stimmte. Meine Definition von »Familie« hatte sich gerade erweitert.

»Ich wusste nicht, wie ich ihr helfen sollte, also hab ich sie mit meiner Jacke zugedeckt und mich neben sie auf den Weg gesetzt, bis die Sanitäter da waren.«

»Klingt, als hättest du alles richtig gemacht«, sagte ich beruhigend. »Wann war das genau?«

»Kurz nach drei.«

Das war genau zu der Zeit gewesen, in der ich das seltsame Widerstreben verspürt hatte, in das Flugzeug zu steigen. Obwohl sie behauptete, mich nicht mehr in ihrem Leben haben zu wollen, war das Band zwischen uns stärker als jeder Streit. Es hatte mich zu ihr zurückgezogen.

Kurz nach Mitternacht erlaubte man Mum und mir, Amelia in ihrem Zimmer zu besuchen. Das Beruhigungsmittel, das man ihr verabreicht hatte, erfüllte offensichtlich seinen Zweck, denn sie schien nicht einmal mitzubekommen, dass wir da waren, dass wir ihre Hand nahmen oder sie auf die Wange küssten.

Irgendwann trat der diensthabende Arzt ans Bett.

»Amelias Zustand ist stabil, und sie wird gut betreut«, sagte er sanft. »Das Beste, was Sie im Moment für sie tun können, ist, nach Hause zu fahren und etwas zu schlafen. Morgen kann der Kardiologe Ihnen genauer Auskunft geben, wie es um Amelia steht.«

Ich wollte protestieren, darauf bestehen, dass wir bleiben durften, doch ich bekam den besorgten Blick mit, den der junge Mediziner Mum zuwarf. Er hatte recht. Eine Frau in ihrem Alter sollte die Nacht nicht auf einem unbequemen Krankenhausstuhl verbringen.

»Das klingt vernünftig«, sagte ich, legte Mum den Arm um die Schultern und bugsierte sie sanft vom Bett ihrer älteren Tochter weg.

»Sie können gleich morgen früh anrufen, um sich über ihren Zustand zu informieren, aber ich bin zuversichtlich, dass Amelia besser schlafen wird als Sie.«

Er sollte recht behalten.

Ich verließ das nahezu leere mehrstöckige Parkhaus und fuhr uns zurück zu den Cottages. Mum saß völlig erschöpft neben mir. Ich warf ihr verstohlene Seitenblicke zu, wenn wir durch den Lichtkegel einer Straßenlaterne fuhren. Nicht verstohlen genug, wie sich herausstellte.

»Hör auf, dir Sorgen um mich zu machen, Lexi«, bat sie und legte mir die Hand auf den Arm. Ihre Fingerknöchel sahen knotig aus, die Haut war nicht mehr so straff wie früher, aber es war immer noch die Hand, die ich schon in meiner Kindheit gehalten hatte.

»Ich bin stark wie ein Ochse«, fuhr Mum fort. Ich musste lachen, zum ersten Mal seit Stunden.

»Natürlich. In einer Welt, in der Ochsen eins fünfzig groß und dürr wie Stabheuschrecken sind.«

Sie lächelte. »Wenn ihr beide eurem Vater nicht so ähnlich sehen würdet, könnte einem fast der Verdacht kommen, dass sie mir vor vielen Jahren die falschen Petrischalen untergejubelt haben«, scherzte sie.

In der Stille und Wärme des Wagens war Tom auf dem Rücksitz eingenickt, was er standhaft leugnete, nachdem wir schließlich vor Amelias Cottage anhielten.

»Ich bring dich noch rüber«, sagte ich, während ich müde ausstieg.

»Ich gehe diesen Weg seit fünfzig Jahren ohne Hilfe. Ich denke, das kriege ich auch diesmal hin«, erwiderte Tom mit seinem üblichen bissigen Humor. Trotzdem widersprach er nicht noch einmal, als ich ihn auf dem sandigen Pfad begleitete.

Vor seiner Haustür blieb er stehen und nahm den Schlüssel in die Hand, der an einer langen, abgewetzten Schnur hing, was mir unerklärlicherweise die Tränen in die Augen trieb.

»Pass gut auf deine Mutter auf«, sagte Tom mit noch schrofferer Stimme als sonst. Er drückte mir unbeholfen die Schulter. »Und auch auf dich selbst, Mädchen.«

Zum Glück hatte Mum den Schlüssel für Amelias Cottage, denn der, den ich in den letzten drei Monaten benutzt hatte, lag auf dem Tisch im Flur.

»Schlaf du heute Nacht in Amelias Bett«, schlug ich Mum vor.

Sie nickte erschöpft; vermutlich würde sie einschlafen, sobald ihr Kopf das Kissen berührte. Doch am Fuß der Treppe blieb sie noch einmal stehen.

»Es hat dich doch nicht gestört, dass Tom heute mit im Krankenhaus war? Hältst du das für respektlos deinem Vater gegenüber?«, fragte sie unsicher. Es war wohl der falsche Zeitpunkt, um so ein Gespräch zu führen, aber es gab noch genügend andere Dinge, die ihr zurzeit Sorge bereiteten. Zumindest diese konnte ich zerstreuen.

Manchmal fallen einem genau dann die richtigen Worte ein, wenn man sie braucht. »Dad ist schon so lange nicht mehr da, Mum. Und er würde nicht wollen, dass du das allein durchstehen musst. Außerdem glaube ich, er würde Tom mögen.«

»Ich wünschte nur, du hättest auch jemanden«, sagte Mum traurig. »Rufst du Nick an und erzählst ihm, was heute passiert ist?«

Über diese Frage hatte ich mir schon während der Herfahrt den Kopf zerbrochen, doch mein Entschluss stand fest.

»Nein. Nick denkt, dass ich schon auf halbem Weg über den Atlantik bin. Es gibt keinen Grund, ihm mitzuteilen, dass das nicht stimmt.«

Kapitel 29

Was haben sie noch gleich gesagt?«

Allein die Tatsache, dass Mum sich schon wieder danach erkundigte, was mir das Krankenhaus mitgeteilt hatte, bewies, wie nervös sie war.

»Amelia hat eine schmerzfreie Nacht gehabt und ruhig geschlafen«, antwortete ich und fädelte mich an einer Kreuzung in den morgendlichen Verkehrsstrom ein. Hinter dem Steuer von Amelias Auto fühlte ich mich deutlich wohler als in dem Mietwagen, der im Laufe des Tages abgeholt werden würde.

Der Kardiologe hatte seine Morgenvisite bereits beendet, erwartete uns aber auf der Station.

»Lexi, Esme, schön, Sie wiederzusehen«, begrüßte uns Dr. Vaughan höflich und streckte uns die Hand entgegen.

»Ich wünschte, ich könnte dasselbe behaupten«, sagte ich, als ich sie schüttelte, »aber irgendwie hatte ich gehofft, wir würden uns nie mehr begegnen. Nichts für ungut.«

»Verständlich. Lassen Sie uns das Gespräch am besten in Amelias Krankenzimmer fortführen«, schlug er freundlich lächelnd vor und wies uns mit einer Geste den Weg.

An der Schwelle des Krankenzimmers trat Dr. Vaughan einen Schritt beiseite, sodass wir zuerst einen kurzen Moment mit Amelia allein hatten. Ich hatte mir so fest vorgenommen, nicht zu weinen, aber ich schaffte es nur gut zwanzig Sekunden.

»Du solltest jetzt in New York sein«, bemerkte sie mit schmalen Augen, als ich sie nach einer Umarmung freigab.

»Und du solltest zu Hause sitzen und dir irgendwas Schnulziges auf Netflix reinziehen … mit Sam.« Das war eine Friedensfahne. Ich bat um einen Waffenstillstand.

Sie nickte langsam und begriff offenbar. Wenn man mit Blaulicht ins Krankenhaus gefahren wird, überdenkt man möglicherweise noch einmal, welche Kämpfe es sich zu kämpfen lohnt.

»Da gibt's gerade nichts, das für Binge Watching taugt«, scherzte sie, wenngleich die Wirkung durch ihr hörbares Keuchen etwas geschmälert wurde.

Und diese Witzeleien täuschten mich auch nicht über die Angst in ihrem Blick hinweg. Ich nahm ihre Hand. Gleichgültig, was die nächste halbe Stunde ergeben würde, meine Schwester sollte wissen, dass sie damit nicht allein war.

Nichts von dem, was der Arzt uns eröffnete, war einfach zu verdauen. Dass meine neununddreißigjährige Schwester einen Herzinfarkt erlitten hatte, war schockierend genug, aber dass es in letzter Konsequenz womöglich auf eine Operation oder sogar eine Transplantation hinauslaufen würde, machte mir große Angst.

»Doch bis dahin werden wir uns wohl mit dem alten Thema Kardioversion auseinandersetzen müssen«, bemerkte Dr. Vaughan ernst. »Die Herzrhythmusstörungen sind eine zu große Belastung für Ihr Herz, das ja trotz der Medikamente leider noch nicht richtig arbeitet.«

Ich schaute zu meiner Schwester. Sie hatte hartnäckig darauf bestanden, den Eingriff erst nach Sams Rückkehr in Erwägung zu ziehen; wie sollten wir sie jetzt dazu bewegen können?

»Lässt sich das irgendwie noch aufschieben?«, fragte ich und erntete einen dankbaren Blick von Amelia, deren Teint nach wie vor so fahl war wie altes Pergament.

»Unter Idealbedingungen würde ich es selbst sogar vorziehen, noch ein paar Tage zu warten, aber ich denke nicht, dass uns gegenwärtig die Wahl bleibt.«

Wir schwiegen lange, und ich fragte mich, ob ich als Einzige den Atem anhielt. Ich rechnete fest damit, dass Amelia wieder darauf beharren würde, diese Entscheidung nur zusammen mit Sam treffen zu wollen.

»Wann?«, fragte sie stattdessen angstvoll. »Wann wollen Sie den Eingriff vornehmen?«

»Heute. So bald wie möglich«, erwiderte Dr. Vaughan.

Bevor sie antwortete, wandte sie sich mit bangem Gesicht und Tränen in den Augen an mich. »Kannst du noch mal versuchen, Sam zu erreichen, und ihm Bescheid sagen?«

Ich schluckte schwer, hielt ihrem Blick aber stand. »Natürlich.«

Und an Dr. Vaughan gerichtet, sagte Amelia leise: »Okay. Tun Sie's.«

»Wann wollten sie mich abholen?«, fragte Amelia, während ihr Blick die ganze Zeit von der Wanduhr zur Zimmertür und zurück wanderte.

»Immer noch um halb zwei«, antwortete ich geduldig.

»Aha«, bemerkte sie und nickte, als wäre das eine Neuigkeit, obwohl sie diese Frage innerhalb der letzten halben Stunde mindestens vier Mal gestellt hatte. Daher war mir klar, dass sie nicht bloß nervös war, sondern eine Heidenangst hatte.

»Alles wird gut, Mimi. Der Eingriff hat eine sehr hohe Erfolgsquote«, versicherte ich ihr und zitierte damit die vielen Artikel, die ich im Internet gelesen hatte. Es schien mir nicht angebracht, sie darüber aufzuklären, dass in etwa der Hälfte der Fälle das Herz des Patienten nicht im neuen, »normalen«

Takt weiterschlagen wollte, sondern wieder in den unregelmäßigen Rhythmus zurückfiel.

Bitte mach, dass Amelia einer der Erfolgsfälle ist, betete ich zu jedem Gott, der womöglich gerade zuhörte. *Meine Schwester hat doch zur Abwechslung bestimmt auch mal Glück verdient?*

Zu wissen, dass ich der Grund dafür war, weshalb sie ständig auf die Uhr schaute, machte es nicht besser. Sie war im Glauben, Sam sei über alles informiert worden, und wartete nun darauf, dass er eintreffen würde. In einem Film wäre das der Augenblick gewesen, wo der schmerzlich Herbeigesehnte in allerletzter Sekunde zur Tür hereinstürmt. Und nichts, was ich sagte, würde Amelia davon überzeugen, dass Sam nicht auftauchen würde. Daher schien es mir das Beste, zu schweigen.

In der Cafeteria herrschte reger Betrieb. Mum und ich mussten dort zwei Runden drehen, bis ich einen freien Tisch für uns entdeckte. Ich stellte das Tablett mit den Kaffeetassen ab und sah wieder auf die Uhr. Amelia war erst zwanzig von den sechzig Minuten fort, die der Eingriff planmäßig dauern würde, und schon jetzt wäre ich am liebsten wieder auf die Station zurückgekehrt.

»Ihre Angehörigen können einen Spaziergang machen oder in die Cafeteria gehen, während Sie im Behandlungsraum sind«, hatte die Schwester von der Kardiologie zu Amelia gesagt, als sie ihr das Einwilligungsformular zur Unterschrift vorlegte. Meine Schwester war jedoch gedanklich ganz woanders. Ich fragte mich, wie viel von den Informationen sie überhaupt mitbekommen, geschweige denn aufgenommen hatte. Ihre Aufmerksamkeit galt einzig und allein der Stationstür und den Menschen, die hereinkamen. Beziehungsweise eher dem, der nicht hereinkam.

»Haben Sie noch irgendwelche Fragen?«, wollte die freundliche Schwester wissen und nahm Amelia das Clipboard ab, nachdem diese das Formular unterzeichnet hatte. Selbst Amelias Unterschrift sah heute anders aus, die Schlaufen waren größer und ungleichmäßig, und sie hatte über die Ränder des Kästchens hinausgeschrieben, das für ihren Namen vorgesehen war. Und ich hatte gesehen, dass sie zögerte, bevor sie ihren Nachnamen eintrug, als sei sie sich unsicher, ob sie Wilson oder Edwards angeben sollte. Schließlich schrieb sie beides hin.

Amelia wartete, bis die Schwester gegangen war, bevor sie mich mit einem herzzerreißenden Blick ansah. In dem unförmigen OP-Hemd wirkte sie klein und verloren. Schlagartig wurde mir klar, dass ich alles dafür getan hätte, um mit ihr tauschen zu können – was einer gewissen Ironie nicht entbehrte, da ich die letzten paar Monate genau das gemacht hatte. Amelia ahnte natürlich nichts davon. Und sie würde es nie erfahren, beschloss ich in einem Moment verspäteter Einsicht. Die gestellten Fotos von ihr und Sam waren der Grund für unseren Krach gewesen. Das einzig Gute, was sie mit sich gebracht hatten, war, dass ich ohne diese Bilder Nick niemals näher kennengelernt hätte. Niemals erfahren hätte, dass ich zu einer solchen Art von Liebe fähig war.

Dafür musste ich Amelia dankbar sein. Aber waren unsere Leben immer noch so untrennbar miteinander verbunden, dass meine Schwester ihren Seelenverwandten verlieren musste, damit ich meinen finden konnte? Inzwischen lasen wir kaum noch die Gedanken der anderen, deshalb stellte ich bei Amelias nächster Bemerkung überrascht fest, dass diese unheimliche Fähigkeit vielleicht noch nicht völlig verloren gegangen war.

»Bemitleide mich nicht, Lexi«, sagte sie und griff nach meiner Hand.

»Mir tut *jeder* leid, den sie in so ein OP-Hemd stecken«, sagte ich in dem Versuch, sie mit einem mittelmäßigen Witz aufzuheitern.

Sie schüttelte den Kopf. »Bemitleide mich nicht, weil ich immer noch glaube, dass Sam kommen wird.«

»I... Ich ... Ich hab nie gesagt, dass ...«, stammelte ich und hatte plötzlich das Gefühl, dass mein Lügengebäude bald einstürzen würde.

»Es ist jetzt egal, wieso du getan hast, was du getan hast. Denn ich kenne die Wahrheit. Hier drin habe ich es immer gewusst«, sagte sie und legte die Hand auf ihr unregelmäßig schlagendes Herz. »Sam existiert, und er wird zu mir zurückkommen. Das weiß ich einfach.«

Mich schauderte, da mich eine schreckliche Vorahnung ereilte. Was, wenn bei dem Eingriff irgendetwas schiefging? Was, wenn das unser letztes Gespräch war? Wollte ich wirklich, dass meine letzten Worte an meine Schwester eine Lüge waren? Ja, verdammt.

»Das glaube ich auch«, hatte ich deshalb gesagt, als man sie in ihrem Bett davonschob. »Ja, ich bin mir sogar sicher.«

Wir waren eine gute Viertelstunde vor Amelia zurück auf der Station. Ich hatte Mum vorher in der Cafeteria zurückgelassen und war zum Auto gehastet, wo ich eine große Tasche von der Rückbank nahm. Aus einem Impuls heraus, den ich nicht ganz begriff, hatte ich auch die Schachtel mit den Fotos mitgenommen. Ich konnte Amelias Phantom-Ehemann nicht herbeizaubern, damit er bei ihrem Erwachen neben ihrem Bett stand, doch ich konnte zumindest dafür sorgen, dass sie die Fotos von ihm bei sich hatte.

Noch aufmerksamer als zuvor Amelia behielt ich die Tür zum Flur im Auge und sprang erleichtert auf, als man meine Schwester endlich hereinschob. Sie war immer noch nicht ganz bei Bewusstsein und murmelte unzusammenhängende Dinge vor sich hin.

»Später, wenn Amelia wieder richtig wach ist, wird der Arzt vorbeikommen und Ihnen alles erklären«, sagte die Schwester mit einem freundlichen Lächeln. »Aber insgesamt ist es sehr gut gelaufen. Ihr Herz ist schon nach einem Schockimpuls wieder in den Sinusrhythmus gekommen.«

Das war die Amelia, die ich kannte und liebte, die in jedem Test und jeder Prüfung Bestnoten erhielt und nie etwas falsch machte. Das Wort »Versagen« gehörte einfach nicht zu ihrem Vokabular.

Die nächste Stunde lag Amelia nur da und döste, während Mum und ich uns dabei abwechselten, von unserem Stuhl aufzuspringen, sobald sie im Halbschlaf gereizt vor sich hin brummelte. Ihr langes dunkles Haar war auf dem Kissen ausgebreitet. Vorsichtig, um sie nicht aufzuwecken, berührte ich die seidigen kastanienbraunen Strähnen. Sie nuschelte wieder irgendetwas, was ich nicht richtig verstand, und runzelte dabei die Stirn.

»Es tut mir so leid, dass Sam heute nicht an deiner Seite ist, Amelia«, sagte ich leise. »Aber ich bin wirklich froh, dass *ich* bei dir sein kann.«

Ironischerweise waren sowohl Mum als auch ich eingenickt, als Amelia schließlich richtig erwachte. Wahrscheinlich hatte die halb durchwachte Nacht schließlich ihren Tribut gefordert. Ich bin mir nicht sicher, was genau mich weckte, doch plötzlich fuhr ich hoch und sah meine Schwester im Bett sitzen. Sie machte einen weit besseren Eindruck als zuvor.

Während wir geschlafen hatten, hatte Amelia offenbar die Fotoschachtel entdeckt, die ich auf den Nachttisch gestellt hatte, denn jetzt lagen die Bilder auf der Decke über ihren Beinen verstreut.

»Wie geht es dir?«, fragte ich, wobei sich meine Kehle wohl nicht nur deshalb trocken und kratzig anfühlte, weil es sehr warm im Zimmer war.

»Besser«, sagte sie knapp.

Ich bemerkte, dass Mum auf der anderen Bettseite nun ebenfalls wach war. Besorgt wechselte sie einen Blick mit mir, während Amelia weiter die Fotos in Augenschein nahm.

»Wie kommen die hierher?«, fragte meine Schwester.

Ich hoffte, meine Antwort würde ihr gefallen.

»Die hab ich dir von zu Hause mitgebracht. Ich dachte, vielleicht hast du sie gern bei dir, wenn du aufwachst.«

Ihre glatte Stirn legte sich in Falten. »Warum?«

Mir wurde noch heißer. Jetzt würde ich erklären müssen, wieso Sam immer noch nicht gekommen war. Doch ich bekam gar keine Gelegenheit zu lügen, denn Amelia ergriff einen der Abzüge und hielt ihn ins Licht, das durch das Fenster hereinfiel.

»Wer ist das?«, fragte sie mich mit unergründlicher Miene. »Wer ist dieser Mann?«

Ich hatte mir tausend Varianten dazu vorgestellt, wie sich der heutige Tag entwickeln könnte, doch diese Möglichkeit hatte ich keine Sekunde lang in Betracht gezogen. War das der Augenblick, in dem Amelia endlich begriff, dass die Fotos nur inszeniert worden waren?

Ich nahm mir einen Moment, um mich zu sammeln, und trotzdem klang meine Stimme piepsig, als ich antwortete.

»Erinnert er dich nicht an jemanden?«

Sie schaute noch einmal konzentriert hin und griff dann nach einem der Fotos, die bei unserem Ausritt entstanden waren. »Hm … Nicht wirklich. Ist das ein Schauspieler oder jemand Berühmtes?«

Ich schüttelte den Kopf. »Nein. Jemand, den du kennst. Jemand, den du *sehr gut kennst.*«

Wieder ein Stirnrunzeln, und zwar ein sichtlich verwirrtes.

»Nein. Das glaube ich nicht. Wie kommst du darauf?«

Der Moment war gekommen. Jetzt ging es ums Ganze. »Findest du nicht, dass der Mann Sam ähnlich sieht?«

Es waren die längsten zehn Sekunden meines Lebens, bis Amelia das Foto beiseitelegte und mich ansah.

»Welchem Sam?«

Kapitel 30

Das ist doch lächerlich. Tut mir leid, aber was du da sagst, ergibt überhaupt keinen Sinn.«

Ich warf Mum einen Blick zu, doch die schien plötzlich ein reges Interesse an der Krankenhausdecke entwickelt zu haben. Amelia sah mich eindringlich an und wartete auf eine Antwort oder eine Erklärung für etwas, das mir selbst schon seit drei Monaten Rätsel aufgab.

»Wieso sollte ich so etwas Verrücktes behaupten? Hat denn niemand auf den völligen Mangel an Beweisen hingewiesen?« Amelia hob die Hand und zählte die einzelnen Punkte an den Fingern ab. »Du sagst, es gibt keine Kleidung von ihm, keine persönlichen Gegenstände im Cottage, keinen Ehering, überhaupt nichts, was darauf hindeutet, dass ich heimlich geheiratet und keinem von euch davon erzählt habe.« Sie verdrehte die Augen, als wollte sie sagen: *Als würde ich so was je tun.* »Und wie hätte dieser sogenannte ›Ehemann‹« – sie deutete mit den Fingern Gänsefüßchen an – »einfach so vom Erdboden verschwinden sollen?«

Ich atmete tief ein. »Mimi, Liebes, wir haben dir all diese Fragen doch am Anfang auch gestellt!«

»Und warum habt ihr diesen Unsinn dann geglaubt?«

Mum hob den Kopf, und es brach mir fast das Herz, als ich die Tränen in ihren Augen sah. »*Wir* haben es nicht geglaubt, Liebes. Sondern *du*. Du hast dich durch nichts davon abbringen lassen.«

Mums Worte nahmen Amelia zumindest ein wenig den Wind aus den Segeln.

»Als es dir anfangs so schlecht ging, dachten die Ärzte, die Einbildung wäre eine Nachwirkung der Unterkühlung«, sagte ich, griff nach der Hand meiner Schwester und drückte sie. »Sie hatten gehofft, dass sie mit der Zeit verblassen würde, je mehr du dich erholst. Aber dem war nicht so. Es wäre grausam gewesen, dir auf Teufel komm raus beweisen zu wollen, dass du unrecht hast. Die Ärzte haben uns gesagt, im Laufe der Zeit würden die falschen Erinnerungen dir immer weniger real vorkommen, und irgendwann würdest du aufhören zu glauben, dass du verheiratet bist.« Ich lachte freudlos auf. »Wie es aussieht, hatten sie damit am Ende sogar recht.«

Amelia sah mich so prüfend an, als warte sie darauf, dass ich jeden Moment anfing zu kichern und *Ha, ha, April, April* sagen würde. Aber es war nicht der erste April, und ich hatte in meinem ganzen Leben noch nie etwas weniger lustig gefunden.

»Wäre *dir* so etwas passiert«, sagte Amelia mit leicht herausforderndem Unterton, »hätte ich darauf bestanden, dass du mir Beweise lieferst. Ich hätte den Trauschein sehen wollen, Facebook-Posts oder Fotos von euch beiden zusammen.«

Ich schluckte meine Schuldgefühle hinunter, während ich darauf wartete, dass der Groschen bei ihr fiel. Schließlich geschah es mit einem fast hörbaren Klirren.

»O mein Gott. Ist *das* der Grund für die Fotos in der Schachtel? Hast du etwa versucht, mich damit dazu zu bringen, an dieses Hirngespinst zu glauben?«

Erneut gab sie mir das Gefühl, komplett versagt zu haben. Tränen brannten mir in den Augen, doch ich weigerte mich, ihnen freien Lauf zu lassen. »Du hattest schreckliche

Angst, Sam zu vergessen! Und dein Gedächtnis war in letzter Zeit tatsächlich etwas … *unzuverlässig*. Die Fotos waren der missglückte Versuch, ihn für dich wieder greifbarer zu machen.«

»Obwohl das gar nicht möglich war«, entgegnete sie, doch jetzt ohne Streitlust in der Stimme.

Die Schachtel mit den Fotos lag immer noch umgedreht auf dem Krankenhausbett. Vor Gericht hätte man sie wahrscheinlich als »Beweisstück A« bezeichnet.

»Aber das bin nicht *ich* auf diesen Fotos, obwohl die Person darauf aussieht wie ich *und* meine Sachen trägt«, stichelte sie. Meine Anspannung ließ etwas nach. »Diese Fotos erzählen trotzdem eine Geschichte, aber es ist nicht meine und die eines Mannes namens Sam. Es ist die Geschichte, wie meine Schwester sich am Ende doch noch ernsthaft verliebt.«

Im Gerichtssaal wäre ich jetzt vermutlich aufgesprungen und hätte »Einspruch!« gerufen.

Ich wagte einen Versuch. »Ich habe nie behauptet, ich wäre in Nick *verliebt*. Wir haben da nur … was am Laufen.«

Amelia lächelte süffisant. »Du kannst dich selbst belügen, Lexi, aber mich nicht. Das ist dir noch nie gelungen.« Sie deutete auf die Fotos. »Die Wahrheit sieht man auf jedem einzelnen Bild. Du bist keine sonderlich gute Schauspielerin. Ich weiß, wovon ich rede – ich musste mir genug von deinen Schulaufführungen ansehen.«

Sie verschwamm vor meinen Augen, als ich gleichzeitig lachte und weinte.

Nachdem ich Mum zu Hause abgesetzt hatte und in Amelias Cottage zurückgekehrt war, schwirrte mir angesichts dieser unerwarteten Wendung immer noch der Kopf. Dass Amelia völlig vergessen hatte, wie felsenfest sie davon überzeugt gewesen war, mit einem Mann namens Sam verheiratet zu sein, war für mich fast ebenso schwer zu verdauen wie die Tatsache, dass sie ihn überhaupt erst erfunden hatte.

»Du weißt, was das bedeutet, nicht wahr?«, hatte Mum mich gefragt, die Hand schon an der Türverriegelung, als wir vor ihrer Wohnung hielten.

»Wie meinst du das?«

»Jetzt spricht nichts mehr dagegen, dass du mit Nick zusammenkommst«, sagte sie so freudestrahlend, dass mir warm ums Herz wurde.

»Bis auf die paar Tausend Meilen zwischen seinem Wohnort und meinem«, erinnerte ich sie.

»Pah!« Sie winkte ab. »Das ist nur ein winziges Detail im Vergleich zu dem, was euch bisher im Weg stand.«

»Ich bin zu müde, um heute Abend noch darüber nachzudenken«, log ich, beugte mich zu ihr hinüber und drückte ihr einen Kuss auf die Wange.

Doch *natürlich* dachte ich darüber nach. Aber das bedeutete nicht, dass ich etwas *unternehmen* würde. Mir war bewusst, dass Amelias Rückkehr zur Normalität womöglich nur von kurzer Dauer war. Während der Kardioversion war nicht nur ihr normaler Herzrhythmus wiederhergestellt worden, sondern es waren auch ihre echten Erinnerungen zurückgekehrt. So wie die falschen Erinnerungen vor Monaten ebenfalls bei einem elektrischen Schlag entstanden waren.

Aber die Wirkung einer Kardioversion ließ schließlich in etwa der Hälfte der Fälle wieder nach. Wenn das bei Amelia ebenfalls passierte, würde sie sich dann erneut für Mrs Sam Wilson halten? Aus diesem Grund verkniff ich es mir, mich bei Nick zu melden. Hoffnungen bei ihm zu wecken, nur um sie dann wieder zunichtezumachen, wäre mehr als grausam gewesen. Ich musste warten, bis Amelia aus dem Krankenhaus entlassen wurde und wieder zu Hause war, bevor ich auch nur in Erwägung ziehen konnte, mit ihm zu reden.

Aber bei dem Gedanken, dass es wie durch ein Wunder jetzt doch eine Chance für uns gab, schlief ich schließlich mit einem Lächeln auf den Lippen ein.

»Es kommt mir irgendwie so vor, als würden sie dich zu früh entlassen«, beklagte sich Mum, als ich Amelias überquellende Tüte mit Medikamenten in eine Reisetasche packte.

»Mir nicht, kein bisschen«, erwiderte Amelia, die auf dem Krankenhausbett saß und ungeduldig die Beine baumeln ließ, während wir auf das Entlassungsgespräch warteten. »Ich kann's kaum erwarten, wieder zu Hause zu sein.«

»Wieso müssen die Ärzte denn nun schon wieder mit uns reden?«, fragte ich mit einem besorgten Blick auf die Uhr. Das Parkticket galt nur noch für zwanzig Minuten, und ein Knöllchen zu bekommen würde diesem Tag, der für mich womöglich lebensverändernd war, den Glanz rauben. Sobald wir im Cottage waren, würde ich Nick anrufen. Ich hatte vor, dafür zu dem Ort zu laufen, wo wir uns kennengelernt hatten. Ich hoffte nur, dass das, was Nick für mich empfand, sich nicht auch gewandelt hatte.

In den letzten beiden Tagen hatte ich in Gedanken völlig neue Richtungen eingeschlagen. Sie lieferten mir Ausblicke auf eine Zukunft, die eines Tages unsere sein konnte. Wenn ich die Spülmaschine einräumte, sah ich plötzlich nicht mehr Amelias gemütliche kleine Küche vor mir, sondern ein geräumiges Loft in New York mit Ausblick auf den Hudson River – einen Ort, den wir unser Zuhause nannten. Oder wenn ich einen Einkaufswagen durch den Supermarkt schob, verwandelte dieser sich vorübergehend in einen Kinderwagen, aus dem mich ein niedliches dunkelhaariges Baby mit strahlend blauen Augen anlächelte.

Zum ersten Mal, seit ich Nick erzählt hatte, dass ich das Land verlassen würde, wagte ich, zu träumen. Und es fühlte sich verdammt gut an.

Dr. Vaughan klopfte energisch an den Türrahmen und betrat den Raum, dicht gefolgt von einem älteren Mann, den ich noch nie gesehen hatte. Ich lächelte Mum beruhigend an, obwohl ich meine Besorgnis darüber, dass das Gespräch nicht nur einen, sondern gleich zwei Ärzte erforderte, kaum verhehlen konnte. Der ältere Mediziner drehte sich um und schloss leise die Tür. Ich schauderte. Das war nicht gut.

Dr. Vaughan begann mit einer Zusammenfassung der erfolgreichen Kardioversionsbehandlung und betonte noch einmal, dass Amelia sich trotzdem einer Herzoperation unterziehen müsse. Es war jedoch, als sei er die Vorband für jemanden, und daran, dass die Augen meiner Schwester schmal wurden, erkannte ich, dass sie es ebenso empfand.

Der zweite Arzt, der, wie ich annahm, wegen Amelias Herzinfarkt dabei war, trat einen Schritt vor.

»Amelia, ich weiß nicht genau, ob Sie sich an mich erinnern. Mein Name ist Robinson. Ich bin Neurologe. Wir haben uns ganz zu Anfang Ihres Aufenthalts hier kennengelernt.«

»Ich erinnere mich«, sagte Amelia, und ihre Stimme klang plötzlich unnatürlich dumpf.

»Ich weiß, dass die Konfabulationen – die falschen Erinnerungen –, unter denen Sie zuvor gelitten haben, verschwunden sind, aber andere besorgniserregende Symptome sind leider geblieben.«

»Ich weiß gar nicht genau, ob es falsche Erinnerungen waren. Mittlerweile fühlen sie sich fast wie Vorahnungen an«, bemerkte meine Schwester.

Ich schluckte geräuschvoll und wagte es kaum, Mum anzusehen.

Der Neurologe wirkte wenig beeindruckt, nahm die Akte zur Hand, die er sich unter den Arm geklemmt hatte, und schlug eine bestimmte Seite auf.

»Ihre anfänglichen Symptome waren sehr verwirrend für uns.« Er schwieg kurz und schenkte Amelia ein leichtes Lächeln. »Wir Ärzte geben nicht gern zu, dass wir mit unserem Latein am Ende sind, und Sie haben uns etliche Rätsel aufgegeben. Wie Sie wissen, haben wir damals viele Untersuchungen durchgeführt.« Seine Miene wurde mitfühlend, und da wusste ich mit schrecklicher Klarheit, dass das, was er gleich sagen würde, alles verändern würde.

»Das hier hat gar nichts mit meinem Herzen zu tun, stimmt's?«, fragte Amelia verunsichert den Kardiologen, der hinter seinem Kollegen stand.

»Nein, Amelia«, bestätigte Dr. Vaughan.

Der Neurologe setzte sich nun ans Fußende von Amelias Bett. Etwas, was man nicht tut, wenn man gute Neuigkeiten überbringt.

»Die meisten Untersuchungen haben nichts Auffälliges ergeben, aber wir haben jetzt die Ergebnisse eines bestimmten Bluttests bekommen, den wir vor mehreren Wochen in Auftrag gegeben hatten.«

»Und was ist es? Was haben Sie herausgefunden?« Hatte ich je zuvor so verängstigt geklungen?

Der Neurologe wandte sich überraschenderweise nicht Amelia, sondern Mum zu. »Mrs Edwards, ist bei jemandem aus Ihrer Familie je Alzheimer diagnostiziert worden?«

Mum sah genauso verwirrt aus, wie ich mich fühlte.

»Alzheimer?«, wiederholte sie. »Nein. Wir hatten nichts dergleichen in der Familie.«

»Wollen Sie damit sagen, ich habe Alzheimer? Wie kann das sein? Ich bin doch erst neununddreißig Jahre alt, um Himmels willen!«

Der Neurologe sah wieder Amelia an. »Der Bluttest, den wir in Auftrag gegeben haben, war mehr ein Schuss ins Blaue – er diente eigentlich eher dazu, eine solche Diagnose *auszuschließen*. Aber ich fürchte, das Ergebnis lässt keinen Zweifel zu. Sie leiden an einer Krankheit namens FAD, Familiar Alzheimer's Disease, also die familiäre Alzheimerkrankheit. Es ist eine extrem seltene Form, die nur ungefähr ein Prozent der von dieser Krankheit betroffenen Menschen haben, und eine sehr spezifische Anomalie, die durch die Vererbung geschädigter Gene verursacht wird. Deshalb habe ich gefragt, ob jemand in Ihrer Familie unter ähnlichen Symptomen gelitten hat: Gedächtnisverlust, Vergesslichkeit, Verwirrung. Darf ich mich nach Ihrem Vater erkundigen? Wie ich aus der Krankenakte ersehen konnte, ist er verstorben.«

»Es ist vor über zwanzig Jahren bei einem Unfall ums Leben gekommen, und er hatte definitiv kein Alzheimer«, sagte ich. Meine Erwiderung klang schärfer als beabsichtigt, aber ich hatte das Gefühl, wir würden angegriffen.

»Wieso sind Sie so überzeugt davon, dass ich darunter leide?«, fragte Amelia. »Könnten die Testergebnisse nicht fehlerhaft sein?«

»Wir haben den Test mehrmals wiederholt. Deshalb weiß ich, dass sie korrekt sind. Dieses spezielle mutierte Gen zeigt sich in betroffenen Familien wieder und wieder. Es gibt *immer* eine rückverfolgbare Verbindung von Generation zu Generation. Wenn einer das fehlerhafte Gen hat, gibt er es zu fünfzig Prozent weiter.«

»Tja, da haben Sie es. Sie sind offensichtlich auf der falschen Spur. Dad hatte diese Krankheit nicht.« Ich drehte mich zu Mum um, in der Erwartung, sie würde zustimmend nicken. Womit ich nicht gerechnet hatte, war der gequälte Gesichtsausdruck, mit dem sie die Ärzte ansah.

»Mein Mann wurde als Baby adoptiert, also kannte er seine biologische Familie nicht«, sagte sie leise.

Die Information brachte alle zunächst zum Verstummen.

»Tja, okay«, sagte ich schließlich, verzweifelt nach einer Lösung suchend. »Das ist kein unüberwindbares Problem. Es muss doch irgendwo Adoptionspapiere geben. Ich weiß, so etwas wird unter Verschluss gehalten, aber angesichts der Dringlichkeit, dass wir herausfinden müssen, ob dieses Gen *wirklich* Teil von Amelias Erbgut ist, können wir die Herausgabe sicher beantragen.«

»Nicht nur *meines* Erbguts«, berichtigte Amelia leise.

Ich drehte mich langsam zu ihr um, erstaunt, dass es so lange gedauert hatte, bis ich begriff, was die Worte des Neurologen implizierten. *Jedes Kind eines betroffenen Patienten trägt zu fünfzig Prozent das Risiko, das Gen zu erben.* Wenn Amelia es hatte, dann bestand die Möglichkeit, dass es bei mir ebenso war.

»Es gibt keine Aufzeichnungen über seine biologischen Eltern«, sagte Mum mit vor Kummer schwerer Stimme. »Euer Dad war ein Findelkind, wie man so sagt. Ein ausgesetztes Baby. Er wurde in einem Karton auf einem Stück Brachland zurückgelassen. Wir haben keine Möglichkeit, in Erfahrung zu bringen, ob jemand aus seiner Familie an Alzheimer gelitten hat.«

Ich hatte gar nicht mitbekommen, dass ich auf einen Stuhl gesunken war, bis ich die Sitzfläche unter mir spürte.

»Wir wussten, dass Dad adoptiert war, aber warum habt ihr uns nie von den Umständen erzählt?«

»Ich hätte es ja getan, aber er wollte nicht, dass ihr davon erfahrt.«

»Wieso nicht? Denn jetzt wäre es zum Beispiel verdammt wichtig gewesen, dass wir die Krankheitsgeschichte seiner Familie kennen.« Amelia war aufgebracht, und mir ging es ähnlich.

»Es war ihm peinlich, Amelia. Er wollte nicht, dass ihr wisst, wie unerwünscht er war.«

Ein langes Schweigen senkte sich über den Raum. Schließlich brach es der Neurologe mit jener Frage, die zu stellen er geduldig gewartet hatte.

»Wäre es rückblickend möglich, dass Ihr Mann an frühen Symptomen von FAD gelitten hat?«

»Nein«, sagte ich, ohne zu überlegen. »Er ist bei einem dummen Unfall gestorben, weil er …« Ich verstummte.

»… vergessen hat, nachzuschauen, wann die Flut kommt. Dad ist ertrunken, weil er vergaß, genug Zeit einzukalkulieren, um die Bucht zu verlassen«, vervollständigte Amelia den Satz.

Ich suchte ihren Blick, dann den meiner Mutter, während mir allmählich klar wurde, was das Gesagte bedeutete. Über zwanzig Jahre lang hatten wir nicht verstanden, wie Dad den dummen Fehler hatte machen können, der ihn das Leben gekostet hat. Konnte sein Versäumnis, sich über die Gezeiten zu informieren, etwas mit der familiären Alzheimerkrankheit zu tun haben? War das etwa weniger unglaublich als die Tatsache, dass seine Tochter mitten in der Nacht in der Dunkelheit herumgeirrt war?

Unvermittelt brach ich in Tränen aus.

»Der Schlüssel. An dem Morgen, als er zum Angeln in die Bucht gefahren ist, konnte er den Autoschlüssel nirgends finden.«

»Dinge wie Schlüssel oder ein Handy zu verlegen, ist manchmal ein frühes Symptom der Krankheit«, erklärte Mr Robinson leise.

Amelias Augen füllten sich mit Tränen, denn sie wusste genau, was ich gleich sagen würde.

»Dad wäre an dem Tag nicht angeln gegangen, wenn ich ihm nicht dummerweise geholfen hätte, den Schlüssel zu suchen. Ich war diejenige, die ihn gefunden hat. Wäre das nicht passiert, hätte er nicht zur Bucht rausfahren können. Er wäre in Sicherheit gewesen.«

Mr Robinson schüttelte den Kopf. »Das lässt sich unmöglich mit Gewissheit sagen, aber es klingt danach, als wäre die Vergesslichkeit Ihres Vaters ein Symptom für die familiäre Alzheimerkrankheit im Frühstadium.«

Uns allen lag eine Frage auf den Lippen. Ich mochte sie nicht stellen, weil ich fürchtete, die Antwort bereits zu kennen, und tat es trotzdem.

»Ist das … ist das heilbar?«

Sehr langsam schüttelte der Arzt den Kopf. »Nein, aber wir wissen heute wesentlich mehr darüber als zur damaligen Zeit, und eines Tages *werden* wir es heilen können.«

Wieder wurde es still im Raum. Ich hörte nur noch das Hämmern meines Herzens.

Amelia sprach als Erste. »Wenn das stimmt, dann hatte Dad im Grunde Glück, oder?«

Ruckartig hob ich den Kopf, wie ein Hirsch, der das Spannen eines Gewehrhahns hört.

»Er ist gestorben, bevor die Krankheit ihn zerstören konnte.«

Der Rest des Gesprächs rauschte an mir vorbei.

»Amelia, wir machen für Sie einen Termin bei einem Therapeuten, der Ihnen durch die nächsten Wochen hilft. Sie haben sicher viele Fragen.«

»Eigentlich gibt es nur *eine*, auf die ich sofort eine Antwort haben möchte. Lexi und ich entstammen derselben künstlichen Befruchtung. Wenn *ich* also dieses verdammte Gen geerbt habe, besteht das Risiko, dass sie es ebenfalls hat?«

Ich behielt Amelias Gesicht im Auge, als sie darauf wartete, dass der Arzt mir einen Rettungsanker zuwarf. Sie fragte nicht nach ihrer eigenen Prognose oder nach dem Fortschreiten der Krankheit; sie dachte nur an mich.

»Es besteht ebenfalls zu fünfzig Prozent«, erwiderte Mr Robinson und warf mir einen mitfühlenden Blick zu. »Wenn ein Kind das Gen hat, ändert das nichts an der Wahrscheinlichkeit, dass auch das andere es erbt.«

Ich schmeckte Galle, und einen schrecklichen Moment lang hatte ich das Gefühl, sie nicht hinunterschlucken zu können.

»Hat die künstliche Befruchtung vielleicht einen Einfluss darauf? Lexis Eizellen wurden einer Vitri… Vitri…« Es war ein denkbar schlechter Moment dafür, das Wort zu vergessen.

»Vitrifikation unterzogen oder eingefroren«, ergänzte ich leise.

Amelia nickte dankbar. »Könnte dieses Verfahren das fehlerhafte Gen abgetötet haben? Könnte es sie geschützt haben?«

»Ich fürchte nicht. Das Einfrieren bei der In-vitro-Fertilisation hat keinerlei Einfluss auf Embryonen.«

Die Ärzte schwiegen einen Moment, damit wir ihre Worte verdauen konnten. Bevor Amelia weiterredete, merkte ich schon an ihrem Blick, dass mir nicht gefallen würde, was sie zu sagen hatte.

»Lexi, du musst dich testen lassen! Du musst dich so bald wie möglich diesem Bluttest unterziehen, um herauszufinden, ob du es auch hast.«

Vier Köpfe wandten sich mir zu. Ich hätte nicht gedacht, dass ich die folgenden Worte mit solch einer Gewissheit aussprechen würde.

»Auf gar keinen Fall. Ich will es nicht wissen.«

Kapitel 31

Ich stürmte aus dem Cottage und warf schwungvoll die Tür hinter mir ins Schloss. Doch zehn Minuten einfach nur auf die Wellen zu starren, beruhigte mich kaum. Da hörte ich hinter mir Schritte im Sand, und wenige Augenblicke später erschien ein Schatten neben meinem.

»Ich bin so wütend! Ich könnte ihr den Hals umdrehen!«, rief ich.

Tom hob überrascht die buschigen Augenbrauen.

»So gewalttätig hätte ich dich gar nicht eingeschätzt«, grummelte er. Ich begriff, dass er abwartete, bis mein glühender Zorn sich etwas abgekühlt hatte.

»Daran wirst du dich wohl gewöhnen müssen. Wenn ich meine idiotische Schwester nicht zur Vernunft bringen kann, dann wirst du mich wohl oder übel noch eine Weile lang so erleben.«

»Wahrscheinlich ist sie genauso wütend auf dich«, entgegnete er, bückte sich, um ein Stück Seegras aufzuheben, und betrachtete es aufmerksam, als würde sich darin die Lösung für all unsere Probleme verbergen.

»Ich weiß«, sagte ich und strich eine Haarsträhne aus meinem Gesicht, die mir der Wind vor die Augen geweht hatte. »Das Ganze ist einfach unerträglich. Ich bin es nicht gewohnt, mit ihr zu streiten … also, nicht über so etwas Wichtiges.«

Tom ließ das Seegras fallen und legte einen Moment lang seine knotigen Finger auf meine Hand. »Ihr beide müsst aufhören, gegen den Strom anzuschwimmen. So kommt ihr nie an Land.«

Ich lächelte nachsichtig. »Guter Ratschlag. Wenn ich eine Forelle wäre, jedenfalls.«

Tom gluckste vergnügt in sich hinein.

»Ihr beide findet bestimmt einen Weg. Da bin ich mir sicher.«

Es war nun vier Wochen her, seit wir von Amelias familiärer Alzheimerkrankheit erfahren hatten, und nach wie vor wurde mir jedes Mal schlecht, wenn ich daran dachte. Es kam vor, dass ich im Supermarkt stand und überlegte, welche Nudelsorte wir zum Abendessen brauchten, und mich die Erkenntnis plötzlich wieder mit voller Wucht traf und ich mitten zwischen den Regalreihen zu weinen begann.

Oder ich erwachte nachts und verspürte den unwiderstehlichen Drang, nach meiner Schwester zu schauen. Ich schlich auf Zehenspitzen durch den Flur, öffnete vorsichtig ihre Zimmertür und verharrte bewegungslos im Dunkeln, bis ich sah, wie ihre Brust sich gleichmäßig hob und senkte.

Natürlich ertappte sie mich auch mal dabei. »Hör gefälligst damit auf«, hatte sie sich neulich morgens beschwert. »Du machst mich wahnsinnig! Als Nächstes hältst du mir noch einen Spiegel vor den Mund, um zu überprüfen, ob ich noch atme.«

Ich fühlte mich ertappt, denn die Idee war mir tatsächlich schon durch den Kopf gegangen.

»Wie würdest du es denn finden, wenn ich jede Nacht in dein Zimmer schleichen würde?«

»Nicht *jede Nacht*«, verteidigte ich mich und hielt ihr einen Teller mit Toast hin, doch sie winkte ab. Seit ihrer Entlassung kam ihr Appetit nur langsam zurück. »Du weißt sehr gut, wieso ich das mache und was du tun musst, damit ich damit aufhöre.«

Seufzend fuhr Amelia sich mit den Händen durchs Haar. »Zum hundertsten Mal, Lexi, ich werde mich nicht am Herzen operieren lassen«, stöhnte sie frustriert.

»Und ich lasse keinen Bluttest machen«, gab ich zurück.

Wir schauten einander über den Küchentisch hinweg an wie zwei wütende Hälften eines Rorschachtests. Irgendwie führte uns jedes Gespräch – auch ein scheinbar unverfängliches – immer wieder zu diesen Streitpunkten.

»Du verschwendest keinen Gedanken daran, welche Auswirkungen deine Entscheidung auf uns hat.«

»Das kann ich nur zurückgeben«, sagte sie barsch.

»Meine Entscheidung, mich nicht testen zu lassen, ist wohl kaum vergleichbar damit, dass du eine lebensrettende Herz-OP verweigerst. Einen Eingriff, von dem du *weißt*, dass er dein Leben verlängern wird.«

»Lexi, begreifst du nicht, dass ich ihn aus *genau dem Grund* nicht möchte?«, sagte Amelia erregt. »Ich hab ein ziemlich beschissenes Blatt ausgeteilt bekommen. Egal, wofür ich mich auch entscheide, es wird ein schreckliches Ende nehmen. Ich kann nur wählen, welche von meinen miesen Karten ich ausspiele.«

»Du spielst nicht, du passt!«

»Ich entscheide selbst, wie ich die Zeit verbringen möchte, die mir noch bleibt. Du warst doch dabei, als die Ärzte mir erklärt haben, was mich bei familiärem Alzheimer erwartet.«

Dass sie mich daran erinnerte, war schmerzhaft. Wir hatten die Mediziner gebeten, uns gegenüber schonungslos ehrlich zu sein, und das waren sie auch gewesen.

»So will ich nicht enden«, sagte Amelia traurig und legte mir liebevoll die Hand auf die Wange. »Ich will nicht in dieses Gesicht schauen und nicht mehr wissen, dass es der wunderbarsten Schwester der Welt gehört. Ich möchte nicht alles vergessen, was ich über dich, Mum und über mich weiß.«

»Und ich will nur, dass du mit aller Kraft darum kämpfst, bei uns zu bleiben«, sagte ich mit zitternder Unterlippe. »Vielleicht wird es bald ein Medikament gegen diese Alzheimerkrankheit geben, aber du wirst es nie erfahren, bloß weil du zu früh aufgegeben hast.«

»Ich gebe nicht auf. Ich nehme brav meine Medikamente, ich gehe zur Reha, aber ich werde mich nicht operieren oder auf eine Warteliste für eine Organspende setzen lassen. Ich habe beschlossen, dass mein Herz entscheiden soll, was das Beste für mich ist und wann es genug hat.«

Ich hatte das furchtbare Gefühl gehabt, dass sie das alles ganz wörtlich meinte.

»Die aufzunehmen, war bestimmt eine Heidenarbeit.«

Nachdem Tom und ich uns verabschiedet hatten, war ich in Amelias Cottage zurückgekehrt. Sie saß am Küchentisch und hatte die Erinnerungsschachtel mit den Fotos vor sich ausgeleert. Zu viele lächelnde Nicks schauten mich an.

Ich ging zur Spüle, spürte jedoch immer noch seinen zärtlichen Blick.

Mir fehlte das Funkeln in seinen Augen oder wie er mich über den Rand seiner Brille hinweg ansah, bis ich innerlich dahinschmolz. Ich vermisste seinen Geruch, seinen Anblick und wie er schmeckte. Es war, als wären all meine Sinne auf Entzug.

Vor zwei Tagen glaubte ich ihn bei meiner morgendlichen Joggingrunde in der Ferne erkannt zu haben, und war schnell in die entgegengesetzte Richtung davongesprintet. Es war naiv gewesen zu glauben, dass unsere Pfade sich nicht kreuzen würden, aber es war auch noch zu früh, um Nick wiederzusehen, die grauenvolle Entdeckung noch zu frisch.

»Wieso hast du ihm nicht gesagt, dass du gar nicht abgereist bist?«

Wortlos warf ich Amelia von meinem Platz an der Spüle aus einen Blick zu.

»Das weißt du doch.«

»Findest du nicht, dass er ein Recht darauf hat, bei seinen Lebensentscheidungen mitzureden?«

Mit ihren Worten zielte sie exakt auf meinen wunden Punkt. Das bekam niemand besser hin als die eigene Schwester.

»Nein. Diese Entscheidung kann nur ich treffen.«

»Du würdest lieber ohne ihn weiterleben, als ihm die Chance zu geben, sein Leben mit dir zu verbringen, nur weil du *vielleicht* Alzheimer hast? Worauf du dich, nur nebenbei, auch verdammt noch mal testen lassen könntest … aber du willst ja nicht.«

Ich lächelte gequält. Schon nach wenigen Minuten waren wir wieder bei diesem Thema angelangt.

Amelia schüttelte traurig den Kopf. »Du weißt schon, dass du wieder mal dasselbe machst, oder? Selbst jetzt, wo wir wissen, dass Dad wahrscheinlich ohnehin an seiner Krankheit gestorben wäre, machst du weiter wie bisher.«

»Was?«

»Du bestrafst dich für das, was an jenem letzten Morgen in seinem Leben passiert ist. Gibst dir die Schuld dafür, nur weil du diese verdammten Schlüssel gefunden hast. Und sabotierst dein Happy End, weil du dir selbst einredest, du würdest keines verdienen. Jedes Mal, wenn du eine Beziehung anfängst, suchst du einen Weg, sie zu beenden. Diesmal instrumentalisierst du eine Krankheit, die du vielleicht nicht mal hast.«

Ich atmete tief durch und erinnerte sie entschlossen an meine Entscheidung, auch wenn es mir vorkam, als täte ich es zum tausendsten Mal.

»Ich werde keinen Kontakt zu Nick aufnehmen. Ich werde mich nicht testen lassen. Und ich werde nicht aufhören mit meinen Versuchen, dich von einer OP zu überzeugen.«

Mit einem schiefen Lächeln sammelte sie die Fotos wieder ein.

»Du bist so verdammt dickköpfig.«

»Hab ich von meiner großen Schwester«, entgegnete ich.

Der Vorschlag zum gemeinsamen Mittagessen am Sonntag war von Amelia gekommen.

»Mum macht sich vielleicht doch Sorgen, dass wir das mit ihr und Tom nicht gutheißen«, sagte sie mit gedämpfter Stimme für den Fall, dass einer der beiden, die nur wenig entfernt vor uns hergingen, etwas davon mitbekam.

»Ich glaube, es wäre nett, ihn zu einem richtigen Familienessen einzuladen. Ihn sozusagen in der Familie willkommen zu heißen.«

Ich stöhnte leise. »O Gott, du wirst ihn doch nicht darüber aushorchen, wie er finanziell situiert ist oder ob er ehrbare Absichten hegt?«

Amelia verdrehte die Augen und stieß mir spielerisch in die Seite.

Mum war von dem Vorschlag hellauf begeistert. Sie eilte gleich davon und murmelte noch irgendwas von einer Einkaufsliste und dass sie »das gute Porzellanservice« raussuchen würde. Sonntag war schon übermorgen, und sie war eine Frau mit einer Mission.

»Hältst du das wirklich für eine gute Idee?«, fragte ich Amelia, als wir beide wieder allein waren.

Sie lächelte. »Ein Familienessen mit dem fünfundsiebzigjährigen Verehrer unserer Mutter? Was kann da schon schiefgehen?«

Kapitel 32

Der Duft von gebratenem Rindfleisch, der das Cottage erfüllte, versetzte mich in die Zeit der Sonntagsessen meiner Kindheit zurück und hätte normalerweise behagliche Gefühle in mir ausgelöst. Aber nicht heute, denn aus irgendeinem Grund machte mich der Gedanke an dieses Mittagessen nervös. Amelia schien keine anderen Sorgen zu haben als die Frage, was sie anziehen sollte, und Mums einzige Angst war, das Fleisch zu lange zu garen oder die Kartoffeln anbrennen zu lassen. Ich hingegen war völlig durch den Wind – und hatte keine Ahnung, warum.

Nicht nur Amelia machte sich wegen ihrer Kleiderwahl Gedanken. Ich hatte mich schon dreimal umgezogen, und nichts fühlte sich passend an.

»Du könntest dir auch was von mir borgen«, schlug Amelia vor, als sie an meiner offenen Zimmertür vorbeikam, nur um mit einem Hauch Sarkasmus hinzuzufügen: »Ach nein, warte, hast du ja schon.« Über ihren eigenen Witz schmunzelnd, verschwand sie in ihrem Schlafzimmer.

Ich sah, wie die Tür zufiel. Manchmal war es, als würde ein finsterer, böser Zwilling von ihr Besitz ergreifen. Ich schüttelte den Kopf über diese absurde Vorstellung, die an einen schlechten Science-Fiction-Roman erinnerte. Amelia hatte bereits eine Zwillingsschwester – mich –, und keine von uns war finster oder böse. Allerdings waren wir im Moment beide nicht ganz wir selbst; wir hatten von den Ereignissen der vergangenen Monate Verletzungen und Narben davongetragen und fürchteten uns vor der Zukunft.

Mir gefiel die Richtung nicht, die meine Gedanken eingeschlagen hatten, und so suchte ich unter dem Berg von Seidenpapier auf dem Bett nach Ablenkung. Ich war auf einen Online-Ausverkauf eines meiner Lieblingsgeschäfte gestoßen und hatte meine Kreditkarte ein bisschen strapaziert. Ich hatte mir vorgenommen, nur eins der Kleider zu behalten, die ich bestellt hatte, aber alle sahen so gut aus, dass die Auswahl schwerfiel.

Am Ende entschied ich mich für mein Lieblingsstück: ein weiches, karamellfarbenes Etuikleid, das auf dem Bügel täuschend schlicht aussah, aber die Kurven meines Körpers perfekt betonte. Es war die Art Kleid, die das, was darunter lag, eher erahnen ließ, als es zur Schau zu stellen. Ich vervollständigte das Outfit mit silbernen Kreolen und einer Reihe von bunten Armreifen; beides war nicht Amelias Stil. Im Moment war es mir wichtig, die Unterschiede zwischen uns hervorzuheben statt unsere Gemeinsamkeiten.

Ich überprüfte ein letztes Mal mein Make-up, bevor ich die Klemme löste und meine Haare ausschüttelte, sodass sie mir locker auf die Schultern fielen.

»Was kann ich noch tun? Soll ich den Tisch decken?«, fragte ich Mum, als ich in die Küche kam, in der aus blubbernden Töpfen auf dem Herd der Dampf aufstieg.

»Das wäre toll, Lexi«, sagte sie dankbar. »Eigentlich wollte Amelia das übernehmen, aber sie sucht gerade irgendetwas.«

Beim Blick in den Flur sah ich, dass meine Schwester aus dem Wohnzimmer kam und zur Treppe ging. Stirnrunzelnd bemerkte ich, dass sie auf halbem Weg nach oben schon außer Atem war.

Ich legte gerade den letzten Dessertlöffel an seinen Platz, als Amelia sich zu uns in die Küche gesellte. Sie trug eine elegante schwarze Hose, eine seidige, langärmelige rote Bluse und machte ein extrem frustriertes Gesicht.

»Was ist?«, fragte ich, während ich begann, Papierservietten zu einer annähernd pyramidenartigen Form zu falten.

»Ich kann was nicht finden«, erwiderte sie geistesabwesend, während sie sich in der Küche umsah. »Ich schwöre, ich habe überall danach gesucht.«

Ich legte die Serviette ab.

»Was hast du denn verloren? Soll ich dir suchen helfen?«

Amelia lächelte dankbar und öffnete den Mund, aber dann erstarrte sie, als hätte jemand auf die »Pause«-Taste gedrückt.

»Es ist, ähm … es ist meine … meine …«

»Ich sterbe vor Spannung«, sagte ich, um sie aufzuheitern. Doch es gelang mir nicht. Und als ich den Anflug von Verwirrung in ihrem Blick bemerkte, war mir plötzlich auch nicht mehr nach Lachen zumute.

Sie hob den linken Arm.

»Es ist meine Handgelenkuhr«, verkündete sie schließlich mit einem erleichterten Auflachen.

Obwohl der Ofen und der Herd auf Hochtouren bollerten, überlief mich ein eisiger Schauer.

»Deine was?«

»Na, meine Handgelenkuhr«, wiederholte Amelia und sah mich an, als wäre ich unglaublich begriffsstutzig.

»Du meinst, deine *Armbanduhr?*«, fragte ich und war mir bewusst, dass meine Stimme nicht ganz normal klang. »Hast du danach gesucht?«

»Ja. Hab ich doch gerade gesagt«, entgegnete Amelia mit ungeduldiger Stimme.

»Nein, hast du nicht. Du hast es ›Handgelenkuhr‹ genannt.« Sie starrte mich lange an, als wollte sie mich auffordern, das Gesagte zurückzunehmen. Doch ich tat es nicht, denn ich hatte das Gefühl, dass wir die Sache nicht ignorieren sollten.

Amelia zuckte leichthin mit den Schultern. »Wie auch immer. Du wusstest doch, was ich meinte. Mir ist das Wort kurz entfallen. Also, hast du sie gesehen? Meine *Armbanduhr?*« Sie betonte das Wort spitz.

»Sie liegt im Bad auf der Fensterbank«, sagte ich und biss mir besorgt auf die Lippe, als sie den Raum verlassen hatte.

Ich wollte warten, bis sie außer Hörweite war, bevor ich etwas sagte, doch Mum kam mir zuvor.

»Es ist nichts, Lexi. Sie ist einfach nur aufgeregt wegen des Essens, das ist alles.«

»Mum, sie hat das Wort vergessen! Man konnte sehen, wie sie danach gesucht hat, aber es fiel ihr einfach nicht ein!«

»Vielleicht hat es mit ihren Herzmedikamenten zu tun«, sagte Mum.

»Oder vielleicht wird es langsam schlimmer«, entgegnete ich düster. Sie konnte nichts mehr erwidern, denn in dem Moment verriet uns ein Klopfen an der Haustür, dass unser Gast da war.

Die erste Überraschung war der Anblick des alten Fischers in einem Anzug. Er sah darin ganz anders aus. Und er roch anders, betrat den Flur in einer Wolke aus Old Spice und Mottenkugeln. Der Anzug glänzte an manchen Stellen, so, wie alter Stoff nun einmal aussieht, wenn er lange Zeit nicht aus dem Schrank herausgekommen ist.

»Hallo, Tom«, sagte ich mit einem breiten Lächeln, denn ich freute mich ehrlich, ihn zu sehen. Er hatte einen Blumenstrauß in der Hand, was mehr darüber aussagte, wie viel Mum ihm bedeutete, als alles andere. »Sind die für mich?«, fragte ich scherzhaft.

»Sei nicht albern. Die sind für deine Mutter«, sagte er.

Ich überraschte ihn, indem ich mich vorbeugte und ihm einen Kuss auf die wettergegerbte Wange drückte. »Die werden ihr gefallen«, flüsterte ich ihm zu. »Und du siehst heute sehr adrett aus.«

»Adrett«, sagte er mit einem abfälligen Schnauben, doch ich erkannte an seinem kurz aufblitzenden Lächeln, dass er sich geschmeichelt fühlte.

Tom ging in die Küche, wo Mums freudiger Aufschrei verriet, dass sie sich über die Blumen freute. Diskret gönnte ich den beiden einen ruhigen Moment und drehte mich zur Treppe um, in Gedanken immer noch bei meiner Sorge um Amelia. Da ließ mich das Geräusch eines Wagens, der vor dem Cottage hielt, wie angewurzelt stehen bleiben.

Ich warf einen Blick zur Haustür, dann zu Amelia, die gerade die Treppe herunterkam. Sie ignorierte meinen panischen Gesichtsausdruck und schaute an mir vorbei durch die offene Küchentür zum Esstisch.

»Du hast einen Fehler gemacht. Es sind nur vier Gedecke. Aber wir sind zu fünft.«

Plötzlich konnte ich kaum noch schlucken.

»Wie meinst du das? Amelia, was hast du getan?«

Sie schenkte mir einen strengen, doch zugleich liebevollen Blick, scheinbar ohne zu ahnen, wie nahe ich daran war, sie umzubringen.

»Irgendjemand musste es ja tun.«

Ich hörte, wie eine Autotür zugeschlagen wurde.

»*Was* tun? Für wen ist das zusätzliche Gedeck?«

Sie wirkte fast enttäuscht von mir.

»Denk doch mal nach, Lexi.«

Als es hinter mir erneut klopfte, wich alles Blut aus meinem Gesicht.

»Los, geh schon«, drängte sie mich und deutete mit dem

Kopf zur Haustür. »Werfen wir mal einen Blick auf den Typen, mit dem ich angeblich verheiratet war.«

Überrumpelt öffnete ich. Vor mir stand Nick und sah so unglaublich gut aus, dass mir die Luft wegblieb.

Er lächelte strahlend, als er mich sah. Im Laufe meines Lebens mussten mich schon zahllose Menschen angelächelt haben. Weshalb hatte dann nur Nicks Lächeln – *und nur seins* – die Macht, ein solches Inferno in mir auszulösen? Ich schlüpfte durch die offene Tür und zog sie hinter mir zu, um meiner Familie, die sich im Flur versammelt hatte, die Sicht zu nehmen.

Nick hatte die schwarzen Haare ordentlich zurückgekämmt und trug die Brille statt der Kontaktlinsen, die er manchmal benutzte. Er war nicht so förmlich gekleidet wie Tom, doch die Kombination aus Hose und blauem Hemd war schicker als das, was ich sonst von ihm gewohnt war.

»Hallo, Lexi.«

Gott, wie sehr mir diese Stimme gefehlt hatte!

»Deinem geschockten Blick nach zu urteilen, schätze ich, niemand hat dir gesagt, dass ich heute komme?«

Ich schüttelte stumm den Kopf und fragte mich, wann ich meine Fähigkeit zu sprechen wiedererlangen würde.

Nick zog sanft meine Hand von meinem Hals, an den ich mir überrascht gegriffen hatte. Er ließ sie nicht los, sondern verschränkte seine Finger mit meinen.

»Ich … ich … ich habe nicht … ich war nicht …«

»Also, brillante Konversation ist vermutlich nicht der Grund, weshalb du dich zu meiner Schwester hingezogen fühlst«, sagte jemand hinter mir.

Ich fuhr herum und sah, dass Amelia mit selbstzufriedenem Gesicht in der offenen Tür stand, während Tom und Mum im Hintergrund die Hälse reckten.

»Ich bin Amelia. Lexis große Schwester«, sagte Mimi, schob mich dreist beiseite und hielt Nick die Hand hin. »Nett, dich persönlich kennenzulernen. Du bist größer, als du am Telefon klangst.«

Nicks Lippen zuckten, doch sein Blick huschte immer wieder zu mir, während mein Gesichtsausdruck vermutlich von geschockt zu bestürzt und wieder zurück wechselte.

Es war ein unglaublich wichtiger Moment. Nicht nur für mich, sondern auch für Amelia. Wenn sie ihre Konfabulation, verheiratet zu sein, als Unsinn abtat, war das eine Sache. Aber was empfand sie, wenn der Mensch, den sie so detailgetreu aus dem Gedächtnis zeichnen konnte, ihr direkt gegenüberstand?

Sie musterte den Mann, den ich liebte, von Kopf bis Fuß.

»Du bist also Nick«, sagte sie unbefangen und schüttelte ihm die Hand.

»Ja«, sagte Nick, und einen Augenblick lang hatte ich das Gefühl, dass fünf Menschen gleichzeitig die Luft anhielten.

»Sie haben mir erzählt, ich hätte von dir geträumt.«

»Das habe ich auch gehört«, sagte Nick.

Allmählich wurde mir vom Sauerstoffmangel leicht schwindlig.

»Ist es unhöflich, wenn ich sage, dass ich keinerlei Erinnerungen an dich habe?«, fragte Amelia.

»Kein bisschen«, erwiderte Nick und sah meine Schwester freundlich an.

Das war der Moment, in dem jede Zelle, jede Faser und jede Sehne in meinem Körper, die in höchster Alarmbereitschaft gewesen waren, das Signal bekamen, sich wieder entspannen zu dürfen. Erleichtertes Gelächter erscholl, keine Ahnung, von wem es kam. Es wurde vom »Ping« des Ofen-Timers unterbrochen. Über meine Schulter warf ich Mum einen panischen Blick zu. Ich konnte Nick nicht am Tisch gegenübersitzen, während meine Familie uns nicht aus den Augen ließ!

Meine Mutter lächelte mir beruhigend zu.

»Das Klingeln bedeutet nicht, dass das Essen schon fertig ist. Es dauert noch eine Dreiviertelstunde, bis ich es servieren kann. Ich denke, ihr zwei habt euch bis dahin eine Menge zu erzählen.«

Ich hatte weiterhin das Gefühl, in einem Traum zu schweben, während Amelia nach den Blumen und der Weinflasche griff, die Nick auf der flachen Mauer neben der Tür abgestellt hatte.

»Ich nehm die hier mal mit rein. Genießt euren Spaziergang«, sagte sie, bevor sie ins Haus ging.

Ich wandte mich Nick zu.

»Ich habe mir diesen Moment ungefähr tausend Mal vorgestellt. Ich habe mir sogar zurechtgelegt, was ich zu dir sagen würde, wenn ich dich wiedersehe«, gestand ich atemlos.

»War es etwas Schönes?«, fragte er und schaute lächelnd auf mich herunter.

»Ja. Etwas Wunderschönes.«

»Erinnerst du dich noch, was du mir sagen wolltest?«

»An kein einziges Wort.«

Sein Lachen war sanft, leise und alles, von dem ich irrwitzigerweise geglaubt hatte, ich würde es vergessen können.

»Nun, das ist okay, denn es gibt eine Menge, was *ich* dir sagen will. Gehen wir ein Stück?«, schlug er vor.

Wir gingen über den Weg zum Strand, und irgendwann legte er den Arm um mich und zog mich an seine Seite. Ich ließ es geschehen.

Seine ersten Worte verblüfften mich. »Ich war damals am Flughafen.«

»Wirklich?«

Sein zerknirschter Gesichtsausdruck traf mich ins Herz.

»Ich wollte dir nicht ausreden, nach New York zurückzufliegen. Du solltest nur nicht allein dort sein. Ich stand am Terminal und habe deinem Flugzeug nach dem Start hinterhergeschaut.«

»Tja, ich saß nicht drin.«

Er lächelte wieder. »Das weiß ich jetzt auch. Aber ich wüsste es immer noch nicht, wenn deine Schwester es mir nicht verraten hätte. Wieso hast du mir nicht gesagt, dass du noch hier bist, Lexi?«

Das war der Moment, vor dem ich mich gefürchtet hatte. Die Worte wollten mir über die Lippen sprudeln, aber ich konnte es nicht ertragen, ihm das anzutun. Und so sagte ich etwas, von dem ich nie gedacht hätte, dass ich es je aussprechen würde. Aber wenn ich es jetzt nicht tat, würde ich keine zweite Chance bekommen.

»Vor allem anderen möchte ich, dass du weißt, dass ich mich auch in dich verliebt habe«, sagte ich – eine späte Erwiderung auf die Liebeserklärung, die er mir hier an diesem Strand gemacht hatte. »Es tut mir leid, dass ich es dir nicht damals schon gesagt habe.«

Ich sah, wie ihm Tränen in die Augen traten.

Er blieb stehen und nahm meine Hände. »Du sollst wissen, dass Amelia mir alles erzählt hat. Ich weiß von der familiären Alzheimerkrankheit und von dem Grund, warum du mich nicht wieder in dein Leben lassen wolltest.«

Jetzt war es an mir, in Tränen auszubrechen.

»Ich kann dir das nicht antun, Nick!«

Er strich über meine Arme, bis seine Hände auf meinen Schultern ruhten.

»Das ist nicht allein deine Entscheidung. Du kannst beschließen, den Test nicht zu machen. Oder in New York oder Somerset oder jedem anderen verdammten Ort der Welt zu leben. Aber du kannst nicht entscheiden, wen ich für den Rest meines Lebens lieben will, denn das kann nur *ich*. Und ich habe meine Wahl längst getroffen. Dieser Mensch bist du.«

Ich legte die Hände auf seine muskulöse Brust und versuchte, Kraft aus seinem Herzschlag zu ziehen. Ich wagte nicht, ihm in die Augen zu schauen.

»Das wäre dir gegenüber nicht fair«, sagte ich zu seinen Hemdknöpfen. »Du hast ein Recht zu erfahren, ob die Person, mit der du den Rest deines Lebens verbringen willst, überhaupt ein Leben haben wird.«

Nick zuckte bei meinen Worten zusammen. Das spürte ich mit jeder Faser meines Körpers.

»Ob du den Test machen willst oder nicht, hat *nichts* mit mir zu tun«, sagte er mit heiserer Stimme. »Wenn du es wissen willst, wunderbar, dann unterstütze ich dich, wo ich nur kann. Ich gehe mit dir zur Beratung und bin an deiner Seite, ob das Ergebnis negativ oder positiv ist. Aber eins musst du wissen: Es ändert nichts an meinen Gefühlen für dich.«

»Das wird es aber, Nick. Unweigerlich. Sich um eine Partnerin mit Alzheimer zu kümmern, ist garantiert nicht das, was du für dein Leben geplant hast.«

»Es gibt nur eins, was ich für mein Leben geplant habe«, sagte Nick, und seine Stimme brach. »Und das ist, dich für den Rest meines und deines Lebens zu lieben. Es gibt nur einen Grund, weshalb du mich verlassen solltest, und zwar, wenn du mich nicht so liebst, wie ich dich liebe.« Er zog mich sanft in seine Arme. »Für *keine* Beziehung gibt es eine Garantie, Lexi«, flüsterte er. »Es gibt keine Kristallkugel. Wenn man jemanden liebt und mit ihm zusammen sein will, ist es ein freudiger Sprung ins Unbekannte. Und ich wage ihn mit dir.«

Für jeden Menschen gibt es einen Augenblick, von dem er weiß, dass er sich bis zum Tag seines Todes daran erinnern wird. Dies war meiner.

Nicks Lippen kamen meinen immer näher.

»Küsst du mich jetzt?«, hauchte ich.

»Ja«, erwiderte er.

Und dann tat er es.

Kapitel 33

Eine knappe Dreiviertelstunde, nachdem wir aufgebrochen waren, erreichten wir wieder Amelias Cottage und traten uns den Sand von den Schuhen ab.

»Ich hab keine Ahnung, wie das gleich wird«, bemerkte ich mit besorgtem Blick zum Haus. Nick ergriff meine Hand, drückte sie sanft und strich auf dem Weg zur Eingangstür immer wieder mit dem Daumen darüber. An einer Stelle, die man durch keines der Fenster sehen konnte, gab er mir noch einen schnellen, entschlossenen Kuss auf den Mund.

»Wir packen das«, sagte er, ließ meine Hand los und eroberte damit erneut mein Herz.

Als wir eintraten, waren die anderen im Wohnzimmer versammelt. Mum begrüßte ihn herzlich und zeigte sich sogar enttäuscht, dass er Mabel nicht mitgebracht hatte.

»Ihre Tischmanieren lassen noch etwas zu wünschen übrig«, sagte er mit einem Augenzwinkern.

»Na, dann vielleicht beim nächsten Mal«, erwiderte sie.

Ganz die alte Schule, war Tom aufgestanden, als wir hereinkamen, und reichte Nick nun die Hand.

»Schön, dich wiederzusehen«, sagte Nick.

»Angezogen hätte ich dich fast nicht wiedererkannt«, scherzte Tom.

Ich wechselte einen Blick mit Mum. Es war, als wären wir alle durch ein unsichtbares Band miteinander verbunden. Einen Augenblick lang war ich der Überzeugung, *ich* hätte uns alle hier zusammengeführt, aber dann sah ich meine Schwester zufrieden lächelnd auf dem Sofa sitzen und begriff, dass nicht ich diejenige war, sondern Amelia.

Mit perfektem Timing machte sich der Ofen-Timer in der Küche bemerkbar, und diesmal war das Essen tatsächlich fertig. Nick und ich waren auf der einen Tischseite platziert worden, Mum und Amelia uns gegenüber, und nur widerstrebend nahm Tom am Kopf des Tisches Platz. Ich wechselte einen Blick mit Amelia, und in dem Fall brauchte es keine spezielle Zwillingsverbindung, um zu wissen, dass wir dasselbe dachten. Dad war nun schon viele Jahre tot, und unser Herzenswunsch war nur, dass Mum glücklich war. Tom mochte ein ungewöhnlicher Kandidat sein, doch der alte Fischer hatte einen neuen Glanz in ihre Augen gezaubert.

Um zwei Dinge brauchte ich mir heute keine Sorgen zu machen. Das eine war das Essen, das köstlich schmeckte. Mum errötete vor Freude über die Komplimente, die sie erntete. Das Zweite waren Gesprächsthemen. Zum Glück kannten Nick und Tom genug lustige Geschichten und Anekdoten, die sie zum Besten geben konnten, dass sie für etliche sonntägliche Mittagessen gereicht hätten.

Alles lief gut, bis Amelia offenbar fand, dass die Regeln der Höflichkeit für sie nicht länger galten. Während sie erst Nick die Yorkshire Puddings und Tom gleich darauf die Sauciere reichte, fragte sie Nick beiläufig: »Also, läuft wieder was zwischen dir und Lexi?«

»Amelia!«, fuhr ich sie an.

»Was denn? Ich sprech doch nur aus, was eh alle wissen wollen. Seid ihr …«

Sie fuchtelte vage mit den Händen, und einen schrecklichen Moment lang fürchtete ich, sie würde nun mit Gesten deutlich machen, was sie meinte. In dem Fall hätte sie das

Mittagessen, das sie bis dahin lediglich auf ihrem Teller hin und her geschoben hatte, auf ihrer Bluse wiedergefunden.

»Wir sind zusammen«, bestätigte Nick und schenkte mir ein zärtliches Lächeln, das mich wie eine Teenagerin erröten ließ.

»Und wie wird das dann transatlantiktechnisch aussehen?«

»Das Wort gibt es nicht einmal«, sagte ich mit flehendem Blick, um ihr zu signalisieren, sie solle das Thema fallen lassen. Nick und ich hatten noch nicht über Organisatorisches gesprochen, und ich wollte wirklich nicht, dass das in großer Runde am Esstisch diskutiert wurde.

»Wir finden schon eine Lösung«, antwortete Nick, der deutlich schneller als meine Schwester merkte, wie unangenehm mir das Ganze war. Ich war es nicht gewohnt, dass mich jemand besser durchschaute als sie. Aber irgendwie gefiel es mir.

Amelia wirkte leicht enttäuscht. Sie wollte alles in trockenen Tüchern wissen, und ich hatte auch eine Vermutung, weshalb. Fast wären mir deshalb die Tränen gekommen. Meine Schwester wollte die Gewissheit, dass wir ein glückliches Leben führen würden, wenn sie nicht mehr bei uns war.

»Also, möglicherweise habe ich erst mal genug von New York.«

Vier überraschte Augenpaare richteten sich auf mich. Ich konnte es niemandem zum Vorwurf machen. Ich hatte es selbst nicht gewusst, bevor mir die Worte über die Lippen gekommen waren.

»Wenn ich gut genug für diesen Job in New York bin, dann bin ich auch gut genug, um ihn überall zu machen.«

Es schien, als wollte Nick Einspruch erheben, doch ich ließ ihn nicht zu Wort kommen. »Die Menschen, die ich am meisten auf der Welt liebe, leben zufällig alle in einer bestimmten

Ecke von Somerset, und im Moment irgendwo anders zu sein, fände ich einfach nur verrückt.«

Wir schafften es ohne weitere peinliche Vorfälle bis zum Apfelkuchen mit Eis, aber schließlich brach sich der Elefant im Raum, den wir alle geflissentlich ignoriert hatten, doch noch Bahn.

»Nick, weißt du eigentlich, dass Lexi glaubt, ich müsste dich irgendwann mit deinem Hund am Strand gesehen haben, und das Bild hätte sich dann irgendwie in meinem Unterbewusstsein festgesetzt?«

Nick, der wohl genauso überrascht war wie wir anderen, nickte bedächtig, während Amelia nachdrücklich den Kopf schüttelte. »Ich glaube das nicht. Ich weiß, in letzter Zeit hat mein Erinnerungsvermögen ein wenig zu wünschen übrig gelassen, aber ich bezweifle, dass ich es vergessen hätte, wenn ich dir mal begegnet wäre – du bist ein Typ, den man nicht so schnell vergisst.« Sie nippte an ihrem Weinglas und fuhr dann fort: »Wahrscheinlich hast du das mit dem ›Mann aus Stahl‹ schon öfter zu hören bekommen?«

Nick und ich wechselten einen kurzen Blick.

»So ein, zwei Mal schon«, antwortete er.

Amelia nahm alles wahr: unseren Blickwechsel und das verstohlene Lächeln zwischen uns. Sie schien zufrieden und nickte kaum merklich.

»Und wäre ich dir nah genug gekommen, um mir dein Gesicht einzuprägen, müsstest du dich dann nicht auch an meins erinnern?«

Es war eine naheliegende Frage, die ich Nick auch schon gestellt hatte.

»Wahrscheinlich schon«, antwortete Nick vorsichtig, was ich gut nachvollziehen konnte. Offenbar war auch er sich nicht sicher, worauf meine Schwester hinauswollte.

»Und soweit man weiß, ist diese Einbildung von mir entstanden, als diese beiden Ärzte mich am Strand gefunden und nach dem Herzstillstand wiederbelebt haben.«

Nur das Klirren des Bestecks war zu hören, und wir rutschten nervös auf unseren Stühlen herum, weil wir uns plötzlich auf unsicherem Terrain wiederfanden und uns nicht ganz wohlfühlten. Unter dem Tisch hielt ich die Serviette, die es nie richtig zur Pyramide geschafft hatte, fest umklammert.

»Mein Körper hat hundertfünfzig Joule Strom abbekommen, und ich bin in der festen Überzeugung aufgewacht, mit einem Mann zusammen zu sein, der aussieht wie du. Und diese Überzeugung hat mich monatelang begleitet, bis mein Herz einen weiteren Elektroschock erhielt, damit es wieder in seinen normalen Rhythmus zurückfindet. Und dabei ist die falsche Erinnerung dann einfach verschwunden.«

»So könnte man es zusammenfassen«, sagte ich und stand auf, um den Tisch abzuräumen.

Ich hatte einen Stapel Teller in den Händen, und mir ist schleierhaft, wie ich es schaffte, nicht alles fallen zu lassen, als Amelia schließlich ihre bizarre Schlussfolgerung verkündete.

»Die letzten Monate habe ich in einer sehr detailreichen trügerischen Erinnerung an etwas gelebt, das nie passiert ist, ohne dass jemand von euch auf den Gedanken gekommen wäre, dass ich gar nicht *meine Vergangenheit* gesehen habe. Sondern *Lexis Zukunft.*«

»Okay, nur fürs Protokoll sei dir versichert, dass es in meiner Familie – nach meinem besten Wissen und Gewissen – keine Fälle von Geisteskrankheit gibt.«

Nick hielt beim Abtrocknen inne. Mums gutes Service war zu empfindlich für die Spülmaschine, und so hatten wir uns angeboten, mit der Hand zu spülen. Es war eine ausgezeichnete Gelegenheit für eine Nachbesprechung des Mittagessens, das vollkommen normal begonnen, aber derart unheimlich geendet hatte, als wären wir in einer Folge von *The Twilight Zone*.

»Du glaubst doch nicht, dass an Amelias Theorie was dran sein könnte, oder?«, fuhr ich fort und lachte nervös.

Man musste es Nick hoch anrechnen, dass er nicht aus vollem Hals über die merkwürdigen Frauen in der Familie Edwards lachte – was Jeff an seiner Stelle garantiert getan hätte.

»Lexi, ich bin Tierarzt, also ein wissenschaftlich denkender Mensch. Ich habe Jahre mit dem Studium von Dingen verbracht, die man beweisen und erklären kann. Ich suche in der Realität und der Alltagswelt nach Antworten. Und ich finde sie dort auch immer. Daher zu deiner Frage: Nein, ich glaube nicht, dass Amelia eine Vision von deiner Zukunft hatte.«

Er war so pragmatisch, dass ich mir albern vorkam, weil ich diese verrückte Idee nicht gleich abgetan hatte. »Du und ich, wir haben Amelias Visionen wahr werden lassen, indem wir nachgestellt haben, was sie in ihrer Vergangenheit ›gesehen‹ haben wollte.« Er deutete Gänsefüßchen an, um klarzustellen, was er davon hielt. Ich lächelte schwach. Nick war in seinem Denken der Wissenschaft verpflichtet, und es war nur naheliegend, dass er alles auf der Grundlage von harten Fakten beurteilte, die entweder schwarz oder weiß waren. Doch ich hatte einen Beruf, in dem ich mit der Welt der Fantasie und der Fiktion zu tun hatte. Ich sah in Amelias Worten also weit mehr Grau …

Hatte Amelia für mich meinen Seelengefährten gefunden, weil ich selbst es nicht hinbekommen hatte?

Kapitel 34

Bist du wach?« Nicks Ton ließ mich vermuten, dass er das nicht zum ersten Mal fragte.

»Jetzt schon«, murmelte ich schläfrig und nahm mein Smartphone vom Nachttisch. »Es ist doch noch so früh«, sagte ich, während ich mit zusammengekniffenen Augen auf das Display spähte und glaubte, ich müsse mich verlesen haben.

Nick hatte sich auf einen Ellbogen aufgestützt und strahlte mich mit fröhlichem Lächeln und Dreitagebart an. »Ich konnte nicht mehr schlafen und warte schon seit einer Ewigkeit darauf, dass du endlich aufwachst.«

Ich schob den Kopf nach vorn, bis ich ihm nah genug war, um ihn zu küssen. »Nur damit ich Bescheid weiß: Bist du an Weihnachten immer so drauf?«

»Wie denn?«, fragte er und rutschte näher, sodass sich unsere nackten Körper berührten.

»Wie ein Sechsjähriger«, sagte ich lachend, doch das Lachen verging mir, als er sich plötzlich auf mich legte. Und schon kam es mir gar nicht mehr so schlimm vor, noch vor dem Morgengrauen geweckt zu werden.

Einige Zeit später lagen wir ineinander verschlungen da. Nick strich mir die feuchten Haare aus der Stirn und sagte zärtlich: »Frohe erste gemeinsame Weihnachten, Lexi.«

»War das mein Geschenk?«, zog ich ihn auf, küsste ihn auf die Schulter und schmeckte seinen salzigen Schweiß.

Seine Augen funkelten. »Ich wollte dir was geben, was du nicht umtauschen kannst«, scherzte er.

Ich lächelte und dachte an die glänzenden, mit Bändern verschnürten Präsente, die unter dem Weihnachtsbaum in Nicks Wohnzimmer lagen. *In* unserem *Wohnzimmer*, verbesserte ich mich in Gedanken.

In den letzten sieben Monaten hatte sich so viel getan, und ich war erst vor Kurzem bei Nick eingezogen.

Nach Amelias Diagnose hatte ich mir eigentlich nicht vorstellen können, sie in ihrem Cottage allein zu lassen. Wenn man nur noch eine begrenzte Zeit zusammen hat, will man keine Sekunde verschwenden.

»Aber alles ist begrenzt«, hatte Amelia mit einer Gelassenheit eingewandt, die mich verblüffte. »Jede Beziehung endet irgendwann – doch die Menschen stecken lieber den Kopf in den Sand, um nicht darüber nachdenken zu müssen. Dinge wie diese Krankheit werfen alles über den Haufen und zwingen einen, sich auf das zu konzentrieren, was wirklich zählt: Familie, Freundschaft und Liebe. Und deshalb«, fügte sie mit einem süffisanten Lächeln hinzu, »setze ich dich jetzt offiziell darüber in Kenntnis, dass ich dich hier rauswerfe.«

»Wie bitte?«, hatte ich gefragt und mich vom Spiegel abgewandt, vor dem ich mir für ein Date mit Nick die Haare stylte.

»Du hast mich schon verstanden. Ich hab die Nase voll davon, eine Hälfte der Woche dich und Nick hier zu haben und Mum in der anderen. Ihr behandelt mein Zuhause wie ein Hotel, verdammt.«

Ich legte den Lockenstab beiseite, um mir nicht die Finger zu verbrennen. »Mimi, ich glaube nicht …«

»Dass ich ohne Hilfe klarkomme?«, ergänzte sie mit einer Spur ihres alten Kampfgeists, den ich schon länger nicht mehr erlebt hatte. »Du hast recht. Ich *bin* auf Hilfe angewiesen. Deshalb habe ich Mum gebeten, sich mit verschiedenen Pflegediensten in Verbindung zu setzen.«

Ich schüttelte den Kopf. »Die kosten ein Vermögen, Süße, und du brauchst so was doch gar nicht, du hast ja deine Familie.«

»Ich weiß, was sie kosten, aber darum brauchen wir uns keine Gedanken zu machen. Ich wäre eine verdammt miese Buchhalterin, wenn ich mein Geld in all den Jahren nicht gut angelegt hätte«, sagte sie. »Und sosehr ich mich freue, dass ihr beide euch um mich kümmert, ich möchte es eigentlich nicht. *Jeder* kann sich um mich kümmern, aber nur *du* kannst meine Schwester sein, also bist du den Job ab sofort los.«

»Am selben Tag gefeuert *und* vor die Tür gesetzt? Das gibt es bestimmt nicht oft«, sagte ich mit einem gezwungenen Lachen.

»Komm schon her«, sagte sie und breitete die Arme für eine Umarmung aus, die wir beide gut gebrauchen konnten.

Alles ging viel schneller, als mir lieb war. Jeder schreckliche Meilenstein war wie ein Hinweisschild auf einer Autobahn zu einem Ort, wo niemand hinwill. Neuerdings stand ein Sauerstoffgerät neben ihrem Bett, ein weiteres in der Ecke des Wohnzimmers. Sie brauchte sie nicht jeden Tag, war jedoch zunehmend darauf angewiesen. Und wahrscheinlich war meine Familie auch für einen sprunghaften Anstieg beim Verkauf von Post-its verantwortlich. Sie klebten überall im Haus, um Amelia an all die Dinge zu erinnern, die sie früher nie vergessen hätte. Auf den wichtigsten stand in roter Schrift:

Sieh nach, ob Wasser im Wasserkocher ist, bevor du ihn einschaltest.

Vergiss nicht, den Ofen auszustellen.

Achte darauf, dass die Hintertür abgeschlossen ist.

Aber besonders die in blauer Schrift brachen mir das Herz.

Deine Unterwäsche liegt in der dritten Schublade der Kommode.

Du trinkst deinen Tee mit zwei Stück Zucker.

Putz dir vor dem Schlafengehen die Zähne.

Es war allerdings eine Erleichterung, als wir endlich aufhörten, uns wegen unserer unterschiedlichen Standpunkte zu streiten. Ich glaube, wir erkannten beide, dass wir Gefahr liefen, die kostbare Zeit zu ruinieren, die uns noch zusammen blieb.

Während Nick nach unten ging, um Mabel rauszulassen, nutzte ich den frühen Start in den Tag, um unter die Dusche zu gehen. Es würde zwar noch mehrere Stunden dauern, bis alle zum Weihnachtsessen kamen, doch es standen noch ungefähr hundert Dinge auf meiner »To-do«-Liste.

»Alles wird super«, beschwichtigte mich Nick, der anscheinend vergessen hatte, dass ich selten kochte, ohne dabei sämtliche Rauchmelder im Haus auszulösen.

»Ich will einfach, dass der heutige Tag etwas ganz Besonderes wird«, sagte ich. Nick kannte mich jedoch gut genug, um zu wissen, dass ich nicht nur fürchtete, der Truthahn werde zu trocken oder uns könne der Baileys ausgehen. Alles sollte möglichst perfekt sein, weil mir schmerzlich bewusst war, dass es sich vielleicht um das letzte Weihnachtsfest handelte, an dem Amelia noch Amelia war und nicht eine Fremde mit löchrigem Gedächtnis.

»Wir werden dafür sorgen, dass dieser Tag unvergesslich wird, versprochen«, sagte Nick und zog mich in seine Arme.

Und vielleicht hatte er recht. Das Haus war mit derart vielen Lichtern dekoriert, dass man es vermutlich sogar aus dem Weltraum sehen konnte, wie Nick mich aufzog. Und doch hatte er klaglos stundenlang auf diversen Leitern gestanden, um »nur noch *eine* Lichterkette« aufzuhängen, wenn ich ihn darum bat.

In einem erstaunlichen Anfall von weihnachtlicher Nächstenliebe hatte Natalie Holly erlaubt, einen halben Tag bei uns zu verbringen, was Nick unendlich viel bedeutete. Ich liebte es, ihn in seinen verschiedenen Rollen zu erleben – mitfühlender Tierarzt, hilfsbereiter Freund, zärtlicher Liebhaber –, aber wenn ich ihn als Vater sah, schmolz ich nur so dahin. Traurigerweise war es eine Rolle, die er wohl für kein weiteres Kind übernehmen würde, wenn ich die familiäre Alzheimerkrankheit tatsächlich geerbt hatte. Obwohl Nick mich nie gedrängt hatte, den Test machen zu lassen, gab es Zeiten, in denen meine Entscheidung, es nicht zu tun, ins Wanken geriet.

Nick erwartete mich mit einem dampfenden Becher Tee und demselben freudigen Strahlen, mit dem er mich geweckt hatte, im Schlafzimmer. Ich nahm das heiße Getränk dankbar entgegen und nippte daran, während ich mich tiefer in die Falten meines dicken Bademantels kuschelte. Ein harscher Frost hatte über Nacht die Bäume vor dem Schlafzimmerfenster mit Eiskristallen überzogen und den Ausblick in ein Weihnachtskartenmotiv verwandelt.

»Bist du fertig?«, fragte Nick, obwohl mein Becher noch halb voll war. »Denn ich hab was für dich.«

»Schon wieder?«, zog ich ihn mit laszivem Lächeln auf und schaute vielsagend zum zerwühlten Bett.

»Diesmal ist es ein *echtes* Geschenk«, sagte er. Etwas schwer Definierbares, halb Vorfreude, halb Nervosität, lag in seiner Stimme.

»Willst du nicht warten, bis alle da sind?«

Nick schüttelte heftig den Kopf.

»Aaah, *die* Art von Geschenk ist es also«, sagte ich und dachte sofort an etwas Pikantes. »Okay, warte einen Moment, ich zieh mich noch kurz an.«

Ich wollte schon den Gürtel des Bademantels aufknoten, doch er hielt mich zurück. »Das brauchst du nicht.«

Er wollte offensichtlich unbedingt sofort nach unten gehen, obwohl mir auffiel, dass *er* in eine dunkelblaue Jeans und ein dazu passendes T-Shirt geschlüpft war. Auch sonst war er nicht untätig gewesen, während ich unter der Dusche gestanden hatte. Die von mir zusammengestellte Weihnachts-Playlist schallte gedämpft aus den Lautsprechern im Untergeschoss, und er hatte sogar die Lämpchen an der riesigen Fichte im Wohnzimmer eingeschaltet.

Hunderte Lichter lockten mich in den Raum. Ein funkelnder Weihnachtsbaum in der frühmorgendlichen Dämmerung hat etwas besonders Magisches. Unserer stand vor den deckenhohen Fenstern mit Blick auf den dichten Wald hinter Nicks Haus. Es war schwer zu sagen, was spektakulärer aussah – die glitzernden Zweige draußen oder der hell erleuchtete Weihnachtsbaum.

Nick ließ mich stehen, ignorierte die Geschenke unter dem Baum und ging zur Eichenkommode. Er warf einen Blick über die Schulter und lächelte mich an, als er die oberste Schublade aufzog und ein großes, flaches Päckchen herausnahm.

»Ich wollte dir das eigentlich noch gar nicht geben«, sagte er. »Erst an Silvester.« Jetzt war meine Neugier definitiv geweckt. Sein strahlendes, jungenhaftes Lächeln ließ ihn mindestens zwanzig Jahre jünger wirken. »Aber ich kann einfach nicht länger warten.«

Er kam auf mich zu, und plötzlich wurde mir bewusst, dass mir das Herz in der Brust hämmerte. Was auch immer sich in dem Päckchen befand, bedeutete ihm offensichtlich eine Menge.

»Ich finde es wunderbar«, verkündete ich begeistert, als er es mir in die Hände legte. »Es ist absolut perfekt.«

Nick grinste mich schief an. »Du weißt doch noch gar nicht, was es ist.«

»Das brauche ich auch nicht zu wissen. Es ist schon jetzt mein absolutes Lieblingsstück, weil es von dir kommt«, sagte ich und küsste ihn auf den Mund, bevor ich mich daranmachte, das Geschenk auszupacken. Nick stellte sich hinter mich und legte mir die Hände leicht auf die Schultern, während ich das Geschenkpapier aufriss. Dem Gewicht nach zu urteilen, lag ich mit meiner ersten Vermutung, es könne sich um sexy Unterwäsche handeln, meilenweit daneben. Es fühlte sich eher an wie ein Bilderrahmen.

Kurz darauf segelte der Rest des goldenen Geschenkpapiers zu Boden. Ich spürte, wie Nick hinter mir den Atem anhielt, während ich den Rahmen umdrehte und das Bild ins Licht hielt.

»Oh, Nick, es ist wundervoll«, sagte ich und betrachtete die Zeichnung eingehender. Ich erkannte sie sofort als Kopie eines unserer gestellten Fotos. Einen Moment lang fragte ich mich, ob Amelia sie gezeichnet hatte, aber das überstieg dann doch ihre Fähigkeiten. Ich beäugte die Signatur in der rechten unteren Bildecke, kannte den Namen jedoch nicht.

»Ich habe eine Künstlerin hier aus der Gegend diese Zeichnung von unserem eisigen Strandpicknick anfertigen lassen.«

Ich betrachtete erneut das Bild in meinen Händen und lächelte bei der Erinnerung daran.

»Ich weiß, wir haben die Fotos davon, aber die waren für Amelia bestimmt, nicht für uns.« Nick legte die Arme um meine Taille und zog mich an sich. »Ich wollte eine von unseren eigenen Erinnerungen festhalten, und das war der Tag, der für mich alles verändert hat. Der Tag, an dem mir klar wurde, dass ich mich in dich verliebt hatte.« Seine Stimme war nur ein Flüstern an meinem Ohr.

»Das ging mir genauso«, sagte ich, unfähig, den Blick von den beiden Menschen auf dem Bild abzuwenden. Sie waren gut getroffen, und ich sah nicht Amelia und Sam, sondern nur Nick und mich.

»Es ist wirklich perfekt«, hauchte ich, »obwohl, warte mal …« Ich verstummte und betrachtete das Bild noch eingehender. Mir fielen jetzt ein paar Unstimmigkeiten auf. Zum einen waren weder der Strand noch das Meer zu sehen; die Künstlerin hatte uns vor einem Wald dargestellt. Und es gab noch weitere Unterschiede. Die Künstlerin hatte den knappen Bikini, den ich an jenem Tag getragen hatte, durch einen weit weniger freizügigen Bademantel ersetzt, und Nicks Boardshorts durch ein dunkles T-Shirt und Jeans, ähnlich der Kleidung, die er an diesem Vormittag trug.

Mein Blick fiel auf den Bademantel, den ich nach dem Duschen angezogen hatte, und mir wäre fast das Bild heruntergefallen, sobald mir klar wurde, was ich da in Händen hielt. Die Zeichnung zeigte keine Erinnerung an etwas, was vor neun Monaten passiert war … Es geschah genau jetzt, in diesem Moment. Meine Augen füllten sich mit Tränen, als ich mich langsam umdrehte und die beiden Nicks verglich: den auf dem Bild und den anderen genau vor mir. Beide knieten auf dem Boden und hielten eine offene Samtschatulle in der Hand, in der ein wunderschöner Ring mit einem tropfenförmigen Diamanten steckte.

»Mir war nicht klar, dass man sein Leben leben kann, ohne zu ahnen, was einem fehlt, bis man es eines Tages findet. Und dann ergibt plötzlich alles einen Sinn, und man weiß genau, wo der richtige Platz für einen ist: an der Seite des Menschen, mit dem man sein Leben verbringen sollte. Ich liebe dich, Lexi, und werde es immer tun, wie deine Antwort auch lauten mag, aber ich hoffe sehr, dass du Ja sagst. Willst du meine Frau werden?«

»Ja«, sagte ich halb lachend, halb weinend. Nick sah mir in die Augen, als er mir den Ring an den Finger steckte. Er passte wie angegossen.

Die meisten Punkte auf meiner Weihnachts-To-do-Liste wurden am Ende doch nicht abgehakt. Es ist schwer, sich auf etwas zu konzentrieren, wenn man alle paar Minuten staunend seine linke Hand betrachtet. Ich war verlobt. Nick und ich würden heiraten, und ich konnte es kaum erwarten, meiner Familie die gute Nachricht mitzuteilen. Aber es gab noch jemanden zu berücksichtigen, der mir sehr am Herzen lag.

»Ich finde, du solltest zuerst mit Holly darüber reden, bevor ich es Mum und Amelia erzähle.«

Nick hatte amüsiert zugesehen, wie ich den Truthahn in den Ofen schob und ihm »Viel Glück« zugeflüstert hatte. Sein Lächeln verrutschte leicht.

»Hast du Angst, dass Holly nicht glücklich darüber ist? Die Sorge kann ich dir definitiv nehmen. Sie fleht mich schon seit Wochen an, dir einen Antrag zu machen. Hätte ich noch länger gewartet, hätte sie dir wahrscheinlich selbst einen gemacht.« Er senkte die Stimme. »Ich glaube, sie ist ganz wild darauf, Brautjungfer zu werden.«

»Darf sie gern sein«, sagte ich, ließ den Ofen Ofen sein und ging zu ihm. »Aber ich glaube trotzdem, es wird eine große Umstellung für sie. Ich will nicht, dass sie sich zurückgesetzt fühlt oder fürchtet, dass du nicht mehr so viel Zeit für sie hast – was natürlich Blödsinn ist, denn es ändert sich da ja nichts.«

»Und *das* ist der Grund, warum ich dich liebe«, verkündete Nick, zog mich an sich und küsste mich auf die Schläfe.

»Nicht wegen meines Hausfrauen-Talents?«, scherzte ich mit Blick auf das Chaos, das ich in der normalerweise sehr aufgeräumten Küche angerichtet hatte.

»Nein … eher nicht«, bemerkte er lachend.

Kurz darauf zog ich den kitschigsten Weihnachtspulli an, den ich finden konnte, kämmte mir die Haare und überprüfte ein letztes Mal mein Make-up. Als ich die Schublade des Frisiertischs zuschob, fiel mein Blick auf den weißen Umschlag, der zwischen Schmink- und Toilettenartikeln lag. *Wo du ihn versteckt hast*, sagte eine Stimme in meinem Kopf. *Wo du ihn sicher aufbewahrst*, widersprach eine andere. Seltsamerweise klangen beide wie ich. Ich nahm den Brief heraus. Er war leicht zerknittert – kaum überraschend, wenn man bedachte, wie oft ich ihn gelesen hatte.

Ich hörte Nick aus dem Bad kommen und ließ den Brief hastig wieder in der Schublade verschwinden, aber etwas hielt mich davon ab, sie zu schließen. Es schien der falsche Tag zu sein, um Geheimnisse vor ihm zu haben, ganz zu schweigen von einem so großen.

Nick kam ins Schlafzimmer, und obwohl ich in Gedanken immer noch bei dem Umschlag mit dem NHS-Logo war, stockte mir der Atem. Er sah umwerfend aus in seiner schwarzen Jeans und dem eng anliegenden schwarzen Hemd.

»Den Rentierpullover zieh ich beim Mittagessen an, versprochen«, sagte er, als er meinen bekümmerten Blick bemerkte.

»Das ist es nicht«, erwiderte ich und biss mir schuldbewusst auf die Lippe, während ich den Umschlag erneut aus der Schublade holte.

»Was ist das?«

»Mach ihn auf«, sagte ich und drückte ihm das Kuvert in die Hand. Sein Blick flatterte, als er meinen Namen und das vertraute blaue Logo sah.

»Der ist ja an dich adressiert«, sagte er.

Ich nickte. »Ich wollte dir eigentlich erst nach Weihnachten davon erzählen … aber jetzt, nach allem, was heute passiert ist …« Ich blickte auf meine Hand hinunter, und obwohl unser Gespräch ernst war, konnte ich ein Lächeln nicht unterdrücken. »Ich möchte, dass du es sofort erfährst.«

Er runzelte die dunklen Brauen, und ein winziger Muskel zuckte in seinem Augenwinkel. Er nahm das Blatt Papier heraus, und ich glaube, ich bildete mir nicht ein, dass seine Hand zitterte.

Nick war ein schneller Leser, aber bei diesem Brief nahm er sich alle Zeit der Welt, als wollte er ganz sichergehen, dass er alles verstand.

»Wirklich, Lexi?«, fragte er schließlich. Sein Gesichtsausdruck verriet Erleichterung, und mir wurde rückblickend klar, dass ich ihn besser auf diese Situation hätte vorbereiten sollen.

»Ja«, sagte ich und trat neben ihn, um den Brief erneut zu überfliegen, als könnte ich ihn nicht längst auswendig. »Im neuen Jahr gehe ich zu meiner ersten genetischen Beratung.« Es war der erste Schritt auf dem Weg dazu, mithilfe des Tests herauszufinden, ob ich das fehlerhafte Gen geerbt hatte.

»Warum hast du deine Meinung geändert?« Nicks Verblüffung war verständlich. Ich hatte niemandem davon erzählt.

»Aus mehreren Gründen. Nicht alle waren schwerwiegend, aber irgendwann hatte ich das Gefühl, dass es eine größere

Last ist, es *nicht* zu wissen, als die Wahrheit herauszufinden. Was meinst du dazu?«

»Ich will, was immer du willst. Dabei gibt's kein Richtig und kein Falsch, nur das, was du möchtest.«

Ich nickte, denn er äußerte genau das, was ich mir ebenfalls tausend Mal gesagt hatte.

»Ich lege mich noch nicht fest. Fürs Erste möchte ich mit einem Berater darüber reden und *dann* eine fundierte Entscheidung treffen.« Ich nahm Nick den Brief aus der Hand. »Aber ich will nicht, dass du denkst, ich hätte diesen Termin nur wegen deines Antrags gemacht. Deshalb zeige ich dir den Brief heute. Du sollst wissen, dass ich mich nicht dazu gedrängt gefühlt habe. Mein Entschluss stand schon fest.«

Er sah mich mit mehr Bewunderung an, als ich verdiente. »Ich würde gern mit dir hingehen – natürlich nur, wenn du möchtest.«

Ich nickte. Im nächsten Moment hörten wir von der Einfahrt her das Knirschen von Kies unter Autoreifen. Unsere Gäste waren angekommen.

Während Nick Amelia, Mum und Tom die Mäntel und die fast übertrieben vielen Geschenke abnahm, zog ich mir den Diamantring vom Finger und hängte ihn mir an einer langen Silberkette um den Hals, die ich unter meinem Pulli verschwinden ließ. Ich lächelte, als ich den Verlobungsring auf meinem Herzen spürte. Das dem Mann, der ihn mir geschenkt hatte, längst gehörte.

»Ich krieg keinen Bissen mehr runter«, verkündete Tom, obwohl er die Quality-Street-Dose trotzdem nach seiner Lieblingssorte durchstöberte.

Dank Nicks Hilfe und mehreren Gläsern Sekt war das Weihnachtsessen ein voller Erfolg gewesen, denn beides hatte geholfen, Stress zu vermeiden. Mit unglaublicher Zurückhaltung hatte Mum nicht versucht, das Ruder zu übernehmen, ja, sie hatte sogar behauptet, Rosenkohl schmecke zerkocht noch besser und in *jeder* Sauce gäbe es Klümpchen.

Nun, da die Spülmaschine im ersten Waschgang vor sich hin summte, stand Nick auf und legte Holly, die ebenfalls kurz vor dem Essen eingetroffen war, die Hand auf die Schulter. »Hast du Lust, mit mir und Mabel einen Spaziergang zu machen?«, fragte er, wobei es ihm gelang, beiläufig zu klingen.

Ich hielt den Atem an, denn ich war mir nicht sicher, ob ich es schaffen würde, unser Geheimnis noch länger für mich zu behalten, falls Holly das Buch, das ich ihr zu Weihnachten geschenkt hatte, verlockender fand als einen Spaziergang mit ihrem Dad. Zum Glück war dem nicht so.

»Alles okay bei dir?«, fragte Amelia knapp zwanzig Minuten, nachdem sie aufgebrochen waren. »Du wirkst ganz schön angespannt.«

»Wahrscheinlich, weil ich gerade die Weihnachtsausgabe von MasterChef hinter mir habe«, sagte ich mit Blick auf die Couch, auf der Mum friedlich vor sich hin schnarchte.

Amelias Stirnrunzeln ließ darauf schließen, dass sie mir meine Ausrede nicht so ganz abkaufte.

»Fandest du es schön heute?«, fragte ich, denn das war am Ende das Einzige, was wirklich wichtig war.

»Und ob. Du hast wirklich dafür gesorgt, dass alles perfekt ist«, sagte sie. »Wenn das das letzte Weihnachtsfest ist, an das ich mich richtig erinnern kann, könnte ich mir kein besseres wünschen.«

Tränen brannten mir in den Augen, doch angesichts ihres strengen Blicks drängte ich sie zurück.

»Nicht heute. Heute ist ein Tag für glückliche Erinnerungen.«

Ich spitzte die Ohren, als ich hörte, wie die Hintertür geöffnet wurde, gefolgt von Mabels klickenden Krallen auf den Fliesen. Sie waren zurück.

Ich brauchte Nick nicht zu fragen, ob er es Holly erzählt hatte. Sie strahlte wie ein Honigkuchenpferd und kam praktisch ins Zimmer gehüpft. Ich lächelte ebenso strahlend und zwinkerte ihr heimlich zu.

»Ich mach mal kurz Wasser heiß«, entschuldigte ich mich und schlüpfte in die Küche, wo Nick bereits eine Flasche Champagner aus dem Kühlschrank holte. »Ich dachte, wir stoßen auf die gute Nachricht vielleicht doch mit etwas Stärkerem als Tee an«, sagte er grinsend.

Ich stellte Gläser auf ein Tablett, dann zog ich die Silberkette unter meinem Pullover hervor. Zum zweiten Mal an diesem Tag steckte Nick mir den Ring an den Finger.

»Los geht's«, sagte er.

Mum war wieder aufgewacht, aber so sehr in ein Gespräch mit Tom vertieft, dass ihr leider die wenig subtile Art entging, wie ich meine linke Hand zur Schau stellte, als ich das Tablett zum Couchtisch trug.

»Noch mehr Kribbelwasser?«, fragte Tom. Ein Glas Starkbier oder Rum wäre ihm vermutlich lieber gewesen.

»Auf jeden Fall«, sagte Nick mit Blick auf seine Tochter, die aussah, als würde sie gleich explodieren.

Routiniert wie ein Barkeeper ließ er den Korken knallen, während ich mit der linken Hand die Gläser zum Einschenken hochhielt. Ich hatte schon zwei auf den Tisch gestellt, bevor Amelias freudiger Aufschrei mir verriet, dass sie den Ring entdeckt hatte.

»O mein Gott, Lexi!«, rief sie und sprang von der Couch auf. »Seid ihr … Wann habt ihr … Werdet ihr …?«

»Je einen Satz beenden?«, ergänzte ich und lachte. Ich weiß

wirklich nicht mehr, was als Nächstes passierte, aber plötzlich fanden wir uns alle – einschließlich Tom – in einer großen Umarmung wieder. Ich hatte Freude bisher nie als etwas Greifbares betrachtet, aber ich schwöre, ich konnte sie in jenem Moment spüren.

Besonders Holly klammerte sich an mich, umschlang meine Taille. Ich umarmte sie ebenso fest. Schließlich hatte ich sie schon seit dem Tag ins Herz geschlossen, an dem wir uns kennenlernten.

»Ich hätte nicht gedacht, dass der heutige Tag noch besser werden könnte«, verkündete Amelia. Ihr Blick wanderte von mir zu Nick, der jetzt neben mir stand. »Aber gerade ist das geschehen.«

»Hattest du nicht gesagt, heute sind keine Tränen erlaubt?«, zog ich sie auf, als sie sich die Augen rieb.

»Freudentränen zählen nicht«, sagte sie und sah glücklicher aus, als ich sie seit Monaten gesehen hatte.

Holly sah erst ihren Vater, dann mich an. »Ich hab geträumt, dass das hier passiert«, flüsterte sie schüchtern.

»Weißt du was, Schätzchen? Ich auch«, gestand Amelia.

Kapitel 35

Irgendwo habe ich mal gelesen, dass Paare sich für die Planung einer Hochzeit im Durchschnitt ein Jahr Zeit nehmen. Wir schafften es in nur sechs Wochen.

»Die Leute werden denken, ihr hättet es eilig, weil ein Kind unterwegs ist«, bemerkte Tom, als wir ihm den Termin mitteilten.

»Nur falls sie im neunzehnten Jahrhundert stecken geblieben sind«, entgegnete ich und nahm ihn in die Arme.

Nun schob ich die letzte Einladung in ihren Umschlag und legte ihn auf den ziemlich überschaubaren Stapel vor mir, der darauf wartete, zur Post gebracht zu werden.

Nachdem Amelia an Weihnachten die Neuigkeit erfahren hatte, hatte sie gleich gefragt: »Heiratet ihr bald?«

»So bald wie möglich«, antwortete ich und wusste genau, aus welchem Grund sie das wissen wollte.

Sie nickte, und ein trauriger Schatten huschte über ihr Gesicht.

»Wollt ihr eine kirchliche Trauung?«

»Um ehrlich zu sein, Mimi, würde ich Nick am liebsten mitten in der Natur auf einer Wiese heiraten. Aber ich glaube, Mum wäre davon nicht besonders angetan. Außerdem ist Holly ganz wild darauf, in der Kirche durch den Mittelgang zu schreiten und Rosenblütenblätter auszustreuen. Hoffentlich mit dir an ihrer Seite.«

Amelia schüttelte entschieden den Kopf.

»Mich kriegen keine zehn Pferde in ein pfirsichfarbenes Rüschenkleid, in dem ich aussehe wie ein Baiser, nicht mal dir zuliebe. Und ich muss auch nicht deine Brautjungfer oder – Gott bewahre – deine Trauzeugin sein«, sagte sie und schüttelte sich demonstrativ. »Ich bitte euch nur darum, dass ihr bald heiratet, damit ich noch weiß, bei wessen Hochzeit ich eigentlich zu Gast bin.«

Sie versuchte in letzter Zeit oft, ihre sich verschlimmernde Alzheimer-Erkrankung mit Humor zu nehmen. Ich wusste, dass es eine Bewältigungsstrategie war, aber solche Scherze machten es mir nicht unbedingt leichter, damit klarzukommen.

»Es tut mir so leid, dass du nie Gelegenheit hattest, *meine* Brautjungfer zu sein, wie ich es dir vor Jahren versprochen habe«, sagte sie und nahm meine Hand. »Aber wenn man es positiv betrachtet, dann wird Mum wenigstens eine ihrer Töchter vor dem Altar erleben.«

Ein Kloß von der Größe eines Golfballs in meinem Hals sorgte dafür, dass ich nur heftig nicken konnte.

Es hatte sich nicht richtig angefühlt, die Hochzeit allzu groß zu planen, und auch wenn ich wusste, dass Nick jedem meiner Vorschläge bereitwillig zugestimmt hätte, wollte ich das Fest bescheiden halten.

»Man kann sein Hochzeitskleid doch nicht auf eBay kaufen«, hatte Amelia entrüstet gesagt, als ich mein Laptop zu ihr herumdrehte und ihr ein Kleid zeigte, das ich dort aufgestöbert hatte.

»Kann man schon, wenn es hübsch ist«, hatte ich geantwortet und auf das kleine Foto geklickt, um es auf Bildschirmgröße angezeigt zu bekommen. Das schulterfreie Kleid hatte einen herzförmigen Ausschnitt, und der zarte Stoff war mit silbernen Stickereien und einer Milchstraße aus aufgenähten Kristallen verziert. Hätte ich hundert Kleider in sämtlichen schicken Brautmodenboutiquen in der Stadt anprobiert, wäre dieses immer noch meine erste Wahl gewesen.

Amelia sah sich die Fotos lange an, und das Lächeln, das um ihre Lippen spielte, verriet mir, dass sie sich mich in dem umwerfenden, bereits von einer anderen Frau geliebten Kleid vorstellte.

»Du wirst eine wunderschöne Braut sein«, sagte sie gerührt.

»Und du der hübscheste Gast«, erwiderte ich.

»Mit dem Sauerstoffgerät im Schlepptau«, ergänzte sie mit kummervollem Blick auf den schwarzen Metallzylinder neben sich. Dann aber kehrte sie die Stimmung komplett um, indem sie ergänzte: »Das ich nur mitbringe, weil du Nick den Atem rauben wirst.«

Ich hatte keine Ahnung gehabt, was ich von meiner ersten Beratungssitzung erwarten sollte, und es war mir schwergefallen, die Vorstellung abzuschütteln, auf einer Couch zu liegen, während neben mir jemand etwas auf ein Klemmbrett kritzelte. In Wirklichkeit war es völlig anders.

Die erste Überraschung bestand darin, dass es keine psychologische Beratung war. Es war eher ein Termin, bei dem man mir alle Fakten und Optionen vorstellte. So sollte mir ermöglicht werden, eine fundierte Entscheidung darüber zu treffen, ob ich mich testen lassen wollte oder nicht.

Die erste Sitzung nahm ich allein wahr, aber zur zweiten, einige Wochen später, begleitete mich Nick. An dem Tag erfuhr ich vom genetischen Präimplantationstest, einer komplizierten Maßnahme vor einer künstlichen Befruchtung, die Paaren wie uns die Chance gab, sich ihren Kinderwunsch zu erfüllen.

»Von diesem Präimplantations-Thema hätte ich schon früher mal hören sollen«, bemerkte ich, als wir zu Nicks Wagen zurückgingen.

»PGT«, sagte er. Ihm kam die Abkürzung leicht über die Lippen.

»Du kanntest das schon?«

»Die meisten Tierärzte sind Wissenschafts-Nerds«, entgegnete er und zuckte verlegen mit den Schultern. »Und bei Vieh machen wir was sehr Ähnliches.«

»Ich bin mir nicht sicher, ob mich das jetzt beruhigt oder nicht.«

Nick schmunzelte und hielt mitten beim Ausparken inne, um meine Hand zu drücken. »Dass es die Möglichkeit der Präimplantationsdiagnose gibt, soll deine Entscheidung nicht beeinflussen. Es ist immer noch zu hundert Prozent deine Wahl, ob du dich testen lässt. Hast du Amelia eigentlich schon erzählt, dass du zu der Beratung gehst?«

Ich verneinte. »Ich möchte warten, bis ich meinen Entschluss gefasst habe, wie auch immer er letztlich ausfällt. Ich will bei ihr keine Hoffnungen wecken und sie dann enttäuschen.«

»Du weißt aber, dass nichts, was du machst, deine Schwester jemals enttäuschen wird?«, brachte mir Nick liebevoll in Erinnerung.

Schließlich fiel mir die Entscheidung leichter als gedacht. Ich wollte es wissen. Nicht wegen Amelia oder Mum, nicht einmal wegen Nick. Sondern für mich. Ich hatte nie verstanden, wie Menschen zum Schluss eines Romans vorblättern können, weil sie erfahren wollen, wie die Geschichte ausgeht, aber irgendwie begriff ich es allmählich. Das Wissen würde eine eigene Form von Trost mit sich bringen.

Zwei Tage vor der Hochzeit teilte ich es Amelia mit, und ich glaube, sie hätte nicht begeisterter reagieren können, wenn ich im Lotto gewonnen hätte.

»Alles wird gut, Lexi!«, rief sie und nahm meine Hände in ihre. »Ich *weiß* einfach, dass du ein negatives Ergebnis erhalten wirst.«

»Das weißt du nicht, Liebes. Keiner weiß das.«

»Ich schon«, erwiderte sie dickköpfig. »Genauso, wie ich wusste, dass Nick und du füreinander bestimmt seid.« Es schien mir nicht angemessen, sie daran zu erinnern, dass sie ihn erst für *ihren* Mann gehalten hatte statt für meinen. »Und jetzt bin ich mir ebenso sicher, dass du von dem defekten Gen verschont geblieben bist. Du und ich waren bei der In-vitro-Fertilisation in einer Petrischalenlotterie, und das Einzige, was mir die Situation jetzt erträglich macht, ist das Wissen, dass ich diesen Mist geerbt habe und du nicht. Ich weiß nicht, wie ich damit zurechtkommen würde, wenn es andersherum wäre.«

Willkommen in meinem Leben, dachte ich traurig.

»Das ist ein sehr braver Junggesellinnenabschied«, bemerkte Mum und leerte ein Tütchen Essig über ihren Pommes.

Ich blickte mich am Strand um, der mir, auch wenn es ein wenig kühl war, heute Abend ganz besonders schön erschien.

»Was hast du denn erwartet, Mum?«

»Ich weiß nicht. Vielleicht etwas Lebhafteres?«, sagte sie zögernd.

Ich war bei einigen Junggesellinnenabschieden gewesen, bei denen es hoch herging, und ich war mir nicht sicher, wie Amelia und Mum mit vor Babyöl glänzenden Strippern und einer Cocktail-Flatrate klargekommen wären.

»Also, es ist genau so, wie ich es mir gewünscht habe«, sagte ich und knabberte zufrieden an einer besonders langen Pommes. »Mein Lieblings-Fast-Food, an einem meiner Lieblingsorte, mit meinen zwei Lieblingsmädels.« Ich nahm die Flasche mit dem gekühlten Prosecco aus dem Sand und schwenkte sie fragend.

»Lieber nicht«, sagte Amelia stellvertretend für die beiden. »Wenn Mum angeschickert ist und zum Cottage zurückgetragen werden muss, kann ich dir nicht dabei helfen.«

Dieser Witz hatte einen ernsten Hintergrund, der immer präsent war. Amelias Haus befand sich nur etwa fünfzig Meter entfernt, doch weiter konnte sie inzwischen kaum noch ohne große Anstrengung laufen.

Wir blieben am Strand, bis die Sonne langsam im Meer versank, dann sammelten wir unsere Sachen zusammen und überließen die Speisereste den bereits wartenden Möwen.

»Na, hoffentlich kriegt Tom das nicht spitz«, neckte Amelia meine Mutter, denn sie wusste, sie würde daraufhin erröten. Ich verbarg mein Schmunzeln und beschloss, dass sie morgen meinen Brautstrauß fangen würde.

Mums Taxi kam, bald nachdem wir zum Cottage zurückgekehrt waren, und Amelia und ich begleiteten sie Arm in Arm zum Wagen.

»Zwillinge?«, fragte der Fahrer neugierig, wie wir es noch aus Zeiten kannten, als wir jünger gewesen waren. Es war schon so dunkel, dass er unseren Altersunterschied wahrscheinlich nicht bemerkte.

»Gewissermaßen«, antwortete Amelia.

»Definitiv«, korrigierte ich sie.

Ich hätte gern noch die halbe Nacht mit meiner Schwester zusammengesessen und mit ihr in der Vergangenheit geschwelgt, doch ich merkte, dass der Abend sie angestrengt hatte.

»Ich werd heute nicht alt, Lexi«, sagte sie und hielt am Fuß der Treppe inne, als müsse sie alle ihre Kräfte sammeln, um die Treppe ins Obergeschoss zu bewältigen.

»Soll ich dir helfen?«

Sie schüttelte den Kopf. Ihre Unabhängigkeit war ihr so wichtig wie eh und je, obwohl sie sich gern von den Pflegekräften unterstützen ließ, die sie jeden Tag aufsuchten.

Auf der zweiten Stufe blieb sie stehen und wandte sich zu mir um.

»Ich hab dir im Gästezimmer was auf dein Kissen gelegt«, sagte sie. »Ein vorgezogenes Hochzeitsgeschenk.«

»Soll ich warten und es morgen mit Nick zusammen öffnen?«

»Nein. Es ist nur für dich gedacht. Und bevor du später sagst, dass es zu wertvoll ist – das stimmt nicht, und ich gebe es dir wirklich gern.«

Ich war so neugierig, dass ich ihr am liebsten gleich die Treppe hinauf gefolgt wäre, doch sie bestand darauf, ich solle bis später warten.

»Ruf deinen Verlobten an. So oft, wie du heute Abend auf dein Handy geschielt hast, leidest du eindeutig unter Entzug.«

Ich nahm Amelia ihre Neckereien nicht krumm, vor allem, weil sie mich gut genug kannte, um zu erkennen, dass ich Nick wirklich vermisste. Es war die erste Nacht seit Monaten, die wir getrennt voneinander verbrachten, und ich wartete mit dem Anruf kaum, bis Amelias Zimmertür sich schloss.

»Ich finde es doof«, sagte Nick, der sofort an sein Handy gegangen war.

»Charmant«, hörte ich Doug im Hintergrund. Der Geräuschkulisse nach zu schließen, saßen sie eindeutig in einem Pub.

»Ich meine, von dir getrennt zu sein«, sagte Nick ins Telefon, nun etwas leiser, sodass sein Freund sich nicht mehr einmischen konnte. Ich wollte ihn nicht lange aufhalten, daher sprachen wir nur ein paar Minuten miteinander, aber allein seine Stimme zu hören, brachte mich ins Gleichgewicht.

»Wir sehen uns in der Kirche«, sagte er liebevoll zum Abschied.

»Ich werde da sein«, versprach ich und fühlte mich plötzlich von meinen Emotionen überwältigt. »Ich bin die im langen weißen Kleid.«

»Ich werde dich schon finden«, antwortete er. »Ich werde dich immer finden.«

Als ich später ins Bett gehen wollte, hatte ich das geheimnisvolle Geschenk, das Amelia für mich bereitgelegt hatte, tatsächlich schon wieder vergessen. Doch sobald ich im Gästezimmer das Licht anknipste, entdeckte ich es auf meinem Kopfkissen.

»Ach, Mimi«, seufzte ich, denn nun war mir klar, wieso sie mich vorgewarnt hatte, sie werde es nicht zurücknehmen.

Ich nahm das gravierte Medaillon vom Bett, und die Halskette glitt wie eine silberne Schlange in meine Handfläche. Das Schmuckstück gehörte Amelia seit ihrem achtzehnten Geburtstag, es war das letzte Geschenk, das sie von unserer Großmutter bekommen hatte.

Neben dem Kopfkissen lag ein Zettel.

Ja, das Medaillon hat unsere Großmutter mir geschenkt, und nun schenke ich es dir. Nenn es dein Altes oder dein Neues – aber nicht dein Geborgtes, denn ich möchte, dass du es behältst. Trag es für mich, und ich werde immer an deiner Seite sein … selbst wenn ich es nicht mehr bin.

Mir rannen die Tränen über die Wangen, während ich mit zitternden Fingern mit dem Verschluss kämpfte. Endlich sprang das Schmuckstück auf. Wehmütig lächelte ich, als ich das Foto von Nick am Strand sah, das an dem Tag gemacht worden war, an dem wir uns kennenlernten. Ich neigte das Medaillon etwas, um mir das Bild in der anderen Hälfte anzuschauen. Mir stockte der Atem, denn es war eines meiner Lieblingsbilder von Amelia und mir. Wir hatten es vor drei Jahren an einem windigen Tag im Central Park gemacht. Eine von uns – ich weiß nicht mehr, wer – hatte gerade einen albernen Witz gerissen, als der Selbstauslöser klickte. Das Foto fing diesen Augenblick ein, und irgendwie auch meine allerbesten Erinnerungen an uns beide. Zwei identische Gesichter, beide lachend. Wir waren gleich, aber dennoch jede einzigartig. Dieses Bild hatte ich schon seit einer gefühlten Ewigkeit nicht mehr gesehen, und ich hatte keine Ahnung, wo Amelia es aufgetrieben hatte, doch ich freute mich sehr darüber.

Ich wusste bereits, dass ich dieses Medaillon vor allen anderen Dingen aus einem brennenden Haus retten und es morgen bei meiner Hochzeit mit Stolz und voller Liebe tragen würde.

Kapitel 36

Es hätte an jenem Tag regnen sollen. Ein Unheil verkündend dunkler Himmel hätte von Blitzen durchzuckt werden müssen. Doch die Sonne, die durch das Schlafzimmerfenster schien, deutete nicht im Entferntesten darauf hin, dass dies der Tag sein würde, der die Welt für immer veränderte.

Ich war wie immer sicher und geborgen in Nicks Armen aufgewacht. Obwohl ich mich nie daran erinnern konnte, in der Nacht näher an ihn herangerutscht zu sein, fand ich mich bei jedem Erwachen an ihn geschmiegt wieder.

»Guten Morgen, meine Frau«, flüsterte er mir ins Ohr, und sein Atem streifte warm meinen Nacken. So begrüßte er mich seit zwei Monaten beim Aufwachen, und so begann jeder meiner Tage dank seiner Worte mit einem Lächeln.

Obwohl Nick Bereitschaft hatte, hatte sein Telefon in der Nacht nicht geklingelt, und ich weiß noch, dass ich dachte, der Tag würde gut anfangen. Er stand auf, zog eine alte Jogginghose und ein Sweatshirt an und blieb an der Schlafzimmertür stehen, um zuzuschauen, wie ich mich in einem Sonnenstrahl räkelte, der auf das Bett fiel.

»Wie stehen die Chancen, dass Mabel heute nicht Gassi gehen will?«, fragte er hoffnungsvoll.

»Gering bis schlecht«, erwiderte ich und lachte, weil sein Widerwille, mich zu verlassen, ihm so deutlich ins Gesicht geschrieben stand.

Es war ein ganz normaler Mittwochmorgen. Ein in keiner Hinsicht bemerkenswerter oder besonderer Wochentag im Frühling. Später würde ich mich fragen, wieso ich keine Vorahnung gehabt hatte, die den Übergang zwischen »Davor« und »Danach« markierte, wieso ich nichts gespürt hatte.

Wir frühstückten wie immer kurz auf den Barhockern in der sonnendurchfluteten Küche. Cornflakes für mich, Toast für Nick und Trockenfutter für Mabel. Nick war in Gedanken schon ganz bei der Vormittagssprechstunde in seiner Praxis, während ich über das komplizierte Lektorat nachdachte, das ich erst zur Hälfte geschafft hatte. Mich als Lektorin selbstständig zu machen, war ein Risiko gewesen, das sich jedoch zum Glück auszuzahlen schien. So konnte ich weiter den Beruf ausüben, den ich liebte, ohne Kompromisse mit Blick darauf eingehen zu müssen, wie viel Zeit ich mit Nick oder meiner Familie verbrachte.

Wir küssten uns zum Abschied im Flur, und ich umarmte ihn etwas länger als gewöhnlich, weil mich jetzt doch Unbehagen überkam, obwohl ich nicht wusste, warum.

»Ich ruf dich gegen Mittag an«, sagte er und drückte mir einen letzten Kuss auf die Lippen.

Ich nickte, ohne zu ahnen, dass ich nicht da sein würde, um den Anruf entgegenzunehmen.

Ich räumte die Spülmaschine ein und machte die Küche sauber, bevor ich mir noch einen Kaffee einschenkte und ihn mit zu meinem Arbeitsplatz nahm. Es gab genug Räume, die ich zum Homeoffice hätte umfunktionieren können, aber ich hatte meinen Schreibtisch in einer Ecke des Wohnzimmers platziert, direkt bei der Fensterfront, vor der Nick mir den Antrag gemacht hatte. Wahrscheinlich würde irgendwann die Zeit kommen, in der ich meinen Stuhl hervorziehen würde, ohne an den Tag zu denken, an dem er sich genau hier hingekniet hatte, aber noch war es nicht so weit.

Bald darauf war ich ganz in den Text vertieft, erfreut, dass das Lektorat langsam Gestalt annahm. Ich verlor mich so in der Geschichte, dass ich mich nur widerstrebend davon loseiste, als mein Smartphone zu vibrieren begann.

Doch als ich den Namen »Linda« auf dem Display sah, war jeder Gedanke an den Roman wie weggefegt. Ich schnappte mir das Handy und drückte auf »Annehmen«.

Drei Herzschläge später sagte Amelias Pflegerin meinen Namen. Drei Herzschläge, während der ich hoffte, sie wolle vielleicht nur fragen, wo die Müllbeutel aufbewahrt würden, oder irgendetwas anderes, woran Amelia sich nicht mehr erinnern konnte.

»Ich will Sie nicht beunruhigen«, begann Linda, und ihr leichter schottischer Akzent klang ausgeprägter als sonst. Ein kleiner Teil meines Verstandes überlegte, wieso irgendjemand diese Worte voranschickte. Es war der sinnloseste Satz aller Zeiten, denn er bewirkte zwangsläufig das genaue Gegenteil. Ich war mehr als beunruhigt.

»Was ist passiert?«, fragte ich.

Am meisten mochte ich an Amelias Pflegerin, dass sie ehrlich war und nie um den heißen Brei herumredete. Deshalb schien es seltsam, dass es diesmal anders war.

»Der Zustand Ihrer Schwester hat sich etwas verschlechtert.«

»Was genau meinen Sie mit ›etwas verschlechtert‹?«

»Es bedeutet, ihre Atmung macht mir etwas Sorge.«

»Haben Sie ihr Sauerstoff gegeben?«

Diese Frage war ein kleiner Affront, aber Linda war nicht nur gut darin, ihre kranken Schützlinge zu pflegen, sondern auch im Umgang mit panischen Verwandten.

»Natürlich, und es hat auch geholfen … zumindest ein bisschen. Aber für mein Gefühl nicht genug. Deshalb habe ich einen Krankenwagen gerufen.«

»Einen Krankenwagen?«, wiederholte ich, als wüsste ich nicht, was das ist.

»Bloß um auf Nummer sicher zu gehen«, sagte Linda beschwichtigend, nur um die beruhigende Wirkung gleich wieder zunichtezumachen, indem sie hinzufügte: »Ich glaube, Sie sollten direkt ins Krankenhaus fahren, Lexi.«

Diese Unterhaltung hatte ich schon oft geführt. Gewöhnlich endete sie damit, dass ich schweißgebadet aus dem Schlaf hochschreckte. Aber das hier war kein Traum. Es war die Wirklichkeit, und ich war in keiner Weise darauf vorbereitet, diese Rolle im echten Leben zu spielen.

»Haben Sie meine Mutter schon angerufen?« Meine Gedanken wirbelten wild durcheinander, und ich war froh, dass es mir gelungen war, einen nützlichen hervorzubringen.

»Ja. Zum Glück war Mr Tom bei ihr. Er hat ein Taxi gerufen, mit dem sie zum Krankenhaus fahren wollen. Die beiden erwarten Sie dort.«

Ich hätte ihr am liebsten noch hundert Fragen gestellt, doch da hörte ich das Heulen von Sirenen durch die Leitung.

»Tut mir leid, Lexi, ich muss jetzt auflegen. Der Krankenwagen ist da. Kommen Sie klar? Schaffen Sie es zum Krankenhaus?«

Ich weiß nicht, was ich hatte sagen wollen, denn es kam nur eine Mischung aus verzweifeltem Schluchzen und Auflachen aus meinem Mund. *Natürlich* kam ich klar. Es war ja nicht *mein* Herz, das versagte. Meins hämmerte gegen die Rippen und erinnerte mich daran, wie gut es Blut durch meinen Körper pumpen konnte. Anders als das meiner armen Schwester.

Kurz darauf fand ich mich im Flur wieder, wo ich mir Schuhe anzog und mir eine Jacke und eine Handtasche schnappte.

Ich versuchte, Nick zu erreichen, während ich schnell Mabel nach draußen ließ und viel zu viel Futter in ihren Napf schüttete. Sie beäugte mich neugierig, wie Hunde es tun, wenn ihre Besitzer sich ungewöhnlich benehmen.

Ich hockte mich neben sie. »Tut mir leid. Ich weiß nicht, wann ich zurück bin«, erklärte ich ihr. Erst als sie mir mit der langen rosa Zunge die Tränen von den Wangen leckte, merkte ich, dass ich weinte. Ich vergrub das Gesicht in ihrem dichten Nackenfell, und sie lehnte sich mit ihrem ganzen Gewicht gegen mich, als verstünde sie, dass ich eine Umarmung brauchte.

Bei Nicks Handy ging nur die Mailbox ran – wenig überraschend, wenn er operierte –, und so wählte ich die Festnetznummer der Praxis und hinterließ bei der Sprechstundenhilfe, die noch so neu war, dass ich mich nicht an ihren Nachnamen erinnerte, eine Nachricht.

»Bitte sagen Sie ihm, er soll so bald wie möglich zu mir ins Krankenhaus kommen.«

»Und in welches Krankenhaus? Soll ich ihm sonst noch etwas ausrichten?«

»Nein. Er weiß, wo und warum«, erwiderte ich mit brüchiger Stimme, die sich fast überschlug. »Sagen Sie … sagen Sie ihm einfach, er soll sich beeilen«, fügte ich hinzu, bevor ich auflegte und zu meinem Wagen stürzte.

Es war wie bei meiner ersten Fahrt ins Krankenhaus vor etwas mehr als fünfzehn Monaten, und die Hilflosigkeit und Angst waren mir schrecklich vertraut.

Ich stellte den Wagen in einem der oberen Stockwerke des Parkhauses ab, wie ich es bestimmt schon hundert Mal zuvor getan hatte, aber als ich zum Krankenhaus eilte, spürte ich, dass etwas anders war. *Du tust das alles hier zum letzten Mal.* Die Stimme in meinem Kopf klang so echt, dass ich fast zu hören glaubte, wie das Echo der Worte von den Betonwänden des Treppenhauses widerhallte. Ich versuchte, vor ihnen davonzulaufen, doch sie folgten mir durch sämtliche Etagen, bis ich das Erdgeschoss erreichte. Dort zwang ich mich, eine kurze Verschnaufpause einzulegen, ehe ich die Drehtür zur Eingangshalle durchschritt.

Mum und Tom waren anscheinend ebenfalls noch nicht lange da. Sie standen noch vor dem Informationsschalter und warteten darauf, zu erfahren, auf welche Station Amelia gebracht worden war. Ich fiel Mum in die Arme, während Tom nur seine Hände rang.

»Wie geht es ihr?« Irgendwie schaffte ich es, die Frage auch an die Frau am Informationsschalter zu richten.

»Wir wissen nur, was Linda mir am Telefon erzählt hat. Amelia sei ... *unpässlich* ... seit sie heute Morgen angekommen sei.«

Unpässlich. Etwas verschlechtert. Heute kamen wirklich nur Beschönigungen zum Einsatz, aber ich konnte es Linda nicht vorwerfen, denn die Wahrheit war einfach verdammt beängstigend.

»Sie ist auf die Milton-Station eingeliefert worden. Das ist im ...«

»Siebten Stock. Wissen wir«, sagte ich zu der jungen Frau hinter dem Schalter.

Mum und ich gingen zu den Aufzügen und merkten zunächst nicht, dass Tom mehrere Schritte hinter uns zurückgeblieben war. Ich drückte die Ruftaste.

»Vielleicht ist es besser, wenn ich hier unten bleibe«, bemerkte Tom auf eine zögerliche Art, die so ganz anders war als sein sonst so schroffer Ton. »Sonst wird's viel zu voll im Zimmer. Und ihr solltet mit Mimi allein sein.«

Zum ersten Mal verwendete er Amelias Spitznamen. Es kam ihm ganz natürlich über die Lippen. Vielleicht war es das, was mir Tränen in die Augen trieb, vielleicht auch Toms hilfloser, ängstlicher Gesichtsausdruck.

»Tom, sie würde dich sehen wollen«, sagte ich und nahm

eine seiner rastlosen Hände in meine. »Du gehörst schließlich zur Familie.«

Männer aus Toms Generation sind meist nicht nah am Wasser gebaut, aber zu sehen, wie der alte Fischer im geschäftigen Eingangsbereich des Krankenhauses ungeniert weinte, ließ auch jenen Rest meines Herzens, der noch nicht gebrochen war, in tausend Stücke zerspringen.

Ich wusste, dass es schlimm war, noch ehe wir die Station betraten. Dr. Vaughan ging mit gerunzelter Stirn durch den Flur, und seine Miene wurde noch besorgter, als er uns vor dem Aufzug sah.

Er schaute von Mum zu mir, und plötzlich fiel mir das Schlucken schwer.

»Hat sie Schmerzen?« Das war die einzige Frage, die mir einfiel.

Dr. Vaughan schüttelte den Kopf. »Nein. Jetzt nicht mehr. Wir haben ihr Medikamente gegeben und können die Dosis später noch erhöhen, wenn …«

Er biss sich auf die Lippe, als wäre ihm fast die Wahrheit entschlüpft. Mir war nicht entgangen, dass er »wenn« gesagt hatte und nicht »falls«.

»Sie ist in ihrem alten Zimmer«, fuhr er fort. Mehr brauchte er nicht zu sagen. Ohne ein Wort eilte Mum, so schnell sie konnte, durch den Flur.

»Gibt es denn *gar* nichts, was Sie tun können?«, fragte ich den Arzt, ohne zu merken, dass ich seinen Ärmel umklammert hatte, bis er ihn mir sanft entzog.

»Wir können dafür sorgen, dass Amelia es so bequem wie möglich hat. Ihr das Atmen erleichtern. Wir können …«

Ich schnitt ihm mit einem Kopfschütteln das Wort ab. Dieser Mann *kannte* mich. Er wusste, wie gründlich ich mich in den letzten Monaten über diesen Moment informiert hatte.

Ich war damit vertraut, was zu erwarten war *und* was als Nächstes kommen würde.

»Es tut mir sehr leid, Lexi. Wirklich unendlich leid.« Ich wusste, dass das stimmte. Er hatte uns eine lange Zeit auf dieser Reise begleitet, aber nun, fünfzehn Monate später, ging sie zu Ende.

»Ich will jetzt zu ihr«, sagte ich und schaute über seine Schulter hinweg zu dem Zimmer hinüber, das meine Mutter gerade betreten hatte.

Dr. Vaughan nickte und trat mit einem hilflos bedauernden Blick beiseite.

Fast dachte ich, ich wäre im falschen Zimmer gelandet, wäre nicht das kastanienbraune Haar gewesen, das ausgebreitet auf dem Kissen lag. Amelias Haut war kreidebleich, doch ihre Haare leuchteten immer noch wie die, die ich heute Morgen im Schlafzimmer gebürstet hatte. Alles andere an ihr wirkte jedoch verändert, fast durchscheinend, als würde sich mein eigenes Spiegelbild vor meinen Augen auflösen.

Ich vermochte mich nicht zu rühren. Meine Füße schienen am Linoleumboden festzukleben. Ich erkannte diese farblose, zerbrechliche Gestalt im Bett nicht. Sie war eine Fremde, die mir Angst machte. Einen Augenblick lang wäre ich am liebsten aus dem Zimmer gerannt. Aber dann drehte die Fremde den Kopf, und als sie sah, wer gekommen war, warf sie mir Amelias Lächeln zu, und der Bann war gebrochen.

Mum hatte schon ihren alten Platz auf einer Seite des Bettes eingenommen, und meine Füße trugen mich den vertrauten Weg zur anderen. Amelias Wange fühlte sich heiß und trocken an, als ich mich vorbeugte, um sie zu küssen, und trotz der Nasenkanüle, die sie ständig mit Sauerstoff versorgte, klang sie besorgniserregend kurzatmig.

»Was für ein Tag ist heute?«, fragte sie.

Ich runzelte die Stirn. »Mittwoch.«

Sie nickte bedächtig, als hätte sie diese Antwort erwartet, dann runzelte sie enttäuscht die Stirn. »Was für ein langweiliger Tag, um zu gehen. Typisch Buchhalterin.«

»Niemand geht hier«, widersprach ich hitzig.

Amelia griff mit der Hand nach mir, die mit dem Tropf verbunden war. »Geben wir uns heute das Versprechen, dass wir nur die Wahrheit sagen, ja? Betrachte es als meine letzte Bitte.«

Ich war auf einiges vorbereitet gewesen, aber nicht auf Galgenhumor.

»Das krieg ich hin«, sagte Tom, der jetzt zögernd an das Fußende des Bettes trat.

»Hallo, Tom«, sagte Amelia mit einer Stimme, die kaum mehr war als ein Flüstern. »Ich bin so froh, dass du hier bist, um Mum zu unterstützen.«

Tom verlagerte das Gewicht von einem Bein auf das andere, bevor er entgegnete: »Genau genommen bin ich gekommen, um bei dir zu sein, Mädchen. Und du weißt, dass das wahr ist, weil heute niemand lügen darf. Für einen eingefleischten Junggesellen, der keine Kinder hat, fühlt es sich verflucht noch mal so an, als würde ich eine Tochter verlieren.«

»Hier verliert niemand irgendwen«, sagte ich mit der lauten Stimme eines verängstigten Kindes.

Amelia sah mich mit unendlicher Zärtlichkeit an. »Kann ich eine Minute allein mit Lexi sprechen?«, fragte sie, ohne den Blick von meinem Gesicht abzuwenden.

Ich hörte eher, dass Mum und Tom den Raum verließen, als dass ich es sah.

»Du musst es akzeptieren«, forderte Amelia mit erstaunlich kräftiger Stimme, als hätte sie sich einen Rest Energie für genau diesen Moment aufbewahrt.

»Ich kann nicht.«

Sie sah mich streng an. »Das *musst* du aber, Lexi, es geht nicht anders. Denn ich kann nicht gehen, wenn ich mir Sorgen um dich machen muss.«

»Dann geh nicht. Bleib! Bleib hier bei mir.« Die Tränen strömten mir jetzt unablässig über die Wangen, sodass es sinnlos war, sie wegzuwischen, doch Amelia hob die Hand und versuchte es trotzdem.

»Ich kenne dich, Lexi. Ich weiß, du willst alles wieder in Ordnung bringen. Aber das hier kannst du nicht verhindern, und das wissen wir beide schon eine lange Zeit.«

»Aber es ist nicht fair«, sagte ich weinend und klang wieder wie das kleine Mädchen von früher, das mit unerschütterlicher Liebe und Bewunderung zu seiner großen Schwester aufsah. Daran hatte sich bis heute nichts geändert.

»Niemand hat gesagt, dass das Leben fair ist, und ich habe mich selbst für diesen Weg entschieden, schon vergessen?«

»Ich weiß nicht, wie ich ohne dich weiterleben soll«, schluchzte ich. »Ich bin noch nie ›nur ich‹ gewesen. Schon bevor ich geboren wurde, gab es uns beide.«

Eine einzelne Träne lief ihr über die Wange.

»Du bist nie ›nur du‹«, sagte sie, ergriff meine Hände und verschränkte ihre Finger mit meinen. »Solange es eine von uns gibt, werden wir immer zu zweit sein.«

Die Zeit hat eine grausame Art von Humor: Versucht man, sie festzuhalten, vergeht sie wie im Flug, doch will man, dass sie schneller vergeht, erscheint sie einem endlos. Es kam mir wie Stunden vor, bis Nick mir schließlich in einer Textnachricht mitteilte, dass er auf dem Weg ins Krankenhaus sei.

»War das Nick?«, flüsterte Mum, damit Amelia nicht aufwachte. Sie fiel immer wieder in einen Schlaf, der jedes Mal länger zu dauern schien. Und mit jedem Mal, wenn sie wieder aufwachte, schien sie etwas weniger präsent zu sein.

Ich nickte und fuhr mir mit zittriger Hand durch die Haare. Mir wurde klar, wie sehr es mich aus der Bahn warf, wenn Nick nicht da war; ich brauchte ihn an meiner Seite.

Es war schwer, nicht auf Amelias Atemzüge zu achten, während sie schlief, besonders da sie immer wieder erschreckend lange auszusetzen schienen.

Doch obwohl es so anstrengend für sie war, Luft zu holen, weigerte sie sich hartnäckig, die Nasenkanüle gegen eine Sauerstoffmaske zu tauschen. »Ich will mit euch reden und euch richtig sehen können, und das geht mit dem beschissenen Ding nicht.« Nach diesen Worten war sie verstummt und hatte Mum angesehen, um zu prüfen, ob sie den Kraftausdruck gehört hatte. »Sag bloß, das lässt du mir durchgehen?«, fragte sie.

»Scheiße, ja«, erwiderte Mum. Ich hätte nicht gedacht, dass uns an diesem Tag etwas zum Lachen bringen würde, doch in dem Moment konnten wir nicht anders.

Wir holten abwechselnd Kaffee, und als ich mich das nächste Mal zur Cafeteria aufmachen wollte, packte Amelia mein Handgelenk.

»Ich möchte …« Sie brach ab, um Luft zu holen. »Ich möchte, dass du etwas für mich tust.«

Ich strich ihr sanft über die Wange. »Was immer du willst«, entgegnete ich.

»Mach, dass sie mich hier rauslassen. Bring mich nach Hause. Ich will nicht hier sein … wenn es zu Ende geht.«

»Ich glaube nicht, dass das geht«, kam es aus Toms Ecke.

»Das ist bestimmt nicht erlaubt, Liebes«, entgegnete auch Mum.

Ich ignorierte sie, sah meiner Schwester tief in die Augen und spürte ihre Sehnsucht, als wäre es meine eigene.

»Okay. Ich kümmere mich darum«, sagte ich.

Wie erwartet, stieß ich auf Widerstand. Worum ich bat, war angeblich »unvernünftig«, »töricht« und womöglich sogar »gefährlich«. Doch trotz des stählernen Blicks der mir unbekannten Stationsschwester blieb ich standhaft.

»Es ist der Wunsch meiner Schwester. Ich bitte Sie nicht darum, ihre Entscheidung gutzuheißen oder zu billigen, Sie sollen lediglich die notwendigen Entlassungspapiere vorbereiten, die sie unterzeichnen muss.«

»Das ist höchst ungewöhnlich und gegen die Vorschriften«, wiederholte die Frau. »Ich rufe sofort Dr. Vaughan an, damit er mit Ihnen redet.«

»Rufen Sie ihn gern an, aber es gibt nichts mehr zu bereden. Ich nehme Amelia mit nach Hause.«

Ich sah, wie die Stationsschwester tief Luft holte, um weitere Einwände vorzubringen, aber dann hielt sie inne, und die Worte blieben ihr im Halse stecken. Warme Finger schoben sich zwischen meine.

»Wir sind Ihnen sehr dankbar für alles, was Sie tun können, um meiner Frau zu helfen, den letzten Wunsch ihrer Schwester zu erfüllen«, sagte Nick mit ruhiger Autorität.

Der Superheld-Vergleich hatte zwar schon einen langen Bart, aber in dem Moment, als die Schwester nach dem Telefon griff, um Dr. Vaughan anzurufen, war Nick wieder ein Superheld für mich. Der Arzt war innerhalb von zehn Minuten bei uns.

Nick ließ meine Hand nicht los, doch er unterstützte mich wortlos, versuchte nicht, an meiner Stelle das Wort zu ergreifen. Seine Stärke gab mir Kraft, sodass meine Stimme ruhig und entschlossen klang.

»Ihnen ist klar, dass sie sich gegen den ärztlichen Rat selbst entlässt?«, fragte Dr. Vaughan. »Ich würde meine Pflicht vernachlässigen, wenn ich Ihnen nicht dringend davon abraten würde.« Er musste das sagen, aber ich spürte, dass er nicht mit dem Herzen dabei war.

»Das ist mir bewusst«, sagte ich ernst.

»Dann sorge ich dafür, dass die Papiere möglichst schnell ausgefüllt werden«, sagte Dr. Vaughan noch, bevor er vortrat und mir sanft die Hand auf die Schulter legte.

»Bringen Sie unsere Amelia, wohin sie will.«

Wir verließen das Krankenhaus in zwei Autos. Etliche Pflegekräfte von der Station hatten uns in den Eingangsbereich begleitet, um von der Frau Abschied zu nehmen, die einmal als ihre Wunder-Patientin bezeichnet worden war.

Mum fuhr meinen Wagen zurück zum Cottage, sodass ich Nick und Amelia begleiten konnte. Schon bald nach Beginn der Fahrt wurde deutlich, dass Mum und Tom lange vor uns dort ankommen würden. Nick fuhr, als würde er Nitroglycerin befördern.

»Wir stehen ein bisschen unter Zeitdruck, Nick«, sagte Amelia atemlos und klang dabei amüsiert. »Soll ich etwa an Altersschwäche sterben, bevor wir am Cottage sind?«

Ich sah im Rückspiegel, dass Nick mir traurig lächelnd einen Blick zuwarf. Ich hatte Amelia den Arm um die Schultern gelegt und zog sie enger an mich. *So* wollte ich sie in Erinnerung behalten: als die Schwester, die selbst den schwärzesten Tagen noch etwas Komisches abgewinnen konnte.

Ich beobachtete, wie sie alles in sich aufzunehmen schien, was am Seitenfenster vorbeizog. Ich glaubte zu wissen, warum. Sie prägte sich sämtliche Eindrücke, selbst das Trostlose, Langweilige, Alltägliche, genau ein, weil sie wusste, dass sie es zum letzten Mal sah.

Der Gedanke weckte das Bedürfnis in mir, etwas zu tun, und so begann ich es, ehe ich es mir anders überlegen konnte: »Ich hab dir was Wichtiges zu sagen, Mimi.«

Amelia riss sich vom Anblick der Landschaft los.

Ich holte tief Luft. »Das Ergebnis meines Gentests ist früher gekommen als erwartet.« Ich spürte, wie sie sich in meinen Armen versteifte, und zwang mich, zu lächeln. »Gute Nachrichten, Liebes. Ich habe es nicht. Ich habe das defekte Gen nicht geerbt.«

Sie schaute mir in die Augen, vermutlich, um zu sehen, ob ich log, doch sie entdeckte nichts Verdächtiges. Auf ihrem bleichen Gesicht breitete sich ein strahlendes Lächeln aus. Die Leute reden immer davon, »Erleichterung zu spüren«, als wäre es ausschließlich ein Gefühl, aber ich empfand sie auf eine körperliche Art, als Amelia sich in meinen Armen entspannte.

»Gott sei Dank«, hauchte sie. »Obwohl ich es ehrlich gesagt schon wusste. Ich freue mich so für euch beide«, fügte sie hinzu.

Ich suchte Nicks Blick im Rückspiegel. »Das sind wirklich wundervolle Neuigkeiten«, sagte er aufrichtig.

Wie erwartet, waren Mum und Tom schon angekommen. Als Nick Amelia ins Haus trug, hatte Mum schon ein provisorisches Bett auf der Couch neben dem Fenster vorbereitet, von wo Amelia den Strand sehen konnte.

Ich geriet innerlich kurz aus dem Gleichgewicht, als mein Mann meine Schwester über die Schwelle trug. Plötzlich fiel mir wieder ein, dass Amelia mir erzählt hatte, Sam habe genau das an ihrem Hochzeitstag auch getan. Existierten diese falschen Erinnerungen immer noch irgendwo in Amelias Unterbewusstsein?

Die Fahrt hatte sie erschöpft, und während Mum geschäftig

umhereilte, Kissen aufschüttelte und Amelia in Decken hüllte, schlüpfte ich mit der gemurmelten Begründung, ich wolle Tee kochen, aus dem Zimmer. Ich starrte den Wasserkocher an, der das Wasser zu erhitzen begann, und da tauchte plötzlich Nicks Spiegelbild neben meinem auf der glänzenden Aluminiumoberfläche auf.

»Du hast sie angelogen«, sagte er.

»Ja. Und ich bereue es nicht. Ich weiß, wir haben versprochen, heute nur die Wahrheit zu sagen, aber bei diesem Thema musste ich einfach mein Wort brechen.«

Ich drehte mich zu ihm um und sah ihn aufmerksam an, weil ich wissen wollte, ob er von mir enttäuscht war. Wir wussten beide, dass das Testergebnis frühestens in einer Woche kommen würde.

Als Nick lächelte und die Arme ausbreitete, wurden mir vor Erleichterung kurz die Knie weich. Das Wasser kochte und kühlte wieder ab, doch Nick hielt mich immer noch fest.

»Ich bin froh, dass du es getan hast«, flüsterte er in mein Haar. »Genau das hat sie gebraucht.«

Amelia driftete durch die nächsten Stunden. Mal war sie wach genug, um sich an unserer Unterhaltung zu beteiligen, mal lag sie mit geschlossenen Augen und einem friedlichen Lächeln auf den Lippen da.

»Redet doch weiter«, sagte sie leise, als Mum uns besorgt zum Schweigen bringen wollte, weil sie fürchtete, wir könnten sie stören. »Ich höre gern zu.«

Wir sprachen über die Vergangenheit, erzählten von Weihnachtsfesten und Urlauben, an die wir uns erinnerten, und von den Hunden, die wir im Laufe der Jahre geliebt und verloren hatten.

»Vielleicht warten sie dort alle auf mich«, sagte Amelia mit einem wehmütigen Seufzen. »Es wäre wunderbar, sie wiederzusehen.«

Ich nickte und musste mir nicht zum ersten Mal fest auf die Lippe beißen, damit sie nicht zitterte.

Die Sonne sank langsam in Richtung Horizont und erfüllte das Wohnzimmer noch einmal mit ihrer Wärme, als Amelia plötzlich die Augen aufschlug. In ihrem Blick lag mit einem Mal eine Dringlichkeit, die zuvor nicht da gewesen war.

»Ich muss raus, an den Strand.«

Ich schaute aus dem Fenster. »Ich bin sicher, wir können dir einen Klappstuhl in den Sand …«, begann ich, doch sie brachte mich mit einer hastigen Geste zum Schweigen.

»Nein. Nicht hier. Ich will dahin, wo sie mich an jenem Morgen gefunden haben.«

Alle Gesichter im Raum trugen den gleichen besorgten Ausdruck.

»Das halte ich für keine gute Idee, Liebes«, sagte Mum.

»Ich *muss* dahin«, insistierte Amelia. Sie sah mich an, und ihr verzweifelter Blick durchdrang mich wie ein Laserstrahl. »Bitte, Lexi.«

Ich nickte, ohne auf das Einverständnis der anderen zu warten.

»Ich hol den Wagen«, sagte Nick.

»Ich hab ein paar Klappstühle, die wir mitnehmen können«, bemerkte Tom und folgte Nick nach draußen.

Ich wusste, dass Mum hin- und hergerissen war, aber selbst sie erkannte, wie wichtig es Amelia war. »Du musst dich warm einpacken«, sagte sie schicksalsergeben.

Amelia nahm ihre Hand und sagte mit einem pfeifenden Lachen: »Nicht, dass ich mich noch erkälte, oder?«

Während Mum Thermosflaschen befüllte und noch mehr Decken holte, setzte Amelia sich mit meiner Hilfe auf.

»Sie wird mich einwickeln wie eine ägyptische Mumie«, sagte sie und schob ihre Hand in meine. Sie war kalt, fast schon eisig.

»Du brauchst Handschuhe.«

»Und eine Mütze«, fügte Amelia hinzu. »Ich hab tatsächlich eine in meinem Schlafzimmer, die ich schon vor einer Ewigkeit gekauft habe, auch wenn ich dann nie den Mut hatte, sie zu tragen.«

Ich fand die kanariengelbe Baskenmütze mit dem riesigen fluffigen Pompon am beschriebenen Ort und ging damit wieder nach unten. Mit kaum verhohlener Erheiterung reichte ich sie meiner sonst so konservativ gekleideten Schwester. Sie nahm sie mit einem Lächeln entgegen und setzte sie auf. Ich zupfte sie zurecht, sodass sie ihr in einem schrägen Winkel auf dem Kopf saß.

»Na, wie seh ich aus?«, fragte sie schließlich und betastete die ungewohnte Kopfbedeckung.

»Verwegen«, sagte ich.

Sie nickte befriedigt. »Genau der Look, den ich jetzt haben will.«

Wir quetschten uns in Nicks Range Rover und fuhren schweigend über den sandigen Weg zu unserem Ziel.

Mum starrte eisern aus dem Fenster, doch am Zittern ihrer Schultern erkannte ich, dass sie weinte. Ich wollte nach ihrer Hand greifen, doch Amelia kam mir zuvor.

»Es ist alles in Ordnung, Mum, wirklich«, versicherte sie ihr.

Auf der Fahrt zu dem Ort, an dem man sie gefunden hatte, war etwas Seltsames mit meiner Schwester passiert. Ja, sie wurde merklich schwächer, doch sie strahlte auch eine zuvor nicht da gewesene Ruhe und Stärke aus.

Schließlich brachte Nick den Wagen mit einem bedauernden Kopfschütteln zum Stehen. »Weiter geht's nicht, sonst bleiben wir stecken.«

Tom und Nick stellten die Klappstühle auf, und dann trug Nick Amelia vom Wagen zu uns und setzte sie auf den stabilsten.

Mum nahm rechts von Amelia, ich links von ihr Platz. In stillschweigender Übereinkunft schienen wir zu wissen, dass die Zeit für Gespräche vorbei war. Die Möwen kreisten über unseren Köpfen, und ihre Schreie klangen schwermütig, als wüssten sie, warum wir hier waren.

Nick stellte sich hinter mich und legte mir leicht die Hand auf die Schulter.

»Findet ihr nicht, wir sollten zurückfahren?«, fragte Mum nach weniger als zehn Minuten. Ihre Miene verriet Bestürzung und Verzweiflung.

Amelia schüttelte den Kopf.

»Hast du vielleicht Lust, ein Stück zu gehen?«, schlug Tom vor und hielt Mum die Hand hin. Ich warf ihm einen dankbaren Blick zu. Anscheinend begriff er, dass sie einen Moment brauchte, um sich zu fassen. Ich sah zu, wie sie langsam in Richtung Wasser schlenderten. Mums Kopf ruhte auf der Schulter des alten Fischers. Als sie stehen blieben, zog er sie an sich, und selbst aus der Ferne konnte ich erkennen, dass beide weinten.

»Willst du mal was Seltsames hören?«, fragte Amelia. Ihre Stimme klang jetzt schmerzlich rau. »Ich glaube nicht, dass ich diesen Strand lebend hätte verlassen sollen. Ich glaube nicht, dass die Ärzte mich damals zurückholen sollten.«

»Sag so was nicht!«, rief ich.

»Ich glaube, es hat durcheinandergebracht, wie sich *eigentlich* alles entwickeln sollte. Und deshalb bin ich so … *verwirrt* zurückgekommen.«

Ich erwiderte nichts, denn ihre »Verwirrung« war ja ein Symptom ihrer familiären Alzheimer-Erkrankung, aber vielleicht hatte Amelia vergessen, dass sie darunter litt. Falls ja, war ich froh darüber.

»Aber hätte mein Herz nicht so lange stillgestanden, hätte ich wohl nie deine und Nicks Zukunft ›gesehen‹, nachdem sie mich schließlich zurückholten. Und euch beide zusammenzubringen, wird für immer das Beste sein, was ich je getan habe.«

Ich ließ den Blick zu der Stelle am Strand schweifen, wo ich Nick zum ersten Mal begegnet war. Wenn Amelia glauben wollte, dass sie unsere Zukunft »vorhergesehen« hatte, würde ich ihr nicht widersprechen.

»Ich bin froh, dass alles wahr geworden ist, obwohl es mir leidtut, dass ich alles Weitere verpassen werde. Ich hätte gern meine Nichten kennengelernt.«

Ich warf Nick einen besorgten Blick zu. War sie schon im Delirium? Er zuckte hilflos die Achseln.

»Glaubst du, ich werde Dad wiedersehen?« Ihre Gedankengänge wurden unzusammenhängend, sprangen von einem Thema zum nächsten.

»Das hoffe ich sehr«, sagte ich und beugte mich vor, um sie sanft auf die Wange zu küssen. »Grüß ihn von ganzem Herzen von mir.«

Sie nickte langsam. »Ich bin jetzt wirklich müde, Lexi. Es ist schwer, noch weiterzumachen.«

Etwas in mir schien zu zerreißen – als würde die Verbindung zwischen uns gekappt. Dennoch sagte ich: »Es ist okay, loszulassen, Mimi, wenn du das willst. Mach dir keine Sorgen um Mum, ich kümmere mich um sie. Du kannst mir vertrauen.«

»Das habe ich auch immer getan«, sagte sie mit einem Seufzen, das kein Ende zu nehmen schien. Sie schaute zu Mum und Tom, die noch immer in einiger Entfernung am Wasser standen.

»Kannst du Mum bitte holen, Nick?«, fragte Amelia mit zitternder Stimme.

Mum und ich blieben bei Amelia, als ihre Atmung flacher und flacher wurde. Dann schnappte sie plötzlich nach Luft, als würde sie aus tiefem Wasser auftauchen.

»Sam!«, schrie sie panisch. »Sam, wo bist du?«

Mum wimmerte gequält, und Amelia riss die Augen auf. Ihr Blick war glasig.

»Wo bist du, Sam? Ich sehe dich nicht.«

Ich spürte Nicks Hand auf meiner Schulter, drehte mich um und schaute ihm in die Augen. Es lag eine Frage darin, und ich beantwortete sie mit einem knappen Nicken.

Er trat hinter dem Stuhl hervor. »Ich bin hier, Mimi. Hier bei dir.«

Amelia seufzte und richtete den unsteten Blick auf ihn. Ich stand auf und überließ ihm den Platz an ihrer Seite.

»Bist du's wirklich?«, flüsterte sie und berührte mit zitternden Fingern seine Wange.

»Ja«, sagte er leise.

Ganz langsam breitete sich ein Lächeln auf ihrem Gesicht aus. »Ich hab so lange auf dich gewartet …«

»Ich weiß. Es tut mir leid, dass ich nicht früher kommen konnte, aber jetzt bin ich hier«, sagte Nick. »Und ich werde dich nie wieder verlassen.«

Obwohl Liebe und Trauer mir das Herz zu zerreißen drohten, hatte ich auch das Gefühl, dass etwas wieder in Ordnung kam, dass die Welt wieder ins Lot gebracht wurde.

Der Wind pfiff ein trauriges Lied, und unter dem Geschrei der Möwen sah ich zu, wie meine Schwester mit einem friedlichen Lächeln auf den Lippen und Sams Hand in ihrer den letzten Atemzug tat.

Epilog

Später

Das erste Mal passierte es mir in der Reinigung. Ich hatte gerade Nicks Hemden abgegeben und war gedanklich schon mit der nächsten Station auf meiner Besorgungsrunde beschäftigt.

»Könnten Sie bitte noch Ihre Telefonnummer hinterlassen?«, fragte die junge Frau hinter dem Tresen.

Ich blickte gerade durch das Ladenfenster nach draußen und fragte mich, ob der Mann in Uniform, der die Straße entlangschlenderte, vom Ordnungsamt war.

Ich war gedanklich woanders.

»Ihre Telefonnummer?«, wiederholte die Angestellte.

Hastig drehte ich mich um. »Entschuldigung. 079… Nein, 0971… nein, stimmt nicht. 0779…« Ich verstummte und runzelte verwirrt die Stirn.

»Keine Sorge«, sagte die junge Frau freundlich lachend. »Kaum jemand weiß die eigene Nummer auswendig. Die meisten Leute müssen auf ihrem Handy nachsehen.«

Es war ein Wink mit dem Zaunpfahl, was als Nächstes zu tun war, doch ich machte keine Anstalten, mein Telefon aus der Tasche zu holen.

»Ich weiß meine Nummer aber. Ich nenne sie oft jemandem.«

Darauf konnte die Angestellte nicht viel erwidern, und ich merkte, dass sie gern die Kunden hinter mir bedienen wollte.

Fahrig holte ich also das Handy hervor und las verlegen die Nummer vom Bildschirm ab.

Mehrere Wochen vergingen, dann passierte es wieder. Gerade als ich mir erfolgreich eingeredet hatte, der Vorfall in der Reinigung wäre ein einmaliger Ausrutscher gewesen.

Morgens war es bei uns daheim immer chaotisch. Dauernd begann ich Sätze mit »Vergiss nicht …« und »Hast du deine Hausaufgaben …«, und zur Antwort erhielt ich die üblichen theatralischen Teenagerseufzer und verdrehte Augen.

Sie vergaßen Dinge. Sie verlegten Sachen. Und ich fand sie wieder. So lief das.

Aber nicht an jenem Morgen.

»Ihr kommt noch zu spät«, sagte ich mahnend, während sich eins meiner Kinder eine Scheibe Toast vom Tisch schnappte. Das andere war noch oben. Ich ergriff die Autoschlüssel und hielt dann inne und sah mich suchend in der Küche um.

»Cassie, hast du mein Handy gesehen?«

Meine fünfzehnjährige Tochter schluckte hastig ihren Bissen herunter und grinste dann breit. »Wenn du deine Dinge ordentlich wegräumen würdest, dann müsstest du sie nicht ständig suchen.«

In jedem anderen Moment wäre es lustig gewesen, meine Standard-Ermahnung aus ihrem Mund zu hören, doch heute nicht.

»Im Ernst, Cassie, hast du es gesehen?«

Vielleicht war es etwas in meiner Stimme, das sie dazu bewog, halbherzig danach zu suchen. Sie hob ein paar Sachen auf dem Tisch an, doch mein Handy verbarg sich nicht darunter.

»Ich ruf dich mal an«, sagte sie schließlich und kramte in ihrer Schultasche nach ihrem eigenen Smartphone.

Da kam Jessica, unsere jüngere Tochter, geräuschvoll wie eine ganze Elefantenherde die Treppe heruntergepoltert und stürmte, wie es ihre Art war, in die Küche.

»Was ist? Wieso seid ihr noch nicht im Auto?«

»Mums Handy ist weg.«

»Es ist nicht weg … Ich hab es nur … verlegt«, sagte ich und fragte mich, warum mir das alles so schrecklich vertraut vorkam.

Wir warteten darauf, dass der Anruf durchkam. Der Klingelton klang merkwürdig gedämpft und blechern. Ich folgte dem Geräusch auf die andere Seite der Küche. Hinter meinem Rücken begannen meine Töchter zu kichern, denn sie wussten bereits, woher das Klingeln kam. Wie eine Zauberkünstlerin bei einem großen Enthüllungstrick öffnete ich den Brotkasten, in dem sich ein Laib geschnittenes Vollkornbrot, ein Päckchen vorgebackene Crumpets und mein Handy befanden.

»Wieso hast du es da reingelegt?«, fragte Jessica.

Ich schüttelte den Kopf. »Hab ich ja nicht. Ich meine, ich kann mich nicht daran erinnern. Ich hab keine Ahnung, wie es dahin gekommen ist.«

»In jedem Fall ein super Versteck, Mum«, neckte mich meine jüngere Tochter und tänzelte leichtfüßig zu mir, um mich kurz zu drücken. »Und überhaupt nicht seltsam. Nicht im Geringsten.«

Ich rang mir ein schwaches Lächeln ab, konnte aber das Unbehagen nicht abschütteln.

»Los jetzt, wir kommen zu spät«, sagte Cassie und schob ihre Schwester vor sich her in Richtung Haustür. Dann blieb sie stehen und schaute sich über die Schulter zu mir um. Ich stand noch immer mit dem Smartphone in der Hand an der Arbeitsplatte.

»Wahrscheinlich hast du es versehentlich da reingelegt, als du unsere Pausenbrote geschmiert hast«, sagte sie.

»Ja, wahrscheinlich«, erwiderte ich, aber nicht sonderlich überzeugt. Es klang logisch, und jeder hätte dem wohl zugestimmt. Jeder, der sich nicht daran erinnerte, vor zehn Jahren ein verschollenes Handy im hintersten Winkel eines Gefrierfachs gefunden zu haben.

Keinen der beiden Vorfälle erwähnte ich gegenüber Nick. Ich verdrängte sie, als könnte ich ihre Bedeutung dadurch irgendwie schmälern. Aber dabei blieb es nicht.

Ich hatte das Ergebnis des Tests auf die familiäre Alzheimerkrankheit nie bekommen. Wobei, das stimmt nicht ganz: Erhalten hatte ich es durchaus, ich hatte nur beschlossen, den Briefumschlag nicht zu öffnen. Das Ergebnis kam in der Woche nach Amelias Beerdigung, und ich war in dem Moment nicht in der Verfassung, mich damit auseinanderzusetzen.

»Ich werde den Umschlag später öffnen«, hatte ich zu Nick gesagt und mich gefragt, ob er darüber wohl enttäuscht war.

»Es ist deine Entscheidung«, erwiderte er. »Wie schon die ganze Zeit.«

Zehn Jahre waren seither vergangen, und obwohl es Momente gegeben hatte, in denen ich mit dem Gedanken spielte, den Umschlag hervorzuholen und zu öffnen, war ich nur einmal wirklich kurz davor gewesen, nämlich zwei Jahre nach unserer Hochzeit, als Nick und ich beschlossen, dass wir Kinder haben wollten.

Wir hatten zwei klare Alternativen: PGT, was eine intensive Betreuung bei der künstlichen Befruchtung bedeutet hätte, oder Adoption. Beides war in meiner Familie nicht unbekannt, doch am Ende gab Dads Hintergrund als Adoptivkind für mich den Ausschlag. Lange Zeit hatte ich nicht gewusst, dass er sein ganzes Leben lang das Gefühl gehabt hatte, sich dafür schämen zu müssen, und ich wollte dieses Unrecht unbedingt wiedergutmachen.

Cassie und Jessica kamen zu uns, als sie sieben und fünf Jahre alt waren. An ihrem ersten Abend bei uns standen Nick und ich an ihrer Zimmertür und betrachteten die beiden schlafenden Schwestern. Wir hatten ihre Betten dicht zusammengerückt, und sie waren Händchen haltend eingeschlafen, was Erinnerungen an Amelia und mich weckte. Und an etwas anderes, von dem ich dachte, ich hätte es schon lange vergessen.

»Weißt du noch, was Amelia an dem letzten Tag am Strand zu uns gesagt hat?«, flüsterte ich Nick zu. »Sie meinte damals, sie hätte gern ihre Nichten kennengelernt.«

Es war zu dunkel, um es genau erkennen zu können, aber ich war mir sicher, dass Nick skeptisch dreinblickte.

»Sie hat zufällig richtig getippt, mehr nicht«, erwiderte er prompt.

Ich lächelte, ohne dass er es sehen konnte. Nur weil man jemanden liebt, heißt das nicht, dass man mit dem Menschen immer einer Meinung sein muss.

Inzwischen hatte jede unserer Töchter ihr eigenes Zimmer, und nachdem ich Cassie Gute Nacht gesagt hatte, blieb ich lange neben Jessicas Bett stehen. Die Erinnerung an die Ereignisse von heute Nachmittag war nach wie vor so furchtbar wie die Ereignisse selbst.

»Tut mir wirklich sehr leid wegen heute«, sagte ich.

Jessica blickte von ihrem Handy auf, auf dem sie irgendein Video schaute.

»Ist doch kein Ding, Mum. Du brauchst dich nicht dauernd zu entschuldigen.«

Ich beugte mich über sie und strich ihr ein paar rotblonde Haarsträhnen aus dem Gesicht. Sie ließ mich weit schneller vom Haken, als ich erwartet hatte.

»Na ja, ich habe deswegen immer noch ein schlechtes Gewissen.«

»Schlecht genug, um mir ein neues Handy zu kaufen?«, fragte sie hoffnungsvoll.

Ich lächelte. »Nein. Aber netter Versuch, Schatz.«

Es war schon spät, als Nicks Wagen endlich bei uns in die Einfahrt fuhr. Erst jetzt bemerkte ich, wie dunkel es inzwischen im Wohnzimmer geworden war, wo ich mit dem alten, ungeöffneten Umschlag vor dem Kamin saß.

Nick wirkte müde, aber auch glücklich. »Wir haben ein gesundes Fohlen auf die Welt gebracht«, sagte er, gab mir einen Kuss und ließ sich in den Sessel auf der anderen Seite der Feuerstelle sinken.

Selbst im schwachen Licht merkte er wohl, dass mein Lächeln etwas angespannt war.

»Ist alles in Ordnung?«, fragte er besorgt.

»Ich hab was Schlimmes gemacht.«

»War dabei eine Kreditkarte im Spiel?«, witzelte er, aber als er meinen Gesichtsausdruck sah, wurde er sofort ernst. »Was ist passiert?«

»Ich hab vergessen, Jessica vom Ballett abzuholen.«

Man sah förmlich, wie ihm ein Stein vom Herzen fiel.

»Ach so! Und ich dachte schon, du hättest jemanden umgebracht.« Er schmunzelte, und ich hätte wirklich gern mitgelacht, aber ich konnte nicht.

»Erzähl mir, was genau los war«, bat er mich.

Mir war entfallen, dass Jessica heute Ballettunterricht hatte. Eine Dreiviertelstunde, nachdem ich sie hätte abholen sollen, erhielt ich einen Anruf von ihrer Lehrerin.

»Ich habe es *vergessen!* Ich war nicht bloß zu spät dort, Nick, sondern ich hab es *vergessen*. Ich hole sie jede Woche von der

Ballettstunde ab! Wie in aller Welt konnte mir das durchrutschen?«

»Sie hat ja nicht allein irgendwo an einer Straßenecke warten müssen«, sagte Nick nüchtern. »Sie war nicht in Gefahr.«

»Aber ich habe es *vergessen*«, wiederholte ich wie eine gesprungene Schallplatte.

»So was kommt schon mal vor«, versuchte er mich zu beruhigen.

»Ja. Aber in letzter Zeit immer öfter. Und deshalb …« Ich führte den Satz nicht zu Ende, sondern schaute auf den Umschlag, der neben mir auf der Armlehne des Sessels lag.

Nicks Blick folgte meinem, und ich wusste, dass ihm klar war, um welchen Umschlag es sich handelte, denn er schluckte schwer.

»Was ist noch passiert?«, fragte er.

Es war erleichternd, endlich von der Reihe von Vorfällen zu berichten, die dazu geführt hatten, dass ich heute Abend das Kuvert aus der Schachtel oben im Kleiderschrank genommen hatte. Nick hörte aufmerksam zu und unterbrach mich kein einziges Mal. Als ich fertig war, lehnte er sich im Sessel zurück.

»Nichts davon hört sich für mich so an, als müsstest du dir deswegen Sorgen machen. Es waren nur ein paar Situationen, in denen du wahrscheinlich in Gedanken oder in Eile warst. Und dass du im Parkhaus vom Einkaufscenter nicht mehr wusstest, wo du den Wagen abgestellt hast, zählt nicht, denn das kennt doch *jeder*.«

»Ich hab eine halbe Stunde gebraucht, um ihn zu finden«, murmelte ich und befürchtete, dass er mich nicht ernst genug nahm.

»Ehrlich, Lexi, nichts von dem, was du erzählt hast, lässt bei mir die Alarmglocken losschrillen.« Er stand auf und nahm meine Hände, zog mich hoch und umarmte mich. »In letzter

Zeit hattest du so viel um die Ohren! Deine Arbeit, unsere Kinder, und dann kümmerst du dich noch um deine Mutter und Tom. Da ist es doch kein Wunder, dass dir mal was aus dem Blick gerät. Und dass du einen Mann hast, der dich eindeutig nicht genug unterstützt, ist da auch nicht gerade hilfreich.«

Ich schüttelte den Kopf. »Auf den lasse ich nichts kommen.«

Nick schmunzelte. »Du kannst nicht alles immer perfekt machen. Niemand erwartet von dir, dass du Wonder Woman bist.«

»Na ja, wenn man mit Superman verheiratet ist, erwarten die Leute das schon irgendwie.« Ich strich ihm zärtlich über die Wange und fuhr dann in das dichte schwarze Haar an seiner Schläfe, in dem sich inzwischen einige Silberfäden zeigten.

»Wenn du die Entscheidung triffst, dass du den Umschlag heute öffnen willst, dann stehe ich voll und ganz hinter dir. Das weißt du.«

Ich betrachtete das Kuvert. Amelia war stets der Überzeugung gewesen, dass ich das Alzheimer-Gen nicht geerbt haben könne, weil *sie* die Erkrankung hatte. Doch selbst sie hatte einen Beweis haben wollen.

»Es heißt immer, die Zukunft stünde in den Sternen geschrieben«, sagte ich leise und mit etwas zittriger Stimme, »aber meine steht auf dem Blatt Papier in diesem Umschlag.«

Nick nahm mein Gesicht in seine Hände. »Dieses Papier ist nicht deine Zukunft. Darauf stehen bloß die Ergebnisse von einem Bluttest, mit denen wir zurechtkommen werden, wie auch immer sie lauten. Nichts in diesem Umschlag könnte uns je aus der Bahn werfen.« Er hielt mich in den Armen, und wir schauten uns in die Augen und setzten unser Gespräch wortlos fort, bis die Panik, die mich überkommen hatte, langsam nachließ.

Nick hatte recht. In diesem Umschlag steckte nicht meine Zukunft. Denn die stand direkt vor mir. Und sie schlief tief und fest in zwei rosa gestrichenen Zimmern im Obergeschoss. Sie lebte in einem alten, verwitterten Cottage am Meer. Die Menschen, die ich liebte – und die, die ich verloren hatte –, *sie* waren meine Vergangenheit, meine Gegenwart und die einzige Zukunft, die ich kennen wollte und musste.

Als ich mich aus Nicks Umarmung löste und das Kuvert in die Hand nahm, fühlte ich mich stark. Amelia hatte behauptet, sie wisse bereits, wie mein Testergebnis lauten würde. Vielleicht war es so, aber das hieß nicht, dass ich es erfahren musste.

Nick schien den Atem anzuhalten, als ich an den Kamin trat.

»Bist du dir sicher, Lexi?«

Noch vor fünf Minuten hätte ich diese Frage nicht beantworten können. Nun aber war ich dazu in der Lage.

»Vollkommen.« Ich lächelte. »Wir schaffen das.«

Und so warf ich den Umschlag mitsamt seinem Geheimnis ohne das geringste Bedauern ins Feuer.

Danksagung

Danksagungen zu schreiben, hat immer etwas Bittersüßes, denn es zeigt einem, dass der Moment gekommen ist, sich von einem Buch zu verabschieden, mit dem man sehr viel Zeit verbracht hat, und zum nächsten überzugehen. Doch auf jeden Fall möchte ich einigen Menschen danken, die mir geholfen haben, erneut diesen Meilenstein zu erreichen.

Unter allen meinen Büchern gehört *Was die Sterne dir schenken* zu denen, die ich am liebsten geschrieben habe, und das liegt nicht zuletzt an der Unterstützung und Begeisterung des Verlagsteams bei Head of Zeus und Aria. An seiner Spitze steht die unglaubliche Laura Palma, die bei jedem meiner bei Head of Zeus erschienenen Bücher seit *Die Achse meiner Welt* meine Lektorin war. Diesmal haben wir mit der wunderbaren Lucy Ridout zusammengearbeitet, die es irgendwie hinbekommen hat, dass selbst das strukturelle Lektorat zur reinsten Freude würde.

Wie immer ein großes Dankeschön an meine Agentin Kate Burke bei Blake Friedmann, ohne die ich nach wie vor Bücher schreiben würde, nur um sie auf USB-Sticks in einer Schreibtischschublade verschwinden zu lassen – und mein Leben lang auf dem Weg zu Meetings festhängen würde. Danke, Kate, für alles, und auch danke an alle anderen bei BF.

Dieses Buch handelt von zwei Schwestern, und auch wenn ich selbst keine Schwester habe, erlebe ich doch eine unglaubliche Schwesternschaft mit Freundinnen, die ich schon sehr lange kenne. Ich bin Hazel und Debbie unendlich dankbar (sie lesen meine Bücher, wenn sie noch in der Rohfassung sind), sowie Sheila, Kim, Christine, Annette, Barb und Heidi für all die Jahre der Freundschaft. Danke, dass ihr immer noch einen Platz für mich in euren Bücherregalen findet.

Ich habe so viele wunderbare Freund*innen in der Verlagswelt, und ihre Unterstützung bedeutet mir mehr, als ich in Worte fassen kann – was für eine Autorin eigentlich ein furchtbares Eingeständnis ist. Besonderer Dank an Fiona Ford, Sasha Wagstaff, Faye Bleasdale, Paige Toon, Tamsyn Murray und Gill Paul für den vielen Spaß, den wir (bisher) miteinander hatten und noch haben werden.

Und ein ganz besonderes Dankeschön an meine Beste-Autorinnenfreundin-für-immer-und-ewig, Kate Thompson. Hätte ich nie ein Buch geschrieben, dann wären wir uns nie begegnet, und schon allein deswegen schätze ich mich wirklich glücklich, dass ich diesen Traum niemals aufgegeben habe.

Für die Leser*innen, Rezensent*innen und Blogger*innen scheint mir ein Danke nicht ausreichend. Das Schreiben kann eine ziemlich einsame Tätigkeit sein; man ist gewissermaßen eine Ein-Personen-Band. Aber dass ich Geschichten mit euch teilen und dann erfahren kann, wie sehr sie euch gefallen haben, ist für mich von ganz besonderer Bedeutung. Ihr seid diejenigen, die all das möglich machen, und das hält niemand von uns für selbstverständlich. Vielen Dank von ganzem Herzen.

Und nun zum privaten Teil. Danke an meine wundervolle Familie. An meine Tochter Kimberley, die mich in tausenderlei Weise unterstützt und sich, hilfsbereit, wie sie ist, nie beschwert, wenn ich ihr Mails schreibe, die mit »Kannst du das hier mal lesen …« anfangen. Danke an meinen Sohn Luke, der überhaupt nichts von meinen Texten liest, aber im Stillen stolz auf jedes einzelne Buch ist. Und an meinen Mann Ralph, der die Bücher täglich portionsweise zu hören bekommt, mit zahllosen Tassen Tee auf Zehenspitzen ins Büro geschlichen kommt und uns jeden Abend bekocht. Ohne ihn würde ich das alles garantiert nicht schaffen.

Es mag ungewöhnlich sein, doch ich möchte diese Zeilen mit einem Dankeschön an meinen zwölf Jahre alten Border Collie Dusty abschließen. Die letzten zehn Jahre lang war er beim Schreiben immer an meiner Seite. Er hat sich den Plot von jedem einzelnen Buch angehört und unzählige Dialogentwürfe bei unseren morgendlichen Gassirunden ertragen. Während ich diese Sätze schreibe, liegt er zu meinen Füßen. Dusty scheint mit *Was die Sterne dir schenken* noch stärker verbunden zu sein als mit all meinen anderen Büchern, denn das wird leider der letzte Roman sein, den er erleben wird. Bei ihm wurde eine unheilbare Krankheit festgestellt, und er wird nicht mehr lange unter uns weilen. Dieses Buch ist ihm gewidmet. Danke, mein Freund.